# 绍兴和议

宋金逐鹿④

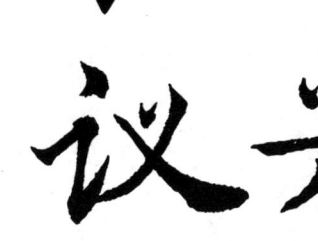

The War between Song and Jin Dynasties Part IV

1139—1144 Shaoxing Peace Treaty

许韬 著

中国出版集团有限公司
華文出版社

图书在版编目（CIP）数据

绍兴和议 / 许韬著. -- 北京：华文出版社，2025.
4. -- ISBN 978-7-5075-6051-0

Ⅰ.I247.5

中国国家版本馆CIP数据核字第2025AT0671号

# 绍兴和议

| 作　　者： | 许　韬 |
|---|---|
| 责任编辑： | 闫丽娜 |
| 出版发行： | 华文出版社 |
| 地　　址： | 北京市西城区广外大街305号8区2号楼 |
| 邮政编码： | 100055 |
| 网　　址： | http://www.hwcbs.cn |
| 电　　话： | 总 编 室 010-58336239　发 行 部 010-58336202 |
|  | 责任编辑 010-58336269 |
| 经　　销： | 新华书店 |
| 印　　刷： | 三河市航远印刷有限公司 |
| 制　　版： | 北京禾风雅艺文化发展有限公司 |
| 开　　本： | 710mm×1000mm　1/16 |
| 印　　张： | 24.5 |
| 字　　数： | 292千字 |
| 版　　次： | 2025年4月第1版 |
| 印　　次： | 2025年4月第1次印刷 |
| 标准书号： | ISBN 978-7-5075-6051-0 |
| 定　　价： | 72.00元 |

版权所有，侵权必究

# 目录 CONTENTS

| 一 | 王伦机变 | 01 |
| 二 | 将星陨落 | 25 |
| 三 | 风云变幻 | 49 |
| 四 | 兀术渝盟 | 73 |
| 五 | 刘锜扬威 | 97 |
| 六 | 顺昌大捷 | 117 |
| 七 | 岳飞北伐 | 141 |
| 八 | 血染北国 | 163 |
| 九 | 饮恨班师 | 183 |
| 十 | 两军对垒 | 205 |

| 十一 | 淮西会战 | 227 |
| 十二 | 朝堂之谋 | 245 |
| 十三 | 收夺兵权 | 261 |
| 十四 | 张岳反目 | 281 |
| 十五 | 祸起萧墙 | 299 |
| 十六 | 金营议和 | 321 |
| 十七 | 岳飞蒙冤 | 343 |
| 十八 | 功业归尘 | 365 |

# 一　王伦机变

　　时值初春，林木返绿，草长莺飞，去年冬天的一场大雪已经融化，使得溪流江河暴涨，大河上下，到处水声潺潺。

　　王伦与蓝公佐等人一行，才过完元宵，便离开了临安，渡过长江，一路往中原腹地进发。前不久南北和议终于达成，王伦等人都立了大功，个个加官晋爵，王伦更是赐同进士出身，加封端明殿学士、同签书枢密院事。此次出使，一方面是奉还两宫，交割地界，一方面是去担任东京留守。当年东京街头的泼皮，如今却要去替天子守国都，可谓皇恩浩荡，也算是一段传奇，因此一路上众人心情格外畅快，说说笑笑，不知不觉间便到了睢阳。

　　出城迎接王伦等人乃是转运使胡昉，王伦自升官之后，刻意修饰自己的言谈举止，虽然胡昉官阶比自己低，相见时却丝毫不敢有轻慢之态。胡昉倒不像有些大臣那般鄙薄王伦出身低微，礼数十分周到，但眉眼间却带着一丝忧虑。

　　王伦看在眼里，只装作不知，寒暄过后，才问道："正阳兄护送金使张通古等人北归，一路还顺利否？"

　　胡昉脸色一变，似乎有话脱口就要讲出来，看看周围人多，又硬生生地吞了回去，道："此中事颇多曲折，有机会再跟留守详叙吧。"

　　王伦见胡昉神情颇显疲累，知道这差使不容易，也不再多问，由

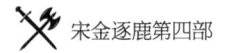

人领着去馆中歇息。

掌灯时分，胡昉过来驿馆，手上多了份公文，两边坐下后，胡昉便将公文递给王伦，道："这是金廷给河南官吏百姓下的诏书，留守先看看吧。"

王伦接过来，与蓝公佐就着灯光看那诏书，上面写道："顷立齐豫以守南服，累年于兹，天其意者不忍遽泯宋氏社稷，犹留康邸在江之南，以安吾南北之赤子也。倘能偃兵息民，我国家岂贪尺寸之地，而不为惠安元元之计乎！所以去冬特废刘豫，今自河之南，复以赐宋氏。尔等处尔旧土，还尔世主，我国家之恩亦已洪矣。尔能各安其心，无忘我上国之大惠，虽有巨河之隔，犹吾民也。其官吏等，已有誓约，不许辄行废置，各守厥官，以事尔主，无贻悔吝。"

诏书最后，又命官吏军民，愿归山东、河北者，听其自便。

两人看完，默然无语，胡昉道："二位以为写得如何？"

蓝公佐叹道："以文论之，郁郁乎有春秋之风，谁还敢说金国是夷狄之邦！"

胡昉也跟着叹了一回，王伦却不太在意文采如何，将诏书细细看了两遍，道："金廷还是真心要议和的。"

胡昉道："这倒不假，只是金国跟大宋一样，朝野反对和议者也不少。"

"那是自然。但只要地界一交割完毕，生米煮成熟饭，几年过后，和议便踏实下来，想推翻也不容易。"王伦捋着胡须微笑道。

胡昉面色凝重，缓缓道："就怕金国反对和议者乃实权人物。"

"哦？"王伦盯着胡昉，问道："不知正阳兄所指何人？"

"金国右副元帅，人称四太子的兀术。"

王伦微微一怔，突然想起自己之前数趟出使金国，竟从未见过兀术一面，其中缘由，的确值得玩味。

胡昉见王伦沉吟不语，便指着诏书道："金国皇帝告河南吏民诏书，照理去年底就该发下来了，但兀术在东京主持金国东南事务，却一直扣着，直到正月十五，才发到各州郡，他这明摆着就是故意拖延嘛！"

王伦道："在金国时，曾与其大臣及属吏聊起兀术，都说此人性情刚烈，桀骜不驯，是个难缠的主，不过谅他也不敢公然违抗金国皇帝的旨令。"

"怕就怕他手握兵权，真要作起梗来，天高皇帝远的，你能奈他何！"胡昉冷笑道。

王伦听胡昉的口气，觉得他话中有话，便道："白天正阳兄说护送张通古一行返国，其中颇多曲折，不知所指何事？"

"唉！"胡昉从喉咙深处里发出一声哀叹，脸上也露出似哭似笑的奇怪表情，瞪着王伦和蓝公佐二人，却不说话。

蓝公佐奇道："正阳兄何故如此啊？"

胡昉苦笑道："我若说出来，就怕你二人不信。"

王伦催道："河南已十余年不复王土，我二人此行要去与金人交割地界，相当于深入敌境，岂能两眼一抹黑便去了？正阳兄有事便直说吧！"

胡昉这才透露出一桩匪夷所思之事：京东、淮东宣抚使韩世忠密令手下一部分士卒扮成红巾军，准备在张通古北归的必经之路洪泽湖拦路劫杀张通古等人，所幸其麾下一名叫郝卞的部将悄悄派人将此信传给胡昉，当时张通古等人已过扬州，情势可谓千钧一发，胡昉赶紧带他们转道淮西，才逃过一劫。郝卞自知回去必死无疑，便弃家逃至岳飞军中，好歹保全了性命。

王伦与蓝公佐听得目瞪口呆，胡昉愤然道："若不是我早得到消息，韩世忠手下那帮士卒定然连我这大宋转运使也一并杀了，如此才能死无对证，掩人耳目嘛！"

蓝公佐气得骂道："这韩世忠果然就是个泼皮出身，就算身居宣抚使的高位，也改不了偷鸡摸狗的无赖品性！"说到这里，突然住了嘴，飞快地看了一眼王伦。

王伦没心思计较这些，问胡昉道："张通古知晓此事否？"

"怎敢让他知晓！我们一行人胆战心惊，还得强作镇定，带着金使连夜赶路，金使不解，我这头还得找尽理由去搪塞他们，真是岂有此理！"

王伦松了口气，道："只要能瞒住张通古便好，此人极不好对付，若让他知道了，不知生出多少是非。"

胡昉摇头道："张通古只是不知详情而已，但我们半路改道，神情慌张，我看他也猜出了个大概。此人城府颇深，不卑不亢，并不逞口舌之强，然而一旦发话，却是让人无可退避，是个狠角色。"

王伦一听，便知张通古没少整么蛾子，便道："可否举一二例？"

胡昉道："北归路上，张通古十分机警，每至一处，必考察军情民情，他见我军士卒开始在河南各州郡构筑城垒，便将我和韩肖胄叫去道：'大金国皇帝为显仁德，特意将河南之地划拨给南朝，南朝当思图报大恩，哪能再起异心？如今你们刚收回河南州郡，便忙着筑垒戍守，以我大金为敌，这不是自取嫌疑吗？倘若大金国皇帝震怒，挥师南下，不要说河南之地，就是江南也不能保全，你们筑这些城垒又有何用？'韩枢密与我无言以对，只得派人火速赴行在请命，圣上也不得不下旨撤了各州戍守。这张通古虽然刚受惊吓，却坚持不动身，一直看到圣上罢戍的诏书才启程。此人虽是文臣，却有武将之胆，实非等闲之辈。"

蓝公佐不禁恨道："早知是这么个奸险狡诈之徒，让韩世忠结果了他也好！"

王伦随手翻了翻案上的金国诏书，沉吟道："来日与兀术交接地界，恐怕会有一番周折。"转头又问胡昉，"以正阳兄观之，这兀术会找些什么借口来抗拒和议？"

胡昉道："其他事都还好说，只有一桩事着实难办。"

"何事？"

"和约签订之前，宿州守将赵荣和寿州守将王威带领麾下将士百姓投奔大宋，朝廷自然是予以接纳，然而此事却惹得金国大为震怒，连一向主和的乌陵阿思谋都对此颇为光火，在我和韩枢密面前三番五次提起此事，督促务必遣返二人。"

王伦不禁倒吸了口凉气，道："此事还真难办！"

"可不是嘛！"胡昉道，"若论起来，和议未成便接纳对方叛将，确实曲在我方，但倘若依着金廷遣返二人，恐怕会让天下人大失所望，朝廷也显得太没风骨。"

"这可如何是好……"王伦嘴里念叨着，不由得站起来，在屋内踱来踱去。

蓝公佐却看得开，安慰道："车到山前必有路，船到桥头自然直。正道兄何必忧心至此，你我二人出使也不止一次了，哪次不是前路未测，不都也过来了？"

王伦一笑没作声，转而问胡昉："驻守其他州郡的金国诸将如何？"

"留守这一问，我倒想起了一人！"

王伦和蓝公佐同时问道："谁？"

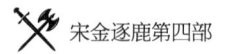

"金国三路都统完颜乌禄。"

王伦出使数次，还在金国滞留了好几年，对金国权贵重臣了如指掌，但这个名字却从未听说过，便问道："这是何人？"

胡昉道："说起来也令人难以置信，此人不过是一少年而已，才十五六岁，乃是原金国左副元帅讹里朵之子。完颜乌禄奉命镇守归德府，爱惜民力，约束士卒，秋毫无犯，当地百姓十分拥戴他。划分地界后，他率军北归，为防手下将士临走劫掠，让军队先行，接着下属官吏出城，最后自己才带着亲兵出城。出城后，他立即命令拉起吊桥，做事极有章法。"

王伦和蓝公佐听了，心里不是滋味，嘴上虽然赞叹，眉头却都皱着。

"自古英雄出少年。想当年东京围城，圣上不也是以十九岁少年之身，慷慨赴金营当人质吗？讹里朵原本就非寻常之辈，在完颜阿骨打诸皇子中，有宽厚诚信之名，我看这完颜乌禄颇有乃父之风，将来必成大器。"王伦道。

蓝公佐点头道："倘若这完颜乌禄将来掌了大权，倒也未必是坏事，总比那些穷兵黩武、暴虐无度之辈要强。"

三人聊了一个多时辰，胡昉起身告辞，提醒王伦道："大宋已失中原之地十余年，官吏百姓固然是盼望复为宋民，然而朝廷在接纳之时，不必拘泥成法，要以得人心为第一要务。"

王伦点头应承，送走胡昉后，转身对蓝公佐道："胡正阳为人笃实，乃诚信君子，就有一样不好，说起话来吞吞吐吐。"

蓝公佐掩嘴窃笑，两人坐下后，才道："那也怪不得他，君子谨言慎行，再加上如今南北之民交错杂居，风俗不同，多些忌讳终归是稳当些。"

"这是不错的,但他跟我吞吞吐吐的做什么!"

蓝公佐见王伦有几分不悦,便笑道:"你不要错怪了正阳,他也是一片好意。白天路上交谈时,他便悄悄地与我讲了一事:有个叫郁臻的,本是门吏出身,刘豫僭据中原时,他献上屯田之计,这也算是条好策略,刘豫大喜,便在中原推行屯田之法,并任命郁臻为秉义郎、阁门祗候,还说前朝以虚誉用人,只知科举取士,然而宣和、靖康年间,误国者哪个不是进士及第之人?本朝则不然,不问门阀,唯才是举!"

王伦点了点头,随口道:"这刘豫能窃据中原八年之久,也不能说他毫无见识。"

蓝公佐一笑,道:"我还未讲完呢。刘豫被废后,原伪齐各等官吏赴行在觐见,朝廷为笼络人心,都待之以礼,唯独郁臻见秦相时,秦相颇不待见他,听说都没给他个正眼,事后还说:好好的读书人不用,用这等鸡鸣狗盗之辈,难怪刘豫国祚不永,八年而亡。"

王伦不禁一愣,随即明白胡昉为何不当面说这事,是怕犯了自己出身低微的忌讳。

蓝公佐接着道:"郁臻受此羞辱,愤怒不已,据报已经逃到金国去了,将来两国一旦交恶,此人怀恨在心,哪有不趁机报复的道理?"

王伦听了皱眉不语,半响后才道:"郁臻不过一匹夫,随他去罢了。只是你一说此事,让我又想起赵荣、王威二人,朝廷此时恐怕正左右为难,不知如何处置,我料来日见了兀术,他开口必问此事。"

蓝公佐脸上的轻松表情也消失了,两人呆坐了片刻,接着商议了许久,直到半夜才去歇息。

像是应了这一行人的心情,接下来的路程,颇为不顺,天气突然糟糕起来，春光明媚是想都不敢想了，阴一日，雨一日，甚至还下了两次冰雹，春寒料峭，把众人冻得瑟瑟发抖，道路也被雨水泡得泥泞不堪，滑溜溜的极不好走。

王伦毕竟升了枢密使，此行又要去担任东京留守，虽然苦不堪言，但往日那些脱口便出的市井痞话就不能说了，有时还抬头看看天，自我安慰道："春雨贵如油，中原百姓久经战乱，此番春麦种下后，喝足了雨水，定能长势喜人。"

蓝公佐祖上世代为官，见多了新官上任时的忧国忧民之态，含笑道："前方便是南京应天府了，府衙内从留守到书吏，全是伪齐旧臣，正道兄可想好如何对待他们了？"

王伦道："人家也是身不由己，除了以礼相待，还能怎的？"

"上回你我二人出使金国回来，路过应天府时，正道兄急于回朝复命，只歇了一晚便走了，我因事逗留了三日，与几个伪齐官员混熟了，他们提到一事：刘豫在应天府西为陈东、欧阳澈二人立了双庙，长年祭祀，因有官府资助，因而香火甚旺。我当时听了，只是点头不语，如今中原复归大宋，正道兄打算如何处置此事啊？"

王伦沉思片刻，道："双庙规格不是一般的高，就算是战功卓著、以身许国者如李彦仙和赵立，也不过是立个生祠，哪里又能享有双庙？再说，圣上已经在二人家乡为其立祠堂，其家人也多有赏赐，刘豫立这双庙，无非就是想羞辱圣上罢了。"

"那……"

"二人纵然忠义，然而细究其所作所为，却颇多可斟酌之处，当年圣上刚在应天府即位，朝局不稳，百废待兴，陈东上书激言政事，似有再演靖康年间东京万人伏阙之势，如此一来，政局将不可收拾。欧阳澈更是捕风捉影，妄言宫闱之事，说他二人自取其祸，也不算过分。只是二人毕竟是因言获罪，圣上怕因此堵塞了言路，冷了臣民的心，才为二人平反，但刘豫在应天府建的双庙必须拆毁。"

蓝公佐点头道："如此处置，甚为妥当！想不到正道兄还颇有理政之才，东京大治可期也！"

王伦按捺住满肚子的快活得意，谦逊道："哪里哪里！我王伦不过是一江湖浪子，蒙圣上抬爱，得以略尽犬马之劳罢了。"

数日后，路过应天府，王伦下令拆毁双庙，当地官员也无人反对，歇息两晚后，一行人继续向北进发。

眼见离东京越来越近，众人情绪高涨起来，到东京南郊时，经过一处村镇，镇上有一座土地庙，王伦下马，独自进去待了半晌，出来时神情复杂，一副百感交集的样子。

"当年王某落魄时，曾经在这座庙中住过两月，今日路过，岂非天意。"见众人疑惑，王伦也不忌讳当年贫贱之事，坦然说道。

众人都感叹不已，王伦打起精神道："过几日就要与金国右副元帅兀术交割地界，听说此人性情刚烈，一直在金廷极力主战，诸位可要好生应对！"

众人都摩拳擦掌，咬牙应道："留守只管吩咐，我等愿效死命！"

王伦忍不住笑道："我们都是使臣，随机应变、从容不迫中取得实惠便是本分，要效什么死命！"

蓝公佐也打趣道："要效死命的话，我都死两回了，王留守更是死了七八回。"

说笑间，城内有人迎出来，带着王伦等人进了城，城中居民早就听说新任大宋东京留守要来，更有人得知新留守乃是当年东京的落魄子弟，一路上无数人围观，王伦频频向人群拱手致意，居民们也纷纷回礼，个个都感慨万千。

在府衙中住下数日后，兀术令人送来口信，请王伦赴郊外行营相见。

蓝公佐奇道："这是何意？他的元帅府就在城内，离此不过几里路，为何偏偏让我们舍近求远去行营见他？"

王伦眉头微蹙，半眯着眼睛，沉思了半晌，冷笑道："叫人备马，你我即刻启程，且看看这兀术是何等样人！"

蓝公佐略感吃惊，但见王伦已经开始从容更衣，便也不再多说，赶紧更衣去了。

片刻后，二人只带了两名随从，挑了几匹好马，直奔城外而去。

走了一个多时辰，远远看见前方雾气腾腾，尘土蔽日，浓烈的马臊味直往人鼻孔里窜。虽然是初春时节，天气还不甚暖和，但到处是蚊蝇飞舞，鸟雀却不见一只，一片肃杀的气氛。

一列骑兵疾驰过来，王伦报上名号，领头的将领道："殿下正在练武场，你们随我来。"说罢，也不等王伦回话，调转马头便飞奔而去。

王伦等人只得紧跟其后，约莫走了两盏茶的工夫，便见前方一片空地，围着一圈人马，不时轰然叫好。

宋使一到，只见练武场边一名小校将一面大旗挥舞了几下，鼓声骤起，人群让开一条道来，王伦等人便策马进去。

练武场中央，一名虬髯汉子正在演练射箭，王伦一看他胯下那匹千里挑一的骏马，再看鞍鞯配饰、衣帽盔甲，便知此人必是兀术无疑。原本以为此人定然生得相貌凶狠，然而他虽然满面虬髯，眉眼间却难掩端正隽秀，即便额头上那道深深的刀痕，也不曾毁掉他的相貌。

王伦正在困惑，周边的金军将士又是一片欢呼，原来兀术又在百步开外，张弓搭箭，正中靶心。

射完这一箭，兀术已感尽兴，便挥了挥手，于是练武场边的人马静悄悄地散去。兀术策马朝王伦这边走来，双方隔着七八步远，就在马上施礼相见。

王伦一边寒暄，一边飞快地转着心思，等着兀术问起赵荣、王威之事，不料兀术却慢条斯理问道："听说贵使自小便在东京长大，当熟知当地风土人情，离此不远，有一处贞节牌坊，其规模比其他处略大，不知是何道理？"

王伦一愣，不知他为何问起这风马牛不相及的事来，便答道："此牌坊乃是为了表彰郑氏守节而建，郑氏年纪轻轻便守了寡，含辛茹苦地将两个儿子带大，两个儿子后来都金榜题名，方圆几百里传为美谈，她于宣和年间去世，朝廷特意下旨在其故地建此牌坊，以彰其节，因此规模比寻常牌坊大一些。"

兀术面无表情地听完，冷冷一笑，道："本帅在此驻守一年有余，也经常与当地父老聊些逸闻旧事，听说郑氏死后，族人清理她的遗物，见有一大堆铜钱搁在床头小柜中，精光锃亮，几乎都磨平了，众人都不知郑氏留此物作何用，只有其中一名妇人潸然泪下，道出原委：原来郑氏年轻守寡，深夜孤苦寂寞，便取出铜钱摊在床上，一枚一枚摆好，然后推倒摊在床上，再一枚一枚摆好，如此反复数百遍，直到筋疲力尽，才倒下睡觉，长年累月下来，这铜钱自然就磨平了。"

王伦不禁心头一颤，外人只知贞节牌坊的荣耀，哪里又能想到这些寡妇们的血泪！他从小丧父，由母亲一手抚养大，因此比别人多了几分感触，一时忘了此行来的目的，看着远处发呆。

兀术见王伦真情流露，态度倒好了三分，看着王伦道："自己三妻四妾，却要人家妇人孤苦守节，可见南朝那些峨冠博带者，虽满口贞节仁义，其实不过是些衣冠禽兽罢了，枢密以为然否？"

王伦还未答话，旁边蓝公佐已经忍不住了，道："那也总比弟娶兄妻，甚至子纳父妾要好些吧？人伦纲常，不可一日而废！"

兀术脸上露出一丝轻蔑的笑容，看也不看蓝公佐一眼，对王伦道："本帅看枢密倒不似其他南朝士大夫，嘴里是仁义道德，背地里却男盗女娼。"

蓝公佐气得脸色发白，正要反唇相讥，王伦用胳膊肘轻轻地撞了他一下，对兀术道："王某滞留北地之时，听说有些女真部落，父母死了，便直接抛入江中，鞑靼各族，更有天葬习俗，将死者切碎了喂鹰，这在我中原汉民看来，实在是匪夷所思，然而我中原土葬之俗，在北地人看来，亦是离经叛道。所谓地分南北，人分族群，无非是一方水土养一方人，风俗迥异乃是常理，何须大惊小怪。"

兀术被说得哑口无言，鼻孔里"哼"了一声，策马直奔中军大帐而去。

王伦等人也进了大帐，双方分宾主坐定，甫一落座，兀术劈头便道："和议才成，赵荣、王威不等我大金号令，便擅自带领全州军民南下，此二人罪不可赦！宋朝为何还接纳二人？难道要让当年幽燕之祸重演吗？"

兀术的话说得很重，当年徽宗接纳辽国降将，引出无数祸端，王伦深知其中利害，只是强作镇定点头，并不接话，等兀术说完了，才缓缓道："此事必有原委，且容我打听确实了，再报与元帅，断然不能因二人而毁了和议大计。"

兀术板着脸不作声，沉默了片刻，又道："贵国的大赦诏书，写得倒是花团锦簇，却只字不提我大金恩德，倒像是我大金亏欠了贵国似的！寻常人等，哪怕贩夫走卒，得了人家的好，还要打躬作揖，以示感谢，如今大金以河南、陕西之地赏赐贵国，贵国诏书中毫无感恩戴德之意，这也算邦交之道？"

　　兀术脸如寒霜，声音也越来越严厉，王伦暗吸一口气，脸上神情如常，诧异道："元帅何出此言？大金以河南、陕西之地归宋，我大宋朝野上下还是感佩有加的。"

　　兀术一招手，旁边亲兵递上一卷文书，兀术接过，摊开来，正是宋朝的大赦诏书，他指着其中一句话，对王伦道："这'上穹开悔祸之期'是何意？贵国从大金手中得了中原之地，不归德于我，却说是上天开眼，竟与我大金毫无干系？如此忘恩负义，不知好歹，哪里见得到半点诚意？"

　　王伦已经认定兀术是故意找碴儿，他当年贫贱之时，不知遇到过多少无事生非的主，早已应对自如，此时便把头摇得如拨浪鼓一般，脸上也是一副惊讶委屈的神情，恳切地道："元帅这般说，确实就是误会我大宋君臣的一片诚心了！两国交兵，苦的都是百姓，从睢阳到东京，沿途十数处州县，原本都是繁华富庶之地，人烟阜盛，然而本使此次过来，一路上却是村庄凋零，人烟稀少，路上白骨仍处处可见，生民何辜，遭此荼毒！元帅手握雄兵，生杀只在一念之间，却能怜惜郑氏守寡之苦，自然也会怜惜这些因战乱颠沛流离的百姓。"

　　兀术被他这么一说，脸上神情似乎缓和了些，王伦趁热打铁道："我家圣上乃仁德之君，自是不忍让生灵涂炭，想来大金皇帝也是如此，这才有了南北和议，大宋君臣为此欣喜万分，感天颂地，不也是合乎常情常理吗？"

　　兀术看了一眼王伦，心想此人果真会说话，难怪金国朝野颇多称誉，便讥讽道："听说枢密因南北和议立了大功，见封于朝廷，你是向你家主上谢恩，还是跑出朝堂拜谢天恩啊？"

　　蓝公佐在一旁正要开口顶回去，王伦仰天哈哈大笑，道："元帅所说乃金玉之言，价值千金！本使回朝后，定会禀明圣上，往后大臣得了封赏，应当掉头就跑出朝堂，谢了天恩再说！"

众人都"扑哧"笑出声来，兀术也有点忍俊不禁，王伦紧接着正色道："'王者，父天母地，为天之子也。'谢天不就是谢天子嘛！大金皇帝既为天下之共主，我朝诏书中不谢天还能谢什么呢？"

兀术明知王伦在巧言掩饰，却被堵得无言以对，但哪里肯就此罢休，拉着脸道："枢密不要当我大金无文学之士，这'上穹开悔祸之期'乃是有出处的，你若不知，回去问问。总而言之，本帅身为大金重臣，既为天子守藩篱，也为天子捍尊荣，倘若宋朝诏书中有此话，本帅断然不允！"

王伦确实不知这句话有何出处，当即就坡下驴，道："既然如此，本使回去好好盘问一番，再来见元帅。行大事不拘小节，古往今来，哪有因一言而决断国家大事的？本使绝不能让这区区几个字便葬送了两国和议，否则如何对得起君父，如何对得起黎民百姓！"

兀术听他又是话中有话，知道说他不过，便不再多言，板着脸起身送客。

回来路上，王伦一改与兀术会谈时的轻松随意，满面忧愁，只是皱眉凝思，蓝公佐等人倒是心情颇佳，觉得兀术一再挑刺，王伦回得有礼有节，无懈可击。

半路上，早有府吏等在路边，说是签书枢密院事楼炤、兵部侍郎张焘等人也已抵达东京，正在府衙歇息。

王伦一拍大腿，道："这诏书不正是楼炤拟的吗？赶紧问问他！"说罢，快马加鞭，直奔城内而去。

楼炤、张焘等人已经候在府衙门口，大约也是从旁人嘴里听说了兀术不好对付，见王伦一行到了，赶紧迎了出来，张焘先问道："枢密见过兀术了吧，事情还顺利否？"

王伦等人下马，府吏递上热乎乎的湿毛巾，王伦一边擦脸，一边跟着众人往里走，嘴里道："不顺利。兀术紧盯着两桩事不放，一桩还算在理，另一桩纯属胡搅蛮缠。"

"胡搅蛮缠的先不管他，这在理的是哪桩事？"张焘问。

"前向南北和约刚定，知宿州赵荣和知寿州王威不等金国指令，便拥众南归，兀术深以为恨，方才提及此事，我看他的口气，必欲得二人才罢休。"

张焘点头道："此事朝廷已有处置，诏书都已经下了。"

"哦？"王伦停住脚步，看着张焘，张焘便命人去取诏书，片刻后回来，王伦接过诏书极快地浏览了一遍。

诏书上命赵荣、王威自六合转道淮西出境，仍归旧地，还将二人骂得狗血淋头，说他们屡抗官军，劫掠两州，作恶多端，绝不能收留，特此榜谕中外，以儆效尤。

王伦又细细地看了一遍，紧锁的眉头松弛下来，脸上露出一丝笑容。

蓝公佐也凑在一旁看，道："朝廷这般处置，让二人进退两难，一旦返回旧地，被金人所害，只怕会寒了其他守将的心啊！"

王伦一笑道："这明里是骂，实则是为二人开脱，朝廷如此处置，虽属无奈，却也十分巧妙，二人回到旧地，我谅兀术不会杀他们，他也不想冷了其他守将的心呢！"

张焘见王伦一眼便看出玄机，佩服道："枢密果然聪明绝顶。这桩事的确让人头疼，总算是糊弄过去了，兀术胡搅蛮缠的又是何事？"

王伦转头看着楼炤道："不知楼公在诏书中所言'上穹开悔祸之期'

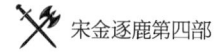

是何出处？"

楼炤一听来了精神，摇头晃脑道："此句典出《左传·隐公十一年》，讲的是齐、鲁、郑三国伐许，许庄公出奔齐国，齐僖公以许国的土地让与鲁隐公，隐公不受，让于郑国，郑庄公令许国的大夫百里侍奉许庄公的弟弟许叔居于许国东边，说：'天祸许国，鬼神实不逞于许君，而假手于我寡人。……若寡人得没于地，天其以礼悔祸于许，无宁兹许公复奉其社稷。'意思是只要我一天不死，许庄公就别想复位……"

王伦还在耐着性子听，蓝公佐已经不耐烦了，打断道："楼公你且说说，这句话用在诏书中是何意吧。"

楼炤道："还能有何意？金人南侵，连年杀伐，是老天爷假手金人嫁祸于我大宋，如今金人许和，就是老天爷撤除降给大宋的灾祸期限到了。"

王伦琢磨了一会儿，这句话倒并无贬损金人之意，不过兀术说宋朝不归德于金，只谢老天爷，倒也不全是无中生有。

正在沉吟，楼炤问："此句有何不妥吗？"

蓝公佐便将兀术揪住这句话不放的事跟他说了，楼炤毕竟是书生，一听说事态严重，不禁紧张起来，脸上涨得通红，看着王伦不说话。

张焘皱眉道："听兀术这意思，难道还要我大宋朝廷重新下一份诏书不成？"

"此事形同儿戏，断不可行！"王伦道："即便再下诏书，他要挑刺，哪句话挑不出来？况且报与朝廷重下诏书，一来一往，少说也得三五个月，谁知道会生出什么事端。"

众人一时没了主意，王伦神情却轻松下来，一副若有所思的样子。

晚宴上，王伦问一名陪酒的府衙属吏："你们中可有字写得十分好的？"

那属吏迟疑了片刻，道："在下不才，一无所长，就是字还写得周正。"

王伦看了看这属吏相貌平平，就是一寻常读书人模样，且已年近六十，须发白了一大半，但那双手伸出来形如鹰爪，似乎不像在夸口，便问："果然是三人行，必有我师，敢问尊姓大名？"

那属吏道："不敢，在下姓龚，名思礼。"

楼炤在一旁早听见了，便道："这位姓龚的仁兄既然字写得好，何不当场写几个字给大家助助酒兴？"

龚思礼嘴里推辞，却不自觉地将袖子捋起来，有跃跃欲试之意。

王伦便命人准备文房四宝，又取来大赦诏书，指着上面文字对龚思礼道："'上穹开悔祸之期，大金报许和之约，割河南之境土，归我舆图；戢宇内之干戈，用全民命。'你就把这前两句按字体大小一模一样写一遍。"

龚思礼拈起狼毫笔，将笔尖放到嘴里，用舌尖舔了舔，然后摊开宣纸，蘸饱了墨汁，略一凝神，便笔走龙蛇地写了起来，才写了一半，王伦已是喜不自禁，连连赞道："好字！好字！"

楼炤于书法颇有心得，在一旁点评道："这字写得严密工整，一丝不苟，显见是有些功力的，就是庄重有余，灵气不足。"

王伦道："要的就是这样的字，大赦诏书，端庄持重就好，哪怕呆板点都是极好的，要灵气作甚？"

龚思礼并不在意旁人议论，专心致志写完后呈给众人看，只见那字写得如同鬼斧神工，极为端正，虽然缺了灵动之气，但用在公文、诏书上却是再合适不过。

王伦喜得把手掌搁在两个膝盖上，接连搓了几十回，问楼炤道：

"倘若此处不用'上穹开悔祸之期',换成一句别的,该如何说好?"

楼炤连连摇头,道:"使不得,文章乃千古之盛事,更何况此乃大赦诏书,哪能轻易改动!"

王伦无奈一笑,只得装作附和,转头对龚思礼道:"饭后请留府衙片刻,我这边有几份公文需龚兄誊抄一遍。"

龚思礼满口答应,王伦便在饭桌劝菜劝酒,聊些东京城内的逸闻,只字不谈和议之事。

饭后,楼炤、张焘逗留片刻后,便回驿馆歇息。王伦叫上蓝公佐和两个亲信随从,把龚思礼带入书房,取出几卷宫中专用的空白诰敕,挑了一卷最光鲜齐整的,在书桌上摊开来,又将大赦诏书搁在桌边,对龚思礼道:"烦请龚兄将这份诏书重新誊抄一遍,务必不要错漏一字,此事若做得圆满,本留守升你一级俸禄。"

龚思礼见有这样的好事,如何不欢喜,作势便要开工,王伦止住他,转身对蓝公佐道:"祈辅啊,你比我精通文字,你来看看'上穹开悔祸之期'这句如何改才能让兀术无话可说。"

蓝公佐不知他葫芦里要卖什么药,想了想道:"就改成'圣人怜生民之痛'如何?也正好应了上次见兀术时正道兄说的那些话。"

王伦大喜,立即让龚思礼开始誊抄,自己在一旁监工,约莫过了半顿饭的工夫,龚思礼全部誊抄完毕,字迹工整有如石刻,配上光鲜亮目的诰敕装帧,以及下方的御印,就是浑然天成的一卷圣旨天诏。

蓝公佐此时已经猜到了几分,忐忑不安地站在一旁只是搓手踱步,王伦对龚思礼道:"自下月起,你的俸禄便升一级,我自会跟库房打招呼。今日之事,你回去后跟谁都不要提,日后倘若还有这书房之外的人知晓此事,我唯你是问。"

龚思礼道:"旁人问起,下官就说留守让我抄写了几张安民告示,正好那几张安民告示也是下官所写,只是写得远不如这般用心工整。"

王伦点头微笑,目送他告辞退出书房,回头对蓝公佐道:"此人倒是极知高低。"

蓝公佐担心道:"正道兄,这是一步险棋,你可想明白了!"

王伦敛了脸上笑容,盯着刚抄好的诏书思索了片刻,道:"不行险棋,如何过得了这道坎?"

蓝公佐叹了口气,道:"你是一片赤诚,只想把事做成,就怕他人并不领情,万一此事败露,朝廷追究下来,谁又替你顶着?你看楼炤,问他诏书上的句子如何改动都严词拒绝,你以为他全是出于迂阔吗?我看他精明得很哩!"

王伦沉默了半晌,道:"南北和议,千难万难,已只剩下这最后一步,王伦不过一浪子,混迹于市井之间,蒙官家抬举,这辈子也就做了这么一桩事,今日就是把命搭进去也在所不惜了。"

蓝公佐等人相对无语,看着王伦,眼神中充满敬佩,却又夹杂着几分怜惜。王伦避开他们的目光,心里却涌起一阵莫名的憋闷,身子晃了晃,委顿不堪地瘫在椅子上,仿佛骤然间老了几岁。

接下来数日,王伦与楼炤、张焘等人一起检视皇宫。楼炤、张焘等人入仕已久,对东京皇宫颇为熟悉,二人领着王伦,带着几名随从,熟门熟路入了大庆殿,指点感叹一番后,穿过齐明殿,转而往东进入左银台门,此处乃禁宫所在。于是楼炤便命随从止步,三人入内东门,过会通门,由重拱殿稍稍往南便达到了玉虚殿,此地正是当年徽宗供奉老子之所。

张焘叹道:"道君皇帝若不迷恋道术,未必有海上之盟,也就不会有东京围城了。"

楼炤接口道:"即便有东京围城,倘若不听郭京那道士胡说,也

-19-

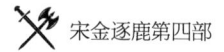

未必有靖康之祸呢。"

王伦发迹于靖康之乱，于此事更有感触，但他当时不过东京街头一泼皮，庙堂之上与市井之间，隔着万千衙门，因此与二人感慨完全不同，听了二人议论，他只是点头微笑，并不接话。

转眼到了福宁殿，此处乃是至尊寝所，却是出人意料的简质不华，张焘、楼炤又是一通感叹，王伦却在心里暗想：纵然广有天下，睡觉也不过占地三尺而已。

说话间，出了肃雍门，来到玉春堂，此处规模十分宏大，非其他宫殿可比，大概是因为刘豫僭立时，常在此地召见群臣议事，因而多有整修的缘故。

张焘道："上月奉圣上旨意，去河南拜谒永安诸皇陵，百姓都夹道欢迎，都说久隔王化，不料今日复得为大宋子民，许多上了年纪的人都泪流满面。皇陵下原本有石涧水，自靖康之变以来，早已干涸了，我等拜陵完毕，当日便有水喷涌而至，当地父老都大为惊叹，以为中兴之祥呢……"

楼炤听了连连赞叹，王伦却不以为然，来时一路雨水不断，石涧涨水何足为奇？不过此事大可不必点破，便也跟着赞叹了两句。

皇宫浩大，三人接连转了几天，也不过转了一半而已。第五日时，三人转完后，王伦悠然道："兀术大军仍旧盘踞在东京北郊，在下已经派人与他约好，明日再去其军营商讨交割事宜，二位有什么要叮嘱的吗？"

楼炤道："兀术在大赦诏书中吹毛求疵，枢密当与之据理力争，以破其奸！"

张焘还算务实，沉吟着道："枢密往返金国数趟，一手促进成南北和谈，在下哪里敢谈什么叮嘱！只是上回兀术成心阻挠交割，揪住诏书中一句话不放,枢密可有应对之法?"

王伦不愿意透露太多,便学着朝中大臣们惯常的口气道:"金人多诈,到时只能相机行事,见招拆招吧。"

次日,王伦与蓝公佐仍旧带着两名随从,出城去见兀术。一行人到时,兀术已经端坐中军大帐,王伦与之相见,坐定后,不等兀术开口,便道:"有一桩大事已替元帅打听清楚,赵荣、王威屡抗官军,劫掠州县,藐视军纪,我朝已将他们驱逐出境,还请元帅对二人严惩不贷!"

兀术一副很不热心的样子,打着官腔道:"二人果然有作奸犯科之事,宜付有司论其刑赏,岂能听信一家之言?"

王伦却揪住此事不放起来,道:"倘若元帅不愿动手,可将二人绑至我朝,交由大理寺处置。"

兀术不耐烦地一挥手,冷冷道:"我大金自有刑狱督察衙门,何劳贵国插手。"

一桩万难之事如此消弭于无形,王伦顿时心里有了底,道:"不知元帅可选好了吉日交割地界?"

兀术脸色一寒,道:"枢密记性不大好吧,贵国得了大金赏赐的中原、陕西之地,大赦诏书却说什么'上穹开悔祸之期',毫无感戴大金之意,本帅上回让枢密回去问问,不知问了没有?"

王伦挠了挠头,皱眉道:"蒙元帅嘱托,在下回去后,还真找了当初起草这份诏书的楼炤问了,他却是一头雾水,最后他拿出当初的诏书原样出来,我等才恍然大悟。"

说着,王伦示意随从取出诏书,递给兀术,道:"请元帅自看,也不知是哪个心怀叵测之人偷偷将诏书上那句话给改了,结果以讹传讹,闹到这步田地。"

兀术接过诏书，一看那堂皇大气的材质配饰和精如天工的书法，没法不把它当真，等看到那句"圣人怜生民之痛"，更是无话可说，坐着只是发愣。

"元帅，依在下看，这定是伪齐余党所为，元帅想想，宋金交恶，谁会渔翁得利？倘若两国竟因此而毁了和约，不仅是亲者痛仇者快，更会让伪齐死灰复燃，中原复为乱局，为天下后世所笑啊！"王伦语重心长地道。

兀术铁青着脸，默不作声，旁边蓝公佐心都提到嗓子眼了，直直地瞪着兀术，恨不能钻入他身体替他拿主意。

良久过后，兀术终于慢吞吞地发话："既然如此……来日本帅安排交割州军官物便是。"

此话一出，王伦等人觉得浑身轻快，简直忍不住要纵身而起，大呼畅快，但又绝不能让兀术看出自己的狂喜，便都使出吃奶的劲憋住满肚子的舒爽，从从容容地与兀术这边确定了交割日期和其他相关事宜。

当日事毕，天色已晚，一行人就在军营中住宿，兀术命人杀了两头羊款待宋使，席间王伦和蓝公佐虽然快活得想一醉方休，但都拼命忍住不敢纵情作乐，倒是金军将士听说要交割地界还乡，都喜不自禁，军营中处处是欢声笑语。

接下来两日，兀术不再出面，只让下属与王伦等人商谈交割细节，一切商议停当后，王伦要与兀术辞行，兀术亲将出面道："殿下近日偶染微恙，就不必拘礼了。"

王伦乐得省事，便问候了几句，然后与蓝公佐等人收拾行装，骑着马施施然回城。

走了大半日，快到城门时，蓝公佐突然下马，走到王伦跟前，亲自为他牵马。

"祈辅，你这是做什么？"王伦惊道。

蓝公佐回头微笑道："正道兄为大宋社稷义无反顾，不惜己身，几乎凭一人之力促成南北和议，蓝某敬佩之至，无以言表，自今往后，愿以长兄之礼侍奉，这牵马坠镫之事，不正是愚弟的本分吗？"

蓝公佐出身显贵，说起来还是皇亲，王伦听到他说出这样赤诚的话语，感动得热泪盈眶，一时说不出话来。

两名随从见蓝公佐亲自牵马，哪里还坐得住，也都翻身下马，一左一右护卫在王伦身边。

城内楼炤、张焘等人都望眼欲穿等王伦消息，突然有士兵报说王留守回来了，赶紧一起去城头眺望，暮色苍茫中，远远地只见王伦端坐马上，两名随从在旁步行护卫，蓝公佐在前头牵着马缰，昂首阔步向城内走来。

众人呆呆地看着这幅场景，猜不透这意味着什么，谁也不敢吱声，直到蓝公佐发出一声长啸："天下太平喽——"城上城下才如梦初醒，欢呼声此起彼伏。

## 二　将星陨落

张通古因为要盯着宋军撤去城防戍守，一直到开春后才算出使完毕，北还至上京，此时河南、陕西金军都已北撤。歇息两日后，张通古便上朝觐见完颜合剌，他知道当今皇上年轻，尚未亲政，朝中主政的蒲鲁虎和挞懒又主议和，因此应对时中规中矩，完全按照既定的国策来说话，完颜合剌面无表情地嘉勉几句后，张通古便退下了。

出得宫来，张通古信步往回走，一名侍卫从后面赶过来，道："张侍郎，我家主人请你今晚到府上一叙。"

张通古回头一看，此人正是当今皇上的养父，太傅斡本的领班侍卫乌素，当下不敢怠慢，连忙道："太傅有请，通古岂敢不从！"

乌素点点头，并无他话，转身便走了。

张通古聪敏机警，对于朝中几名权贵重臣的明争暗斗，自是洞若观火。作为廷臣，他向来谨守不阿附任何一派的铁律，祖上世代为官，从小便耳濡目染，让他深知"覆巢之下，岂有完卵"的道理。

但他隐约觉察到，斡本今日要见他，似乎有非同寻常的意图，阿附与否，恐怕由不得他。

当晚，张通古早早吃了点东西垫垫肚子，特意洗漱了一遍，果然有斡本府上的人过来接，于是张通古便跟着那人骑马到了斡本府中。

贵为当今皇上养父，斡本的太傅府自然是豪阔奢华，张通古跟着

侍从转了几道弯，终于到了斡本的书房。

斡本并不喜欢读书，说是书房，那几本书完全就是摆设，弓箭刀枪却挂了一墙，几头硕大的麋鹿头骨挂在墙上，在灯光映衬下白森森的有几分瘆人。张通古走进书房，脚下顿觉极为柔软，低头一看，自己踩在一张虎皮上，斡本正背对着他，与几名亲信在研究摊在案上的一张地图。

"哦，乐之来了！这往返数千里的，路途劳顿，一路可还顺利？"斡本回过头来，亲切地招呼道。

张通古听到斡本叫自己的字，不敢多想，恭恭敬敬道："托皇上和太傅的洪福，一路虽有险阻，所幸未辱使命。"

"坐坐，到我府上来，就不必客气。"斡本抬手让了让，自己先坐了下来，张通古谢过后，也在下首侧着身子坐下，他迅速打量了一眼斡本，见他黑里泛红的阔脸上满是笑意，同时又透着几分俨然，眉头也微皱着，似乎在琢磨一桩大事。

"今日朝堂之上，我看乐之似有未尽之言，不知有没有看错啊？"斡本微笑着道。

张通古心里微微一跳，暗暗提醒自己，眼前这个斡本能在激烈的角逐中将自己养子送上皇位，自然不是简单人物，今晚这番应对须小心谨慎，切不可出错。

"太傅目光如炬，下官确有未尽之言。个中缘由，想必太傅也能体谅，通古身为朝廷命官，还是要顾及朝廷体面，有些话也不好唐突出口。"

斡本见张通古说话爽直，却又滴水不漏，很是欣赏，便道："今晚叫乐之到我府上来，就是要听些实话。"

张通古起身道："只要太傅问下来，通古知无不言，言无不尽。"

斡本满意地点点头，示意他坐下，问道："此次出使，以乐之看来，宋国朝野是否感戴我大金割让河南、陕西之地的恩德啊？"

张通古不说话，从袖筒里取出一封文书，呈给斡本道："此乃宋朝一个叫胡铨的大臣写的奏折，不知怎的泄露出来，传抄极广，下官以为此奏折极能反映宋人对大金非但毫无谢意，反而恨之入骨，他日一旦兵强马壮，说不定就兵锋北指了。"

斡本接过奏折，让旁边翻译解说了一遍，听完后脸色绷得如同一块生铁。

张通古又将自己北归之时，沿途见宋朝戍守士兵构筑城防一事说了，斡本更是警觉，起身在书房里踱起步来，听到张通古逼韩肖胄撤去城防，拊掌叹道："乐之虽然是文臣，此举却胜似十万雄兵呢！"

话到此处，张通古已然明白，他已经无可避免地站到斡本阵营中来了，他脑海里迅速盘算了一遍，开弓便无回头箭，如今只能竭尽全力辅佐斡本，保证自己依附的这棵大树不倒。

"南北和议已成，我大军已从河南、陕西渐次撤出，两国以大河为界，似成定势，乐之以为我大金当如何应对？"斡本坐了回来，目光炯炯地盯着张通古问道。

张通古深深吸了口气，沉声道："太傅，通古以为应趁宋军部署未定，一举收复河南！倘若让宋军在河南、陕西经营数年，根基稳固后，他日有主战者振臂一呼，还要光复山东、河北故土，挥师北进，到时我大金将如何自处？"

"说得好！"只听后屋一声暴喝，一个高大的身影走了出来。

张通古一看那人额头上的疤痕，立即起身施礼道："下官不知沈王在此，怠慢之处，还望恕罪！"

兀术摆摆手，指着张通古道："今日不期闻此国士之言！"转头

又对斡本道："此话出自一旧邦书生之口，岂不愧煞人！我大金十万勇士，竟无人能说出这种话来！"

斡本含笑不语，命侍从摆上酒肉，肉块都有巴掌大小，酒杯更是大得吓人，浓烈的肉香和酒香混在一起，直往人鼻孔里窜，张通古不由得咽了咽口水。

三人落座，侍从摆好酒肉碗碟，都识相地出去了。兀术用刀挑起一块肥瘦相间的肉，送到张通古盘子里，道："不承想今日与一书生一见如故！"

张通古赶紧谦让，斡本道："乐之不必拘谨，四太子就是这般风骨。只可惜遍观朝野，却只有一个四太子！"

张通古自知既已上船，便只能进，不能退，暗暗咬了咬牙，毅然道："太傅此言差矣，自古成大事者只需二三人，况且太傅贵为天子养父，执掌中枢，而沈王亦是先皇血脉，资历深厚，手握重兵，二位联手，还有何成不了的大事！"

兀术听了，拊掌大笑道："真乃天意也！"起身便敬了张通古一杯酒，然后转身对斡本正色道："太傅，张通古一介书生，尚有如此气概，你我皆是女真的英雄，完颜氏的子孙，跟着太祖、先帝一刀一枪打下这江山，岂能让那几个昏聩之徒把持朝政，葬送了我大金的社稷？"

斡本脸沉了下来，目光阴冷地看着前方，张通古想到朝中正是蒲鲁虎和挞懒二人主政，意识到已经身不由己地卷入了一场即将发生的惊天政变中，他不由得浑身哆嗦了一下，脸色也变得煞白，心里还不停地转念：自己如何就被当朝太傅挑中了？

像是为了解答他心中的疑惑，斡本缓缓道："此事非同小可，关乎我大金社稷安危，不能全凭意气用事。我这些时日来，也一直在朝中物色得力之人，一路看下来，做事沉稳，临乱不惊，有宰相之才者，也不过就一个张乐之而已。"

张通古这才明白斡本一直以来对自己提携有加，原来竟是出于这个目的，赶紧起身谢道："通古愚钝，就怕辜负太傅之厚爱！"

"乐之，"兀术也叫着张通古的字道，"太傅既然这般抬爱你，你且说说，欲成大事，该当如何？"

张通古深吸一口气，让自己平静下来，从容道："无非是趁其不备，先发制人而已，岂有他哉？"

兀术略带惊讶地看了一眼张通古，微笑着对斡本道："太傅果然好眼力。"

斡本一笑，正要说话，侍从进来禀道，陈王兀室到了。

张通古吃惊之余，心里却又踏实了不少，兀室乃是尚书左丞相兼侍中，手握实权，有他参与，成算更大。紧接着他更加放下心来，上首坐着的斡本，身为当今皇帝的养父，他敢谋划如此惊天大事，焉知不是皇上的意思？

想通其中的关节利害后，张通古七上八下的心终于落定了，一丝矜持的笑容浮现在他方正的阔脸上。

绍兴九年（1139）春，就在王伦等人在北面与金国将臣巧为周旋之际，远在淮南的春风古道上，几名手执兵刃的士兵正护送着一辆马车迤逦往西而行，领头的那人，背挎一把宝剑，手里持着一杆长枪，身体虽然在马背上颠簸，但显得异常平稳轻松，一看就是熟习马性之人。其他几名随从全身披挂，他却是一身斯斯文文的旅人装束，加上生得面目清雅，若不是背上的宝剑，手上的长枪，多半会让人以为他是一个赶考的书生。

"彦修哥，沿路这春色正佳，你作首诗吧？"一张秀丽的脸庞从掀开的马车窗帘后露出来，笑吟吟地道。

刘子羽心事重重，不过他不愿扫了爱妻的兴，便微笑道："那还是你起头吧。"转头对几位随从道："今日每人都要吟一句。"

几名随从都是当年跟他死守潭毒山时的生死之交，名为下属，实则都是兄弟情分，这几人老家都在陕西，刘子羽此次辞官专门远道前去看望老友吴玠，他们能够随行，正是求之不得，其中一个憨头憨脑叫韩山的随从叫苦道："侍制，待会儿打尖时我来刷马，这吟诗您老人家就饶了我吧！"

不待刘子羽说话，玉儿轻声道："韩山，说你多少次了，不要称你家侍制老人家。"

韩山赶紧赔罪道："您老人家教训的是。"

众人都忍不住笑，玉儿便不理他，道："我先来第一句：满眼好风景。"

刘子羽愣了愣，道："这句是否失之平淡？"

"那就看彦修哥如何妙手回春了。"玉儿笑道。

刘子羽略一沉吟，道："惜乎无鸡鸣。"吟完看着玉儿，玉儿眉头微微一皱："好是好，就是沉郁了些。"

刘子羽便对其他人道："听到没？夫人嫌我的句子不喜庆，你们谁来接句喜庆点的？"

韩山自告奋勇道："我来——鸟却有几个。"

众人听了，笑得几乎要从马背上掉下来，韩山不服气道："有本事你们来下一句！"

其他人只是大笑，并不接话，刘子羽道："你们别说，韩山这句看似粗糙，却别有意味在其中，我来接下一句吧……"

说罢，低头沉思片刻，突然眼睛一亮，吟道："何处枝可依？"

玉儿微笑点头，叹道："还是太过凝重，彦修哥越发像我大哥了，满肚子愁思。"

刘子羽摇头道："相公是满肚子忧思，忧思者，乃入世之思，还是有志于建功立业的，我这愁思，却是出世之思，只望寄情于山水，相忘于江湖。"

韩山插嘴道："侍制，相公过不了两年，又该入朝为相了吧？"

刘子羽淡然道："'天意高难问，人情老易悲'——此事岂是我辈所能揣测的。"

正说着，旁边一名随从道："侍制，天边有一片乌云要压过来了，不如就在前面那处村庄歇歇脚如何？"

他话音未落，迎面便有一阵风刮了过来，带着浓浓的湿气，韩山叫道："快些走，赶在雨落下来前安顿好夫人和公子！"

一行人快马加鞭，向最近的村庄赶去，到了村头，却见路两旁立着几名乡兵，大约是看刘子羽几人气宇轩昂，不知是什么来头，犹犹豫豫地想拦又不敢拦。

韩山上前报了刘子羽身份，问村里有无歇脚处，其中一个乡兵说，原本祠堂里有间大屋，还有几间厢房，但被一群皇宫里的官差占了。

"皇宫里的官差？"刘子羽纳闷道，"可知领头的是谁吗？"

"好像是什么中舍书人，姓王，不敢问叫什么。"

刘子羽不禁失笑道："是中书舍人吧？带我去会会他如何？"那几个乡兵并不确切知晓刘子羽身份，但见他人物俊雅，气度不凡，想必是个人物，不敢拒绝，带着他往村里走，刘子羽边走边在脑子里转了好几遍，也没想起这姓王的中书舍人是谁。

一行人在村民们好奇地注视下走过田埂，穿过竹林，绕过一片大水塘，向远处那栋黑瓦白墙的祠堂走去，刘子羽见此村虽不算太富，但有山有水有竹，民风淳朴，不禁十分向往，对着马车内的玉儿道："想不到淮南连遭兵火，竟然还能有如此好地方，他日找个这样的村子隐居，岂不也是妙事。"

　　玉儿在帘内轻轻一笑，道："彦修哥，你都是第三次说此话了，见一处好地方，就想隐居。"

　　韩山接口道："哪里都不如老家好！"

　　旁边一村民长得跟韩山一般敦实，听了这话开口道："这位军爷说得倒好，只是这兵荒马乱的，有几人能安安稳稳待在老家呢！就拿咱们这个村子来说吧，前几年金军来过，人丁减了七八成，如今村里大半人都是各地逃难至此，南腔北调的，倒像一处大市集，村口那家子五口人，以前全是互不相识的外乡人，一家人小心翼翼地过日子，看着既替他们高兴，又忍不住伤心……"

　　刘子羽问道："你说的这家子怎么回事？"

　　村民道："男人从北面逃难过来，一家人都失散了，估计也未必活下来，就剩下他一个，女人就是附近一个县的，男人死在战场上，孩子早夭，公公婆婆也过世了。这俩苦命人便凑成了一对，收养了一对不知哪儿来的孤儿，另有一个老婆婆，这俩人看着可怜，便也收留了，一家三代，就像亲人一样相处，让人见了不知该哭还是该笑呢！"

　　刘子羽等人不禁恻然，也没了谈兴，一路无话跟着到了祠堂。

　　领头的村民进去禀报，片刻后，从里面兴冲冲地跑出来一个中年男子，身着官服，看那品级，还真像"皇宫里的官差"，那人一见刘子羽，叫道："原来真是公子爷啊！这是何时修来的缘分，能在此地遇上故人！"

刘子羽不禁一愣，仔细一看，原来竟是父亲当年帐下的参议，名叫王庸，多年不见，竟然混了个中书舍人的官衔。此人虽然是父亲下属，但论起来还是自己长辈，刘子羽不敢怠慢，赶紧翻身下马，要行晚辈之礼。

王庸哪敢受他的礼，一把抢上前扶住道："公子爷，你是我故主之子，官衔还高于我，又有大功于朝廷，你不是要折杀我吗？如不嫌弃，你我以兄弟相称如何？"

"那就恭敬不如从命了，不过我还是要拜见兄长啊。"刘子羽说罢，作了个长揖。

王庸满脸堆笑回礼，刘子羽又把玉儿介绍给他，王庸赶紧敛了笑容，一脸庄重，目不斜视地见过了玉儿，然后与刘子羽携手步入祠堂。

祠堂内虽不是太宽敞，却收拾得干净整洁，王庸特意让人腾出一间最好的厢房，让给刘子羽夫妇，韩山等人卸下行李，牵着马到一旁歇息，村民们见王庸如此看重刘子羽，也不敢怠慢，一行人刚落座，热腾腾的湿毛巾便递了上来，紧接着又端上热茶和一些粗糙点心。

"沾之道兄的光，子羽也跟着享受皇差待遇哩！"

王庸大概是一路无人说话，憋得难受，此时他乡遇故知，心情极好，笑问道："彦修不在镇江那块宝地做知府，何故长途跋涉至此啊？"

刘子羽道："我已经辞官归里，此行是去陕西看望我兄弟吴玠。不知之道兄这趟差使所为何事？"

王庸乐得双手一拍，道："你我真是好兄弟！我此番正是奉了圣上旨意，去陕西见吴玠，授他开府仪同三司和四川宣抚使。平常都是内侍传旨，此次皇上专门派遣我这个从官前去传旨，也是格外示恩于天下。"

刘子羽听了不禁脸色一沉，顿了顿问："晋卿虽然有大功于社稷，但皇恩如此浩荡，其中可有深意？"

"彦修真是聪明绝顶之人！圣上如此厚恩，确是有缘由的。上月吴玠上疏，称重病缠身，请求解职，官家自是不允，但也早知吴玠得了咳血之症，因此与众宰执一商量，务必使他生前尽沐天恩，于是才有了这封赏。此外，官家还挑了两名善治咳血之症的御医，带了两箱名贵药材，命侍卫护送二人赶往陕西替吴玠治病，这二人大约已经出发了。圣上虽然年轻，却极懂驾驭将臣，如此恩德，掌兵大将们听说了，哪有不感奋激励，拼死效命的……"

王庸自顾自地说个不停，刘子羽却几乎一个字都没听进去，坐着只是发呆，突然发出一声悠长的叹息。

王庸这才发觉刘子羽脸色不好，一转念也就明白了，安慰道："皇上派出的两名御医，乃是天底下最好的名医圣手，用的又是极好的药，或能妙手回春亦未可知，何况死生有命，富贵在天，各人有各人的福分，贤弟也不必过于忧虑吧。"

刘子羽吸了口气，略略收摄了心神，表情已恢复自然，问王庸道："子羽远在江湖，闭目塞听，之道兄久在中枢，朝中之事定是知晓不少，不知可否透露一二呀？"

王庸极好纵谈时事，但他也挑人，刘子羽自是他极中意的听伴，见他问出这句话来，虽然极乐意一吐为快，表面上的谦逊还是要的，摇头晃脑道："军机大事，你虽不在朝廷，但毕竟是地方大员，又懂军政，还与张相公生死之交，愚兄还有什么可透露给你的？"

刘子羽道："那就议议朝中人物也好。"

"你我做臣子的,不敢议论圣上,那可是指斥乘舆,除此之外,倒都可议得——这满朝第一可议之人便是当今宰相秦相公。"

刘子羽不由得暗笑,心想王庸毕竟在军中效过力,果然比其他文臣爽快,便道:"南北和议既成,秦相功盖天下,足以堵上天下悠悠之口了。"

刘子羽与张浚交厚,而张浚与秦桧关系微妙,此事朝野皆知,王庸自然心里门儿清,便微笑道:"秦相的事,彦修定然听说过不少,但有一件事你却未必知晓。"

刘子羽没说话,只是用探询的眼光看着他。

王庸咂咂嘴,道:"秦相上任,自然是要任用一些故旧知交,你可知新任楚州知州是何许人?"见刘子羽摇头,王庸接着道:"此人名叫张师言,据说已年过七十,按规矩早到了致仕的年龄,之前也没做过知州,但秦相却生生将他提拔为楚州知州;另外一人名叫曹泳,原本是行伍出身,以我朝制度,除非有军功,原本是做不了太高品级的官,如今却贵为两浙转运副使,听说最近户部侍郎空缺,他还有望更上一层楼。"

刘子羽皱眉道:"秦桧是聪明人,如此明显的特事提拔,纵然不怕朝野物议,难道不担心皇上不悦吗?"

王庸摇了摇头,道:"你且听我细说。这张师言是如何与秦相搭上的?那还得回到靖康初年,秦相当时不过一御史,因言战和之事不合上意,请辞回乡。张师言当时正好是上元县令,得知秦御史返乡,便来探望,问起起居之事,秦相道:'房子尚好,就是朝西晒,炎热难当,若有一凉棚就好了。'秦相原本是随口一说,不料次日,张师言便派人给他建了一崭新的凉棚,后来得知,张师言的县衙正在搭建凉棚,特意停了那边的工,先帮秦相搭好——此事彦修如何看啊?"

刘子羽沉吟道："彼时秦桧不过一解职御史，以布衣身份返乡，无权无势，张师言能不人走茶凉，宁可自己先不要这凉棚，也要给秦桧搭一个，可见是个君子，不能以阿谀逢迎论之。"

王庸点头道："彦修所言极是！朝臣们大都也是这般思量的，皇上心里如何想不得而知，但秦相却尽可大大方方任命提拔张师言，谁又能说出半个'不'字来，只怕还要赞叹呢！"

刘子羽半晌不语，只听王庸接着道："曹泳之事，就更让人称奇了。据说某日秦相在审阅官员升降任免名册时，看到曹泳的名字，便将他召入府中，熟视良久，突然道：'果然是恩公！'曹泳一脸困惑，不知他何出此言，于是秦相从内室中取出一本册子，翻到其中一页，上面写有一行字：某年月日，得某人钱五千，曹泳秀才绢二匹。原来当年秦桧尚未得功名时，曾一度困窘，找某大户借钱，大户借了他五千钱，但仍难解燃眉之急，曹泳恰在大户府中教书，便取出教书所得，赠予秦桧。二人一别多年，不承想却在此处相遇，一时在临安府传为美谈呢！"

刘子羽听得直发愣，王庸含笑问道："彦修你说，这曹泳当年以教书为生，薪资微薄，却能急人所困，仗义相助，算不算得上是仁厚长者？"

刘子羽点了点头，王庸又问："秦相知恩图报，有情有义，几十年前的滴水之恩没齿不忘，算不算得上是诚信君子？"

刘子羽无言以对，王庸大笑道："现在你知道秦相是何许人了吧？满朝文武都瞪眼看着他提携故旧，却还只能说他有知人之明，你说厉害不厉害？"

刘子羽不由得叹了口气，张浚前番去职，他一直认为朝廷迟早都会重新起用，如今看来，除非秦桧死了，否则张浚绝难有出头之日。

"这其实还都是小恩小惠,然而秦相公之前还有大恩于赵氏呢。先不说之前东京围城时,他不顾个人安危,在金人面前力保赵氏,这乃是众人皆知的事。但其实还有一事不为众人知晓,当初粘罕想要将全城姓赵的宗室全部网罗起来,带往北国,彼时谁敢说半个'不'字?还是秦相出面,对粘罕道:'即便是我这样的小姓氏,家乡姓秦的也不知有多少,但平日里根本没有来往,关系远不如街坊邻居。虽然那些人也姓赵,但早与皇家毫无关系,过的全是平头百姓的日子。平常不能同富贵,如今却让人共患难,此事不合情理。'这话说得何其在理,连那粘罕听了,默思半晌,居然也应允了,满京城的宗室因此免了一场大难,哪个不对秦相交口称赞!"王庸说着,自己也止不住连连感慨。

刘子羽见王庸言语间对秦桧颇多赞誉,不禁有几分郁闷,他与金人有家仇在身,又在川陕与金军血战过,对秦桧力主言和从心底里抵触,但王庸身为父亲老部下,尚且对秦桧如此,朝中其他大臣是何态度可想而知。

"其实呢,你方才说的天下悠悠之口也好,我们做臣子的如何看秦相也好,都不要紧,要紧的是皇上用他顺不顺手。"见刘子羽皱眉不语,王庸口气一转,带着几分自嘲说道。

刘子羽苦笑道:"这个之道兄不说我也猜得到,此人本来就有忠直之名,又深谙人情世故,还在北地滞留数年,通晓金国底细,之前也跟吕颐浩较过劲,受过党争之苦,这已经快修炼成人精了,用起来如何不顺手!"

王庸点头道:"有些人经历再多事,也未必成得了精,不过秦桧此人,有一点倒是好的,就是务实。"

"愿闻其详?"

"跟前几任宰相比一比就知道了。李纲不用说了，忠义冠于天下，但他最大的短处恰恰在于不够务实，你看他定的几项治国安邦之策，听着是极好的，却都失于好高骛远，无法施行，再好又有何用？朱胜非为相才一个来月，就不说他了。吕颐浩为相，雷厉风行，但性子过于急躁，他在东南、湖湘一地创立什么月桩钱，巧立名目，横征于民，实乃一大弊政，窃以为杨幺之乱，多少因此而起。更让皇上失望的是，局势才刚稳定，他便以为中原可复，举兵北伐，结果刚出师便纰漏百出，无功而返。至于张浚张相公……"

王庸看了一眼刘子羽，打住不说了。

刘子羽叹道："相公之失，恰恰在于不够务实，想当年与金军对峙陕西，原本形势有利于我方，相公却急于与金军决战，想毕其功于一役，结果正中金军下怀，才有了富平之败；至于前不久的淮西兵变，也多少有些急功近利，致使辛苦经营数年的大好形势一朝葬送……"

王庸也感叹了几句，道："所以台谏群起弹劾张相公刚愎自用，措置乖方，以致酿成兵变，固然是朋党倾轧，夸大其词，却也不全是无中生有。淮西兵变后，皇上忧愤不已，接连数日脸色都不好看，听说后来有人劝皇上还召张相公入朝，皇上断然道：'宁致亡国，不用此人！'决绝至此，委实气得不轻。"

刘子羽凝眉不语，王庸说得起劲，接着道："算起来，也就赵鼎还能审时度势，不过此公过于倔强，数次违逆皇上旨意，加上对和议不甚热心，被秦桧取代也是顺理成章的事了。"

刘子羽鼻子里轻哼了一声，道："说一千，道一万，何人入相，不过是决于一人之好恶罢了。"

这话有点直指今上了，王庸一看刘子羽的脸色，哈哈一笑，不再接口。

当晚，下了一场雨，还好不算太大，次日雨过天晴，众人看道路虽然泥泞，却还好走，便启程上路，一路上有说有笑，倒也有趣。刘子羽等人原本是私人出行，不能住驿站，被王庸硬拉着不放，说是一路上不太平，得有几个武功高强之人护卫，于是两拨人干脆合作一拨，紧赶慢赶地直奔陕西而去。

五月初，一行人终于入了陕西境内，此时吴玠正驻军兴元府，正是刘子羽当年镇守的地方。刘子羽无心欣赏一路春景，恨不能插翅飞过去，但家眷、钦差都走不快，只能耐住性子，一日一行程，又走了十来日，终于抵达利州东路，离饶风关不过几十里的路程。

沿途还能看到一些饶风关大战时留下的痕迹，有几处村庄点缀在群山翠岭之间，房屋都是新建的，村口都依地势筑了高高的栅栏，顶上的木桩被削得溜尖，栅栏外还挖有壕沟，另外一些村庄因为无险可守，已被废弃，断壁残垣，野草杂生，让人看了心情压抑。

离兴远府还有二三十里路的时候，前方烟尘大起，马蹄声震得道旁树叶簌簌作响。王庸没见过这阵仗，有些害怕，再看刘子羽镇定自若，但脸上神情却在期待中有几分不安。

不多时，前方出现一支一百来人的骑兵，领头的一位长脸将军，清秀的眉眼中隐隐透着强悍之气，他一见刘子羽，脸上立即绽开灿烂的笑容，利索地翻身下马，直奔过来，在刘子羽前方几步远单膝跪下行礼，道："侍制可来了，家兄日日盼你，真是望眼欲穿啊！"说罢，两行热泪滚滚而下。

刘子羽抢上前扶起他，眼睛也不觉湿润了，道："晋卿还好吧？"

吴璘流泪道："家兄强撑着一口气，只为了再见侍制一面。"

刘子羽重重叹了口气，转身对韩山道："我这边一刻也等不得了！你跟几位兄弟留下护送夫人、公子和几位钦差，我先快马赶去见晋卿。"说罢，跟车内玉儿交代了几句，转身对王庸赔礼道："之道兄，请容愚弟失礼先行一步。"

王庸在军中待过，对于这种生死之情颇多体会，便通情达理道："彦修哪里话，你快去吧，我随后就到。"

吴璘见过王庸，两边简单一合计，吴璘带十来人陪刘子羽先行去见吴玠，剩下人马护送玉儿和王庸等人，商量已毕，刘子羽一马当先，和着这十来人马风卷而去。

兴元府的吴家军大营，数日前便从邮传口中得知钦差与刘子羽过来的消息，早已整饬一新，营帐刷得雪白，军旗猎猎，营内杂草一根都不见，通往中军大帐的路上还铺了厚厚一层细沙。刘子羽快步走在沙路上，两旁都是默默站立的吴家军将士，杨政、郭浩、王喜等人都在中军大帐门口肃立迎接，刘子羽匆匆跟他们打过招呼后，进入大帐。

大帐内略有些昏暗，弥漫着一股刺鼻的草药味，刘子羽过了片刻才看清卧在床上的吴玠，外面已是春暖花开，他却还盖着厚厚的被子，消瘦得几乎认不出来，只有那双眼睛清亮依旧，还带着几分笑意，但神情间却毫不示弱，仿佛立刻就能翻身起床，迎接旧友。

刘子羽拼命忍住眼泪，脸上堆起轻松的笑容，用带几分戏谑的口气道："大宋西北一只虎，今落平阳被犬欺呀！晋卿，我一路前来，见了无数军营，还是我吴家军大营军势雄壮，天下第一！"

说着，不动声色地快步上前，握住吴玠从被子里伸出的手，那手枯瘦冰凉，一点儿力道都没有。刘子羽只恨自己无能，竟不能助他半分，心里一时五味杂陈，想好的那些轻松话竟一句也吐不出来了。

"彦修啊，这么些年，老天爷竟没给你头上添一根白发，脸上未添一丝皱纹，真让我嫉妒呢。"吴玠说话很慢，声音低沉微弱，但吐字清晰,依稀还有当年调度三军的风采。

刘子羽笑道:"要不我用这一头青丝换你那不世出的战功如何?"

吴玠形容枯槁的脸上笑容一闪即逝,他已经处于生命的最后关头,每一个细微的动作,每一句话,都要耗费他所剩无几的元气。

二人一时无语,只是静坐着,彼此却心意相通,刘子羽心情慢慢地平复下来,吴玠的从容淡定给了他极大的安慰。

吴璘与众将不知何时进来,聚集在二人身边,刘子羽不想气氛过于沉闷压抑,便道:"钦差还在路上,我料明日便能赶到,此次来宣旨的是中书舍人王庸,乃是我的故交,听他说,皇上十分惦记晋卿的病,还专门挑了两名顶尖的御医,带了上好的治咳药,已经在来往陕西的路上了。皇上此次实授晋卿开府仪同三司、四川宣抚使,还是有厚望于晋卿,希冀能够药到病除,让晋卿继续为朝廷效力。"

像是一丝光亮透入黑暗中,吴璘和众将阴郁的脸上立即泛出生气,但又不抱太多希望,彼此交换了一下眼神,只是连连点头。

"彦修,有一事请你来定夺。"吴玠缓声道。

刘子羽道:"你说。"

"我想去仙人关。"

刘子羽听了,疑惑地转头看着吴璘等人,吴璘解释道:"家兄之前就说过要去仙人关,那是我吴家军与金军上次激战过的地方,只是本地名医都说路途遥远,不适合家兄养病,因此一直未得成行。"

刘子羽看了看吴玠,略加思索,道:"等明日接完旨,即刻启程。"

吴玠脸上绽开笑容,叹了口气,闭目不再说话。

刘子羽待他睡下后,步出帐外,问吴璘道:"前向在镇江做知州时,听相公提到晋聊与前任川陕宣抚正副使王似、卢法原颇不相得,以至于朝廷不得不下诏调停,不知新来的川陕宣抚使胡世将如何?"

吴璘道："胡相公是个明白人，这跟他久在四川为官多少有些关系，朝廷任他川陕宣抚使时，我受大哥委托，带着众将去成都府道贺，胡相公十分诚恳，说：'我胡世将既不懂骑射，又不知敌情，还不谙边事，朝廷之所以任我为宣抚使，并非我有多大能耐，无非是沿袭国朝旧制，以文制武而已，但军中一切事务，仍听凭吴宣抚调派，从今往后，胡某有不体察之处，还请诸公明示，诸公有不尽责之处，胡某也当坦言，总之一句话，以诚相待，切勿猜疑，大家齐心勠力，共济国事。'侍制你看，这话说得何其得体！"

刘子羽不禁折服，胡世将这话极有分寸，既谦逊自抑，不让人反感，又把丑话说在前头，立好规矩，可谓绵里藏针，便点头叹道："此人深得与武将相处之道，有他主政川陕，当可保一方平安。"

次日，王庸于晌午时分如期而至，中军大帐外人山人海，各营将士都来看主帅受封，王庸悄声对刘子羽和吴璘等人道："圣上叮嘱过，倘若吴玠病重，特命不必起身接旨。"

刘子羽松了口气，和吴璘入帐，说了钦差的意思，不料吴玠脸上掠过一阵潮红，目光炯炯地看着二人，声音清晰而坚定地道："扶我起来接旨。"

吴璘还想劝，刘子羽用胳膊肘撞了撞他，示意他不必多说，转头笑着对吴玠道："那我们二人陪你跪拜接旨如何？"

吴玠微微点头，于是吴璘命人帮吴玠在床上套好官服，穿上官靴，因为无法沐浴，便用毛巾沾着热水在他脸上和脖颈处擦拭了一遍，又帮他洗了手。吴玠深吸一口气，在刘子羽和吴璘的搀扶下坐了起来，歇口气后，试了几次，终于扶着二人站在大帐中央。

才忙完，便听帐外鼓乐齐鸣，悠长的口号声此起彼伏，众将鱼贯而入，站在吴玠身后，侍从掀开门帘，王庸手捧圣旨抬步而入，几名随从手执仪仗紧随其后。

"吴玠接旨！"王庸用庄重威严的声音叫道。

"臣吴玠，接旨！"吴玠声音不大，但整个中军大帐都清晰可闻，众将已经有数月未听过主帅如此朗声说话了，乍一听到这熟悉的声音，不觉精神一振。

吴玠由刘子羽和吴璘搀扶着，率领众将齐刷刷地跪下，王庸开始大声宣读圣旨，他见传说中的西军名将憔悴至此，也颇觉怜惜，有意将圣旨中对吴玠的赞誉之辞念得抑扬顿挫，不料念到中途，吴玠突然轻轻咳了几声，这一起头不打紧，接下来是一串令人窒息的闷咳，夹带着急促杂乱的喘气声，大帐中所有人的心都揪了起来，和吴玠一起承受着痛苦。王庸一下乱了方寸，结结巴巴地念完后半部分，轻声道："接旨吧。"

吴玠止不住咳嗽，身体痉挛着站起来，用颤抖的双手接了圣旨，刘子羽和吴璘赶紧将他扶上床，伺候他躺下，手忙脚乱地盖好被子，连靴子都忘了给他脱，两个面对千军万马都不眨眼的人，此时都汗流满面。

吴玠躺在床上，已经咳得几乎不省人事，众人围在床边，又心碎，又无助，只能眼睁睁地看着他受苦。良久过后，吴玠的咳嗽终于平息下来，身体也渐渐舒展开，迷迷糊糊地睡着了，发出断断续续的鼾声。

众人都松了一口气，吴璘这才想起帮大哥将靴子脱下来，再看一眼刘子羽，见他浑身都汗湿了，怔怔地盯着前方，仿佛木雕一般。

送走了王庸等人，休养数日后，吴玠便启程前往仙人关，众将都知主帅这一走，便是永别，都争着要护送吴玠。刘子羽和吴璘劝慰多时，才止住大家，刘子羽又硬着心肠叮嘱众将送别时不要过于伤感，自己陪着吴玠时，总是谈笑风生，半点不露戚色。

刘子羽在西军中威望几与吴玠平肩，他这一以身作则，众将都不敢违逆，离别之际，都平静拜别，无人敢放悲声，于是刘子羽和吴璘带着三百人马从兴元府出发，带着妻儿，护送吴玠前往仙人关。

走出三十里地，只听身后一阵马蹄声，原来是杨政单枪匹马赶了上来，二话不说，从马上滚落下来，死死趴在吴玠的马车车辕上，像个孩子似的号啕大哭，他这一哭，随行的三百人也都跟着哭了起来，吴璘也忍不住流泪，只有刘子羽面如严霜，不为所动。

刘子羽掀开车帘，看了一眼吴玠，见他正睁着眼，似有话要说。刘子羽笑道："众将舍不得你走，一定要跟着去仙人关，只是如此一来，兴元府大营和各地驻军岂不是群龙无首？我把他们都撵回去了。"

吴玠脸上露出一丝笑容，手抬了抬，刘子羽道："你放心，我和唐卿会处置好的。"

一转身，刘子羽脸上的笑容倏地消失了，杨政瞅了他一眼，使劲咽了几口唾沫，硬生生止住了哭，刘子羽在西军诸将中，最看重杨政，此时深深吸了口气，沉声道："既然来了，就跟着一道去仙人关吧。"

杨政几乎破涕为笑，连忙站起来，翻身上马。

吴璘问他："军中事务可安排妥当了？"

杨政道："安排得妥妥帖帖了，请副帅放心。"

一行人走了几日，眼看仙人关悠然在望，此时正是春末夏初，树木葱郁，鸟鸣婉转。刘子羽不禁暗暗叹息，倘若吴玠此时身体无恙，二人该有多少豪情要抒发！

"彦修，仙人关到了吧？"

刘子羽一转头，看到吴玠将头探出帘外，连忙策马过去，道："前面便是了——你如何坐起来了？身体可吃得消？"

吴玠脸色难得地泛出一些红光，半眯着眼睛，沉浸在往事中，道："仙人关之战，可惜你不在，番狗真是倾巢出动啊，战况之激烈，较之饶风关与和尚原犹胜三分，可惜我雷仲兄弟，自告奋勇带着一帮弟兄插入番军身后，逼得兀术和撒离喝终于仓皇退军，他自己却死于乱军之中……"

侍从帮吴玠将靠垫放好，将车帘卷起，吴玠仰坐着，正好能看到前方险峻的仙人关，眼睛一下子明亮起来。

"说起来，仙人关之战打到最后，我军与番军的胜算还都是五成，幸亏有郭浩和刘锜率部来援，特别是刘锜，原不指望他能来，结果在大战正酣时他及时率军赶到，可谓立功不小。"吴璘在一旁感叹道。

刘子羽道："刘锜必成大器，当年富平之败，也就他率领的泾原军打出了一些气势。"

吴璘道："仙人关大战之后，大哥向朝廷报捷时，特意提到了刘锜率军来援一事，皇上久闻西军各部互不救援这一痼疾，听说此事后，立即召刘锜赴行在议事，还委以重任，刚好王彦被解除兵权，去做了知州，于是皇上便让刘锜统领八字军，虽不能跟我吴家军、岳家军、韩家军、张家军相比，但也算是自成一军，镇守一方了。"

刘子羽点头道："此事我也听说了，刘锜治军颇有章法，当年泾原军是曲端一手带出来的，曲端被免职，他临时充当泾原军主帅，却能镇住全军，没有点手腕是不成的，八字军到他手上，必能成一支铁军。"

杨政凑过来道："你们只说刘锜，却忘了另一个人。"

刘子羽笑问道："何人能入你法眼？"

杨政神秘一笑，道："李世辅。"

刘子羽哈哈大笑，道："原来是此人！直夫果然好眼力。听说皇上对他格外优待，已在镇江赐他田宅，来日必当重用。"笑罢，接着又叹道："这李世辅也真是命途多舛！"

吴璘接口道："确如侍制所言。当年李世辅在延安府陷落后，被迫与父亲一道降金，但无一日不谋划南归，后来终于在同州逮住机会，抓住了金军元帅撒离喝，驰马出城，可惜至洛河时，约好的船只却没有赶到，无法渡河，而金兵大队人马已经闻讯追来，无奈只得逼撒离喝在高坡折箭为誓，约定李世辅放他归金，撒离喝不得伤其家人。撒离喝起誓后，李世辅放了他，并派人告知其父李永奇，李永奇带家人出城南归，被金军赶上，一家二百余口人全部遇害，无一幸免。"

"撒离喝背信弃义，终有一日死于刀兵之下。"吴玠在马车上一字一顿说道。

众人交换了一下眼色，吴璘道："李世辅后来从夏国借兵，趁着夏国内乱截获了四百匹好马，然后张榜招兵，十几日内便招了万余人，一路南下，等到达我军防区时，人马已增至四万。大哥十分看重他，立即封他为承宣使，又上奏折请朝廷表彰他，皇上听说有这样的忠臣，立即召他至临安觐见。"

刘子羽道："你这一说我便想起来了，皇上对李世辅抚劳再三，并赐名显忠，如今他已是李显忠了。"

杨政道："这李显忠别的我不佩服，只有一点我心服口服。他十七岁便与军中一勇士结伴前往侦察金营，遇到小股金军在山洞中歇息，他趁天黑独自缒至山洞，挥剑将十余名金军全部斩杀，这等胆气，已非凡人所有。"

李显忠十七岁独斩十余名金军，早在西军中成为传奇，西军将士无人不知,众人说到此事,都连连赞叹。转而又谈到吴玠挂帅以来陕西各次战事,说起兵家之事,几个人都兴致盎然,吴玠气色也似乎好了许多,听到高兴处,微笑点头。

仙人关府衙已经修饬一新,吴玠等人住了进去,休养数日后,众人挑了个风和日丽的日子,由几名健卒将吴玠抬上仙人关城楼,俯瞰阆水与长岭,关下杀金坪几经加固,与险峻的地势相得益彰,更显得坚不可摧。此时已近盛夏,营垒各处的蓝花草开得绚丽多姿,看上去几乎成了一片蓝海,吴玠脸色阴沉了下来,自言自语道:"这蓝花草喝了多少将士的血,竟长得这般茂盛。"

众人无言以对,刘子羽打量着吴玠,几日下来,他似乎又瘦了一圈,而且动不动就昏睡过去,一天中清醒的时间越来越少,然而今日却目光炯炯,脸上带着奇异的潮红,情绪也有些亢奋,话也明显比往常多。

刘子羽心头一震,无论如何纾解排遣,"回光返照"四个字仍在他脑海中挥之不去。他不禁有些心慌意乱,再看吴璘、杨政等人,尚未意识到这一点,见吴玠精神好,都高兴地陪他说话。

一阵凉风突然刮过城楼,众人都不觉得如何,吴玠却像风中的残烛,好像这风刺骨得像寒冬腊月的山风一般,他浑身一颤,整个身子萎缩下去了。

等众人回过头来时,才发现他的脸色苍白得像一张纸,鲜血从口中汩汩涌出,但却没有往日的闷咳,无声无息。

吴璘和杨政慌了手脚,不知如何是好,刘子羽上前,握住吴玠冰凉的手,轻声道:"晋卿,你安心去吧,战死的众兄弟们都在那边翘首相盼,准备为你接风洗尘,过不了几年,我也去那边找你……"

吴璘和杨政一看这光景,知道时辰已到,二人带着侍卫们哽咽着跪下，片刻工夫，只听天空传来一声凄厉的鹰鸣，紧接着听到刘子羽沉闷的声音："晋卿走了。"

仙人关上顿时哭声一片，不多久，杀金坪的军营中响起号角，阵阵哭喊声远远传来，整个山谷沉浸在一片悲怆肃杀的气氛当中……

## 三　风云变幻

绍兴九年（1139）七月，经过两个月的长途跋涉，王伦与蓝公佐一行抵达中山府。

中山府自靖康年间，与太原府、河间府一并割让给金国后，便不复是宋土，迄今已有十余年，众人入城之后，沿路见本地百姓穿戴夷夏混搭，听口音也是南北兼混，都觉得好奇，才在驿馆住定，蓝公佐与几位随从不顾旅途劳累，兴致勃勃地要去外面市集逛一逛。

王伦原本对这些事最为热心，今日却像颇有心事，懒洋洋打不起精神，只道："你们自行出去吧，记住了，切不可与人争执。"

众人便换了装束，带了些银两，在驿馆两名卫兵陪同下出了门。

王伦独自在房间坐了片刻，终觉心中不安，便起身从行李中取出一片金叶子，用牛皮纸里三层、外三层裹得严严实实，用丝带扎牢，然后到门口叫来驿馆值差的士兵，问："这位军爷高姓大名？"

那士兵原本辽地汉人，知道来的乃是大宋高官，见王伦主动搭话，便满脸堆笑，哈着腰回道："小的姓张，单名一个巍字。"

王伦又问："不知张军爷何时散值？"

"劳相爷存问，小的天黑才敢回去。"

"哦……那有劳你散值前来我房间一趟，我托你送一样东西给本府一位故人，如何？"张巍点头答应，王伦一边跟他拉家常，一边不经意似的从袖中取出二两银子塞入他手中。

二两银子不是小数，抵得上一个月的薪水，于张巍简直是天上掉馅饼，他当即眉开眼笑地接了，嘴里千恩万谢说个不停。

王伦微笑点头，转身进屋，刚坐下不久，却听得敲门声，开门一看，却是张巍左手拎着一壶茶，右手拿着一个粗瓷缸子，嘴里道："相爷远来，北方天干物燥，请相爷用点茶水。"

王伦便让他进来，张巍斟好茶，点头哈腰地出去了。

张巍出去了好一会儿，王伦才回过神来，自己一直心中不快，原因竟是河间府这边对他这个大宋国的正使招待过于粗糙。

王伦自失地一笑，心想难道自己官做大了，也计较起这些来了？随手端起案上的缸子，喝了一口茶，却差点没喷出来，这茶叶也不知是哪年月的陈茶，喝起来有一股洗脚水般的沤馊味，王伦将茶水吐回缸中，拿了一本书，有一搭没一搭地看，心中只是纷纷乱乱。

也不知过了多久，又听有人敲门，还是张巍，问王伦要他捎带东西给何人。

王伦这才发觉黄昏将尽，便将包裹交给张巍，将那人名字告诉他，又细细地描述了一遍地址，张巍久住中山府，问了几遍也就对上了，临走还问："相爷不要写封书信给她吗？"

王伦道："罢了，她也不识字，你将此物交她手中，她自会明白——千万小心，切勿误事！"

张巍一迭声地答应着去了。

张巍走了约莫一顿饭的工夫，蓝公佐等人回来了，一个个喝得微醺，红光满面，手里都拎着市集上买的北地特产，王伦不禁好笑："买这些东西有何用？难不成还带到上京去见金国皇帝？"

蓝公佐笑道："知道买了也无用，只是那些商贩知道我等是大宋使臣后，个个激动不已，额手称庆，有的还热泪长流，如此归化之心，赤子之情，怎么忍心不照顾他们的生意呢！"

众人还在说说笑笑，王伦却敛了笑容，坐着只是发呆。

蓝公佐开始还以为王伦官做大了，要刻意端着点儿，现在终于觉得他神情不对，便问："正道兄莫非真有什么心事？"

王伦没说话，挥手示意其他人退出去，等房间只剩下二人时，才道："我心中有些不安。"

蓝公佐素来服气王伦那神乎其技的直觉，见王伦神情凝重，不禁心里一沉，脸色也有些发白。

王伦道："金国此次招待我大宋使臣，未免过于粗糙。"

原来是为了这个！蓝公佐放下心来，微笑道："正道兄当年出使北国，九死一生都过来了，如今怎么也计较起这个来了？"

王伦知道他未领会自己的意思，但也不想多加解释，接着道："兀术把帅府设在了祁州，我料过不了几日，他定会召我们先去祁州，而后再去觐见金国皇帝。"

"那就静观其变，局势都到这一步了，还能怎的？"蓝公佐也拿出王伦之前处变不惊的气度，从容说道。

王伦看了蓝公佐一眼，不禁"扑哧"一笑，蓝公佐也跟着大笑，揶揄道："正道兄，官品高了，人也变得挑剔了啊！"

王伦无奈叹道："但愿是我多虑了吧。"

蓝公佐安慰道："也难怪正道兄心事重重，河南之地沦落敌手已近十年，民风渐变，各州官吏又全是之前刘齐与金国所任命，个个持观望之心，如此一个烂摊子，正道兄这个东京留守还真不好当！不过，今日我出去与中山府百姓一聊，虽然在金人治下过了十来年，但人心向宋，还是显然的，正道兄也不必过于忧虑。"

这话说得在理，但却不是王伦心中所虑之事，蓝公佐见王伦沉吟不语，还以为他听进去了，便道："今日去集市上沽了些好酒，还买了些熟牛羊肉，要不你我小酌几杯如何？"

盛情难却，王伦便微笑点头，二人也不叫随从，自行摆好杯盏碗筷，就着肉喝起酒来。北地酿的多是烈酒，十分辛辣，王伦早已习惯，蓝公佐世家出身，口味讲究，始终喝不惯，才两杯落肚，脸色便红得如同炭火，额头也被汗水浸得透亮。

蓝公佐借着酒劲，诚恳地道："正道兄，你我已是出生入死的交情，说一句你未必爱听的，请不要计较。兄长如今官品越来越高，切记一个'谦'字诀，人或有怠慢处，不必计较，我祖上几代都做过高官，位列宰执的也有几个，树大招风，我蓝家至今以还一直香火延绵，无非就是秉持这个'谦'字诀。"

王伦见他如此坦诚相待，便将心里的隐忧说了出来："好兄弟，你的心我知道，王伦从不敢忘本！今日之所以忧虑，是因为事有反常。中山府不比河南诸州府，河南各地才从刘齐手中光复，官吏观望摇摆，乃是人之常情，且纷乱之间，政令不达，礼数有不周之处，都说得过去，但中山府割让给金人已有十余年，且地处河北，离金国中枢不过几百里，哪里还有政令不达的道理？按道理，两国已然议和，你我乃是大宋使臣，这中山府的知府总该露个面吧？最不济也该差人来问候一下，约日会见，但你也看到了，连个鬼影都没有！王伦岂是在乎这点礼节，只是事出反常必有妖，这其中像有蹊跷。"

蓝公佐听他这么一说，也醒悟过来，送到嘴边的酒杯悬在空中，看着王伦，嘴里喃喃道："说的是，当年即便两国交兵之际，你我北来时，也有官吏迎来送往的……"

两人心神不定地大眼瞪小眼，忽听门外脚步声响起，接着听随从禀道："相公，有两人求见。"

蓝公佐喜道："这多半是中山知府派来的人，看来你我都多虑了。"

王伦也松了口气，让随从将人领进来，自嘲道："当年两国刀兵相见，你死我活，但每次出使我都意气风发，浑若无事，如今两国议和了，反倒担惊受怕起来。"

片刻间，那两人被领了进来，却是一男一女，那妇人三十出头年纪，长得颇有韵味，行完礼后，也不拘束，眼中含笑，直直地看着王伦。

王伦愣了一会儿，惊讶道："婉娘，你怎么来了？"

"今日收到你的东西，原本想过两日再来，但我这侄儿明日便要回上京，他有些要紧事想跟你讲，因此只好连夜过来了。"

王伦打量了一下旁边那十八九岁的年轻人，惊喜道："这不是万儿吗？长这么大了！"

万儿见王伦认出自己，倒地便拜，王伦扶起来，问长问短，婉娘也时不时地插嘴，叽叽喳喳，好不亲热，倒像一家三口久别重逢的样子。

蓝公佐与那随从相视一笑，正要抽身离开，却听万儿道："侄儿在上京鲁王府中做仆役，知道些机密事，要跟叔父禀报。"

鲁王不就是当下金国权倾朝野的挞懒吗？蓝公佐一只脚已经迈出了门槛，一听这话，便停住了，扭头看着王伦。

王伦挥手示意随从出去关上门，待坐定后，问万儿道："你果然在鲁王府中做事？"

万儿道："侄儿自小爱马，熟识马性，因此鲁王府中的几十匹好马都是我在饲养，鲁王还当面夸过我好几次呢。"

王伦点头道："我记得，你的确爱马如命，原以为你是不务正业，

-53-

想不到竟能以此谋份不错的差使——鲁王还安好否？"

万儿道："不好，鲁王已经被贬出京城了，王府中的人也散了一大半。"

这话在王伦和蓝公佐听来，不啻晴天霹雳，俩人同时倒吸了口凉气，僵在当地，半晌作声不得。

接下来万儿又道："太师蒲鲁虎已经被杀了……"

王伦和蓝公佐二人惊得魂飞天外，万儿嘴里絮絮叨叨说个不停，王伦拼命定下神来，打断他道："如今金国何人主政？"

万儿道："听说是四太子殿下。"

果然是这个兀术！王伦恨得牙关紧咬，脸色铁青，再看蓝公佐，也是脸色发白，俩人耐着性子听万儿零零碎碎地讲述上京的消息，万儿毕竟没读过书，地位也不过王府一马夫，许多消息离奇荒诞，一听便是坊间传闻，但有一点确定无疑：金国形势已发生剧变，主和的两位权臣已然失势，一个被贬出京城，另一个更是丢了性命，主战派全面接掌了军政大权。

婉娘见过世面，早就发现了王伦面色不好，等万儿一讲完，她轻声道："上京那边听说杀了不少人，怪让人害怕的，相公不是已经做了东京留守吗，为何还要不远万里跑去上京？"

"道君皇帝梓宫、太后和渊圣皇帝还滞留在北地呢，和议的诸项条款也须得一一落实，还有……"王伦说了几句，突然意识到此事跟她毫不相干，便转而说道："幸亏有你们来通报消息，不然我还稀里糊涂地蒙在鼓里，你且先回，待我处理完公事，过几日便去看你……们。"

婉娘一看便是个乖巧女子，虽然满脸不舍，颇有些幽怨之意，但还是带着万儿起身告辞，王伦从行李中掏出十两银子给万儿，万儿推辞了几下，高兴地接了。

送走二人后，王伦和蓝公佐面面相觑，一时没了主张，蓝公佐这才相信王伦方才的担忧并非空穴来风，见王伦眉头紧锁，便道："正道兄，形势已是这样了，你还是定个方略吧。"

王伦苦笑一声："你我都是使臣，方略也轮不到我们来定。如今之计，只能先将金国朝局大变的消息尽快送至行在，让圣上与群臣知晓，早做准备。"说罢，开门叫了一名随从过来，让他伺候笔墨纸砚，然后跟蓝公佐商量着写奏折。

奏折写好，旁边随从也知道金国出了大事，不知所措地看着二人。

王伦对他道："此事先不要跟别人讲，你回去后连夜收拾行李，明日一早便带着奏折赶回东京，将奏折交给主事官，让他以八百里加急送至行在，此事极为重大，切不可有误！"

随从战战兢兢地答应着去了。

蓝公佐满面愁容，抬头看王伦，却发现他脸上反而没有了先前的凝重，又恢复到惯常的满不在乎的神态。见蓝公佐看他，王伦道："形势陡变，中山府的一帮大小官吏正发愁以何种礼节会见我们呢，也罢，他们不来，我们也不去，我料好吃好喝必是少不了的。明日我去会会婉娘，你也自己寻些乐子吧，中山府还算是个好地方。"

蓝公佐哭笑不得，但随即心里更加沉重起来了，他跟王伦相处已久，知道他这样说，是把生死置之度外的意思，他之前被金国扣押了六年，不这般随遇而安，只怕早就疯了。

次日一早，蓝公佐醒来，已经不见王伦身影，问驿馆当值的，都说天刚亮就打扮停当出门了。

王伦这副死猪不怕开水烫的做派，多少让蓝公佐也放松了些，但他再也提不起昨日逛市集的兴致，坐在驿馆里只是忧思不已。

一行人就这样在驿馆熬了二十来日，中山知府才算露了个面，告诉王伦等人大元帅府有令，让宋使即刻前往祁州。临别倒是设宴款待，但知府只喝了一圈酒，便提前退席，只让府衙一些属吏陪席。

中山知府态度冷淡倨傲，王伦等人知道事出有因，懒得计较，宴席一毕，便回馆收拾行装，次日一早就启程前往祁州。

祁州乃是金国大元帅府所在地，王伦等人刚到郊外，便有十来名全身披挂的士兵呼啸而来。领头的将官说是奉大元帅之令前来迎接宋使，众人便跟着这些士兵往城内走，沿路只见两边营寨密密匝匝，到处人喧马嘶。一眼望过去了，少说也有十来万人马，声势之壮，令人惊心动魄。

王伦和蓝公佐交换了一下眼神，王伦这些年来兵营见得多了，一看这架势，根本不是寻常练兵，分明正在筹备一场大战，他虽然脸上神情不变，心里却越发沉重。

才在祁州驿馆住下，便听到外面马蹄声如潮，紧接着有人高喊："大元帅驾到！"

王伦等人出了驿馆，只见一队二百来人的精骑兵，人马都极为健硕，甲胄分明，一看便是百里挑一的好手。兀术在亲兵们的簇拥下缓辔而来，胯下一匹白色的骏马，毛皮光滑得如同丝绸，一根杂毛都没有，仿佛天马下凡。

"元帅骑的真是一匹世所罕见的白龙马啊！"王伦面带微笑，不着痕迹地奉承道。

兀术披着一件大红披风，全身锃亮的铠甲，仿佛不是来见使臣，而是来挑战的。不过被王伦这么一夸，不自觉地把板着的脸松弛了一些，冷冷地哼了一声，道："枢密倒是轻松自在，我大金国皇帝如今正整治朝纲，没工夫见属国使臣，你且先在我元帅府驻地待几个月再说。"

王伦暗暗吃惊，脸上却依旧笑容可掬："原来如此！不过我大宋皇帝哪日不在励精图治、整治朝纲？但有使臣入朝，三日内必然接见，此所谓大国风范，更何况文武之道，一张一弛，似不必因此事而废彼事。"

兀术将马鞭凌空一甩，厉声喝道："狂悖！你一属国使臣，竟敢妄言上国皇帝！你家的那个皇帝，当不当得，全在本元帅一念之间！"

王伦仰天打了一个哈哈，道："元帅此言差矣！王某早闻女真勇士一诺千金，说出的话，绝不反悔，如今两国白纸黑字的和议都签了，更无反悔的道理，如何又在元帅一念之间了？"

兀术被他噎得说不出话来，顿了顿，撂下一句："你们就在驿馆待着，没有我的帅令，不许出门半步！"说罢，掉转马头，甩了甩马鞭，带着亲兵风卷残云般地奔驰而去。

等到马队全部消失了，蓝公佐才回过神来，不无埋怨地对王伦道："公道兄啊，金国形势已变，这四太子就没怀着善意，你还上赶子撩拨他，万一惹得他性起，只怕我们都要人头落地哩！"

"我就是试试他会不会杀我。"王伦看着远处人马留下的烟尘，淡淡地道。

蓝公佐无奈地摇摇头，叹了口气，转身进了驿馆。随从们也都知道了金国政变之事，一个个面面相觑，惶惶不安。

接下来数日，王伦天天带着俩随从去祁州城内四处转悠，兀术的士兵见了，也并不管他。有一次看到兀术骑着高头大马迎面而来，王伦还在道旁拱手唱喏，兀术只装作没看见。

蓝公佐醒悟过来，王伦这般做并非出于任性，而是试探兀术的底线。目前看来，金国至少在面子上还是尊崇和议的，但撕破脸却是迟早的事。

如此一直熬到九月份，王伦还好，蓝公佐等人已经苦不堪言了。恰在此时，兀术派人来传命，上京派来的接伴使已经抵达，让他们即刻启程，跟随接伴使前往京师觐见大金国皇帝。

上京距祁州还有很远路程，一行人沿着官道一路往北，走了七八日，看到一段废弃的城墙，看样子是有年月了，蜿蜒至远方，依稀可见当年气势，只是毁蚀得不成样子，城墙上下杂草杂树丛生，间或还能看到几只走兽身影。

王伦问接伴使，才知此地名叫狗儿河，这段长城乃是秦长城，原本是秦朝时期一处军事重地，如今却成了这般模样。

众人正在感慨，却听到背后传来马蹄声，虽然离得远，但仍能听出十分急促。接伴使回头张望了片刻，道："这定是赶往京师的天使。"

王伦知道所谓"天使"，乃是金国传递最紧急情报的信使，相当于本国的金字牌急脚递，不由得停下脚步，回头看着疾驰而近的天使。

那天使身上背着一个木盒，见了前面一行人的仪仗，知道是大人物，不敢冲撞，便放慢了脚步。金国接伴使施礼问道："军爷劳苦！怎么背着一个木盒在身上？是南朝进贡的宝物吗？"

天使一身汗味绕过众人，嘴里只说了一句："里面是鲁王的首级。"便拱了拱手，快马加鞭，绝尘远去，把一行人惊在原地目瞪口呆，半天说不出话来。

接伴使守口如瓶，王伦等人也不敢多问，就这样闷头又走了小

# 绍兴和议

半个月,终于抵达上京,还没坐下喘口气,金国皇帝便派内侍前来宣旨,让宋朝使臣明日便去皇宫觐见。

内侍走后,王伦与蓝公佐都很纳闷,旁边随从嘟哝道:"什么金国皇帝,我们大老远地来,连点赏赐都没有。"

蓝公佐没好气地斥道:"什么眼头见识!都这个时候了,还想着赏赐!"

王伦在一旁凝眉沉思,蓝公佐问道:"正道兄,明日觐见,可想好了如何应对?"

王伦起身踱了几步,道:"如今之计,只能按和议条款来议事,金国渝盟的企图已是昭然若揭,但你我身为使臣,既然走到了这一步,只能据理力争。"

当晚,王伦在上京结交的一名衙吏扮作小贩来见王伦,确认了之前那个惊人的消息:权倾一时的鲁王挞懒已经伏诛,罪名是谋反。

蓝公佐有点手足无措,再看王伦,虽然面色冷峻,但却不动声色。过了片刻,他脸上掠过一丝微笑,长吁了口气,似乎做出了一个重大决定,然后他带着玩世不恭的神情看着蓝公佐,像极了东京街头浑不懔的混混,仿佛突然间把这几年官场学会的矜持全扔到爪哇国去了。

蓝公佐被他看得发怵,道:"正道兄有何话要说吗?"

"看来,你我明日要唱一出双簧了。"王伦幽幽道。

"此话怎讲?"

"明日见金国皇帝,我据理力争,你就在一旁打圆场,或者干脆默不作声,另外要表现出一副很敬畏金人的模样。"

蓝公佐想了想,道:"此次出使不比上几次,两国和议已成,倘若金人渝盟,则是金人理亏,你我当同进同退,誓死力争才是,还唱双簧做甚？"

王伦摇摇头，缓缓道："道理是这个道理，只是如此一来，你我只怕就都回不去了。"

蓝公佐心里一颤，愣在当地说不出话来。

"两国交恶，第一招便是扣押使臣。蒲鲁虎、挞懒这些主和派都伏诛了，金国朝廷已经天翻地覆，上来的全是主战的……不过这仗也未必就能打起来。"

"哦？这怎么讲？"蓝公佐本已沉到肚子里的心忍不住活泛了一下，急切地问道。

"还不知道金国皇帝的意思呢！金廷两派互相倾轧，他之前尚未亲政，只能坐山观虎斗，但年岁日长，定然越来越有主见，或许已经亲政亦未可知，他继位不久，多半还是求稳，只要他不想打仗，兀术等人也不敢轻举妄动的。"

听了这话，蓝公佐像落水的人抓了根稻草，眼神都亮了些。

"明日觐见，你我先约好了，切不可在跪拜礼仪等细枝末节上有所争执，误了正事，我只问梓宫、太后和渊圣皇帝何时南归，还有划界、岁币等事，按之前和议约定谈即可，只要金国愿意履约，其他都是小事。你切不可跟着我说，只需谈大宋皇帝恭顺仁孝，乃有德之君，只求两国息兵讲和，勿使生灵涂炭，口气越谦和越好……"

蓝公佐连连点头，二人一直商议到傍晚，金国皇帝派来内侍，赐了酒食，这原本是稀松平常之举，蓝公佐却兴奋起来，对王伦道："公道兄，此乃吉兆也！"

次日，一早便有内侍前来迎接，看仪仗，似乎没有任何轻慢的意思。王伦若有所思，蓝公佐有点喜形于色，认定这也是金国信守和议的"吉兆"。

金国皇宫规模不如东京的旧皇宫,但比临安的皇宫要气派得多,风格式样毫无二致,不过在世家子弟蓝公佐眼中,这至尊之地却处处透着膻腥之气,尤其看到正殿两边飞檐下一对硕大无朋的鹿角,更是暗暗摇头不止。

二人进得殿来,只见殿内装饰得富丽堂皇,临安皇宫跟这儿比起来,简直有几分寒酸,然而在蓝公佐看来,这更显出一副暴发户的样子。

毕竟非我华夏正统,纵然金瓦红墙,雕栏玉砌,也不过是沐猴而冠罢了……蓝公佐正想得来劲,忽听一阵洪亮的钟声,紧接着,一名大嗓门内侍不知用女真话吆喝了几句什么,大殿两边的文臣武将轰然响应,震得人耳朵生疼,大殿内回音绕梁,许久才散去。

蓝公佐这才隐隐觉得,这北寒之地的番邦,自有他的气度与威严。

年轻的金国皇帝完颜合剌身着黄色冕服,外罩一件绛纱袍,上绣金丝线蟠龙,头戴通天冠,长得面目俊朗。上次二人觐见时,完颜合剌眉眼中稚气尚存,如今却已长成清清爽爽一少年,若不是两边鬓角的头发都已剃去,宛然一汉家天子。

二人行完大礼,王伦看了看御座前的几位重臣,蒲鲁虎和挞懒已不见踪影,排在首位的自然是皇帝的养父斡本,其他金国权贵阿懒、乌野等人顺列其后,都是原先反对议和之人。

只听完颜合剌启齿道:"江南使臣此次远来,有何事要奏?"

王伦一听到"江南"二字,心里不由得一咯噔,压抑着心中的不安朗声说道:"蒙上国天恩,息兵讲和,赐予河南故地,归还梓宫、太后及渊圣皇帝,此实乃大金国皇帝仁厚爱民之举,天下百姓,莫不额手称庆,谓大金国皇帝开万世之太平,实乃古今罕有之圣贤君主……"

王伦将早已打好腹稿的奉承话吐出来，给完颜合剌戴了顶大高帽，他觑了一眼完颜合剌，见他端正的脸上毫无表情，便顿了顿，接着道："今奉大宋皇帝之命，来上国商谈归还梓宫、太后及渊圣皇帝等事宜……"

还未讲完，完颜合剌座下一名官员冷冷道："江南须知自重！我大金尚未册封，何以便自称大宋皇帝？"

王伦看此人像是个辽国旧臣，有心顶他一句，但还未探出金国皇帝态度，不想招惹是非，便忍气吞声道："蒙上国大恩，我家主上唯有谨守疆土，累世通好，不负上国仁厚之意。前向两国使臣往来数趟，和议已成，现有国书在此，还请上国皇帝御览。"

完颜合剌两个手指微微一抬，侍臣过来接了国书，递了上去。完颜合剌摆了摆手，让刚才说话的大臣去看，这人正是翰林侍制耶律绍文，见皇上有旨，便从内侍手中接过国书打开浏览。完颜合剌靠在椅背上，脸上仍然一副拒人千里之外的神情。

王伦只好硬着头皮，将之前商议的和议条款一一列出，每列完一条，便说一句："请大金国皇帝示下。"一连说了七八条，完颜合剌眉头微皱，脸上已经带着一丝愠怒。

王伦还要说，只见完颜合剌坐起身来，看了看耶律绍文，耶律绍文会意，站出来道："贵使此来，名号不是报谢使吗？为何不见进誓表？国书上为何还在沿袭赵宋年号，而不奉我大金的年号正朔？我朝三令五申要江南遣返大金逃犯及河朔流寓南方之臣民，为何江南在国书中只字不提？"

这一串连珠炮似的发问，实际上全是旧账重提，相当于把两国谈判成果倒推了一年多，几乎重新回到原点。王伦沉住气，宽心耐烦地解释道："足下所说的报谢使，乃是陪同张通古北返时的韩肖胄，本使此番前来，名为割地、奉迎使，当初与元帅挞懒约定，两国约好，赐还河南之地，梓宫、太后南归有期……"

耶律绍文听完，冷笑一声，突然问道："江南使臣，可知元帅挞懒之罪否？"

王伦一愣，这么快就图穷匕见，有点出乎他的意料，便答道："不知。"

耶律绍文亢声道："元帅挞懒稔心祸逆，厚寇欺君，勾连江南，已然服罪，其与江南所定和议条款，皆出于一己之私，上不达天子之意，下不得臣民之心。我大金皇帝仁义淳厚，对江南素来怀柔示德，故而息兵讲和。然而此等不世之恩，江南却贪为己邦之福，毫无感恩戴德之意。如今贵使前来，口口声声与元帅约定，我且问你，你眼中倒是有元帅，可知还有上国天子？"

王伦尽量用和缓的语气道："两国相交，自当唯君命是从。前向大金派使臣萧哲送来国书，国书者，天子之书也，上面写得明明白白：大金意欲通好两国，与民休息，割让河南之地，归还梓宫、太后及渊圣皇帝。天子一诺，非同小可，天下人皆知使臣乃上国天子所遣，国书乃上国天子所赐，跟元帅又有何相干？"

王伦明摆着提醒金人不可背信弃义，说得滴水不漏，无懈可击。殿内一片寂静，耶律绍文不甘在皇帝与众臣面前失了面子，便道："守信必先合于道义，然后方可遵循，倘若道义不存，守信岂非偏执？此所谓泥古不化，无补于治道，圣君所不为也。奸臣挞懒欺下罔上，败坏朝纲，所定和议方略，皆误国误君之策，所赖我大金皇帝烛照万里，洞察其奸，如今正要拨乱反正，个中缘由，江南不可不知！"

王伦微微一笑，道："奸臣定的和议，就可一毁了之？我朝宣和年间，奸臣蔡京、王黼等人先后擅权，以致朝纲不振，割了河北三镇给大金国，这些奸臣早已服罪，难道之前的和议就不算了？恐怕于理不通吧！"

此话一出，原本安静的朝堂一片愤怒的"嗡嗡"声，立于御座下首位的斡本厉声道："宋朝倒是割了三镇，然而不出数月便反悔了！还派出十余万大军兵分三路来救太原，却被我女真健儿杀得全军覆没！此事殷鉴未远，江南切莫自误！"

蓝公佐见金国君臣满脸怒色，赶紧出来打岔道："启奏大金国皇帝陛下，我家主上得知陛下天资颖慧，英明神武，且通晓文章，熟读经史，十分仰慕。我二人临出发前，主上耳提面命，再三叮嘱务使两国和好，以天下苍生为念，偃武息兵，修文礼乐，则国家幸甚，百姓幸甚！和议之事原本不易，好生商议便是，切不可伤了和气。"

朝堂气氛稍有缓和，金国君臣大概也觉得犯不着跟个属国使臣较劲，完颜合剌用女真话跟斡本等人说了几句，看也不看王伦二人一眼，径自起身，由内侍簇拥着走了，满朝文武跪送他离开，王伦和蓝公佐也只得跟着跪下。

觐见就此结束，金国毫无履行和议条款的意向，已经是显然的了。二人出了朝堂，默默地往回走，蓝公佐突然"扑哧"一笑道："正道兄平日里不读诗词，不写文章，为何一与金国君臣议事，却能口吐莲花，字字珠玑啊？"

王伦也一笑，道："子曰：'知之者不如好之者，好之者不如乐之者。'王伦虽不懂文章，不喜欢诗词，但对于吵架却情有独钟，平日里无事便在心中演练，临阵交锋自然是游刃有余。"

饶是满腹心事，蓝公佐也忍不住大笑，连声道："原来如此！我看这四书五经中该加一部《吵经》才是。"

王伦道:"《骂经》更好。"

二人相视大笑,引得路人侧目,到了驿馆,脸上兀自还带着笑意。随从们一见正副使满面笑容回来,还以为谈判顺利,个个跟着喜笑颜开,二人也懒得解释,坐下歇息饮茶。

刚坐定没多久,只听门外一阵喧哗,一名随从慌里慌张地跑进来,道:"相公,金国的御林侍制耶律绍文来了!"话音未落,四名皇宫卫士进来,在门口立定,紧接着耶律绍文在两名内侍陪同下昂然而入。

王伦带领众人起身迎接,并请耶律绍文入座,耶律绍文拱了拱手,板着脸道:"奉旨有话要对江南使臣说。"

蓝公佐犹豫了一下,便拉着王伦跪下了,随从们也跟着跪下听金国皇帝的口谕。

耶律绍文清了清嗓子,道:"王伦!当年先帝以江南狂悖无礼,将尔等使臣全部拘押云中,本无南归希望,后来先帝为示怀柔,放尔回去,尔却不思图报,反而花言巧语,离间我君臣,以求火中取栗,尔就是一条中山狼!今日尔又在朝堂巧舌如簧,妄图煽惑人心,颠倒是非,罄南山之竹,不足以书尔恶!决东海之波,不足以洗尔罪!今日若再放尔南归,岂非妇人之仁,为天下人所笑?尔且在此面壁十年,静思尔过,待江南诚心悔罪,俯首服膺,尔或有出头之日。"

蓝公佐听前面的话,还以为王伦要掉脑袋了,大气都不敢出,听到后面才略松一口气,这边耶律绍文又厉声道:"蓝公佐!尔一人回去告知江南,岁币二十万匹两太少,我大金国沃野千里,物产丰饶,是缺江南这点岁币吗?再告诉尔家主上,今年不是绍兴九年(1139),乃是大金天眷二年,江南既为属国,为何不奉我朝正朔?倘若康王真要做江南之主,让他诚心诚意奉上誓表,我大金天子或可格外开恩,册命封爵，令其镇守江南……"

听着这些恣意羞辱的话，蓝公佐脸涨得通红，咬牙就想反驳两句，却瞥见旁边王伦面带一丝鄙夷，毫不在意的样子，便也冷静下来，抬眼忽见耶律绍文脚上那双官靴似乎穿反了，细看原来此人是内八字脚，两人恰在此时交换了一下眼神，几乎绷不住要笑出来。

耶律绍文哪里晓得二人脑子里在转这些东西，还在声色俱厉地道："尔回去告诉江南之主，既要想南归南、北归北，就让他速速送还叛逃过河的河东、河北士民，大金皇帝以仁义治天下，送归者仍为我大金子民，断然不会追究其罪……"

耶律绍文讲完，二人谢恩平身，王伦笑容可掬道："耶律侍制何妨坐下喝杯茶？"

耶律绍文见王伦虽被拘押，却从容自若，心里倒也有几分佩服，见王伦让茶，也不好意思再板着脸，便道："多谢枢密。在下还要回去复命，不敢久留，并非在下要刻意责难，实在是君令如山，二位还是顺天听命吧。"

耶律绍文告辞而去，几个随从张着嘴不知所措地看着王伦。

蓝公佐想安慰王伦两句，还未开口，只听王伦先道："我是回不去了，你们不要有丝毫耽搁，马上收拾行装，明日便辞行南归。"见蓝公佐发愣，王伦压低声音道："我看这金国皇帝虽然才刚亲政，却是个乾纲独断之主，他年岁不大，多少有些心性不定，万一他一转头又反悔，恐怕你都回不去了。"

蓝公佐不禁一哆嗦，片刻不敢停留，便带着几个随从回屋收拾行装去了。

次日，蓝公佐与王伦商议过后，以尽快传达大金皇帝圣谕为由，要求即日启程南归复命，金朝君臣并未刁难，令人将早已备好的国书送至驿馆，还赏赐了一些北地特产，蓝公佐收拾停当，便带着随从们匆匆忙忙上路了。

半路上，蓝公佐想起与王伦几番出生入死，眼见大功告成，天下太平，却又功败垂成，而王伦更是被拘押北地，不知何时才能回来，一时间百感交集，流下泪来。

倘若他知道自己前脚才出门，王伦后脚便差人去中山府接婉娘去了，心里大概会好过一些。

正月时节的临安，迎来了南北和议后的第二年，虽然一直风传金国人不可信，说不好哪天就败盟毁约，大军压境，但对平民百姓而言，这些军国大事离他们还很遥远。久经战乱后，太平盛世似乎就在眼前，天公赐福，在大年初三降了一场瑞雪，将个临安城装裹得如同西子，美不胜收，城中百姓几乎倾城而出，踏雪寻梅，热闹非凡。

皇宫里的赵构却沉浸在失望与沮丧之中，他刚接到川陕宣抚使胡世将的奏折，其中提到调整川陕边境的兵力部署与防守计划，这已是胡世将第四次上奏，语气一次比一次恳切。

去年入秋以来，金国渝盟的迹象就已经越来越明显，朝野议论纷纷，但赵构还存着一丝侥幸。直到蓝公佐回到临安，具告以金国政局变化，以及金国君臣的强硬态度，赵构才终于意识到这和议已经靠不住了。正好中书舍人张焘即将赴任成都路安抚使，赵构便召他入宫觐见。

张焘在淮西兵变前，曾力劝张浚不要用吕祉掌兵，可惜张浚没听，不然或可避免一桩祸事，赵构因此对张焘另眼相看，问候几句后，便将胡世将的奏折给他过目。

张焘素来文思敏捷，只用了常人一半的时间便看完了奏折，道：

"臣以为胡世将所言极是。"

赵构凝眉思索，未置可否。

张焘继续道："今日之势，正如民间所言：'先下手为强，后下手遭殃。'金国主和者乃挞懒，现已伏诛，遍观金国朝堂，主和者几乎一个不剩，执掌朝政的乃是兀术，此人最是悍勇好战，当年荼毒江南、逼逐陛下的便是他。有他在朝，金国君臣每日商议何事，可想而知。从和议签订至今，已逾一年，金人答应好的归还梓宫、太后，都未落实。如今更是故伎重演，将我国正使扣押不还，提出的条件也越发苛刻，敌情诡诈至此，战与和需做两手准备，切不可偏废。"

赵构叹了口气，道："如此说来，已非战与和不可偏废，而是应当以战为主了。"

张焘道："陛下圣明！如胡世将奏折中所言，金军在陕西颇多挑衅，这正是用兵之兆，臣以为和尚原、仙人关等军事重地，须着重经营，坚固营垒。万一战事再起，至少不让金军长驱直入川陕重地，然后方可图其他。"

赵构沉吟了一会儿，问道："张卿本月启程的话，大约何时可见到胡世将？"

"多则三四个月，少则两三个月，臣当昼夜兼行，以期早日与胡世将相会，共同谋划御敌之策。"

赵构心里算了算，才惊觉张焘所言"先下手为强，后下手遭殃"并非危言耸听。如今吴玠已逝，金人少了许多顾忌，倘若张焘还在路上，金军便从北面攻过来，不知胡世将有无准备，如何抵挡？

这样想着，他又觉得身上燥热起来，心里恨极了兀术。

张焘见赵构沉吟，知他心中所想，便道："陛下不必过于忧虑，胡世将的才略，臣还是知道一二的，胜过吕祉十倍，他与西军将士定能同心勠力，共克时艰。西军原本底子就好，吴玠虽殁，但其弟吴璘也堪称将才，麾下还有杨政、郭浩等一干猛将，臣料他们虽未得到陛下旨意，但防敌之心定是有的，断不至于懈怠。"

赵构面露微笑，张焘并不像先前吕祉那般豪言壮语，但谈吐从容，条理清晰，是个能做事的干练之臣，便勉励道："有卿前往川陕，朕复何忧。"说罢，命内侍取来两个银盒，内装高丽国进贡的人参，一盒赏给张焘，一盒赏给胡世将。

张焘赶紧谢恩，躬身退出朝堂，回家收拾行装去了。

未坐片刻，内侍奏道："御史中丞王次翁求见。"

赵构点了点头，心里略感纳闷，如今朝廷头等大事乃是如何防止金人渝盟，如何措置军事，王次翁长于内政吏治，素来对军政之事不置一词，不知他突然求见所为何事。

不一会儿，王次翁迈着碎步进来，行完礼后，笑容满面地关切道："近日金国朝局风云诡谲，朝野皆云金人渝盟只在旦夕之间，各地奏折多如雪片，陛下早朝晏罢，昃食宵衣，近日起居饮食还安好否？切勿劳累了龙体。"

王次翁每次奏事之前，必要如此问候一番，赵构微微一笑，道："劳卿惦记，卿也要保重身体才是。"

王次翁笑道："臣就一把衰朽骨头，得过且过罢了——陛下，臣近日深感忧虑。金人渝盟，朝野议论纷纷，以为之前和议不可行，然而在臣看来，之前南北和议达成，乃是一桩有功于社稷的大好事，不费一兵一卒而收复故疆，迎还梓宫、太后，如今虽有变故，乃是金国朝廷奸臣生事，非和议之过也。"

这话说到赵构心坎里去了，南北和议骤起波澜，让他有几分尴尬，之前好几位大臣反对议和，说金人反复无常，一旦缓过气来，必定毁约用兵。当时以为不过是揣测，今日看来，却恰如所料，如何止息物议，还真要费些心思。

见赵构点头，王次翁接着道："前向和议之所以达成，秦相苦心斡旋，厥功至伟，倘若明日金人渝盟，臣以为秦相之功仍不可没，不可因事态一有变化，便委过于宰相，匆忙间再换上其他人，后来者难道就比秦相更强？也未必！而且新人入相，肯定要排黜异党，任用亲信，如此一折腾，少则数月，多则一两年，朝局动荡不已。古人云：'不修内政，无以定外交。'倘若内政不稳，何以抵御金军入寇，愿陛下戒之！"

赵构站起来，在御座前踱了几个来回，喟然叹道："王卿真是老成谋国，朕这一向原本心中纷纷扰扰，颇不安定，今日听卿此言，顿感豁然开朗！"

王次翁见赵构听进去了，很是高兴，道："臣做了十几年的朝官，经历了数任宰相，从李纲到吕颐浩，再到赵鼎、张浚，都是一时人杰，然而都免不了任人唯亲，甫一上台，便大力提拔亲近之人，排挤旧人，弄得朝廷动荡，人人自危，也让朝臣有了观望之心，哪里还能静心做事！臣以为，即便金人渝盟，物议纷起，朝廷也应当沉得住气，不必自乱阵脚，时日一久，事情理出了头绪，则物议自息。"

赵构低头沉思了片刻，点头道："卿之所奏，朕深以为然。"

王次翁办完了大事，又回复到笑容可掬的样子，讲了一会儿养生之道，赵构心情舒畅，耐心听完，还问了他几句。

王次翁拜谢退出，在宫门口正好遇上秦桧，秦桧见他面有喜色，便道："庆曾好气色，今日事奏得如何？"

王次翁左右看了一眼，略微加快语速低声道："适才向官家进言：'金人渝盟，罪不在和议，勿轻易换相，致内外纷扰，于国事无补，官家颇以为然。'"

秦桧脸上泛起一阵激动的潮红，金人有渝盟之虞，最忐忑不安的就是他自己，一则脸上无光，二则生怕朝中主战的大臣们群起攻讦，更担心皇上拿他替罪。王次翁的这番话正是时候，极为契合皇上心事，他立即意识到自己的相位应该是保住了。

王次翁见秦桧感动不已，知道他已全然领情，便洒脱地拱了拱手，道一声"保重"，迈着方步离开了。

蓝公佐已经回来复命，还带回了金人提出的新条件，虽然明知金人故意刁难，但使臣还是要派出的，满朝文武都知道这趟差使多半是肉包子打狗，谁也不敢揽事，最后被选中的是工部侍郎李谊，朝廷一道诏书，升他为工部尚书，假资政殿学士，充迎护梓宫、奉迎两宫使。不料李谊宁可免官也坚辞不受，朝廷无奈只得改任京畿转运使莫将为迎护使，莫将预料此次出使多半有去无还，但仍慷慨请行。

此时已是绍兴十年（1140）二月，赵构也知莫将此去吉凶未卜，不敢多做指望，之前还一直盼着金人能履行诺言，归还梓宫和太后，因此一直按和议规定没有派兵进驻河南。如今看来，再不派兵，恐怕就要被金兵占了先机，于是一边下诏令诸将严密防范，一边特命自己一手提拔起来的爱将刘锜为东京副留守，率领王彦的八字军旧部前去守卫东京。

## 四　兀术渝盟

地处平原腹地的祁州，不仅交通便利，人烟阜盛，更兼视野开阔，林草丰茂，既利于骑兵伸缩进退，又利于蓄养马匹、驮畜，因而被选为金国大元帅府驻地。大金天眷三年，也就是南宋绍兴十年（1140），甫一开春，便有成千上万的人马涌入，将祁州城变成了一座大兵营。

兀术身为大元帅，已经第一时间得到来自上京皇宫的消息：新来的宋使莫将等人，因和议条件谈不拢，已被拘押，囚禁在涿州，这也相当于朝廷最后摆明了废除和议的姿态。

倾国之兵在手，南下在即，兀术从最初的兴奋与燥热中逐渐冷静下来，一方面他接连派出十余拨探马，打听宋军动静；另一方面，他也要知晓手下这支大军的士气如何，毕竟早已不比开国之初，这数十万大军，真正的女真战士已经不多，契丹人、渤海人、汉人反占了多数，其中还有不少原是南人军马。临战之际，他自信天时、地利都在自己一方，唯独这人和，他有些摸不准。

此时已近五月，半月前，他以大金国新任大元帅的身份，对各路大军做了一次检阅，再过几日，大军将分四路渡河南下，以迅雷不及掩耳之势直扑陕西、河南和山东各地，一举击溃江南小朝廷。

"殿下，博州防御使郦琼求见。"亲兵统领斡木进帐禀道，他是乌里突的胞弟，自乌里突在和尚原战死后，兀术感念他的忠心，便让斡

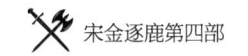

木接替了他的位置。

兀术点了点头,坐直了身子。片刻后,郦琼掀帘而入,快步走到兀术跟前,恭恭敬敬地行礼。

兀术起身,邀他一起席地而坐,并不讲究尊卑之分。郦琼早知兀术行事做派,谢过之后,便欣然地坐在厚实柔软的毛皮之上。

兀术让斡木也一起坐下,几杯酒落肚后,兀术说到正题:"大军下月便要南下,将军深知南朝山川地理,对于进军一事,可有高见?"

兀术多次带兵南下,对于南方地理十分熟悉,也经常就此请教宋朝降将。此番又问起来,郦琼长年带兵打仗,多少能洞悉兀术心思,便从容答道:"殿下这次南下用兵,定将所向无敌,河南陕西之地,可传檄而定。"

这话听着自然是顺耳舒服,但未免太过托大,兀术打量了一眼郦琼,见他神情笃定,不像是曲意奉承,便叫着郦琼的表字道:"国宝有此气概,实属难得,只是江南虽弱,却也厉兵秣马十余年,轻视不得。"

郦琼欠身道:"殿下教训得是!只是末将曾在南军中效力十余年,深知其战法,每当两军对垒,大战在即,主帅却远在数百里之地督战,明明是贪生怕死,却还巧言粉饰为'持重',试问谁愿为这样的主帅卖命?然而自从跟随殿下数次南伐,方知殿下以万金之躯,亲临前线督战。大战之时,箭如雨下,殿下有时为鼓舞士气,竟脱下盔甲指挥,意气自若,将士们原本难免存有畏惧之心的,见殿下如此从容,谁还怕死!依末将看,殿下之用兵,与古时的兵圣孙武、吴起不相上下!至于南朝主帅,末将见得多了,哪个能跟殿下相提并论?"

郦琼说的都是实情,兀术也以此自傲,听罢,微笑着点头道:"南军将帅离心,早有所闻,不然以国宝大将之才,断不至于被逼得归顺我大金。"

这桩往事,郦琼提起来心里就有怨气,接口道:"南军之所以能支撑半壁江山,全在于下面还有些将士敢为死战,然而他们终究也要败在朝堂上那些连纸上谈兵都不会的文臣手里。殿下想想,两军交战之际,朝廷突然从千里之外派来几个斯文货,口含天宪,指手画脚,弄得领兵之将无所适从。督召军旅、易置将校这样的大事,仅凭一纸朝廷虚文,美其名曰'调发',至于合不合理,无人敢问,让下面人如何服气!"

兀术呵呵笑道:"你这'斯文货'三字骂得极好!"一转念脸上的笑容却不觉消失了,调兵遣将乃是天大的事,偏偏在位者忌惮兵权旁落,最爱插手,成了叫运筹帷幄,败了却由领兵之将担责,自己身为三军大元帅,此事不可不防。

"如此一来,下面的人也是能糊弄则糊弄。"郦琼继续道:"偶尔小胜一次,便让帐下文士写个上千字的奏章,把战功夸大十倍,朝廷也给他加官晋爵,上下一片相贺之声,以为中兴必至,依郦某看,这等衰弱腐朽的偏安小朝廷,能勉强撑到今日已经是万幸了,哪里还敢妄言什么中兴!"

兀术沉吟了片刻,问道:"以国宝观之,此次南下,谁能抗拒我大军?"

郦琼不假思索道:"殿下,此次我大军数十万人马,如天神下凡,直压大河之南。南军已经多年没经历如此阵仗,特别是河南、陕西之地,原本是刘豫旧臣守护,末将敢打包票,我大军一至,没有不献城投降的。以我军行动之神速,等到南朝得知大军南下的确信时,恐怕已是兵临城下了。当年大军南下时,多是有掳掠,无战事,南军望风而逃，末将看此次也差不了太多，南朝屡败于我，早已心破胆裂。我大军压境消息一传至南方，南朝君臣恰如惊弓之鸟听到弓弦之声，箭还未至，这只呆鸟就吓得扑腾着翅膀掉下来了！"

郦琼夸张地做出仓皇之状，还故意把"鸟"读成"屌"，逗得兀术和斡木哈哈大笑。

兀术心里安定下来，郦琼所言虽有虚矫成分，但大致合乎他的判断，河南、陕西之地应当唾手可得，然后再以雷霆万钧之势直扑江淮，只要打开一道口子，南朝定会全线崩溃。

郦琼出去后，斡木道："殿下，郦琼如此贬低南朝，是不是故意拍殿下的马屁？"

兀术指着他一笑，道："你能有这般见识，便是长进。郦琼当初归顺，我还存了几分疑虑，后来再细问，确知他是为南朝所逼。郦琼作战颇为勇猛，也有谋略，南朝却逼得他无路可走，可见不懂御将之道。他看不起南朝，一半是出于私意愤恨，一半是旁观者清，本帅只需听他旁观者清那半即可。"

斡木钦服道："殿下明鉴！"

兀术想了想，让人将旁边酒壶添满，对斡木道："郦琼方才所言，颇有见地，也足见其忠心，你亲自去郦琼营中一趟，代我将这壶酒赏他。"

斡木领命，端着酒壶出了大帐，去往郦琼营中，半路上遇见韩常，韩常与他熟识，便招呼道："统领端着这一壶好酒，是要去哪里？"

斡木便跟他讲了来龙去脉，韩常低头思索了片刻，道："说起来也是诡异，当年大金攻下幽云十六州，并按盟约归还给宋朝，那里百姓大都是汉人，照理应当心向宋朝才是，不料拼命怂恿大金南下的反而是这些汉人。如今我大金再度倾国南下，而最跃跃欲试的也是郦琼、李成、孔彦舟这些宋朝降将，你说奇怪不奇怪？"

斡木笑道："这只能怪南朝君臣无道，把这些人得罪得太狠，都想借大金之力报一箭之仇呢！"

韩常点头道："此事也须小心，这些人对南朝怀恨在心，只想复仇，自然是极言南下之利，郦琼方才所论，有可取之处，但也不可全信。"

斡木问："郦琼对南军战力不屑一顾，听着也不全像气话，万户以为如何？"

韩常口气淡淡地道："郦琼出自刘光世军中，刘光世在南朝诸帅中属平庸之辈，他有此论不足为奇。"

斡木似有所悟，韩常又道："诸军将帅，心气都极高，不把南军放在眼里，认定此次南下必胜……未见得是坏事吧。"

斡木奇道："听万户的意思，也未必是好事？"

韩常道："如今诸将议论的都是过往江淮、川陕甚至当年河北、中原用兵之事，自然是我军所向披靡，南军一触即溃，然而常言说得好，'好汉不提当年勇'，我且问你，自富平大战后，我军可曾再有过一次酣畅淋漓的大胜？"

斡木瞪着眼，半天没答上来。

韩常脸上掠过一丝冷笑，道："诸将不知南军早成勇锐敢战之师，只以为南军还和当年一般不堪一击，自然是个个信心百倍。我征战十余年，比他们明白，今日的南军，其凶猛强悍颇类似当年之我军，而我军呢，其怯懦畏死却颇似当年之南军。"

斡木不服气道："万户何出此言！我斡木就不怕死！"

韩常道："你要是都怕死了，大金国还有药可救？所幸的是，虽然敌我双方军力逆转，南朝却并不知晓，因此郦琼说南朝君臣如惊弓之鸟，可以虚弦而下，也有几分道理。"

斡木还要争辩，韩常摆摆手道："大元帅乃是深谋远虑之人，定然想得十分透彻，我们做下属的，跟着他的帅旗死战便是了——你先去办事吧。"

兀术未必不知道自己正在做惊天一赌，几个月前他亲自带兵将贬至行台的挞懒父子擒获，并带至祁州正法。行刑前，挞懒不知出于何意，回头对他道："当今陛下乃是英主，哪里容得功臣，蒲鲁虎与我之后，接下来就轮到你了，你还是早做准备吧！"旁边人都听得心惊胆战，不敢下手，还是兀术断喝一声，刽子手才壮起胆来，手起刀落砍了挞懒的头。

如今他已是继粘罕之后，唯一独揽军权之人，虽然生性自傲，但高处不胜寒的忧惧总是隐隐袭来。每当夜深人静，他便独自默默在心中盘算：这几年南军固然实力大增，然而一旦大金倾国南下，这种气势仍然足够唤醒南朝君臣多年来惨败的记忆，让刻在他们心里的伤口再次撕裂，大金的铁骑将再次踏遍大江南北。

五月刚过，几十万金军在兀术指挥下，兵分四路，一路由镘铪率军出山东，一路由撒离喝率军入陕西，一路由李成率军犯河南，他自己亲率精兵十余万，与孔彦舟、郦琼、赵荣等人直抵东京。

十来万大军突然兵临东京城下，让东京留守孟庾惊慌失措，东京副留守刘锜率领八字军还在赴任途中，城中兵力羸弱，根本无法抵抗。统制官王滋也知城不可守，便向孟庾提出派兵护送他夺门南逃，然而孟庾权衡之后，觉得金军马快，自己仓促逃走，没准半路就被追兵赶上，反而体面无存，于是率领满城官吏出城迎降。

兵不血刃便占了东京，兀术的大赌局开盘得胜，一进城，他便驻进龙德宫，将早已备好的诏书颁发天下，令使臣持诏书送达河南诸郡，并以军队随后。不出所料，河南各州郡，只有拱州守臣王愷，率军抵抗，城破而死，其他诸郡都望风纳款，不战而降。

不到半个月，形势发展印证了他最初的判断，各路人马进军都极为顺利。镊铎和李成的两路人马皆非主力，沿途无人阻挡，另一路主力由撒离喝率领，自河中府渡河入同州，疾驰二百五十里，直趋永兴军，打了老对手宋朝西军一个措手不及。此时胡世将布防尚未完成，宋廷任命的帅臣还未到任，郭浩正在延安，永兴军守臣郝远不敢迎敌，便大开城门投降，长安沦陷，关中大震。原伪齐和金军任命的陕西州县官吏，本来就摇摆不定，见到金军又来，纷纷迎降，一时之间，从东到西，金军所向无敌，陕西、河南大部落入金军之手。

对于偏安东南的赵构君臣而言，形势仿佛一夜之间回到了建炎年间，立稳脚跟不过数年的偏安朝廷又面临着灭顶之灾。

金军大举南下，行动神速，已经将河南、陕西占了大半，但消息尚未传到江南。此时，在春夏之交的淮河上，一支由九百余艘大小船只组成的船队正浩浩荡荡地向北进发。

船队前方，几艘装备精良的战船护着一艘帅船，帅船前方立着一面大旗，上面书着一个大大的"刘"字，一名身材颀长、面目端正的大将在亲兵和偏将们的簇拥下，正站在甲板上向北眺望。

淮河上下，已是绿树成荫，芦苇成林，再加上鸟鸣蝶舞，蛙声阵阵，一片生机盎然，但这员大将却脸色凝重，眉头紧锁，心思全不在风景上。

此人便是新任的东京副留守刘锜，他率领当年王彦手下的八字军及殿前司的三千步兵于三月份从临安出发，沿长江进入淮河，已经走了四十多日，行程二千二百里。

前几日，刘锜率军驻扎在涡口时，突然平地一阵大风，将他所住的军帐吹翻，刘锜深深地吸了几口气，辨别良久，断言道："此风隐含兵马气息，又从北面刮来，定有大军在行动！"遂立即传令全军日夜兼程，于五月中旬抵近顺昌水面。

离顺昌还有几十里时，骄阳似火，大地凝滞，河面上一丝风都没有，船队行进犹如蜗牛。刘锜当机立断，令大军及家属继续坐船赶路，自己率领几十名亲兵、将佐，登岸向顺昌进发。

这几十人轻装快马，走了大半日，终于见到顺昌城楼。刘锜命一名亲兵前去通报，不多时，便远远看见城门口的吊桥放了下来，城墙上也挤满了观望的士兵和百姓。

一名文官打扮的老者领着一帮属吏匆匆从城内出来迎接，刘锜见这一行人鸦雀无声，领头的老者应该是顺昌知府陈规，手里捏着一封文书，清瘦的脸上神情严肃，连一丝客气的笑容都没有。

"这必是出了大事……"刘锜轻声对左右道，策马迎了上去。

陈规看到刘锜装束相貌，已猜出他身份，见刘锜天神一般领着众将大踏步过来，一时百感交集，还未开口，两行热泪滚滚而下。

刘锜赶紧迎上去，二人礼毕，陈规拭泪道："原本以为顺昌一座孤城，陷落只在这几日，天幸太尉率军赶到，可见上天垂怜我大宋江山和满城百姓！"说着，将手中的文书递给刘锜。

刘锜一边看，一边听陈规道："这是第一拨斥候急报，说的是金军大举南下，已经攻取东京。金军素来行军神速，且河南之地一马平川，极利金军铁骑驰骋，恐怕过不了几日，就要兵临顺昌城下了。"

刘锜读完急报，凝神思索了片刻，看着陈规道："府公有何见教？"

陈规道："下官不懂军事，岂敢有什么见教，只是陈规受天子之托镇守此城，不敢辱没了使命。"

刘锜点点头，问："城中可有粮草？"

陈规道："有粟麦数万斛。"

刘锜一愣："到底几万斛？"

"五六万斛总是有的，另外还有几千斛豆子，上千个干草垛子。"

刘锜很是惊讶："顺昌城并不大，府公如何贮存了如此多的粮食？"

陈规脸上露出一丝笑意："在下去年才任顺昌知府，当时便风传金人要毁约南侵，因此便四处收集粟麦充实仓库。前两个月计议司提议要将收缴的粮食转运他处，以充作租赋，在下请求用金帛代替，如今看来，竟是有先见之明。"

刘锜大为叹服，道："府公此举，真乃神作也！如今粮草应当是够了，可否容在下登城看看周遭地势？"

陈规连忙转身带路，引刘锜等人入城，刘锜率众将登上城楼，极目远眺。顺昌北临颍水下游，南连淮河，东接濠州、寿州，西接蔡州、陈州，金军欲南下侵犯江淮，顺昌是必经之地，刘锜原本打算率军进驻东京，军属就留在顺昌，不料形势突变，后方成了前线。

此时已近正午，天气闷湿炎热，刘锜对照城北的颍水和城南的淮河来确定方位，大致找到濠州、寿州、蔡州及陈州的方向，心里盘算着金军来犯路线，又仔仔细细地沿着城墙将城外地形看了一遍。

刘锜看完地势，一转身，见陈规亦步亦趋地跟在身后，眼巴巴地瞅着自己，便道："事情紧急，末将带来的人马约一万八千余人，除开家属，能战者不过五千，是战是守，是进是退，需与众将商议，府公愿听就在一旁听听无妨。"

陈规一听战守进退还未定下来，心里不禁敲鼓，道："既然要商议战守之事，太尉不如去府衙，里头凉快些，也能喝些茶水，用些膳食。"

刘锜拱手道："淮河上还有近两万将士在等我将令，耽搁不得，有劳府公差人将茶水、膳食送到城头上来，我等就在此边吃边商议更好。"

陈规见众将已经席地而坐，个个神情凝重，一副临战模样，不由得莫名紧张起来，赶紧回头去安排茶水、膳食。

城墙上一时间十分安静，众将出发前，早就存着宋金必有一战的念头，然而谁也没想到来得这般突然。他们都是八字军旧部，早年在太行山就跟金军周旋，深知金军战法强悍，来去如风，按方才急报的日期来算，金军前锋恐怕已经近在咫尺了。

中军统制贺辉先开口道："大帅，诸位兄弟，我贺某不是贪生怕死之辈，但今日形势颇为凶险，敌军蓄谋已久，又是倾巢出动，一旦受阻于顺昌，人马只会越聚越多。我军仓促应战，且是孤军深入，恐怕寡不敌众，支撑不了太久，不如趁着敌人未至，由精兵殿后，大队人马护着军属撤退，先回江南，与其他诸军会合，再从长计议。"

贺辉乃是诸将中资历最深者，且颇有战功，他一开口，众人纷纷附和，左军统制杜杞也道："金军势如破竹，风头正盛，此时与之交锋，没有任何胜算，不如我军先行退却，将金军战线拉长，使其粮草不继，再多熬些时日，天气愈加炎热，金军定然疲惫懈怠，我军再择地利奋力反击，或可求一全胜。"

刘锜素来宽厚待下，作战前总是将诸将集中到一处，让其畅所欲言，只要有合理的意见，哪怕与自己想法相悖，也定会采纳。众人见两位统制建议退兵，刘锜脸上并无不悦，且他一家老小也在船上，没有不惦记的道理，便转而议论起如何退兵起来。

"退个屌兵！"一声暴喝打断了众人的议论，一名身材高大壮硕的汉子"腾"地站起来，正是八字军中最能打仗的许青。许青在军中绰号极多，因他重视情报，足智多谋，王彦当年称他为"小诸葛"，众人私底下笑称他为"狗鼻子"，又因他在收复金州一战中表现英勇，加之人生得凶猛，有人干脆称他为"夜叉"，这个绰号念着上口，在军中不胫而走，之前的绰号反而无人叫了。

"你这夜叉，有话好好说嘛！"贺辉瞟了眼刘锜，有些尴尬地笑道。

许青口气缓和了些，道："金军铁骑行动有多迅速，想必各位兄弟是深有体会的，如今金军离此不过几日路程，倘若我军退却的话，必须是妇孺老小在前，精锐步骑殿后，根本走不快。金军发起力来，轻骑一日能行三百里，一旦赶到，用一部分人马拖住我殿后军马，另派轻骑绕至前方，从侧翼袭击前军，而我前军家属夹杂其中，还没开仗，就已乱成一锅粥。到时只怕是兵败如山倒，自家性命都保不住，还保什么家小！如此必定败得窝窝囊囊，让天下人耻笑！"

许青这话一说完，诸将都面面相觑，不再作声了，此番与金军狭路相逢，其实最忌讳的就是掉头便跑，被人追着打，更何况金军马快，哪里跑得掉！诸将都带兵多年，自然明白其中道理，只是金军势头太大，心中一时畏惧，才下意识地想避敌锋芒。

众人把目光挪向主帅，刘锜用极为赞许的目光看了许青一眼，轻咳一声，沉声道："朝廷选派我军驻守东京，乃是寄予了厚望，如今金军先发制人，悍然毁约，东京已经沦入敌手，形势确实于我不利。所幸我军恰好到达顺昌，有城可守，有粮可就，倘若不幸卡在中途，周边无险可依，无城可守，那才是绝境！方才大伙也到城墙上看了，顺昌城墙虽然不高，城防也颇简陋，但却并非破烂不堪，周边地形也大有可利用之处。朝廷养兵十余年，危难之际，正是拼死效命之时，八字军自太行山起，虽然并非战无不胜，却从未不战而退过。我刘锜自从军起，也打过败仗，却从未做过逃跑将军！"

说到最后几句，刘锜的声音突然高亢起来，诸将也不由得坐直了身子，刘锜用威严的目光扫视了一圈，一字一顿道："自此刻起，有敢再言退兵者，立斩于军前！"

众人沉默了片刻，贺辉起身道："愿随大帅死战！"其他诸将也纷纷请命，许青更是大吼道："今日死也要死在顺昌城头，身下还要垫着十具金军尸首！"

刘锜大喜，回头一看，陈规不知何时回来了，见诸将正摩拳擦掌，十分欣喜，便道："太尉，诸位将军，饭食已经备好了。"

刘锜道："军情如火，大家边吃边听我将令。"于是众人端着碗，一边狼吞虎咽，一边听刘锜吩咐："金军随时可能杀到，大家吃完后，立即回头将各营将士与军属接入顺昌城内。"

"大帅，那九百余艘船如何处置？"

刘锜顿了顿，用毋庸置疑的口气道："一律凿沉，片板不留。"

旁边陈规听了这番话，虽已做了舍生求仁的打算，仍然忍不住心头一紧，再看众将，只是吃饭的动作略一凝滞，嘴里都含混答道："遵命！"

饭吃完，刘锜这头也安排完毕，诸将都出城前去淮河边接大军和家属进城。晌午已过，天气愈加闷热，刘锜与陈规就在城头等着，刘锜细问城中储备，陈规与属下官员捧着本厚厚的账簿一一回答。

过了两个时辰，第一拨人马终于抵达城下，大约两三千人，才安置妥当，第二拨人马两千人也到了，顺昌居民倾城出来迎接。大敌当前，生死难卜，把人的情感拉得特别近，双方都一见如故，亲如家人。第三拨人马进城时，天色已黑，陈规让人在城头点起上百个火把，把城上城下照得通亮，城内城外人喧马嘶，却也有条不紊，忙而不乱。

从半下午一直到次日凌晨，一共来了七拨人马，一万八千余人全部安顿完毕，但入城避难的百姓仍络绎不绝。眼见东方起了鱼肚白，众人已是累得筋疲力尽，正要歇息片刻，忽然有人指着远处一缕烟尘叫道："斥候来了！"

众人抬眼看时，一人一骑从西北方向急驰过来，人马都热气腾腾，转瞬间已到城下，那人口中喊道："金军已抵陈州，离此还有三百里！"

城墙上的人发出惊呼，陈规连忙叫人将斥候请上来，那人个头不高，精壮敏捷，正是做斥候的好料子，他已知晓了刘锜身份，便将探听到的敌情一股脑儿地说了出来。

不出所料，金军一如既往的神速，才半个来月，河南大部已尽收囊中，几乎未遇抵抗，而且占领东京并南下的乃是金军主力，由金国大元帅兀术亲自统领。

刘锜不动声色听完，让斥候下去歇息，然后将各营统制及校尉以上将领全部叫过来，问："船都凿沉了？"

"凿沉了！"

刘锜扫视了众人一眼，回头问陈规："城中可有庙宇？"

陈规不知何意，道："有一座观音庙，香火很旺。"

"可否将我一家老小安置在此庙中？"

"既然太尉开了金口，这等区区小事，有何不可。"

"烦请府公派人在庙宇四周堆满干柴。"刘锜道。

陈规不由得打了个寒噤："这……"

刘锜叫过一名跟了自己几年的亲兵，道："王盛，自今日起，你不用守城厮杀，只需守在庙前，一旦城破，立即将干柴点着，我刘锜战死乃是本分，绝不能让家人受辱于番狗！"

王盛大吼一声："遵命！"

原本还发出些窸窸窣窣声响的人群彻底安静下来，即便最有胆识的将领此刻也脸色煞白，身体微微颤抖，每个人都真切地意识到处于何等危险的境地，除了与来犯之敌决一死战，没有任何退路。

刘锜转身看着众人，道："金军前锋已经到了陈州，列位估算一下，大约几日能到顺昌？"

游奕军统制钟彦道："金军轻骑真要快马加鞭的话，三百里路也就是一日一夜的工夫。"

贺辉道："话虽这么说，但那是十万火急才干的事。顺昌虽然为江淮门户，金军必欲取之，但他们此次用兵一路顺风，志得意满，加之并不知我军已然到此，以为和其他城池一样唾手可得。依末将看，没有个六七日，甚至七八日，金军绝不会出现在顺昌城下。"

许青道："贺大哥言之有理，不过我们只能做金军明日就来的打算，若它明日没来，我们只当多出一日来备战。"

众将都点头称是，刘锜问一旁的陈规："不知城外有多少百姓？"

陈规道："至少有三四千户人家。"

刘锜轻叹了口气，道："天大亮后，遣三千人去将城外百姓全部劝进城来，然后将房舍全部焚毁，免得为金人所用。"

陈规于心不忍，但也只能点头。

"城中居民有多少户？"刘锜又问。

"八千六百二十八户。"陈规答道。

刘锜环视了一下城墙四周，道："只怕要借居民家中的门窗一用。"

陈规道："大敌当前，保命要紧，哪里还在乎门窗，何况天气早已转暖，有无门窗也能过得去，只是不知这门窗拿来有何用途？"

刘锜指着城外道："金兵来后，绝不能让他们一下子就迫近城门，需在护城河内侧，筑一道羊马墙，将金军阻挡在外。金军攻城时，我军将士可凭借羊马墙与敌近战，也可利用墙上射孔射杀敌军，而城墙上我军亦可居高临下放箭压制金军，使金军同时遭受远近两处攻击，上下难以兼顾。此外，有了外围这道羊马墙，我军还可在羊马墙与城墙之间埋伏一队精兵，只要觅着金军空隙，便趁机杀出去咬它一口，咬完又立即退入羊马墙，如此一来，正所谓'上下夹攻，进退自如'，金军纵然人多，也无可奈何。目前金军已至陈州，我军顶多有个五六日备战，来不及筑墙，但可利用门窗做挡板，中间夯实泥土，和羊马墙功效无异，三五日便可完工。"

陈规之前也在别处守过城，抵御过盗贼，听他布置得有条有理，胸有成竹，不由得信心大增，慨然道："太尉既然有令，我陈规首先将府衙门窗全部献出。敝府虽然不大，门窗却还结实，我今日便让家人卸下来，任凭太尉处置！"

刘锜向他深深一揖，陈规赶紧回礼，刘锜又道："顺昌城墙不高，但也足以堪用，只是这城垛太矮，不利于我军将士隐蔽放箭，亟须改造……"

陈规立即接口道："这个好说，我让人将城内砖石收集起来，倘若不够，只能拆一些青砖房，加高城垛。"

许青在一旁插嘴道："大帅，城外的那些树林应该全部砍了，这样金军无处藏身，其排兵布阵也一览无余，而且树干、树枝可以用来加固羊马墙。"

刘锜喜道："所言极是！其他兄弟还有什么好点子，都说出来！"

贺辉道："这几日湿气极重，太阳也毒得很，城中若有避暑汤药，可保将士们不至于临战中暑，白白损耗了战力。"

刘锜点头道："老贺真不愧是百战之身，这都能想到。"

陈规道："顺昌夏日闷热潮湿，百姓都惯于吃些清热解暑的草药汤汁，我回头去问，只要有，尽数供给前线将士。"

这番话倒提醒了刘锜，便问陈规道："方才问府公府库储藏，好像说到有毒药？"

"府库最靠里边，有一屋子草药，味道浓烈，闻一闻就得头晕半日，没人碰过，据说是刘豫当年留下来的毒药。"

刘锜心中一动，金军人多势众，自己这边必须想方设法消耗金军战力，才有机会获胜。这临阵放毒还真没试过，但作为后手也未尝不可，金军是万料不到此招的。他知道许青点子多，便道："这毒药就由许统制来保管，你琢磨一下，如能派上用场那是最好不过。"

陈规听了，便让掌管府库的属吏与许青来交接。

刘锜又吩咐道："金军前军已至陈州，届时必从西北方向进犯，顺昌西北地形复杂，金军行军路线不好确定，须得找十几名熟悉地形的向导，每日派出十拨斥候，由向导指引，打探金军来犯路线。倘能趁其不备，半路伏击，则可重挫金军锐气。"

众将都谨遵帅命，刘锜又命派出斥候将顺昌军情报与临安，同时做好向岳家军求援的准备。

一番安顿下来，天已大亮，陈规这才细看刘锜，见他年纪轻轻，却目光沉静，言语从容，更兼长相英武，气度不凡，不禁暗暗赞叹。

这边刘锜已经安排妥当，众将都大吼一声，各自散去。陈规陪着刘锜同去府衙歇息，走到半路，只见街边尽是收拾辎重器械的八字军男女，虽然劳顿了一夜，却个个精神抖擞，好些妇女都磨刀霍霍，互相打气："我八字军当年转战太行山时，其他大军还不知在哪儿呢！如今反而名头不如他们，今日我们就要大败金狗，为国立功，让天下人都知道我八字军！"

见刘锜走过，这些妇女们都叫道："大帅，我们女子立了功封不封官爵？"

刘锜笑道："都封诰命夫人，管着你们家男人。"

一个三十上下的妇女打趣道："原来大帅在家都是被夫人管着呢！"

刘锜跟着众人哈哈大笑，陈规见八字军如此上下同心，士气高昂，胸中也平添一股豪情。过去几日，他满脑子都琢磨着如何以死报国，想到悲壮处，特别是看到妻儿老小，便不由得老泪纵横。天幸强援突至，让他陡然间胆气壮了许多，脑海中居然闪过一个念头：倘若此战成功，自己年近七旬，还能博个军功封侯，岂非人间美事！

接下来三日，城中军民全体出动，伐树的伐树，垒墙的垒墙，夯土的夯土，干不动体力活的老弱妇孺便端水送饭，整个顺昌城一派热火朝天，与前几日刚得到金军消息时的沉闷压抑如同天壤之别。

第三日傍晚，又一批探马回来，告知仍未发现金人踪迹。刘锜召集众将商议："三日已过，金军连个游骑都没现身，似有骄兵之状，诸位如何看？"

许青道："金军才用半个多月，便占了河南，加上过去战绩骄人，此时恐怕尾巴都翘到天上去了吧！"

"或许是持重进军也未可知？"贺辉道。

钟彦道："倘若他们知道我八字军已经进驻顺昌，持重一点也说得过去，但目前来看，金军对我军动向还一无所知，没准以为顺昌不过一小城，派个两千人马便拿下了。"

刘锜心里在盘算：倘若金军真是这般想的，那趁其人马不多，防备松懈，半路伏击便确实可行，此乃两军狭路相逢的第一仗，对城内人心士气至关重要，只许胜不能败。

刘锜手下号称一万八千人，但除开军属、杂役，真正能上战场的也就五千人。坚城固守虽然是最稳妥的战法，但却难求一胜，当年太原、楚州都守了将近一年，最终也免不了城破的噩运，只是主动出战，风险极大，万一出师不利，顺昌城便丢了一半。

诸将见刘锜沉吟不语，因为都是带兵打仗多年，大致也能猜出他的心思，右军统制焦文通道："金军远来，如能趁其不备伏击成功，我军必然士气大振，但伏击、偷袭最怕的是扑错地方，要是能先抓两个俘虏就好了。"

许青接口道："抓俘虏可不容易，只能抓走单的金军游骑，金兵马快，一见情势不对劲，掉头就跑了，除非是等金兵饮马或拉屎屙尿时下手，但上哪里找这样的好时机？"

众人都笑，刘锜却留了意，道："金兵也是人，终归也要拉屎屙尿，而且饮马间隙，人都会顺便歇息一下，拉屎屙尿是常有的事……"

诸将见主帅认了真，便都止住笑，刘锜道："我料再过两三日，金军游骑便会陆续出现，金军一路势如破竹，几乎未遇任何抵抗，定然有轻敌之心。倘若我军多派人手，在河边浅水处设下伏兵，只要觅着机会，便一拥而出，或许上天垂怜我顺昌军民，能捉到几个俘虏也未可知。"

许青首先叫好，道："大帅，此事极其可行，大不了扑个空，真要得了彩头，这仗就有了七八分胜算！"

刘锜道："明日你找本地向导问清西北面所有饮马之处，每处埋伏二十人，如能抓获俘虏，算你首功！"

许青领命而去。刘锜与陈规又在城墙巡视战备，城垛大部分都已加高，破损处也已修复并加固；紧挨护城河的羊马墙已经完工大半，上万人仍在拼命劳作，看样子再有两日便可彻底建成；顺昌城四周的树木被砍伐一空，成了光秃秃一片，砍下的树枝全被用来加固羊马墙，树干削尖了做拒马；四周黑烟缭绕，那是城外被焚毁的民房还在冒烟……

又过了两日，虽然金军还未兵临城下，但战争的气氛越来越浓，一拨接一拨的斥候不分昼夜陆续到达顺昌，报告金军最新动向，然后消息便像风一样传遍顺昌城，整个城市立即陷入一片夹杂着恐慌、兴奋和担忧的嘈杂之中。

第六日，站在最高处的顺昌城楼，可以隐约看到远处零星的人马在逡巡，转瞬间便又无影无踪，那都是来刺探情报的金军游骑，一切迹象都已表明，金军已经近在咫尺。

半下午，西门突然喧哗起来，打破了战前压抑的宁静，原来是许青派出的人马俘虏了两名金兵，正被五花大绑押进城来。城中居民闻讯，纷纷跑出来看热闹，只是这二人满身污秽，臭气熏天，众人都捂住口鼻，避得远远地观看。

这二人被押到府衙，刘锜与陈规亲自审问，刘锜闻到二人身上臭味，再看他们身上盔甲衣裳被揉成了咸菜，显然经历过一番激烈的扭打，已经猜到八分，旁边亲兵道："大帅，这二人臭烘烘的，要不让他们洗净了再来？"

刘锜摆手示意不必，回头跟陈规解释了几句，陈规捋须大乐。

刘锜仔细地审视了两名俘虏片刻，突然起身，不顾二人身上秽臭，亲手替二人松绑，然后叫人递上椅子，让他们坐下。

"你二人在军中任何职？"待二人坐定后，刘锜问道。

二人犹豫着不吱声，过了半晌，其中一人用生硬的河北话道："敢问这位将军是谁？"

刘锜一笑，爽快答道："我乃枢密院都统制，御前提举宿卫亲兵，龙神卫四厢都指挥使，东京副留守刘锜。"

二人愣了愣，互相看了几眼，那说话的人接着道："我二人乃是金国大元帅兀术帐下银牌千户阿赫和阿鲁。"

此人说话口音怪异，但在座的人都明明白白听到了"银牌千户"这个头衔，刘锜与许青交换了一下眼色，皱眉道："哪有千户亲自出来侦探敌情的？"再一细想，心里便明白了，大约"千户"和"银牌千户"还不是一回事，前者乃是有实职的千户，后者不过一虚衔而已。

刘锜用冰冷的目光看着二人，缓慢而清晰地说道："尔等毁约败盟，犯我疆界，如今被我俘获，知道该如何处置吗——押上城头，凌迟处死！"

二人别的未必能听懂，但"凌迟"二字是知道的，脸色顿时变得灰白，低头不语。

"我大宋皇帝宽厚仁慈，信义播于四海，本帅此次临出发前，我家主上再三告诫不得多加杀伐，慎用酷刑。南北原本已经议和，百姓正待休养生息、安居乐业，不料却有狼子野心之徒悍然毁约，再动干戈，贵国朝廷有奸臣哪！"刘锜声色俱厉道。

阿赫和阿鲁听得似懂非懂，但看出刘锜似乎并无杀人之意，便把头点得如同捣蒜一般。

刘锜的口气缓和了些，道："你们俩虽为千户，但想必也是身不由己，今日饶你二人不死，但本帅有话要问，你二人务必如实回答，倘若有半句假话，莫怪本帅手下无情。"

二人又是连连点头。刘锜便留下阿赫自己审问,让许青把阿鲁拘到另一个房间分开审问,并再次警告二人道:"你二人的话若有半句对不上,刀斧手就在城头伺候!"

于是刘锜与许青分头审问俘虏,一盏茶工夫不到,许青兴冲冲地出来,迫不及待地对刘锜道:"大帅,好彩头来了!"

"你且说说,那个阿鲁招了些什么?"

"其他都是小事,唯有一件大事:金军前锋部队三千人在白沙涡一带安营扎寨,离顺昌城不过三十里!"许青说道,眼睛放出狼一般的亮光。

"领军主将是谁?"刘锜问道。

许青挠挠头道:"说是一个叫什么韩将军,一个翟将军,这个阿鲁汉话说得不好,我实在听不出叫什么。"

刘锜点点头:"那就有了!这边阿赫也说是韩、翟两位领军,地点也都合上了。"

许青大喜,道:"真是天赐良机,趁着金军毫无防备,此时去劫营,十拿九稳!"

旁边陈规也激动起来,道:"驻扎在白沙涡的金军还不知道有人被俘,更不知道我大军已至,定然不做防备,今夜劫营必然成功!"

事不宜迟,刘锜看了看外面,天色已近黄昏,便命许青立即挑选一千人,命一名骁将领军,带上向导,从西门出,赶往白沙涡去劫营。

很快,一队精壮人马悄无声息地从西门吊桥出城,在斜阳的余晖中直奔白沙涡。

刘锜立在城头,目送劫营部队远去,直到天边最后一抹余晖消失,然后回过头来安排其他诸军严守城防,准备接应。

四鼓时分，刘锜正在府衙打盹，亲兵急急忙忙地进来禀报："大帅，已经交上手了！"

刘锜一跃而起，出了府衙，跳上马背，直奔西门，城墙上挤满了守卫将士，都在侧耳倾听，时不时窃窃私语。

刘锜登上城墙，众人见主帅来，鸦雀无声地让开一条道。刘锜倚在城垛上，仔细地听了一会儿，果然从西北方隐隐传来打斗之声，虽然极其微弱，寻常人根本辨别不出来，但他凭着多年军旅经验，立即断定三十里外的白沙涡正在进行一场激战。

许青凑上来，轻声道："大帅，能听出来谁占了上风吗？"

刘锜摇摇头，问道："莫非你能听出来？"

许青道："方才隐约听到三声'杀'，那不正是我八字军临阵号子吗？这伸手不见五指的，双方摸黑混战，其中一方还能齐声喊杀，大帅觉得谁占了上风？"

刘锜聚精会神地听了片刻，除了那点若有还无的打斗之声，哪里能听到什么喊杀声，再看许青，皱着眉头也在倾听，嘴里喃喃自语："难道听岔了……"

一城人就这样等着，猜测着，直到东方泛起了鱼肚白，众人的心提了起来，不知道呈现在面前的将是何等景象。

许青早就亲自带着人马出城接应去了。天色越来越亮，妇女们将饭食送上城墙，众人一边默默地吃饭，一边时不时探出身子向远处眺望。

一直等到日上三竿，仍不见劫营部队踪影，众人七嘴八舌议论着路程，掐算着时间，突然有人一声暴喝："来了！"众人拥到城墙上，果然见远处出现了一支队伍，因为离得太远，分不清是敌是我。

过了一顿饭工夫，众人看清那正是八字军人马，刘锜又派出一支人马前去迎接。过了半晌,那支人马终于走近了,远远听到有人在高呼:"大捷了!"这句话像在滚烫的油锅里浇了一瓢水,城墙上顿时响起一阵惊天动地的欢呼声。

直到晌午时分,一夜间赶了六十里地,还进行了一场血战的劫营勇士们才开始进城,他们几乎看不清面目,血污混着泥土把他们从头到脚包裹起来,像刚从地狱里爬出来的一样;他们疲惫不堪,有些甚至走不动路,由前去接应的弟兄搀扶着,但每个人脸上都洋溢着难以名状的自豪神情,昂着头骄傲地享受着满城军民狂热到极点的欢迎。

## 五　刘锜扬威

短暂的狂欢过后，顺昌城上下进入更加紧张的备战当中。

此次偷袭能大获成功，一则在于金军轻敌，二则八字军派出的一千人都是死士，正面交锋也不会让金军占着便宜，更不要说出其不意。但所有人都知道，金军吃了亏，只会恼羞成怒，来日金军定会大举进兵，一场正面恶战无可避免。

与其他人面色凝重相比，许青脸上却一直带着笑意，以至于刘锜特意敲打他："前日之战虽然痛快，毕竟是一场小胜，怎么就让你快活到现在！"

"大帅有所不知，"许青带着一丝诡秘的神情道，"别人只知道我军偷袭成功，将敌人逼退，却不知我军杀得有多狠！末将几乎问遍了前去偷袭的将士，估摸了一下金军伤亡人数，大帅猜猜会有多少？"

刘锜也细问过战况，只是不能一个个问过去，便眯着眼睛想了想："半夜劫营，多是让敌军自乱，此次纵然杀得多些，大约也不过六七百吧。"

许青一笑，道："大帅，起码有这个数……"说罢，伸出两个指头。

"两千？"刘锜惊讶道。

许青用力点点头，道："我军突袭时，金军都已卸甲歇息，大帅您想，没了盔甲，这人不就是一坨肉嘛！更要命的是，金军还是二三十人挤一个帐篷，我军趁黑如狼似虎般杀进去，刀剑过处，可连伤数人。大帅若不信，可以派人前去白沙涡看看，定是尸横遍野，领军的韩、翟两位将军性命都未必保得住！"

刘锜凝神琢磨了片刻，沉吟道："如能初战便让金军胆寒，那倒是好事……"说着，蹲下身子，捡了块石头，就在地上画了张地图。

"金军前锋遭遇重创，定然会惊动陈州、蔡州，甚至应天府的金军，我料这几处金军会倾巢而出，人马至少有三四万……"刘锜指着地图道。

其他几位统制不知何时也凑了过来，贺辉道："过往十几年来，金军屡战屡胜，气势上从来都是压我军一头，近几年多有受挫，才对我军不敢过于轻慢，但此次倾国南下，一路顺风顺水，轻松便把河南给占了，又扬扬得意起来。不料被我军在白沙涡一顿好杀，死伤惨重。既然如此，趁他们心有余悸，我军就来个正面硬战！"

刘锜心里盘算：正面硬战，心理优势极为重要，八字军当年在金州城外与金军一战，没讨着半点便宜，此次顺昌城下，是否还有心气与金军迎面硬战？

许青道："可以正面一战，但硬战却不必。一定要想方设法扰乱金军阵形，瞅准时机正面出击，方有必胜把握。"

其他几位统制也来了精神，七嘴八舌地议论开来。

刘锜还是老规矩，不置可否地听诸将议论，等众人议论得差不多了，他才深深吸了口气，道："来日金军围城，本帅想将顺昌四个城门敞开，你们以为如何？"

诸将都不禁一愣，大开城门迎敌，还只在看戏时见诸葛亮用过，但真要用在实战中，那是想都没想过。

"大帅，这空城计是不是太过托大了……"杜杞道。

贺辉道："这倒不是空城计，城中现在守卫森严，城门附近原本就有甬道、瓮城，这几日还筑了羊马墙，城墙上有几百张硬弩守卫，入口处还有烧得滚烫的屎尿候着，滚石、檑木也备了不少……"

许青问杜杞："老杜，倘若你是金军，刚被我军狠狠地咬过一口，惊魂未定，看到顺昌城门四敞大开，你敢进来吗？"

杜杞不愿被人视作胆小，道："就怕万一呀。"

许青笑道："你都怕万一，金军就更怕万一了！"

刘锜冷笑道："我倒盼着金军进来，这样我军两千多张神臂弓和克敌弓近距离齐射，只怕护城河都装不下金军尸体！不过我料金军不敢贸然进城，因此城门大开，既可震慑敌胆，又可激励我军士气，等敌人阵形稍乱时，我军立即杀出去，可保再胜一场。"

要想让围城的金军退兵，光靠死守是不行的。这个道理诸将都明白，只是如何杀出去才能获胜，这其中却大有讲究。

刘锜指着地图道："金军应当还是从陈州方向进军，此次借着人多，定会将顺昌城团团围住。我军出击的话，应首选东门，敌军以骑兵为主，东门正对着颍水，不利于敌骑迂回穿插，敌军落败，正好将他们全部赶入河中。倘若在其他城门，城外都是旷野，敌骑即便交战不利，拍马便走，我军步兵也追不上，无利于扩大战果，万一被敌骑包抄侧翼，反受其害。"

诸将都点头称是，这才悟到刘锜为何要大开城门，就是让金军在犹豫狐疑中逼近城门，然后扰乱其阵脚，再突然出击，杀他一个出其不意。如果城门紧闭，吊桥也拉起，光出城就要折腾半天，早被金军窥破意图，突击效果会大打折扣。

见诸将领会了自己的作战意图，刘锜直起身来，对分守各门的诸将道："金军说到就到，各位就按先前定下的方略迎敌……"

话还未完，便听城墙上守军叫道："金军来了！"

众人赶紧登上城楼，向西北方眺望，果然远处一抹细细的尘烟在阳光下若隐若现。刘锜回头对诸将笑道："金军这下快多了，上回三百里地走了整整六日，这回才两日就到了，看来确实在白沙涡被咬疼了。"

"乖乖！这足足有三四万人马哩。"许青眯着眼看了一会儿，咂舌道。

正议论间，陈规带着几名属吏匆匆赶到，见刘锜带着诸将神态从容，不慌不乱，心里也跟着踏实了下来，道："金军又来了，太尉和各位将军可有退敌良策？"

贺辉逗他道："府公放心，我家大帅已经定下了方略：大门敞开，请敌入城。"

陈规吓了一跳，看着刘锜，刘锜对诸将喝道："还不快去各守城门！"

诸将嬉笑着一溜烟地去了自己防区，刘锜跟陈规解释了作战方略，陈规出乎意料地表示支持，并提醒道："太尉，一定要在金军稍稍后退的时候出击，此时金军进退失据，前后军号令不一，我军可一举取胜。"

刘锜惊讶道："府公能出此言，便是良将之才也！"

陈规抚须哈哈大笑："老朽不过是纸上谈兵罢了，哪能跟太尉比！不过当年确也守过几座城池，没让贼军占着便宜！"

二人走下城楼，并肩沿城墙巡视，士兵们正在打开城门，放下吊桥，城门附近隐藏着几百名弓弩手，严阵以待，成捆的箭支整整齐齐地码在地上，滚石、檑木堆得如同小山一般，只要金军攻进来，这些要命的东西会像下冰雹一般倾泻下去。

过了大半日，金军越来越近，只见烟尘蔽日，马蹄声如同倾盆暴雨，震人心魄，浓烈的马臊味和汗味混着尘土扑向每一个人的鼻孔，仿佛金军就在城下。

离顺昌城三四里处，金军散开阵形，远远望去，数万金军开始包围顺昌城，像一条蟒蛇般将猎物慢慢地盘起来。

到半下午时，天色突然阴暗下来，浓重的黑云低垂，几乎要触着城楼，金军终于合围完毕，两边静静地对峙着，空气中弥漫着一触即发的紧张气氛。

如刘锜所料，金军在外围观望良久，始终没敢进入城门，摆好阵势后，开始逼近城墙。双方都在屏息等待，金军阵中号令声不断，而城上守军却鸦雀无声。

突然间，像约好了一般，双方几乎在同一时刻射出第一排箭，尖利的破空声之后，便听到箭支射中盾牌、盔甲、城墙、挡板的声音，密集而紧凑，伴随着突如其来的几声惨叫，紧接着双方第二排、第三排箭也快速射出，惨叫声不绝于耳，中间夹杂着将校们的号令与怒吼声。

顺昌军民过去几日的苦干此刻有了回报，金军射来的箭支大部分都钉在了城垛和羊马墙的挡板上，而守军的箭支却"嗖嗖"地直往金军头上招呼。

几十排箭过后，金军攻势稍缓，而城上守军却像有用不完的箭似的，一排接一排，反而越来越频密，借着居高临下的优势，守军箭支像暴雨般倾泻到金军阵中。

金军主将原本想依仗人多势众给宋军一个下马威，不料反被将了一军，大概觉得离守军射程太近，便挥舞令旗，命前军稍稍后退。

一直躲在城垛后观战的刘锜等的就是这一刻，立即传令出击，一支一千多人的精锐，埋伏在城墙根下已有多时，立即从洞开的城门一拥而出。

　　金军原本是在后退，见守军出击，前面人马赶紧重新布阵迎敌，但后面人马却继续往后撤，两边相距本就只有一箭远，宋军虽然都是步军，但阵形极为严整，很快就逼近了金军，城上守军放了最后一排箭，越过己方人马，射落在金军头顶上。

　　这一排箭刚落下，一直悄无声息的守军齐声发喊，如狼似虎般冲了过来，金军阵形散乱，仓促应战，然而没有冲起来的骑兵如同木头桩子，顷刻间就被守军用长枪长斧砍下来一排。金军阵形开始出现混乱，前军被守军逼迫得节节后退，而后军却又听到号令停止撤退，准备迎敌，一时间，前后军互相拥挤，乱成一团。守军利用严密的阵形拼命挤压金军，金军互相踩踏，死伤枕藉，士兵已经听不到号令，只要能挤出去的，都拼命往后跑。

　　城上守军见金军败退，一齐呐喊助威，仿佛全城人马就要杀出来一样。金军虽然马快，奈何后方却是颍水，无路可走，许多士兵被挤入河中，叫骂声哭喊声充斥着战场。

　　这场干净利落的出击只持续了一顿饭工夫，便将金军击溃，金军一部分人马还在河中挣扎，另一部分人马拼命突围，向北遁去。

　　空气中湿气越来越重，黑云几乎要贴到地面上，一道耀目的闪电过后，霹雳般的惊雷滚滚而过。

　　一场雷暴雨即将来临，刘锜立即传令鸣金收兵，出击的守军匆匆打扫了一下战场，便撤回城内。旷野上到处都是金军尸体，受了重伤的士卒爬不动，哀号不已，情形十分凄惨。

　　此时已近黄昏，东门的战斗已然结束，其他各城门的金军也撤得一干二净,刚才还气势磅礴的千军万马,突然间便只剩下一片空阔的旷野,天地间乌云翻滚,电闪雷鸣,震人心魄。

这样的场景只会让守军更加兴奋,惊天动地的欢呼声响彻顺昌城,相比于前几日的偷袭取胜,这次正面硬战的大获全胜,更让守军如痴如狂,士气暴涨。

天完全黑了下来,暴雨倾盆而下,苦战了一日的将士饱餐了一顿,坐在避雨处歇息。刘锜也不回府衙,就在城楼内将诸将召集过来,见诸将都喜上眉梢,意气风发,便沉声道:"今夜谁去劫营?"

诸将都敛了笑容,过了半晌,贺辉问道:"大帅,派多少人去合适?"

刘锜道:"五百人,但都得是敢死之士,领头之人必须是智勇双全的虎将。"

外头大雨如注,电闪雷鸣,伸手不见五指,寻常人连头都不敢伸出去,但诸将都知道,越是如此,越是险中求胜的良机。

正在商议派何人领军合适,亲兵进来禀报:"大帅,游奕军准备将阎充求见。"

钟彦正是游奕军统制,听说来的是阎充,不禁笑道:"大帅,不用找了,这厮多半就是来请战的。"

话音未落,一名身材阔得像门板一样的猛汉大步进来,用洪钟一般的嗓门嚷道:"大帅,为何还不派人去乘胜劫营?"

刘锜与众将相视而笑,阎充奇道:"怎么,我这主意不靠谱?"

刘锜问道:"金军马快,你两条腿如何赶得上他们?"

阎充早有准备,道:"除非金军就此撤军,那是撑不上了,但金军定然不死心,应当就在顺昌周边扎营,顶多离此地二三十里。我方才问了向导,将路线摸得一清二楚,金军刚吃了败仗,今夜又是大雨，无法生火，连口热食都吃不上。顺昌周边早已坚壁清野，他们无处避雨，还得蹲在野地里淋雨过夜，一定是苦不堪言，我们这时候再去劫营，金军就算是铁打的，恐怕也支撑不住。"

阎充所言，正合刘锜心里的筹划，当下更不犹豫，道："你选五百人，披上蓑衣，只带短兵刃，便于行路，记得出发前每人喝一碗热粥暖身。至于临阵如何厮杀，我不多说，你见机行事。"

阎充慨然领命，正要转身出去，刘锜叫住他，道："此战成功，回来你便是我游奕军副统制！"

阎充看着钟彦，不敢吱声。钟彦笑骂道："还不谢过大帅，难不成你还想做我这个统制？"

众人都笑。阎充这才红着脸拜谢了刘锜，转身雄赳赳地走了。

阎充才走不久，一名亲兵进来禀道："东门外许多伤重金兵还在雨中哀号，将士们听了心中难受，无法入眠，特来请示大帅该如何处置。"

再铁石心肠的人，想到那幅情景，都无法不动恻隐之心，刘锜与众将都神情凝重，半响过后，许青道："大帅，我方伤员照顾起来就不容易，恐怕再无暇照顾金军伤员，何况那些人估计也救不活了，不如派人去给他们一个速死，免得多受苦，明日再让城内和尚道士为他们超度好了。"

刘锜叹了口气，对亲兵点了点头，亲兵领命而去。

众人论战的兴致被这么一扰，都淡了下来，刘锜起身道："给阎充壮行去！"

众人出门正好撞上陈规，陈规听说有人主动请缨今夜去劫营，又惊喜又佩服，道："金军白天刚败，我军再去劫营，纵然不胜，也扰得他们无法歇息。外面大雨滂沱的，他们吃不上口热饭，喝不上口热汤,房屋又都被烧了,只能蹲在外头淋雨,一夜熬下来,只怕站都站不稳,还敢来攻城?"说完呵呵大笑。

刘锜不禁再次对陈规刮目相看,这老者身为文官,也从未上阵杀敌,但对敌我形势却洞若观火,显然不是一般的明白人,之前还以为他在城中屯上几万斛粮食多属运气,如今看来,竟是未雨绸缪,胸有成算。

众人来到北门,城墙下正生着几堆火,上面架着大锅,一股米粥香味飘过来。阎充带着五百人喝完了粥,正准备出发,刘锜与陈规及诸将都勉励了几句。火光中,阎充等人冒着大雨出了城门,过了吊桥,很快消失在夜色中。

一道闪电出现在半空,把天地之间照得亮如白昼,众人才看清这五百人已经走出了半里远,光亮只持续了一瞬,然后又是无边无际的黑暗和持续不断的雨声,让人怀疑刚才所见是不是幻觉。

外面大雨倾盆,大家各自回去安歇,吊桥已被拉起,城墙上除了警戒岗哨,已经空无一人。刘锜在几个亲兵护卫下去城中观音庙,他一家老小都安置在内,从进城到现在,还未曾见过一面。

负责守庙的王盛见刘锜突然到来,慌手慌脚地将一堆干柴往门口踢了踢,脸也涨得通红。刘锜扫了一眼,只见庙的周围都被干柴围得结结实实,唯独正门和侧门却各留出了一条通道,心里明白了几分,但也没去计较。

刘锜推门入庙,一家老小再度相逢,自是感慨万千,幼子刘淮见了父亲,直扑过来,几乎将刘锜眼泪给勾出来。

才在庙中待了不过一个时辰,便有亲兵气喘吁吁地进来禀报,阎充的人马和金军已经开始交战。

刘锜"呼"地站起来,道:"这大雨天,电闪雷鸣的,如何能听到?"

亲兵咽了口唾沫，道："大伙也正纳闷呢，才让我来禀报大帅。"

刘锜来不及与家人道别，直接冲出庙门，亲兵手忙脚乱地替他披好蓑衣，几人翻身上马，直奔北门而去。

北门已经聚集了几百人，仍然不断有人闻讯过来。刘锜一到，镇守北门的左军统制杜杞便迎上来，二人一道上了城墙，找一处最靠北的城垛，支起雨伞，侧耳倾听起来。

虽然暴雨如注，然而与雷声、雨声混杂在一起的喊杀声仍然清晰可辨，甚至偶尔还能盖过雷雨声。在漆黑的夜晚，这惊天动地的声音听着有几分诡异，让人不自觉地浑身起鸡皮疙瘩。

刘锜听了半晌，回头一看，帐下统制已聚齐了，都在满腹狐疑地侧耳倾听。

"听出个大概没有？"刘锜问诸将，眼睛却看着许青。

许青见刘锜面露一丝微笑，心里也放松下来，想了想道："不管怎样，我军必然又是占了上风。"

刘锜点头道："这厮杀之声如此之近，只能说明金军虽然白天败了一场，却并不甘心，便在城外不远处扎营，打算明日再来攻城，但数万人马新败之后，仓促间扎下营寨，又逢大雨，必定破绽百出，我军冒雨劫营，正好令其大乱。"

如此大的声响，阎充那五百人是绝对发不出来的，唯一可能便是金军数万人马都被惊动了，正在混乱中互相踩踏，甚至自相残杀。想明白了这一点，诸将都放下心来，巴不得那喊杀声越大越好。

"拿酒来！今日我们就来个'雨夜醉酒听阵'！"刘锜吩咐道。

主帅有此雅兴，下属没有不奉承的道理，诸将便在城垛边点亮几个火把，给刘锜摆了把椅子，其余人就立着一旁，轮流把盏，边听城外交战之声，边喝酒论战。

刘锜怕醉酒误事，便只用小盏盛酒，酒过三巡，城外喊杀声愈加高涨，加上电闪雷鸣，暴雨如注，众人都是百战之身，面对此情此景，也不由得相顾咋舌。

"夜观星斗鬼神泣，昼看风云龙虎惊！"刘锜欣然吟道。

众将都读书不多，没人能接，只听后面有人赞道："太尉吟的好诗！"

刘锜回身一看，原来是陈规，便起身迎接，道："刘某一粗野武夫，让府公见笑了。"

"如蒙太尉不弃，我来接下句如何？"陈规也来了诗兴，乐呵呵道。

刘锜笑道："府公不要吟得太好，显得我的诗过于粗陋。"

陈规道："岂有此理！寻常之诗，乃笔墨写就，太尉之诗，乃刀剑刻成，高下立分！"

刘锜嘉纳其言，含笑拱手道："请。"

陈规捋了捋胡须，略一思索，吟道："平生事业将何用，只留此功书汗青。"

陈规这句诗，平白易懂，似乎是刻意为之，诸将果然都听明白了，拍手称妙，贺辉将一盏酒捧到陈规面前，陈规接过一饮而尽。

正相谈甚欢，天空突然拉起一道又长又亮的闪电，片刻后，一连串惊雷响过，把大地震得瑟瑟发抖，紧接着，一道又一道闪电迅疾无比地从天空掠过，接连不断的惊雷接踵而来，足足持续了两三盏茶的工夫。

雷声终于消退了一些，众人长吁了口气，额头上都渗出汗来，再没有喝酒吟诗的兴致了，前方战场上还不知是怎样一幅惨烈景象呢！

许青突然身子一激灵，快步走到城墙边上，把半边身子探出去，听了半响，回来已是浑身湿透，道："大帅，府公，这喊杀声似乎去远了些……"

众人立刻安静下来，仔细地听了一会儿，果然那声音比刚才离得远了些，又过了一盏茶的工夫，去得更远了。

"番狗跑得倒快。"许青道。

杜杞叹道："可惜天黑雨大，不然我军乘胜追击，杀他个片甲不留！"

"不知阎充等人现在何处？"

钟彦道："金军吃了大亏，但毕竟人多，且已有防备，这五百人万一不小心陷入重围，则十分凶险，这个道理阎充应当明白。"

此时喊杀声逐渐消退，诸将估摸着阎充该撤退了，都干尽杯中酒，各自去作准备。

众人等了一个多时辰，雨稍停了一些，黑漆漆的天空裂开几道缝，微弱的星光撒下来，四周一片寂静，与刚才惊心动魄的声响形成鲜明对照。

天快亮时，终于有眼尖的看到了劫营将士回归的身影，杜杞亲自率人出城去接应。过了许久，阎充等人才到了城门，此时天已大亮，只见他们浑身湿透，脸和身体露出的部分都被整夜的雨水浇得死白，身上看不出任何血污，但手上兵器的刃口却卷得厉害，显然是经过一场激战。

几经恶战，众人不再像第一次劫营回来那般激动，一边帮他们换上干净衣裳，一边七嘴八舌地询问战况。

阎充换好衣裳过来拜见刘锜，刘锜亲自端上一碗热酒，阎充接过一饮而尽，跟刘锜与诸将详述了此战经过：

阎充率五百壮士在离城五六里远碰上金军大营，金军显然有所防范，还在营寨前挖了壕沟，但由于时间仓促，又下着大雨，壕沟不深，很多都被雨水冲垮了。阎充等人杀入敌营，一阵狂砍之后，金军乱了起来，在黑暗中互相砍杀，阎充等人装死伏在地上，借着一瞬间的闪电看清头上有发辫的人，爬起来飞身便砍，砍完又立即伏在地上，如此反复多次，金军终于大乱。一直杀到后半夜，金军仓皇撤退，阎充等人才静悄悄地撤了回来……

刘锜专注地听着，打仗回来的人难免自我吹嘘一番，乃是人之常情，但剥去那些浮夸之词，他断定金军昨晚损失惨重，而且如此败退，定然扔下很多辎重器具，这也意味着金军已经失去继续攻城的能力。

杜杞这边已经清点完人数，去时五百人，回来时有三百多人，陆陆续续仍有走散的劫营士兵回来。

阎充等人进城歇息去了，刘锜立即安排几名斥候前去检视昨夜战场，并打探金军下一驻地在何处，安排好之后，刘锜便只让少部分人留在城墙上警戒，其他人都务必好生歇息，养精蓄锐。

刘锜本想再去庙中与家小相会，一名属吏急急忙忙地跑过来，说是知府有请。刘锜赶到府衙，陈规已经等候多时，原来朝廷的诏书到了，大致说了两桩事：一是要求刘锜见好收兵，切勿恋战；二是已命岳飞驰援顺昌。

刘锜将诏书仔细地看了两遍，一时有些摸不清朝廷究竟是何意图，一面叫自己不要恋战，一面却又命岳飞驰援，莫非皇上那边也是举棋不定？

陈规见刘锜皱眉思索，知他心中疑惑，便道："我看朝廷其实颇有患得患失之意。顺昌乃江淮门户，一旦失守，金军便长驱而进，直抵大江，窥伺行在，这中间利害，朝廷自然看得清楚。只是万一交战不利，丢了顺昌都还是小事，太尉的八字军一旦溃散，那才是天下震动！"

刘锜点头叹道："府公看得透彻，朝廷不尽言之意，正在于此。"

"太尉作何打算？"

"今夜再去劫营。"

陈规一愣，突然仰天大笑："可惜我陈规已过花甲，不然在太尉麾下当一员偏将，上阵杀敌，为国立功，不亦快哉！"

刘锜笑着谦逊道："府公若是年轻几岁，投笔从戎，我大宋必添一员儒将。"

陈规连连摇头摆手，神情间却颇为受用，满足地慨叹了几声，转而问道："圣上诏书在此，太尉打算如何回奏？"

刘锜道："将在外，君令有所不受。如今我军数战得胜，正适合穷追猛打，彻底将围城金军击溃，此时退兵，只会前功尽弃，白白葬送好局。我这就回去，将战况原原本本奏报朝廷，皇上圣明，定然心中有数。"

陈规道："本府这边也上奏朝廷，与太尉同进退！"

两人会心一笑，刘锜惦记家人，与陈规拱手告别，骑马往观音庙这边来，路上大略打了个奏折腹稿，便让亲兵去把军中参赞叫来，商量如何下笔。

到观音庙时，才发现王盛已经干脆将庙门口的干柴挪到一边去了，见刘锜板着脸，王盛赶紧解释道："大帅，先前用干柴将庙围住，是为了激励大伙死战，置之死地而后生，不得已的法子。如今我军连战连捷，弟兄们心气极高，这时候还用干柴堵着庙门，就是示弱于番狗，弟兄们心里不服气。"

刘锜奇怪道："你老实告诉我，谁教你讲这番话的？如有隐瞒，二十军棍伺候。"

王盛苦着脸道："大帅，倘若我要告诉您实情，许统制要揭我的皮哩！"

刘锜哈哈大笑，对王盛摆摆手道："罢了，罢了……"

一家老小难得听到刘锜朗笑，都喜笑颜开地跑出来，王盛要逗大伙开心，涎着脸问道："大帅，这军棍是免了，可许统制还要揭我的皮呢。"

刘锜笑道："他若揭你的皮，我便揭他的皮。"

话音未落，便听许青的声音道："王盛，你果然靠不住，转身就把我卖了！"

王盛连忙转身向许青点头哈腰赔不是，二人一唱一和，逗得刘锜一家老小笑得前仰后合。

乐完后，许青清清嗓子，敛了笑容看着刘锜道："大帅，方才前去检视战场的人回来，说金军尸体起码有一千多具，遗落的辎重不计其数，看来昨晚金军确实是大败亏输，死伤惨重。"

刘锜点头道："当场死一千多人，可想而知伤者更多。金军是撤走了，还是在离得远一些的地方扎营？"

许青道："已经派出了好几拨斥候，晌午过后应该陆续就有消息了。"

刘锜抬头看了看，夏日天气多变，刚才似乎就要雨过天晴，转眼之间，浓重的乌云开始覆盖天空，正在想晚上是不是又有雷雨，天边瞬间拉起一道长长的闪电，接着便是一声闷雷，吓得女眷和小孩都往庙里躲。

刘锜问许青："倘若金军还不退兵，你有何对策？"

"不瞒大帅，先前我八字军还真有几分忌惮金军，因为吃过亏嘛！不过这几战下来，杀得金军哭爹喊娘，大伙早就不怕了，巴不得金军多留几日，再咬他几口！"

刘锜喜道："将士们有这股心气，胜似增兵一万！"

许青道："过去几日劫营的弟兄接连立功，其他人都眼红呢，这不，大帅军令还没下，就有好几拨人争着今夜要去劫营。"

刘锜心思缜密，听到这番话，先在心里判断是否有骄兵之气，不过他很快便打消了顾虑。两军对阵，气势占着上风是再好不过的事，更何况，城外这支金军已成惊弓之鸟，正该再接再厉，乘胜追击。

"倘若金军今晚仍不撤军，那定是金军主帅犹豫不定，觉得尚未与我军决战，就稀里糊涂地连败数阵，还想着找机会决一胜负呢，这便犯了兵家大忌。今夜劫营的话，人数不必太多，但必须个个精干，金军将士过去几日接连赶路，晚上又露宿在外，风吹雨淋，恐怕都有几日没吃上热食了，再加上军中受伤士兵肯定不少，士气极为低落，只要一听又有劫营的来了，立即魂飞魄散，乱成一锅粥。"

许青连连点头，问道："大帅觉得派多少人去合适？"

刘锜想了想，道："一百足矣。"

"才一百吗？"许青颇感惊讶，他临阵经验极为丰富，略加思索，便领会了刘锜的意思：城外这支金军虽然人多，但已处于溃败边缘，只要劫营时做到稳、准、快，便可令其大乱。因此人多反而不便，一百人来去如鬼魅，正可震慑敌胆。

"今夜要是再下一场暴雨就好了，金军露宿在外，连日不得好生歇息，饭也吃不上口热的，士气必定低落到极点，别说一百头虎狼突然杀过去，就是吹口气，也能把他们吹散了！"许青恶狠狠地笑道。

王盛端上一壶茶水，先递给刘锜一杯，刘锜接过杯子递给许青，自己再取了一杯，呡了几口茶后，道："金军也非等闲之师，连遭劫营,定然会加强防范,不过如你所说,他们已成疲敝之师,恐怕没有力气再去挖壕沟、筑栅栏,倘若夜里再下暴雨,也无法在营地四周点满火把。这一百劫营的人不能硬闯,碰到防范严密的营地,就绕过去,找到敌军薄弱之处后,再突入猛击。只是,黑暗之中,如何让这一百人行动如一,确实也不容易。"

"大帅说的是,"许青接口道,"劫营虽然出其不意,但风险也大,黑暗之中极易落单。前几次劫营将士大都能全身而退,还是在于之前把周边路径摸了个烂熟,再加上出发前约定了暗号,颇为实用。即便如此,这几次夜袭下来,也折损了二成的将士。"

刘锜若有所思,问道:"什么暗号?"

"鸟叫。不过学鸟叫容易让敌人识破,毕竟不是人人都能学得像,而且用得太多,金军也不傻……"

二人正在商议,忽听有人喊"报——",抬眼一看,一名斥候正狂奔而来,到了庙门口,匆匆拜见过后,道:"大帅,金军在离城二十里处扎营,营址在老婆湾正南十五里处。"

刘锜大踏步往外走,嘴里吩咐道:"叫各营统制去府衙商议。"

片刻后,刘锜与诸将几乎同时抵达府衙,陈规也已得到消息,将众人迎了进来,才半盏茶工夫,便干脆利落地定下了劫营方案。

前去劫营的一百人很快就被挑选出来,饱餐一顿后,准备停当在北门候命。

刘锜等人到北门时,天色已近黄昏,一丝风都没有,闷热潮湿,空气中仿佛能攥出水来,再看城外旷野,闪电时隐时现,伴随着忽强忽弱的雷声,一切都预示着今夜又有一场大雷雨。

此次领军的乃是选锋军中的一员骁将,名叫胡成,长得虽不十分高大,但精壮干练,两眼有神,是个搞突袭的好手。

刘锜也不多说，只对他道："功成回来，你便是我选锋军副统制。"

胡成眼睛一亮，也不推辞，狠狠地点了点头。封官加爵，谁不高兴！这些汉子一无家世，二无钱财，无非就是提着脑袋上战场，期冀博个封妻荫子，哪里想得了太多。

刘锜倒喜欢他的直爽，转而问道："劫营之时，如何暗号联络？"

胡成道："禀大帅，我与众兄弟商议过了，觉得前两次突袭时都是学鸟叫，金军定然有所察觉。此次劫营，我与众兄弟每人口中衔一根细木棍，任何人都不得吱声，等杀到敌军大乱，我便打个呼哨，弟兄们便往回撤。"

刘锜道："如此好是好，只是乱军之中，极易走散，且未必人人都能听到你的呼哨，呼哨多了，还容易被金军发现。"

胡成自然明白其中得失，道："半夜劫营，本就凶险，不是好汉不揽这趟差使，到时只能见机行事。"

刘锜点头道："是这个道理，本帅今日送你们一样东西。"说罢，一挥手，亲兵扛着一个麻袋过来，将里面东西抖落在地上，原来是一堆指头粗细、筷子长短的竹管，两头系着布带，可以挂在脖子上。

刘锜从亲兵手中接过一根竹管，吹了一下，竹管发出尖利的"哒哒"声响。

胡成十分机灵，立即明白这是个黑暗中保持联络的好东西，拿起来吹了几下，连声道："这个好！这个好！"

其他去劫营的士兵也各自拣了一个，每人都试着吹了几下，一时间到处都是丝竹之音。

胡成向刘锜等人拱手道别，将竹管衔在嘴里，向城外奔去，其他人也随着他一起奔出，等到这行人终于在众人视线中消失时，天已经全黑了，雨点开始往下落。

众人逐渐散去，大雨中顺昌城恢复了平静，仿佛熟睡了一般，在电闪雷鸣中岿然不动。只有城墙上巡哨的士兵还在冒雨游走，时不时互报一声口令，让人觉得这座城池还警觉地半睁着眼睛。

刘锜回到庙中与家人相会，一直安睡到天明，从服侍起床的亲兵口中，得知胡成等人早已回来，正在府衙候命，诸将都不愿搅了他的睡眠，才一直未报。

刘锜匆匆洗漱完毕，用了早餐，骑马赶去府衙，一进门，见陈规等人正谈笑风生，便知劫营顺利，于是笑道："昨日梦里千军万马，刀兵之声不绝于耳，有会解梦的吗，是何兆头啊？"

胡成上来拜见，奉承道："难怪昨夜劫营成功，原来是大帅托了梦！"

刘锜上下打量了他一眼，他已换过衣裳，手上、脸上都有伤痕，神情虽然疲惫，但却难掩兴奋激动，便让他详述一遍战况。

胡成等人在路上就约定好了如何依靠笛声联络，两声短音表示进攻，一声长音表示收兵聚拢。一行人直到后半夜才到达金军营地，此时电闪雷鸣，大雨如注，只要觅着破绽，胡成便用竹管发出进攻号令，等敌军一乱，便收兵聚拢，换另一处营地袭击。如此一共转换了七八处地方，搅得金军晕头转向……

刘锜大喜，断定胡成所说水分不大，金军又经历了噩梦般的一个夜晚。

"大帅，还有一桩大事呢！"胡成看了其他人一眼，神神秘秘地道："我听七八个弟兄说，他们杀到一处营地，往纵深冲了几十丈，撞上一个大营帐，便借着闪电不管不顾杀了进去。帐内装饰十分华丽，这七八人见人就砍，一直砍到一个身着绸缎的虬髯大汉，这人用北地汉话大叫：'不要杀我，保我性命，南北和议可以保全！'连说了几遍。但弟兄们杀红了眼，哪里顾得了那么多，一阵乱刀下去，将此人也结果了……"

刘锜大吃一惊，再看陈规与诸将，也是满脸错愕。过了一会儿，众人才回过神来，许青骂胡成道："你这厮！这么大的好事，也不先讲给我们听！"

陈规捋须看着众人道："这必是杀了个大头领，却不知究竟是何人？"

刘锜问胡成："确实吗？"

"末将把这七八人分开，逐个问了一遍，千真万确！"

府衙的气氛顿时热烈欢快起来，陈规命人上酒，酒过三巡，陈规叹道："金军这次总该退兵了！"

两日后，派出去的十几拨斥候陆续传回消息：顺昌城方圆五十里见不到一兵一卒，金军已经全线撤退。

顺昌城内，守军接连获胜的消息让全城人的情绪处于高度亢奋之中，特别是最后一次劫营杀了一名金军大酋，更让城内居民兴奋不已。前来投诚的河北签军络绎不绝，听他们说，金军将士根本不相信南军能有如此战力，他们怀疑一定是顺昌守军上哪儿请了鬼兵助阵，才能如此强悍。

这更给好事者增添了无穷灵感，许多人绘声绘色地讲述大宋历代皇帝在天之灵如何请动鬼神来护佑江山，又有人说各路天师下凡，领着地府诸路大军参战……传到后来，很多顺昌居民都对"顺昌鬼兵退金虏"的故事深信不疑。

# 六　顺昌大捷

　　临安府的赵构君臣在坐立不安中终于迎来了顺昌捷报。

　　此时已是六月，今年的暑夏与往年不同，格外闷热潮湿，即便坐在宽敞通风的朝堂议事，不知不觉间也是汗流浃背，但赵构却巴不得天气再热些，雨水降得再多些，因为他知道湿热乃是南下金军的大敌。

　　刘锜率领八字军在顺昌连战连捷，干净利落地击退金军，让赵构喜出望外。顺昌是江淮门户，一旦失守，金军便能深入江淮腹地，进逼临安，弄不好建炎年间避难海上的噩运会再度上演，因此顺昌之战的分量，赵构心里是有数的。

　　还有一个隐秘的原因让赵构备感欣慰：如今天下大半兵马，集于张俊、韩世忠和岳飞三大将之手，三大将各据一方，渐有尾大不掉之势，但外敌虎伺之际，是断不能轻易削夺兵权的，相反还得好好哄着几位武将。如何牵制三大将？最好的办法便是提携新人，正如当初提携岳飞、杨沂中等人一样，刘锜也是自己一手提拔起来的，如今在顺昌立功，既显得自己有察人之明，又能独当一面，分散兵权，可谓一举两得。

　　"陛下，臣以为刘锜虽然屡战屡捷，但不可因此轻敌冒进，一旦失算兵败，则江淮门户大开，局面一发不可收。请陛下降诏，令刘锜择利班师。"秦桧奏道。

何为"择利班师"？赵构自己也不太明白，但总比自己父兄当年冒冒失失地催促远在千里的大将强行进军要稳妥。有利则战，无利则守，利尽则退，此中真义，只能靠前线大将去自行斟酌领会。

赵构转而问道："刘锜以少胜多，连战连捷，大张我军声威，理应封赏——卿以为该如何赏啊？"

秦桧答道："昨日臣与吏部议过，刘锜立功不小，可特授鼎州观察使、枢密副都承旨，他既已率军卡住江淮入口，可加授为沿淮制置使，便宜行事。"

赵构点点头，接着秦桧之前的话道："金军虽已退兵，但难保不会再来，刘锜既已驻扎在顺昌，且先让他按兵不动，相机行事。此次诏书下去，宜以封赏有功将士为先。"

秦桧并不争辩，躬身道："陛下圣明。臣已让枢密院拟旨，让岳飞派兵驰援顺昌，确保万无一失。"

赵构满意地点点头，又与朝臣议论陕西军情。陕西在胡世将主持下，吴璘、杨政等人开始率军反击入侵金军，而金军在前期势如破竹般的攻城略地之后，渐成强弩之末，接连败北，陕西战局也呈现稳中向好之势。

前线军情缓解，捷报频传，赵构君臣也定下心来，特别是秦桧，之前总让人看出几分局促不安，与人交谈也分外客气，然而局势一稳定，他便迅速恢复了往日的庄重与矜持。

临安的宋朝君臣松了一口气，而坐镇汴京龙德宫的兀术却倒吸了一口凉气。金军前锋在顺昌失利的消息传来时，他还不太以为意。不料接下来几路金军合围顺昌，却被杀得大败，损失惨重，让他大为震惊。在接到败报后，他立即起身，传令全军即刻南下驰援顺昌。

军令如山,十余万人马当日便一切准备就绪,浩浩荡荡地向南席卷而去。

大军一路烟尘滚滚,声势之大震人心魄,从汴京到顺昌,一共一千二百里,兀术只令在淮宁歇了一夜,修治攻城战具,筹集粮草,然后继续急行军,七日不到便已抵达顺昌远郊。

之前吃了败仗的将领前来拜见,兀术见他们一个个蔫头耷脑,哪里还有半点女真健儿的风采,不禁心头火起,道:"我大金南下十余年来,铁蹄踏遍大江南北,百战百胜,纵然偶有失手,也不过是失了地利,或退军之际让南军偷袭得手,又何曾正面硬战失手过?你们以数万之众,连个顺昌城都拿不下来,他日有何面目去见皇上?"

完颜乌禄身为讹里朵之子,地位最尊贵,见众人都不敢说话,便道:"皇叔息怒。最初我军前锋在白沙涡遭遇偷袭时,虽然损失格外惨重,但我等都还觉得南军只是侥幸取胜,后来我几路大军合围顺昌,原本以为顺昌指日可下,不料南军极为狡猾强悍,数战下来,我军竟无还手之力。并非我等无能,实在是南军已今非昔比,请皇叔明鉴。"

乌禄沉静明达,为人宽厚,大有乃父之风,兀术素来对这个侄儿另眼相看,不愿当众驳他的面子,便看着其他人道:"果真如此?"

有乌禄在前面挡着,诸将便纷纷点头道:"南军悍勇异常,实非当年可比。"

兀术沉着脸不作声,突然问道:"拨离罕呢?"

众人低下头,都不敢答话,兀术便看着乌禄。乌禄道:"拨离罕在南军最后一晚劫营时,不知怎的被南军突入大帐,来不及披甲,便身中数十刀死了……"

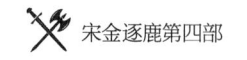

拨离罕乃是皇族，虽然军功平平，但出身尊贵，且深得当今皇上宠信，此次原本是跟着出来混军功的，没想到这样窝窝囊囊丢了性命。

拨离罕帐下一员副将道："听人说，南军之所以如此强悍，是因为城中有人作法请了地府鬼兵来助阵……"

兀术拍案大怒道："荒唐！传令各营，有敢再妄言鬼神，乱我军心者，就地正法！"正怒不可遏间，一名亲兵急步入帐禀道："大元帅，前方将士生擒了两名南军探马！"

临战之际，能抓获俘虏，那是再好不过的事，兀术一下子来了精神，立即命人将两名俘虏押上来。

转眼间，两名浑身尘土的南军俘虏五花大绑被押入帐中，旁边亲兵解释道："方才一支二十来人的南军游骑前来窥探大营，我军一百骑出营堵截，这伙南军扭头就跑，这二人慌乱之中坠马，被我军俘获。"

兀术让人松绑，两名俘虏跪下请求饶命。兀术和颜悦色道："我大军乃仁义之师，不必惊惶，你二人姓甚名谁？在军中任何职？"

二人老老实实回答，一个叫曹成，一个叫张勇，都是军中普通小校。

兀术向亲兵使了个眼色，亲兵对二人道："大元帅有话问你们，你们如实回答，自会放你们回去。如有半句假话，便是死路一条，听明白了吗？"

二人听说可以生还，赶紧伏在地上连连磕头。

兀术问道："你们主帅是何许人？"

曹成道："我家主帅姓刘名锜，乃是三代将门之后，虽然不习军事，但琴棋书画样样精通，人也生得儒雅，大小夫人有好几位。此次赴东京上任，原本以为是一件美差，不料中途被堵在了顺昌，实是人算不如天算。"

兀术与诸将交换了一下眼神，问道："既是三代将门之后，为何不习军事？"

曹成道："大元帅有所不知，我家老帅娶了几房夫人，生的却都是女儿，好不容易年近五旬才得了我家主帅，从小便视若命根子，舍不得让他去军中历练……不过，我家主帅填得一手好词，唱得一口好曲，剑也舞得煞是好看。"

兀术忍不住发笑，随即又拉下脸来，问："过往半月，南军几仗打得有章有法，难道不是你家主帅所为？"

曹成道："禀大元帅，我家主帅日日待在府衙，焚香祷告，仗全是手下几名统制打的，如今几名统制都在争军功，互不服气，我家主帅便安抚他们，等朝廷有了赏赐，大家均分。"

曹成话多，张勇怕他抢了风头，便不停附和，添油加醋。

兀术不禁暗暗摇头，心想如此赏功，实在是治军大忌。他心里有了数，很不满意地看了诸将一眼，对二人道："本帅这就放你们回去，好好劝告你家主帅识时务，趁早献城迎降，不然等到大军攻破城池，便是鸡犬不留！"

二人忙不迭地磕头谢恩，兀术便让军中文书写了封劝降信，系在曹成身上，让人将他们枷起来送去顺昌城。

二人走后，兀术冷冷地看着诸将，道："我道是谁，原来是这么个纨绔子弟，就让你们胆寒至此？"

诸将面面相觑，又是纳闷，又觉着窝囊，不知如何回答。

兀术当机立断，道："攻城的鹅车和炮具过于笨重，运输多有不便，我谅这刘锜并无多大本事，侥幸赢了几仗而已，等我主力大军一到，看他如何抵挡。"于是下令全军饱餐一顿，将鹅车和炮具等攻城器械置于后方，明日轻装直抵顺昌城下。

次日一早，亲兵来报，说是将曹成二人送到了顺昌城下，看着被守军缒上去，劝降书应该到了刘锜手中。

兀术笑道："恐怕那太平公子此刻正拿着书信在掂量权衡，不知何去何从呢，那我就助他一臂之力——传令下去，全军启程，整队开往顺昌，务必声势浩大！"

于是十余万大军开始向顺昌进发，离顺昌还有不到五里地时，兀术下令擂鼓，又舞动帅旗，全军呐喊鼓噪前行，声震天地。从顺昌城头望去，烟尘铺天盖地，旌旗一眼望不到头，战马、驼畜遍地都是。此情此景，不要说胆小的人会浑身颤抖，冷汗浃背，就是骡马也会惊出一地的屎尿。

兀术命全军次第展开，合围顺昌，一直到半下午，终于将顺昌城围得如同铁桶一般。兀术命中军大帐扎在颍水以东，与顺昌城一水之隔。

安顿好后，兀术踩在马镫上，远望顺昌城，只见城墙低矮，还不如汴京城墙的一半高，城池小得可怜，跟汴京自然是没法比，比起陈州、蔡州来也差得远，护城河内侧的羊马墙夹杂着门扇、窗棂、树枝，一看就是匆忙筑成。

"几万人马，居然受阻于这等小城，简直岂有此理！"他心中暗骂诸将无能，阴沉着脸回到帐中。

大战在即，诸将都聚集在中军大帐，商议攻城之策。前去窥探城池的游骑陆续回来，告知兀术：顺昌城内安安静静，城墙上见不到一个人影，仿佛一座空城。

这让兀术略感意外，不过他转而一想，认定这是刘锜不敢让手下

绍兴和议

士卒登城，免得被围城大军的声势吓破了胆。

"殿下，这刘锜诡计多端，上回我几路大军合围时，他将城门大敞四开，我军一时摸不清虚实，趁乱出击，吃了大亏。"说话的是完颜突合速，早年跟着吴乞买、粘罕等人征战，论资历比兀术还老，因身材粗壮，声如洪钟，军中都称他龙虎大王。

完颜突合速这话再次让兀术感到意外，这种门户大开，虚虚实实的战法，非名将不敢为之，寻常将帅想都不敢去想，这哪像太平公子的做派？若说这仗是统制打的，但没有主帅授意，哪个胆大包天的统制敢擅开城门？

容不得他多想，亲兵进来禀报："城内守军派信使过来了。"

兀术立马又兴奋起来，这多半是刘锜的降书来了！便命摆好阵势，不多时，一名儒生打扮的人施施然进来，见了兀术也不拜，只是作了个长揖，简单道："受我家主帅所托，有书信要给金国大元帅。"说罢，从怀中取出书信，递给兀术。

这人不卑不亢，看着像个读书人，兀术一边打量他，一边命人取过书信，嘴里道："你不像在军中任职，姓甚名谁？"

那儒生道："大元帅明鉴。我乃绍兴三年（1133）的举人，姓耿，单名一个训字，闲居家中，寄情山水而已。"

兀术拆开书信，一眼扫过，脸登时涨得通红，这哪是什么降书，分明就是一份战书！书中刘锜文绉绉地与金军约日会战，考虑到金军之前连败，心中害怕，不敢过河，刘锜特意允诺，倘若金军敢渡过颍水来城下交战，那么守军会为他们搭好五座浮桥。

兀术勃然大怒，恶狠狠地狞笑道："南军竟敢如此狂妄，那就休怪本帅铁面无情！"说罢，命诸将都去大帐外誓师，让耿训也跟着出去。

转眼间，诸将及亲兵都已列好阵势，三通鼓后，兀术登上临时搭起的木台，威严地扫视了一眼众人，道："明日我大军便要渡过颍水，拿下顺昌城！我大军南下以来，所过之处，秋毫无犯，然而这顺昌城却是例外，竟敢再三螳臂当车，罪不可赦！本帅今日在此起誓，明日攻破此城，三日内不约束士卒，城中七岁以上男子全部砍头，女子金帛任由将士分配，务必要使顺昌血流成河，南人方知我军霹雳手段！"说罢，从亲兵手中接过一支箭，"啪"的一声折成两段，道："若违此誓，与此箭同！"

诸将与亲兵们都拔刀拍击头盔，吼声震天，兀术走下木台，见耿训脸色发白，便用戏谑的口气道："先生还回城否？要不留我军中，免得明日城破，身首异处，岂不可惜？"

耿训喉结动了动，忍不住咳了几下，才道："耿某身为信使，不敢误了正事。"

兀术也不为难他，道："你就将今日所见，回去告知你家主帅吧！"

耿训走后，兀术与诸将商议明日进军策略，直到天近黄昏才结束，诸将各回营地。侍从端上膳食，兀术边吃边拿起刘锜的战书反复看了几遍，似乎要从字里行间看透眼前这个对手到底是何等人物。

当晚金军大营戒备森严，宋军并未前来劫营。

次日一早，兀术这边才让士卒饱餐一顿，正在调兵遣将，亲兵进帐禀道：南军那边已经在颍水上搭了五座浮桥。

这刘锜简直狂妄到了极点，兀术心里"腾腾"地火往上冒，他抬头看了一眼，天边才出现一道晨曦，空气中还有一丝清凉，但天空万里无云，是个大暑天。

"传令各军趁着清凉次第过河，列阵迎敌。"兀术威严地下令。

传令兵飞驰而去，不多时，各营号角声响起，军官的号令声此起彼伏，随之而来的是震天动地的脚步声，与士兵们的齐吼声和马匹的嘶叫声混杂在一起，像是突如其来的一场黄沙暴，十几万人像变戏法一般开始挪动，卷起的尘土和马骚味呛得人几乎无法呼吸。

这熟悉的味道激起了兀术的斗志和杀心，他心跳开始加速，目光炯炯地观察着河对面的战场。守军那边仍然没有动静，但兀术知道城墙背后一定在进行紧张地调动，他现在判断这种平静多半是守军的故作镇静，谅一太平公子能有多大作为。

一个多时辰后，金军已经摆好了阵势，诸将各率所部列阵于城外，兀术自领精锐在西北的开阔地带，以方便麾下的拐子马驰骋，十来万人马将顺昌城围了个水泄不通。

看到自己这边军强马壮，兀术心里有几分好奇，诸将口中今非昔比的南军到底是何等模样，他还真想见识见识。

城门口的吊桥缓缓地放了下来，但城内仍然毫无动静。

兀术正观望间，一名传令兵急急忙忙地策马奔过来禀报："大元帅，先过河的前军将士许多人突然上吐下泻，马匹也口吐白沫，屎尿拉得到处都是。"

兀术不觉一怔，脱口问道："早饭吃了什么？"

传令兵道："禀大元帅，不像是早饭的事，将士们吃的同一份早饭，有人就没事。据将士们说，马匹拉的屎尿颜色都不对，且分外臭。"

旁边亲兵统领斡木提醒道："莫非是天气炎热，中暑了？"

兀术看了一眼天空，骄阳似火，是个烦人的暑天，可这还只是半上午呢！两军对阵，正该聚精会神，南军隐藏在城内，随时都可能杀出来。倘若自己这边临时更替人员，阵形难免散乱，南军突然攻出来，那就真是不战自败了。

他不禁心里烦闷起来,耐着性子道:"传令各军,但凡还有一口气,不得擅离阵地,违令者斩!"

传令兵刚走,便听到城内战鼓擂响,紧接着便听到士兵低沉的号子声,城墙上也出现了人影,都躲在城垛后方,手中弓弩依稀可见。

兀术庆幸刚才做了正确决定,再看自己这边,阵形依然严整有序,只要南军敢出来,他的铁骑仍能把他们碾成齑粉。

城内响过三通鼓后,又没动静了,像是被金军声势所慑,不敢出城迎战。此时已是日上三竿,太阳灼在人身上,如同火燎一般,城外树木早被南军砍了个精光,金军将士只能光溜溜地顶着日头暴晒,盔甲滚烫得能烙饼,一个个汗流浃背,唇焦口燥。

兀术觉得不对劲,才有些警醒,便听城头一声炮响,几十面大鼓一齐擂响,一支队伍从北门整队而出,正好对着自己的中军。

这更让兀术感到意外,南军应当从旗号可以看出,中军正是由金国大元帅亲自坐镇,兵强马壮,远胜其他诸军,既然如此,为何南军还要首当其冲与自己对阵?

除非南军认定了擒贼先擒王,只要击溃对方的中军主力,其他各部都会不战自溃。果真如此的话,只能说明"太平公子"刘锜对战场形势洞若观火:一旦兀术亲自统领的中军落败,先前吃了苦头的诸军将领自不必说,就是自己麾下的将士,也会士气大挫,恐惧将像瘟疫一般传遍全军。

兀术心里掠过一丝慌乱,这种感觉只有在和尚原与吴玠交战时才出现过,他已经断定刘锜绝非等闲之辈,至于他是用什么法子让自己相信他是名庸将的,兀术一时还理不清头绪。

形势逼人,南军已近在咫尺,此时胡思乱想只会坏事,兀术深吸一口气,振奋起精神,传令准备迎战。

对面南军出城的人马并不多，也就两千人，但跟晒得快虚脱的金军相比，他们显得精神充足，步履分外稳健，更让人心头发虚的是，这伙南军刚出城门，便以极快的速度列好阵势，然后开始悄无声息地向金军进逼。

果然来者不善！金军前军将领连声吆喝，让晒得头昏眼花的士兵们打起精神来，整队向守军进逼，两边连箭都来不及放，便搅杀在了一起。

守军上来没有任何试探，直接开始玩命，金军也不得不使出全力与之对抗，双方像两堵墙挤在一块，僵持片刻之后，守军开始占据上风，压得金军步步后退。

兀术在后方看到中军片刻之间，便摇摇欲坠，有兵败如山倒的架势，原本还想消耗一下守军力气，这时也顾不上了，立即传令拐子马包抄守军后路。

金军拐子马向两翼展开，娴熟地使用包抄战术，守军对此早有防备，立即从两翼各分出五百人，手持长柄麻扎刀，列队直奔拐子马侧翼，见了金军，没头没脸地便砍。

两边就此陷入混战，守军气势上始终压着金军一头，以前让南军闻风丧胆的拐子马已经失去了震慑效果。兀术亲眼看到一名守军士兵手中麻扎刀被磕飞，竟然毫不退让，赤手就扑上马背，生生将马上的骑兵撕扯下来，两人就在地上拼死肉搏，直到一方不动为止。

此情此景，让兀术大为震撼，他突然想起完颜突合速提到的"顺昌鬼兵"，这种战法，和地府里的厉鬼有何分别！

双方大战了约半个时辰，一个交错，两边人马原本紧紧贴在一起搏杀，倏地分开了，双方"呼呼"地喘着粗气，也不再进逼，彼此让开一条道，慢慢又恢复到了一箭远的距离。

第一回合交锋就此结束，二千名守军进退有序地撤回城内，双方默契地休战片刻，将各自受伤和阵亡的士兵抬了回去。

此时已过晌午，骄阳似火，守军已经撤回城内，躲在城墙后避太阳，喝汤水解暑，但金军却无处可撤，只能任由阳光直晒在盔甲上，有一名士兵突然"咚"的一声栽倒在地上，被七手八脚地抬了下去。

金军分出一拨人马去取水，送到前军将士手中，然而却被将官大声喝止，说那水味道古怪，喝了上吐下泻，有敢喝水者，军法处置！

战事不利，兀术正在犹豫要不要后撤，城内鼓声大作，一彪人马又杀了出来，但甲胄鲜明，却不是先前那一拨。

守军正用车轮战对付自己，但兀术却无法轮换，而且轮换恐怕也不管用，全军将士被毒辣辣的日头晒了大半日，既不能在树荫下歇息片刻，又不敢喝口水，只能披着发烫的铠甲硬撑着，一个个东倒西歪。

兀术这才感到今日出战过于轻率，他当机立断，不等守军逼迫上来，便命令拐子马往后包抄，让守军有所顾忌。

守军仍然从两翼各分出五百人迎战拐子马，双方离得不远时，守军突然取下背负着的竹筒，打开塞口，将竹筒内的一堆东西撒落在地上。

兀术正在疑惑，只见跑在前面的马匹突然停了下来，伸长脖子去吃地上的东西，骑手拼命勒住缰绳，但那马只要觅着机会便探头去吃，行云流水般的包抄变得磕磕绊绊，队形也乱了起来。

瞅着这个空当，养精蓄锐了大半日的南军士兵一拥而上，像疯了般上砍下削，将马队截作两段，失去机动性的拐子马成了木桩子。虽然骑手奋力砍杀，但仍然接二连三地被掀下马来，一旦跌落马背，几乎全是身中数十刀毙命。

## 绍兴和议

传令兵飞马过来报告战况，说南军往地上撒的是煮熟的豆子，马匹经不住那香味的诱惑，忍不住要探头去吃，故而被南军所乘。

兀术不由得心里一震，这种匪夷所思的战法也能想出来，说明南军主帅心思极其缜密，而且很可能自小便与马匹打交道，颇通马性。

向前进逼的南军也没闲着，由于连战连捷，他们信心十足，分外勇敢，军官们像比赛一般争相往里突，其中两名军官深入金军阵中十余丈，挡者披靡，自己也浑身是伤，几乎成了血人，犹在疯魔般地乱砍。

原本就体力不支的金军终于被南军气势震慑住了，他们不再高声喊杀，甚至不敢与迎面而来的南军目光接触，如果不是将官们声嘶力竭地拼命弹压，他们早就掉头逃跑了。

然而战事至此，金军溃败是迟早的事，兀术远远地看到中军开始往后退的那一刹那，便知今日大败已无可避免，他没有拼尽全力再做反扑，因为他知道那一切都是徒劳，除了帮助南军扩大战果，于事无补。

他克制住内心的失落与愤恨，不动声色地悄悄传令，让后军开始有序撤退。此时前军已呈溃败之势，斡木拍马过来对兀术道："殿下快撤，末将率军拖后掩护！"

兀术不再犹豫，掉转马头，向颖水边的浮桥奔过去，刚到浮桥，后方传来山崩海啸般的响动。兀术心如死灰，他知道那是十来万人马正在败退。

他胯下的马匹低头要去啃食岸边的青草，一名亲兵上前替他勒住马头，道："殿下，这草吃不得，南军一早在草和水里放了毒。"

兀术大吃一惊，亲兵从草丛中扒出一些灰不溜秋的东西送到跟前。兀术捏起一点，放到鼻端闻了闻，一股很不寻常的恶臭味。兀术将手中毒药弹到地上，一言不发，只作了个过河的手势，他心里明白，今日之战，他像个傻子一样被那个"太平公子"刘锜算计到了极致，能从容脱身，已是万幸了。

还好金军清晨过河时多搭了几座浮桥，此时派上了用场，不然的话，不知有多少人被挤入河中喂鱼。即便如此，几万人蜂拥过桥时，落水者仍不计其数。

太阳肆虐了一日之后，终于收敛了光芒，被炙烤过的大地余温犹在，一大群不知从哪儿飞来的乌鸦兴奋地聒噪着，在来不及清理的尸体上空盘旋。由于前几日连降暴雨，颍水大涨，水流比以往混浊湍急，隔不了多远就能看到几具浮尸，在河水中缓缓地翻动。

白天还人喧马嘶的战场此刻空空荡荡，颍水和淮河在最后一道落日余晖中波光粼粼，像柔美的南方女子，晚归的水鸟匆匆忙忙掠过水面，天地间一片静谧安详，仿佛几个时辰前的那场血战不曾发生过一样。

天终于断黑了，顺昌城内，军民在短暂狂热的庆祝过后，除了城上巡哨的士兵，其他人都在饱餐一顿过后，进入了梦乡。但苦战了一日的金军却不敢怠慢，连夜沿着营盘挖筑壕沟，以防守军又摸出来劫营。

经此一役，兀术再也不敢将诸将的话当耳边风，他不敢深睡，大帐内外照得灯火通明，数百名亲兵彻夜守卫。兀术虽然疲惫，但懊恼、愤怒折磨得他毫无睡意，干脆起身，让亲兵把韩常叫过来。

亲兵才出去没多会儿，便将韩常领了进来，见兀术奇怪，韩常道："末将正要来见殿下呢，不想半路撞上了。"

兀术示意他坐下，道："今日一战，南军诡计多端，凶悍异常，着实出乎我意料，然而细想下来，我军将士何尝不是虎狼之师，为何却如此不堪一击？"

韩常叹了口气，道："殿下，末将以为，今日之败，始于南军那两个细作。"

兀术一怔，脱口道："哪来的细作？"

"就是那两个假装坠马被俘的细作。"

兀术愣了片刻，突然脸涨得通红，额头上青筋暴起，目光也凌厉得吓人。

韩常低头不敢看他，他深知兀术素来自傲，今日却被一个名不见经传的南军将领耍得团团转，当着诸将的面出丑，如何不恼！

他怕兀术怪他不早说，便接着道："那俩细作装得极像，毫无破绽，末将也是方才猛一激灵，才突然醒悟，赶紧爬起来就往殿下这边赶。"说着，看了一眼兀术，发现他脸上懊恼的红潮已悄然消退，取而代之的是一副凝重的神情。

韩常跟随兀术多年，自然明白他的心思，便安慰道："殿下不必过于忧虑，南军此战取胜，未必就是实力有多强，还是我军有些托大罢了，再加上天气炎热，将士们都是北方人，水土不服，又是远道而来，才被南军以逸待劳，占了便宜。真要两军对阵，平原野战，南军哪里是我们的对手！"

这话说得兀术眉头舒展了些，胜败乃兵家常事，古之成大事者，吃败仗的还少吗？但最怕的是攻守之势互换，那才是最致命的。

"元吉啊，南军果然今非昔比？"

韩常犹豫了一下，点了点头。

兀术回想了一番，其实结论早就在那儿了，不过是愿不愿意承认罢了。

"殿下，南军固然战力大增，今非昔比，然而南朝却未必自知，我军大可利用这一点，或可为制胜关键。"韩常带着一丝诡秘的神情道。

兀术沉吟良久，道："本帅今日观阵，见南军作战勇猛，有将领敢只身深入我阵，所向披靡，更有南军士卒赤手空拳跃上马背，将我骑兵拉下马，一起滚入壕沟——这哪像不自知的样子？"

韩常笑道："末将指的是南朝君臣。殿下想一想，当年宋朝太祖本就得国不正，陈桥兵变夺了人家孤儿寡母的天下，因此立国以来，极其防范武将，生怕旧事重演。如今南军军容鼎盛，盔甲齐全，士气也高，我军再想重现当年碾压之势，自然不容易，但南军想要吃掉我们，也是痴心妄想，两军已成均势。然而不同之处在于，殿下深受皇上信任，天下兵权集于一身，可依战局随时调兵遣将，而杭州府的南朝君臣，却死死地把着兵权，掌兵大将在外打仗，朝中处处掣肘，如此一来，南军再能战，又能有何作为？"

兀术恍然大悟，低头想了一会儿，愈加觉得此论极当，不禁叹道："元吉，想不到你身为武将，书也读得不多，却有这般宰相见识！"

韩常受宠若惊道："殿下高抬末将了！末将不过是跟着大元帅南征北战十余年，耳濡目染，长了些见识而已。"

兀术舒了口气，虽然吃了败仗的懊恼心情尚未完全平复，但担忧惶恐却减轻了不少。二人正待叫些酒食，促膝长聊，忽然西面隐隐传来喧闹之声。

韩常一激灵，西面正是他的驻地，他站起来，聚精会神听了一会儿，转身跟兀术道："殿下，这像是南军在劫营……"话未说完，那喧闹声像野火般蹿了起来，仿佛近在咫尺。

斡木匆忙进来，报说南军又来劫营，但方位不定。

兀术不禁大怒，恨不能亲自带兵出去杀光这伙南军，但黑灯瞎火的，都不知道南军在哪儿，有力气也使不上，只得按捺住怒火道："将能点起的火把都点起来，只要见着南军身影，便给我狠狠地杀！"

然而天公不作美，火把才点起来，便听一声雷响，豆大的雨点砸了下来，这雨越下越急，几乎在一瞬间便成了倾盆大雨，将火把全给浇灭了。但大雨没有阻止南军继续劫营，电闪雷鸣中，人马走动和交战的动静反而越来越大。

兀术终于领略了南方夏天一日三变的天气，此时虽然恨透了眼前这支南军，却又无可奈何。斡木已经安排人马将中军大帐团团围住，韩常也回不去了，只好陪着兀术焦灼不安地坐在帐中。

也不知过了多久，喧闹声终于过去，雨也略小了些，兀术恨恨地道："明日天一亮就攻城，不拿下顺昌，生擒刘锜，誓不为人！"

天终于透出一些亮色，早已熬得咬牙切齿的兀术对斡木道："传令各军，即刻造饭，饱餐一顿后立即围攻顺昌，务必今日拿下此城！"

斡木得令出去，片刻不到却又回来，看着兀术不说话。

韩常惊奇道："斡木，你这是做什么？大元帅的军令传下去了没有？"

斡木嗫嚅道："要不……请殿下和万户亲自出帐看看吧。"

兀术和韩常对视了一眼，同时起身，走出帐外，立即被眼前的情景吓了一跳。因为不熟悉南方水文地理，诸将在选择营地时只顾平坦，却忘了地势，将大营扎在了一处平地，一夜暴雨下来，加上颍水倒灌，整个大军淹没在齐膝的水中，有些地段甚至淹到了腰部，混浊的水面四处漂着锅碗瓢盆、盔甲器具、衣物旌旗，几十头无主的牛羊骡马在水中乱窜。士兵们都在往高地转移，他们一夜未眠，浑身湿透，疲倦而烦躁地拥挤在一起,一个个精神萎靡,垂头丧气。

兀术下意识地看了看脚下,积水并不多,中军大帐扎在一处土包上,才免于被水淹,但周边已是一片泽国。

"殿下,将士们被南军骚扰了一夜,十分疲惫,此时强行攻城,恐怕反为南军所乘。"韩常在一旁小心劝道。

兀术来不及答话,西边过来一骑快马,一路踩得水花四溅,骑手看装束乃是韩常军中小校,他径直到大帐前禀报:"禀大帅、万户,昨夜南军偷袭我军营地,双方激战良久,方才清点人数,我军折了四五百人。"

韩常沉声问道:"南军可有死伤?"

"发现了七八具南军尸体。"

兀术又惊又怒,道:"激战良久,我方死了四五百人,南军才死了不到十人,这仗是如何打的?"

小校道:"禀大元帅,南军趁黑突入营中,四处砍杀,大家看不清对方,慌乱之中只顾奋力厮杀,杀至天明,才发现都是自己人……"

兀术气得愣在当地,说不出话来。

"殿下,将士们又累又乏,而南军却在城中以逸待劳,我军此时强攻,恐怕正中南军下怀。"韩常趁机又劝道。

兀术望了一眼远处的顺昌城,感觉就像撞上了一头豪猪,纵有十万虎狼之师,却无从下口,反而被扎得遍体鳞伤。

他脑海中掠过退兵的念头,但随即又愤怒地摆脱了。十几万大军,七日行军一千二百里,一路遮天蔽日,大张声势,就是为了显示大金国的雄厚军力。如今二日不到,便铩羽而归,让他这个大元帅的面子往哪儿搁去!

"殿下,照这架势,南军今夜必定还来劫营,须得仔细防范才是……"斡木在一旁道,一副欲言又止的样子。

兀术看了他一眼,将脸上神情缓和了些,道:"你有话便直说吧。"

斡木便道:"殿下,南军站在城楼上,将我军阵营看得一清二楚。我军只有在外围深挖沟堑、构筑栅栏才能将南军阻挡在外,只是将士们疲累之余,挖不了太深的壕沟,而且南军早把城外树木砍伐一空,我军也找不到树干来建栅栏,一到晚上,只能坐等南军前来劫营,如此下去终不是办法。"

"那你的意思是?"兀术尽量放缓语气,但仍难掩怒意。

斡木低头不敢看兀术,但仍咬牙照实说道:"殿下常教导末将,打仗讲究天时、地利、人和,如今南方正值大暑,天气一日三变,闷热潮湿,我军将士都是北方人,对此苦不堪言,这便是失了天时。南军缩在城内,有地方遮风挡雨,攻守自如,而我军暴露在旷野地带,风吹雨淋日晒,还得夜夜防备南军劫营,这便是失了地利。殿下指挥的这十几万人马,中坚乃是我女真、契丹勇士,但河南、河北的汉人签军也不少,战事顺利时,这些签军还能顶些用,一旦不顺利,却难免有二心。我昨日就听人说,中路的签军在对阵南军时,便有人喊:'我等皆是汉人签军,你们要杀就杀两边的女真拐子马!'这便是失了人和。殿下,今日形势还不到危急之时,但请早做决断。"

兀术听得把手中的鞭子都快攥出水来了,看上去马上就要抬手抽斡木一鞭子,韩常赶紧劝解道:"殿下,斡木赤胆忠心,才能讲出这番话来,所说也颇有道理。依末将看,今日各军先休整一日,夜间严防南军劫营。若能防止南军劫营,这仗便还能打下去;若不能,将士不得休息,身心俱疲,士气低落,这仗便打不得了,只能早做打算,否则南军趁我军疲惫,突然倾城而出反击,弄不好会兵败如山倒的……"

斡木和韩常二人的话就像把钝锯子在兀术心里头来回拉扯，他既愤怒，又沮丧，但也明白这二人是自己心腹，凭着一片忠诚坦荡方能如此直言相谏。但兀术思量再三，终归还是无法就此窝囊退兵，便传令派人去顺昌城下观察南军动静，再作决定。

顺昌城就在几里开外，金兵马快，不过一会儿，探子陆续回来，报说顺昌城内安安静静，就像座空城一般，连城墙上也见不到一个人影。

"难道南军已然撤退？"斡木颇感奇怪，立即又摇头道："这必是刘锜的诡计，此人故意令全城噤声，让我们摸不出他的虚实。"

韩常皱眉道："刘锜不仅诡计多端，还极善治军，分明就是名将之材，为何之前从未听说过？"

兀术郁闷地吐了口气，道："此人之前大概一直屈于他人帐下，没有自行领军，不得尽展其才罢了，今日倒是让他在顺昌一战成名。"说罢，嘴角不由得露出一丝苦笑。

说话间，诸将陆续赶至中军大帐，看样子都是觉得战事不利，来讨主意的。兀术见他们一个个垂头丧气，目光躲闪，想问又不敢问的样子，气不打一处来，怒道："各军即刻沿营寨开挖壕沟，务必防止南军夜晚劫营，休整三日后，总攻顺昌！"

主帅脸色不好，诸将哪里还敢多问，都接令而去，韩常也告辞回到自己营地。

兀术坐着生了一会儿闷气，突然问亲兵道："今日天气如何？"

亲兵轻手轻脚去帐外看了一眼，又一溜烟回来报告："禀大帅，是个大晴天。"

虽然热得难受，大晴天总比大雨天强些，兀术只能自我安慰。虽然昨夜一刻不曾合眼，但他仗着身强体壮，也不小憩，吃完早饭，便让亲兵帮他穿上甲胄，打算巡视各营。

才到帐外，便觉阳光刺目，一股热浪扑面而来，兀术下意识地摸了摸身上的铠甲，心想：这还是半上午的太阳，就已经这般毒辣，两军对阵起码得一两个时辰，还没开战，恐怕就晒得半死了。

他打起精神，翻身上马，正要准备巡营，远远看见一名小校快马加鞭飞驰而来，心里一"咯噔"，便勒住了马头。

"大元帅！"小校火急火燎地赶过来道："南门突然大开，南军从城中杀出，十分凶悍，我军伤亡较大。"

南门是如海领军，兀术自然信得过他，便板着脸道："如海也是身经百战的人了，与南军交手不下数十次，为何这般狼狈？"

小校道："南军趁我军挖壕沟时，冷不防城门大开，一拥而出，我军仓促应战，故而吃了亏。"

兀术气得吼道："昏聩！挖壕沟时不能派一支人马防备城内南军吗？"

小校吓得跪在地上，道："禀大元帅，派了，但将士们被南军劫营扰得一夜未睡，加上淋了雨，都十分疲惫，因此虽然拼死力战，终归还是抵挡不住……"

这时，南门方向喊杀声越来越大，兀术面临抉择：要不要马上派人去增援如海。他拼命让自己镇定下来，沉吟片刻后，对小校道："你回去告诉如海，本帅知道了，让他坚守营盘，不得退后半步。"

小校原以为会有救兵，但听兀术意思，是让如海硬撑下去。他不敢多问，起身跨上马匹，飞也似的去了。

半个时辰后，南门的喊杀声消停下来，又有一骑飞奔过来，报说是西门南军出城突袭，攻势极猛，请兀术派兵增援。

"告诉你家龙虎大王，本帅知道了。"兀术心里有了数，冷冷道。

紧接着韩常那边也来报，遭到南军突袭，兀术依法炮制，如此折腾到下午时分，兀术派出几名亲兵去各门察看战场，自己草草在营地巡视了一圈，便回到帐中。

黄昏之前，亲兵陆续来报，包围顺昌各城门的军队都遭到了守军突击，人马折损虽然不多，但壕沟却没挖两尺深，根本防范不了南军半夜劫营，诸将不得不安排人马在烈日下布阵防备南军突袭，结果南军再也不出来了，这边白白晒倒了几十人。

兀术听了，气得胸口发疼，知道今夜又是不得消停，却眼睁睁地毫无办法。

果不其然，南军得理不饶人，天刚断黑，便听到喊杀声四起，一直闹到黎明时分才罢。

无奈之下，天一亮，兀术立即下令，全军后撤十里扎营。十来万人马后撤，动静不小，难免出些乱子，城上守军见了，岂能轻易放过这样的好机会，立即接连出击，将金军杀得连滚带爬，人马自相践踏，死伤无数，辎重也散落满地，撤了十五里才稳住阵脚。

战事至此，攻取顺昌城已成了痴人说梦，兀术见诸将早已没了心气，士卒中暑病倒的越来越多，粮草也支撑不了几日，再拖下去，只怕要出大事。眼前这支南军之强悍能战，实在出乎他的意料，他突然想起"顺昌鬼兵"的说法，不由得大暑天打了个寒噤，十几万大军困在顺昌，进退不得，一旦东面岳飞与西面张俊的援军抵达，自己三面受敌，弄不好会全军溃败。

形势诡异，兀术越想越怕，不敢再耽搁，传令全军半夜悄悄撤退。

金军将士如蒙大赦，急急忙忙地往后撤，早被南军探马侦知，于是城中守军倾巢而出，一直追杀出二三十里才作罢。

兀术率十余万人趾高气扬地来，灰头土脸地去，大军一直撤到百里开外的泰和县，才算真正安顿下来。兀术浑身臭汗，也来不及洗刷，到了县衙倒头便睡，两天两夜才缓过劲来。

刘锜在金军败退后，还不放心，接连派出十来拨斥候到周边打探，直到最后确认金军已然退兵，才发榜通告全城，紧绷了一个多月的顺昌军民顿时陷入狂喜中……

## 七　岳飞北伐

兀术兵败顺昌，一时南北震动，各路宋军大受鼓舞，开始了全面反攻。

秋高马肥，是金军用兵的黄金时节，而盛夏酷暑，却是宋军的反攻良机。借着天气炎热，金军水土不服，加上新败后士气低落，宋军连战得手：韩世忠攻取海州，进逼淮阳；张俊攻取宿州，进逼亳州；而淮西兵变后再度出山的三京招讨使刘光世，则率军进抵太平州，与张俊一军互为犄角。

此时守卫亳州的是葛王完颜乌禄，而辅佐他的，正是郦琼。

自从兀术大军顺昌兵败，郦琼便有些坐立不安。兀术两个月前兴兵南下，他没少在一旁煽惑，原本以为凭金军实力，倾国南下必定势如破竹，杀得宋朝人仰马翻，他也顺便出口恶气。不料一个小小的顺昌城便阻挡了十来万金军主力，而守将更是之前寂寂无闻的刘锜，让他当初的那番大话多少有点蒙蔽主帅的嫌疑。

兀术撤至陈州后，大发雷霆，诸将自韩常以下全部被抽了二十皮鞭。这事传到郦琼耳中，更让他惶恐，如今宋军士气如虹，几路人马正在逼近亳州，一种里外不是人的懊恼感折磨得他茶饭不思。

这日，他见过乌禄，议完事之后，回到府中，两名下属早已等候多时，一个是康渊，一个是尚世元。这二人都是郦琼心腹，当初淮西兵变时，康渊第一个提出来投奔刘豫，而尚世元更是应郦琼之命手刃了吕祉，三人因此成了一条绳上的蚂蚱。

"大哥，今日听到一条大消息。"康渊首先道。

如今这乱局，还能有什么大消息！郦琼心想，带着不以为意的神情坐下，示意康渊说下去。

"大帅官复原职了！"

郦琼一时没反应过来，道："哪个大帅？"

尚世元答道："刘大帅啊！"

郦琼才听明白说的是刘光世，他心里突地一跳，看着二人道："哪里来的消息，可靠吗？"

"可靠！宿州、太平州那边有人过来，亲眼看到了刘大帅贴的榜文。"

三人互相看了一眼，郦琼道："你我兄弟，有话便直说，出了这个门，一个字都不要提。"

康渊见郦琼心有灵犀，便大胆进言道："大哥，当初我们被吕祉那匹夫逼迫，万不得已投了刘豫。如今南边形势已变，张浚已经被贬，大帅又官复原职，而这边，大哥也看到了……俗话说得好，树挪死，人挪活——小弟觉得是不是该挪一挪了？"

郦琼下意识地看了看门窗，沉吟道："吕祉这匹夫毕竟是朝廷命官，还是监军，我们杀了他，只怕回不了头啊。"

尚世元道："吕祉不过一无用书生，杀了他又怎的？到时我们将兵变之责一股脑儿往他头上推，反正他死人不能开口，还不由我们说吗？再说此人只会纸上谈兵，天下人皆知，恐怕也不用我们多说，朝廷自然有数。"

"倘若朝廷将来秋后算账，我等如何自处？"郦琼看着二人道。

康渊早已盘算清楚,道:"大哥,我觉得朝廷不会这么傻,如今陕西、河南、山东降将无数,朝廷都巴望他们归正,我等回去,朝廷要立榜样,只怕是赏赐还来不及,怎么会秋后算账?再说了,我等不过是杀了个吕祉而已,而且是形势所逼,既没有攻城略地,又没有滥杀无辜,朝廷从大局着想,才不会去计较。更何况,咱们上头还有刘大帅呢,当初张浚等人把他说得一文不值,如今官复原职,正待立功报效朝廷,我们因他归正,他脸上有光,护犊子还来不及,怎么能让人秋后算账?"

尚世元接着道:"目前朝中掌权的乃是秦桧,听说此人当年还在挞懒帐下任职呢,不也照样当宰相。"

话说到这分上,郦琼心中便活动开了,想了想道:"只是我们在亳州,刘帅并不知晓啊。"

康渊和尚世元见郦琼被说动了,迅速交换了一下眼神,康渊道:"大哥,这还不容易吗,咱们也贴些榜文出去,就以葛王和大哥的名义,安抚各地百姓,广为散发,不出几日,定会传到刘帅耳朵里去。刘帅为人精明,定会派人前来,到时我们再见机行事,看菜吃饭。"

"对对对,"尚世元忙不迭附和道,"谁给咱们兄弟的菜好,我们就上谁的桌。"

这话说得太露骨,郦琼皱了皱眉头,不自然地咳了几声,道:"葛王这边怎么办?"

三人面面相觑,不敢说话。葛王乌禄性格仁厚,加之人又年轻,三人虽然打算归正,却不愿为难他,加上乌禄骑射功夫了得,手下亲兵也是以一挡十的勇士,真要想打他主意,只怕未必容易。

过了半晌,郦琼道:"一切就绪后,就说有一支南军人马进犯亳州,我主动请缨,率领本部人马前去迎敌,就此一去不归罢了。"

康、尚二人点头道："如此甚好！那就烦请大哥先与葛王拟好榜文，我们立即四处张贴，不出数日，刘帅定然会派人来密议归正一事，到时我们再谨慎行事，力求万无一失。"

郦琼道："此事先只我们三人知晓，等与刘帅那边来人谈好了，再告诉其他人不迟。"

三人商议已定，于是分头行动，不出两日，便将安民榜文在亳州城内外贴了上百份。

一切如三人所料，五日后，郦琼正与乌禄在府衙议事，一名士兵匆匆进来禀报："南军那边派使臣过来了，正在城门口吊桥下。"

乌禄便虚心请教郦琼，该如何处置。

郦琼假装思索了一下，道："两国相争，不斩来使，先听听他们如何说，顺便探探虚实。"

乌禄点头应允，于是二人各带手下亲将，去城头见南军使臣。

众人到了城头，果然看见两名文臣装扮的南军使臣，都长得面皮白净，须发整齐，一副斯文模样，见城头上骤然出现一群甲胄鲜明之人，便叫道："我二人乃是大宋三军招讨使刘太尉麾下幕僚，受太尉委托，前来拜会守城主将。"

郦琼用余光瞥了一眼旁边的康渊和尚世元，正要说话，便听完颜乌禄对侍从道："问他要见主将做什么？"

于是侍从问二人所为何来，那个稍显年轻一点的使臣道："我乃刘太尉麾下随军副转运使赵立，我身边这位乃是南京进士蔡辅世，太尉听说郦将军驻守此城，特意遣我二人来问候故人，不知哪位是郦琼将军？"

郦琼道："在下便是。"

赵立在城下作了个揖，道："郦将军，久仰！我家太尉如今蒙朝廷恩典，官复原职，出任三京招讨使，重领淮西军。将军当年负气出走，我家太尉深为惋惜，如今朝廷政治清明，奸臣都已遭贬，大宋天子宽厚仁义，数次念及将军，可谓皇恩浩荡。古人云：迷途未远，归去来兮……"

郦琼见他说话不分场合，便打断道："郦琼是个粗人，赵公说话简短些吧，城墙上这么多人，大金国葛王殿下也在此，不能听着你一人说话。"

这话点得够明白了，赵立竟然没领会，只觉得自己准备的那些漂亮说辞不得当众吐出，有些可惜，便道："我二人奉刘太尉之命，前来招降郦将军，有刘太尉亲笔书信在此。"说罢，从怀中取出一封书信，亮给众人看。

郦琼不由得瞠目结舌，眼角余光扫过，身旁完颜乌禄目光如炬，正看着他，当下深吸一口气，沉声道："郦琼已为大金之臣，岂能出尔反尔？你们回去吧！"

"且慢，放他们进来，探探虚实也好。"旁边完颜乌禄道。

不一会儿，二人入得城来，赵立将书信递上，郦琼一把接过，当着众人面扯得粉碎，揉成一团，扔下城墙，冷冷地对二人道："刘太尉心意领了，但大金待我甚厚，我岂忍叛之！"说罢，下令将二人枷起来。

乌禄在一旁笑道："郦太尉不必着急，先问问这二人南军情形再枷起来不迟。"

郦琼道："葛王忘了顺昌之战前刘锜派来的两名细作吗？连大元帅都吃了他们的亏，这二人谁知道是不是南军派来的细作。"

乌禄立即醒悟，"啊"了一声，道："那就听凭太尉处置。"

赵立慌了神，道："我二人真是刘太尉派来的使臣，并非细作！"

蔡辅世上前一步，昂然道："我乃大宋建炎三年的进士，请问将军，哪有派进士来当细作的？"

郦琼见赵立吓得语不成句，倒是这位进士说得有理有节，不由得暗暗叹了口气，命令士兵将二人押了下去。

宿州落入宋军之手已有数日，郦琼知道宋军下一步就是来取亳州，他心里还存着一点观望之心，看看到底是谁来攻亳州。

两日后，探马来报，一支宋军前锋进抵亳州郊外，看上去军容齐整，兵强马壮，旗帜上大书一个"王"字。

郦琼一听，顿时大惊失色，来者必定是他的死对头王德。王德勇猛善战，又携宋军连胜势头，与他硬磕凶多吉少，如今早已归于张俊麾下，不再受刘光世约束，自己发的榜文多半也被他看到了，没准专门就冲着他郦琼来的，一旦落入此人手中，能有什么好果子吃！

郦琼思之再三，这仗压根没法打，便去见完颜乌禄，告之以实情，建议让城别走。完颜乌禄刚得到消息，兀术已经撤回汴京去了，战局不利，死守亳州绝非上策，便同意了。

于是亳州金军趁着宋军尚未逼近，一夜间便撤得干干净净，城中百姓只听到外面脚步声响了整晚，都不敢出来看，直到次日一早，才发现原本遍布全城的金军士兵踪影全无。

江城鄂州，地处长江中游，自古便是形胜之地，在此驻兵，西可溯江而上以接川蜀，东可顺流而下应援淮南，北可挥师而定宛洛，进而经信阳、蔡州直指汴京。正因为地理位置险要，东起南昌以东，西至江陵以西，南到长沙以南，数千里的大宋国土，十几座军事重镇，皆以鄂州为襟带，使之成为名副其实的控扼之所。

三匹快马沿大江南岸疾驰而行，马背上的三人都满面尘土，颇有倦色。领头的那人虽然长得牛高马大，面相也颇粗莽，活脱脱一名西北军汉，然而却是一身文官打扮，细看官服，品级还不低，此人正是被临安府的宋廷派往岳飞军中计议军事的参议李若虚，他怀中正揣着赵构亲笔拟就的御札，奉旨要亲自交到岳飞手中。

春夏之交的大江两岸，烟波浩渺，草木际天，官道旁各色野花开得正盛，放眼望去，远处群峰云遮雾罩，烟霞弥漫，令人悠然有采菊之叹。李若虚长得像个军汉，骨子里却还是文人，虽然心事重重，眼睛却时不时看看周边美景，脑海里断断续续冒出些词句。

"李参议，前方便是鄂州了。"随从提醒道。

李若虚抬眼一看，果然看到界碑，不由得精神一振，道："那就不歇息了，直接赶去鄂州。"说罢，扬了扬鞭，喊了声"驾"，胯下那匹马身体一紧，向前窜去。

三人一路紧赶慢赶，终于在下午时分远远见着了鄂州城楼，李若虚却轻轻拉了拉马缰，放慢脚步，察看起地面来。前几日刚下过一场雨，路面略有些泥泞，被踩得稀烂，完完整整地踩出一条道来，向江边延伸而去。

李若虚正在嘀咕，早有城外巡哨的士兵迎了上来，认出是李若虚，便上前行礼。

"大军是不是已经北进了？"李若虚劈头问道。

"回参议，岳帅已于前日亲自率领大军往德安府进发了。"

李若虚恨恨地甩了一下马鞭，掉转马头便要循着路追赶，随从拦住马头道："参议，这事急不得，如此赶路，马匹定然吃不消，到时倒在半路，可就进退两难了。"

巡逻兵也道："几万大军，终归走不快，参议不如入城饱餐一顿，洗刷洗刷，歇息一夜，再给马匹喂些精料，明日上路尽可以赶得上。"

李若虚按了按藏在胸前的诏书,无奈地点点头,于是一行人也不再急赶,信马由缰地进入了鄂州城。

次日一早,李若虚洗漱后用过早饭,便骑马沿着大军足迹北上,因他是钦差的身份,早有渡船在江边候着,将一行人送至江北,走了一整日,终于在日落前抵达德安府。

德安府已经成了一座大军营,到处人喧马嘶。与其他军队不同,岳家军纪律严明,所过之处秋毫无犯,因此百姓都不害怕。军营四周都围着看热闹的孩童,各色小贩把生意也做到了军营边上,吆喝贩卖之声此起彼伏,好不热闹。

李若虚穿过人群,往城中走,半路遇见董先,李若虚指了指胸口,道:"有御札给相公。"董先赶紧在前引路,将李若虚带至府衙。

岳飞正在府衙与众将议事,听说李若虚捧诏而至,赶紧出来迎接,李若虚道:"圣上特别嘱咐,军情紧急,诸将接旨,不必沐浴更衣。"

岳飞便只叫人焚香,跪拜之后,接过御札,打开一看,正是赵构亲笔。岳飞捧着读了一遍,低头凝思片刻,又读了一遍,然后半眯着眼睛,仰头望着北方,似乎在琢磨御札的言外之意。

"相公,御札上说了些什么……"李若虚见岳飞只是沉吟不语,忍不住问道。

岳飞一转头,见众人都眼巴巴地看着他,便展开御札,念了其中几句:"据事势,莫须重兵持守,轻兵择利。其施设之方,则委任卿,朕不可以遥度也。"

张宪听了这番话,道:"圣上这是'将在外,君命有所不受'的意思?"

岳飞不置可否,继续念道:"盛夏我兵所宜,至秋则敌必猖獗。机会之间,尤宜审处。"

这话说得模棱两可，字里行间都透着患得患失之意，对于已经举兵北上的岳家军而言，虽然不算泼了一瓢冷水，却也透着隐隐的寒意。

李若虚从岳飞手中接过御札，浏览了一遍，轻声道："相公可否带我去密室？"

岳飞一怔，随即领悟，带着李若虚到了府衙的一间偏房，李若虚才道："临行前，皇上命我将此话带给相公：'兵不可轻动，宜且班师。'"

俩人面面相觑，一时不知如何是好，半晌过后，岳飞道："之前皇上连下数旨，让我锐意进取，左可图复京师，右可谋援关外，外与河北相应，还说这是中兴大计，不可不乘。如今我大军已经渡江北上，诸将也已分路进发，前两日，牛皋刚在京西打败了金军，传来我岳家军北伐第一份捷报。将士们为此欢欣鼓舞，一个个憋足了劲，要杀敌立功，此时再说什么'兵不可轻动'，实非安邦定国之策啊！"

李若虚如何不知，叹了口气道："倘若顺昌仍然胶着不下，朝廷定会维持前议，以牵制顺昌敌军，如今顺昌之围已解，金人退去，朝廷反倒有了观望之心。"

岳飞愤然道："李参议，顺昌一战，金军遭受重挫，仓皇北撤，正是反击的大好时机。我岳家军几万将士，厉兵秣马整十年，就为了这一刻，今日却让他们未见番军影子，便掉头回去，如何让将士们心服！"

李若虚脸色铁青，鼓着眼睛发了半天怔，决然道："形势至此，只能有进无退，相公就按之前筹划进军吧。他日事情有变，矫诏之罪，若虚一人承担！"

真不愧是大宋第一忠臣李若水的亲兄弟！岳飞又感动，又振奋，一把抓住李若虚的胳臂，道："好兄弟，你我同进退！此番进军，定当直捣敌庭，匡复中原！"

众将在外头忐忑不安地等待，见二人意气风发携手出来，虽然不明就里，但都松了一口气，也跟着群情振奋起来。

天色已黑，但岳飞逸兴遄飞，命人掌起灯来，又备酒食招待李若虚等人，众人豪情满怀，七嘴八舌地议论进军方略。

李若虚不懂带兵打仗，但此行要跟着岳飞北伐，也十分关心起来，左右看了一眼问岳飞道："张太尉为何不在军中？"

岳飞心情颇佳，笑道："张宪早能独当一面，何需伴我左右——参议要不猜一猜，他去了何处？"

李若虚想了想，道："大军已在德安府，前方有两处重镇，一处是蔡州，一处是陈州，想必张太尉率兵去了这两处。"

岳飞点头道："此乃用兵之常，却非用兵之奇。"

李若虚被难住了，挠了挠头，答不上来。

岳飞一笑，道："颍昌。"

李若虚不禁吃了一惊，道："颍昌乃是汴京西南门户，金军定会派重兵驻守，而蔡州、陈州尚在敌手，张太尉一支孤军越过陈、蔡而取颍昌……相公，我岳家军固然勇猛，但这是不是有些托大了？"

岳飞脸上笑容慢慢地敛去了，沉吟片刻，道："参议提醒得是。不过，此事我自有筹划，且看看数日后战况如何。"

不出两日，前方传来捷报，统领孙显率军在蔡州和陈州之间与一支金军相遇，激战过后，大破金军。战后审问俘虏，确认这是金军千户裴满的部队，隶属于韩常。

岳飞得此战报，立即亲率大军往蔡州进发，次日便兵临蔡州城下。蔡州守将得知岳飞亲自率军至此，加上连败之下，军无斗志，抵抗了一阵，便缴械献城了。

绍兴和议

拿下蔡州的当日，前军统制张宪派人送来战报，他率军与韩常大军在颍昌城外四十里处大战一场，将敌军打败，重新逼入城中，现已全军进抵颍昌。

岳飞当机立断，挥师直逼颍昌，走到半路，又收到张宪战报，金军弃城而走，颍昌光复。

颍昌一丢，汴京西南门户顿时洞开，直接威胁到驻守此地的金军主力，岳飞料定金军不甘心丢掉颍昌，便令踏白军统制董先、游奕军统制姚政率众先行，进驻颍昌，协助防守。

二将才走一日，张宪又送来战报，他已探知韩常大军放弃颍昌后，退守陈州，于是他便留少部分人马驻守颍昌，亲率主力奔陈州去了。

战局进展一日三变，让人眼花缭乱，岳飞处变不惊，从容调度，当即下令牛皋、徐庆二将率部直捣陈州，与张宪会师。

五日后，三处战报同时抵达。一份来自都统制王贵，他已派部将杨成克复了郑州，离汴京只有一百二十里；一份来自张宪，他已与牛皋、徐庆二将会合，在陈州城外击败金军，进而一举占了陈州；另一份来自董先、姚政，二将抵达颍昌后，金军果然有大队人马来犯，双方在城北七里店相遇，大战一个多时辰，击退金军，并乘胜追杀三十余里，颍昌周边已被扫荡干净。

至此，出师才半个多月，岳家军便连战连捷，势如破竹，在汴京以南形成了一个半包围圈，兵锋直指兀术主力大军。

李若虚大喜过望，跑去见岳飞，道："看来金军在顺昌吃足了苦头，不敢再与王师正面交锋了，中原可复矣！"

岳飞淡淡地道："我军大举压境，金军新败之后，一时摸不清虚实，不敢硬战，但金军毕竟不比伪齐，其战力不可同日而语，来日金军主力现身,那才会有几场恶战。"

李若虚一下子又担心起来,道:"那金军主力何时现身?"

岳飞微微一笑,并未直接回答,转而问道:"李参议熟读经史,可知颍昌府过往今昔?"

李若虚道:"颍昌古称许昌,地处中原腹地,西交伏牛山,南濒漯河,北接郑州,东北更是毗邻汴京,乃用兵之地耳。当年曹操将汉献帝接至许昌,挟天子以令诸侯,最终成就曹魏大业,也是借了许昌的王者之气。"

岳飞赞许地叹道:"李参议有如此眼光,不当将军可惜了。"

李若虚自嘲道:"相公快不要取笑我,若虚白长了一副粗豪武夫模样,鄂州百姓见我经常出入军营,都叫我'军爷',还问我手下有多少兵马,却不知百无一用是书生,惭愧惭愧!"

岳飞大笑道:"上兵伐谋,孙武、诸葛亮都是书生,谁又敢说他们不知兵?"

二人说笑了几句,李若虚问道:"相公何以问起颍昌过往今昔?"

岳飞一边抬手命亲兵上茶,一边道:"自绍兴元年(1131)始,我岳家军便以鄂州为大本营,鄂州虽是形胜之地,但毕竟离汴京太远,与河北义军联络也多有不便。如今颍昌既已光复,大军当以颍昌为大本营,做长久驻扎之计,进可图河朔,退可保中原,西面与陕西相连,东面与淮北、山东呼应。只要在此地扎下根基,金军在河南将无立足之地,不得不遁往河北,到时我军乘胜追击,与河北义军联手,直捣燕京!"

李若虚听得激动起来,搓着大手道:"相公,颍昌已被拿下,还等什么,马上进驻颍昌啊!我李若虚能活着看到这一日,也就不枉此生了!"

绍兴和议

岳飞眯着眼看着李若虚，道："李参议，你今日便回临安复命吧。"

李若虚一愣，脱口叫道："此话怎讲？"

岳飞道："过去十来日，我军一路横扫，但一直未遇金军主力。我料金军也在寻找我军主力，颍昌乃汴京西南门户，军事重地，我军往颍昌移动，金军定能看出主力在此，会倾力进攻，来日必有一场空前大战，参议还是回避一下的好。"

李若虚脸涨得通红，愤愤道："若虚虽是书生，但也不是那种手无缚鸡之力的文弱之辈，逼急了也能自保，相公要是嫌我碍事就直说吧！"

岳飞笑了，轻轻拍了拍他手背，温言道："你我共事多年，我还不知道你吗！本帅让你回朝复命，是想委托你办一件大事。"

李若虚认定岳飞是想在大战之前找借口将他送走，虽知他是一片爱护之心，但心里却很不服气，拉着脸等着听下文。

岳飞叹道："士实真是赤诚君子，若是满朝重臣，也有你这般心胸就好了。"

李若虚这才有点回过味来，脸色顿时缓和了，看着岳飞不说话。

岳飞道："不瞒你说，过去几年，我数次上书，请求朝廷给我岳家军增加兵员，然而次次都被驳回，朝廷的意思，不明说我也能猜出八成，无非是怕大将兵权太重，尾大不掉，因此我也不敢多奏。然而岳家军虽然号称兵强马壮，但毕竟不过几万人，如今要直指中原，与金军主力决战，光靠岳家军一支孤军却是万万不可，还须得有张俊与韩世忠两支大军策应才行，特别是张俊，他手下兵马极盛，且驻守淮西，如果他能在岳家军北上之时，从旁策应，则可分去一半金军兵力——这个道理，李参议应当明白吧？"

李若虚连连点头，道："相公的意思，我全明白了！"

亲兵端茶上来，岳飞亲自为李若虚斟满茶，道："五六月间，我接连收到九份御札，全是皇上督促进军的，语气十分急切，然而等我提兵到德安府时，你又送来第十份御札。皇上的语气却含混起来，虽然还有'重兵持守，轻兵择利'一说，但口传密旨却说得明明白白：'兵不可轻动，宜且班师'，我怕的是皇上对其他诸将也有同样旨意，却不知诸将会如何打算？当下之势，只有各路并进，方可一举荡平虏寇，匡复中原，倘若瞻前顾后，举棋不定，只会贻误战机，遗恨千古！"

岳飞说着，心中愤懑难解，重重地将茶杯磕在案上。

李若虚幽幽道："此事与秦相有莫大干系。"

秦桧专主和议，此事中外皆知，岳飞冷笑一声，道："这和议才谈成多久，金人就败盟南下了，也不知他在皇上面前如何交差？"

"说来也奇怪，皇上登基以来，宰执换了一茬又一茬，宰相更像走马灯似的换了十来个，而这个秦桧明明和议失败，被金人生生打了脸，相位反倒愈加牢固了。"李若虚压低声音道。

"哦？"这有些出乎岳飞意料，原本以为和议破裂，秦桧定然在朝堂上抬不起头来，没想到他反而更受皇上信任，"以参议观之，是何缘故？"

李若虚看了左右一眼，岳飞挥挥手，命亲兵全部退出去，李若虚这才道："根子当然还在于皇上那头。相公你想，皇上早年锐意进取，如今却热心和议，个中原因，不外乎三点：一则十多年来，屡战屡败，屡败屡战，多少有些疲累了，在朝中诸臣看来，我军虽然早已今非昔比，但顶多也只是与金军势均力敌，谁也别想吃了谁，这仗要打到何时去？二则投鼠忌器，毕竟渊圣皇帝滞留北地，道君皇帝梓宫也在金人手里，更要命的是，皇上生母韦太后也在北方呢！皇上命苦，自靖康之难后,身边并无一个亲人,三岁的皇子还在苗刘兵变时殁了,他想见生母,其意之切,一般人也难以体会,两国交兵,战到酣处,哪里又能顾及那么多?万一伤到母后如何是好?"

李若虚说到这里,岳飞已是眼圈红了,恨恨地叹口气道:"终归还是我们这些做臣子的无能,害皇上忧惧至此!此番北伐,定当一举荡平虏寇,迎回二帝与太后!"

李若虚凝神着岳飞,似有不忍之意,但仍然接着道:"相公,这还有第三呢。自靖康之难起,中原屡遭兵火,早已残破不堪,相公这一路进军也看到了,正所谓生灵涂炭,民不聊生!这块地收回来,非但不能增添赋税,反而要朝廷拿出钱来,救济百姓,这得花多少银绢?还得派重兵各处防守,又得花多少饷银?过几年好不容易有了些起色了,百姓手头也有些财物了,人口也聚集了,金军又打过来,一切照旧,反而肥了金人,这不是竹篮打水一场空吗?朝廷无时无刻不在算这笔账啊!"

这话岳飞听着极不入耳,冷冷道:"参议此言差矣!朝廷养兵十余年,难道是养猪了吗?能让金人说来就来,说走就走?"

李若虚连忙摆手,道:"相公言之有理,我这话是孟浪了……不过相公想过没有,要防金人,百姓就不得不勒紧裤带,继续养着一支大军,每年费银无数,更让朝廷坐卧不安的是,兵权仍然在几位掌兵大将手中,一旦战事扩大,诸大将各守一方,自行招兵买马,补充兵员,以应付战事,而为战事方便,朝廷不得不授予便宜黜陟之权,四方军政,集于大将一人之手,时日一长,必成藩镇割据之势——朝廷如何能不忧心呢?"

岳飞沉默了,盯着案板入定般地沉思。

大战在即,李若虚不想让他分心,便安慰道:"好在皇上圣明,极能分清轻重主次，又与诸大将鱼水相得，相公倒不必过于担心。更何况靖康之难，皇上生父母后，发妻手足全被金人掳去，受尽凌辱。皇上跟金人有不共戴天之仇，众将在前方杀敌立功，他是最乐见其成的。只是即位以来天步艰难，江山飘摇，好不容易才有了如今的偏安局面，难免守成之心有余，进取之心稍减罢了。"说到后面几句，声音不觉又低了下去。

岳飞深深叹了口气，道："皇上忧心诸军深入，万一为金人所乘，则大局危矣，才会在密旨中有'兵不可轻动'之语。皇上以九五之尊，为江山社稷着想，有此忧虑不足为奇，倘若接下来我们做臣子的来几场雷霆万钧般的大胜，一则打灭金人气焰，二则使朝野对金人畏惧之心大减，三则战事不必旷日持久，诸大将也不必恋栈不去。明白了其中道理，皇上必将大为振奋，如此君臣一心，文武合力，何愁中原不复，故土不归？"

李若虚不再多说，只是微笑点头道："相公说的是。"

两人沉默了一阵，岳飞道："既然如此，参议此次返朝，只要觅着机会，便跟皇上与秦相那头讲讲这里面的道理。如今金军新败，河北义军蜂起，我军士气正高，中原百姓切盼王师，只要各路大军齐头并进，互为犄角，中兴一战，便在今日！"

李若虚听了这铿锵有力的话，过去十来日又亲眼看见岳家军势如破竹，加上深知岳飞用兵精妙，麾下猛将如云，此次出兵，更是倾注了十年心血，没有不胜的道理！他原本就是个血气极旺的人，此时心里头一阵激荡，一股豪气从丹田直贯上来，将茶盏推到一边，粗声道："既是饯行，岂能无酒！"

岳飞大喜，立即命人上酒，二人连饮了三杯，李若虚才回帐准备启程。

李若虚才走一日，岳飞便收到前线张宪与王贵的急报，二人不约而同提到，近日岳家军各部急攻猛进，从陕西到河南，一月不到，便已攻下二十余座大小州县。虽然战果辉煌，但却留下了一个极大隐患：各部孤军深入，占地过广，兵力已经趋于分散，万一金军集重兵攻打岳飞的主帅行营，则后果不堪设想。

　　二人乃是岳飞的左膀右臂，不待岳飞复信，已经各自收缩战线，与此同时，岳家军其他各部也开始集结，并相互靠拢。

　　岳飞亲率主力从蔡州开拔，向颍昌方向进发，并于七月初进驻郾城。

　　岳飞兵马开动之前，早将斥候散布各地，四处打探金军动向，每日传来的零散消息都显示，金军有集结的迹象，很可能想趁岳家军兵力分散之际，聚集重兵一举端掉岳家军主帅大营。

　　对于金军意图，岳飞自然是洞若观火，他手下现有背嵬和游奕两军，背嵬是他的亲军，乃是岳家军中的精锐，以骑兵为主，由岳云统领，大杀神杨再兴便在背嵬军中；游奕步骑各半，也是一支劲旅。不过游奕军只剩一半在岳飞身边，另一半随统制姚政前往颍昌增援王贵去了。

　　算起来，岳飞身边不过一万五千人，除去杂役、伙夫和辎重兵，能战者一万二千人。然而岳飞却沉得住气，一则他深知自己这支背嵬军的实力，个个都是以一当十的好汉，过去几年，通过数次小规模北伐，岳家军夺得不少马匹，背嵬军实力已丝毫不亚于正宗的女真骑兵。

　　二则他手中还有一把撒手锏，军中配备了三千张改良过后的神臂弓，射程超过金军中的任何硬弓，新制的几万支羽箭，都是崭新的翎毛，笔挺的箭杆，锋利的箭镞，足以穿透厚甲。金军吃过神臂弓的苦头，两军对阵，一排箭过去，先声夺人，能非常有效地消解金军锐气。

此外，刚刚过去的顺昌之战，给了各路宋军极大信心。以步克骑，乃是宋金对抗之关键，多年来，金军拐子马、铁浮屠天下无敌，却在顺昌城下被刘锜的八字军用麻扎刀砍得人仰马翻，此战法岳家军早已演练多年，八字军能做到的，岳家军定然不差分毫。

金军在中原经营多年，眼线极多，岳家军主帅驻军何处，迟早会传到金军耳中，岳飞已经在纷纷乱乱的探报中，隐隐看出金军主力聚集的迹象。

七月初七，岳飞立在郾城城楼上向远处眺望良久，下楼后立即召集诸将议事。

背嵬军与游奕军各统领奉命赶到县衙，岳飞开门见山道："东北方向隐隐有烟尘泛起，像是一支大军正在靠近，我料必是金军主力，大约是探听到了岳某在此，想趁我军兵少，一举端掉我岳家军帅府——来者不善，诸位可有应对之策？"

大敌当前，岳飞虽然神情严肃，但语气轻松自如，似有成竹在胸。

杨再兴道："来得正好！最好是兀术亲自率兵来，我杨再兴要在万军之中取他头颅！"

这话从别人嘴里说出来，不过是狂言乱语，但既是出自杨再兴口中，岳飞少不得认真叮嘱一句："看准了，冲一冲也未尝不可，不过兀术身边亲兵都是女真勇士，骑射功夫俱佳，不得掉以轻心。"

岳云是背嵬军统制，虽然只有二十二岁，但军功累累，早修炼得隐隐有名将之风，对于领兵打仗深有心得，见岳飞看他，便道："我军尚未集结，城中只有一万余人，金军主力前来，少说也有五万人，倘若不能一举将其击败，人马会越聚越多，这仗就难打了。"

绍兴和议

王兰也是背嵬军一员猛将，道："赢官人多虑了！金军人再多，前军顶多来两万人，我背嵬、游奕二军哪个不是以一当十的好汉，只要将这两万前军击溃，金军后续人马再多，也无济于事。"

岳飞扫一眼众将，缓缓道："金军得知我帅府在此，生怕错过机会，定是兼程赶来，前军必然是以精锐骑兵为主。此处乃中原腹地，一马平川，正适合骑兵冲突，你们可想好这仗该怎样打了？"

岳云道："禀父帅，金军前军必是拐子马，孩儿想用背嵬骑兵与之硬战。"

岳云此话一出，不要说岳飞，连杨再兴、王兰这样的虎将也不由得一怔。自宣和年间宋金交兵以来，金兵铁骑踏遍大江南北，宋军无不披靡，后来逐渐摸出些门道，也都是避敌锋芒，趁敌疲惫猛咬一口。顺昌之战，八字军大败金军铁骑，也是靠步兵用麻扎刀、长斧舍命去砍马足，才终有一胜，但在平原旷野，以骑兵克骑兵，实在是前所未闻。

然而细想下来，平原野战，倘若没有一支精锐骑兵与金军铁骑周旋，一旦被拐子马绕到步兵大阵侧翼或身后，则败局已定。如果真想收复中原，没有一支能与金军铁骑抗衡的骑兵，终究是空谈。

岳云说这话自有他的底气，他手下有八千骑兵，经过几年训练加实战，渐成诸军翘楚。更有利的是，这支精锐骑兵的实力，金军并不完全知晓。

杨再兴第一个叫道："如此甚好！金军拐子马往两翼包抄时，我军铁骑直接从中路突进，杀他个措手不及！"

众将纷纷点头道："如此一来，便将金人拐子马截作两段，令其首尾不能相顾，步兵大阵就不必担心身后了。"

岳飞眯着眼想了想，一副排兵布阵图清晰地浮现在脑海中：游奕军步兵居中，背嵬军骑兵分列两翼，两军对阵之际，游奕军趁敌立足未稳，用神臂弓急射几轮，扰乱敌军阵脚，等金军拐子马往两翼包抄时，背嵬军骑兵并不往两翼迎战，而是直奔中路，将拐子马拦腰截作两段，只要做到这一步，此次大战便有了六七分胜算。

但金军也有撒手锏——铁浮屠，郾城郊外，全是平原旷野，一旦让铁浮屠跑起来，无人能挡。

岳云道："金军铁浮屠往往不最先出阵，而是一旦战事胶着，双方相持不下时，金军才放出铁浮屠，以万钧之势，将对方阵形冲垮，只要战场被铁浮屠碾过一遍，纵然是天神下凡，也无力回天了。因此，游奕军步兵在铁浮屠出来时，先用神臂弓放几轮箭，阻滞其攻势，然后用麻扎刀和长斧迎战铁浮屠，此乃以弱敌强，将士都得有必死之心才行。"

游奕军统领董先道："游奕军哪有怕死之兵？不过步兵迎战骑兵时，总忍不住拿麻扎刀和长斧往骑兵身上招呼，然而从下往上砍本就力道不够，铁浮屠浑身重铠，又居高临下，如此战法往往是我军步兵吃亏。因此，我已严令各营将士，与敌人骑兵相遇时，只用三招：侧身、弯腰、斜砍，一旦金兵掉落马下，便用刀尖或斧钩挑掉其头盔，然后砍头就是。"

王兰点头道："如此好是好，就是步兵难免将脊背露给马上骑兵。"

董先接口道："正是这个道理！所以将士们在与骑兵对战时，才忍不住要挺身与之硬战，就是害怕露出破绽，不过我军早有办法了。"

见众将都好奇地看着他，董先诡秘一笑，道："说来也简单，现在游奕军在背甲内塞了一层厚厚的软甲，都是用干草密密实实编就，十分管用，至少大伙弯腰斜砍的时候顾虑少了许多，手法更加干脆果断。"

岳飞赞许道："难得你们这么用心！"

众将继续论战，岳飞轻易不作声，只是眯着眼睛静听。突然头顶一阵鸦雀噪声，持续了片刻，倏地远去，紧接着一阵风刮过，府衙顿时安静下来，众将都警觉地直起身子，面色凝重，这风中带着明显的兵马气息，显示附近有一支大军在移动。

岳飞顿了顿，不动声色地取出地图，继续与众将商议排兵布阵之事。

## 八　血染北国

　　郾城内外，彤云密布，天气不算太热，只是沉闷得让人难受，到处弥漫着紧张、焦灼和忙乱的气息，战马都感觉到了临战前氛围，发出一声声长嘶，即使身经百战的老兵，闻到这大战前的味道，也不由得口焦舌燥，心跳加速。

　　宋金两支最精锐的部队，即将在郾城附近展开一场生死对决。

　　岳飞召集将士做最后的战前动员："此战乃是近二十年来，大宋骑兵与金军铁骑第一回正面硬战。自岳某二十岁从军起，耳边听到的便是我大宋之兵能守城不能野战，但倘若一味守城，何时才能匡复中原，迎回二帝？为何我大宋之兵就不能长驱千里，威震敌国？今日我岳家军便要破了这个忌讳！此战若败，说明我大宋将士只能被金虏追着打，只能凭借地利偷得一两次胜果，我岳飞便认命，没脸再回去见江南父老，也没脸再去觐见皇上，就亲自扛着这面帅旗战死在郾城之下！"

　　众将士跟随岳飞大小经历了百余战，从未有过败绩，乍听岳飞说出这番话来，不觉都睁大了眼睛，须发倒竖。

　　岳飞大喝一声："岳云听令！"

　　岳云挺身而出，目光炯炯地看着父亲，他十五岁便上阵，天资过人，如今出落得长身玉立，令人一见忘俗。

岳飞凌厉的目光中闪过一丝关爱，用低沉威严的声音道："来日一战，背嵬军面对金军铁骑，许胜不许败，倘若有所闪失，不问缘由，军法处置——你听明白了吗？"

最后一句语调却柔和下来，似乎难掩父爱，岳云自然体会得到，朗声道："大帅放心，只要番军敢来，我背嵬军兄弟一定生吞了番军！"

杨再兴、王兰等人也叫道："首战我枪下不倒五十个番军，拎着自家人头来见大帅！"

众将士也吼声连天，纷纷请战，岳飞满意地点点头，不再多说，只盼咐伙房将军中猪羊都宰了，让将士们享用，来日苦战，肚子里没有点油水是支撑不下去的。

七月初八日一早，接连十余拨斥候前来通报：金军约一万五千骑兵自北而来，甲胄十分鲜明，旗号中有金军大元帅兀术、龙虎大王完颜突合速、盖天大王赛里，以及威武大将军韩常，离郾城只有二十多里了。

兀术身为大元帅，敢在前军，说明这一万五千名骑兵全是精锐，而且后续人马仍在源源不断地赶来。

背嵬、游奕两军将士早已枕戈待旦，众将士饱餐一顿后，一声炮响，骑兵先从各城门鱼贯而出，到北门会合，整队缓缓前行；步兵随后从北门出城，列成方阵，向北进发。走出二里地后，骑兵往两翼移动，步兵居中，严整有序地向北推进。

斥候向岳飞再一次通报金军情况，金军骑兵正压过来，离此不过十里，大战一触即发。

岳飞在中军，远远看到前方浮起的大团烟尘，传令全军原地待命，过了两盏茶的工夫，才令全军继续行进。

见身边亲将困惑，岳飞道："此时风往金军那头刮，我军行进，激起尘土，正好迷住金军眼睛，待会儿两军弓弩互射，我军也能占上风。"

又走了小半个时辰，双方距离越来越近，已经能够互相看见前军旗帜身影，岳飞下令擂一通急鼓，让弓弩手做好准备。

双方离得大约两三箭远时，都停下脚步，摆好阵形。一名金将跃马而出，人马看上去都极为矫健，此人挺着一杆长枪，嘴里"哇啦哇啦"地吼叫着。

那金将还没吼完，只听这边宋军发一声喊，一员骁将飞马出阵，虽然隔得远，但岳飞眯着眼一看，便知那人是杨再兴。

杨再兴更不打话，挺枪直取那名金将，那金将丝毫不惧，也策马直奔过来。在两军鼓噪声中，二人闪电般交错而过，隔得老远，都能听到"嘭"的一声，一个人影飞了出去，几万人齐声惊呼，紧接着宋军这边发出震耳欲聋的欢呼声。原来飞出去的正是金将，已经在地上没了动静，连长枪也被杨再兴生生夺了去。

金将骑的那匹骏马独自往回跑，杨再兴却舍不得，拍马紧追，离得金军大阵只有十余丈，才追上那匹马，用枪挑过缰绳，大刺刺地在金军注视下牵着马回到阵中。

岳家军的士气顿时像干柴一样"腾"地被点燃了，岳飞趁热打铁，传令全军推进，两军距离还有一箭多远时，宋军抢先射出了第一排箭，这排箭有一小半落到了金军阵中，接连的惨叫声在惊天动地的脚步声和马蹄声中清晰可闻。

金军弓弩射程不如宋军，无法还击，只能硬挺着继续逼近。

宋军第二排箭紧接着射了出来，这回一大半都落到金军阵中，惨叫声此起彼伏，但金军阵形却丝毫不乱。

岳飞远远看到，不禁暗暗点头：对面金军刚刚单挑失利，又挨了两排箭，但依旧阵形严整，毫无疑问是一支精锐。

双方同时射出第三排箭，依旧是宋军占了上风，但等到第四排箭射出的时候，急雨般的箭支终于落到宋军头上，立即有士兵中箭倒下。

此时，金军的拐子马开始行云流水般往两翼包抄，同时不停地侧身往宋军阵中放箭，宋军的神臂弓也没闲着，士兵们娴熟地一支接一支将箭筒中的箭射出去，为即将开始的短兵相接做准备。

双方都气势如虹，呐喊声震天动地，士兵们一个个都视死如归，即便箭从耳边擦过，也不为所动，甚至眼皮都不眨一下。将官威风凛凛地发号施令，为了显示自己的从容，刻意将调门提得老高，还加上悠扬的尾音。

开战足有半顿饭的工夫，但双方仍未开始近战，岳云指挥着背嵬骑兵跟随金军移动，看上去似乎是要正面堵截金军拐子马，双方都十分谨慎不把侧翼暴露给对方。

金军拐子马继续包抄，马队越拉越长，岳云瞅准时机，猛挥令旗，然后一马当先，朝着拐子马露出的侧翼直冲过去。

兀术在阵中看到宋军马队直冲过来，不由得大为吃惊，与宋军交手十余年，还从未见过宋军敢在平原旷野以骑兵正面硬冲自己的拐子马。而且看其意图，是要从自己中军与拐子马之间的缝隙中杀进来。

他立即挥动令旗，中军铁浮屠开始发力推进，铁浮屠向来是金军最后的杀招，但战场情势微妙，他不得不提早亮出底牌。

他这一提前发力，立即起到意想不到的效果，不仅迅速填补了中军与拐子马之间的缝隙，也抢在宋军将弓弩中的箭射完之前发起了总攻。

战场形势立刻诡异起来，游奕军将士还舍不得放下威力强大的神臂弓，但金军的铁浮屠已经快速逼了上来，倘若抵挡不住铁浮屠第一波冲击，铁浮屠将一往无前。

背嵬军已经与拐子马搅杀在了一起，无暇顾及游奕军，几乎没人窥到宋军即将面临的危局，游奕军的统领们还在吆喝，准备抢在与铁浮屠短兵相接前再射出一排箭。

岳飞在阵后看得一清二楚，大喝一声："随我来！"便要策马奔到阵前，旁边都训练霍坚吓了一跳，上前挽住战马，道："相公乃一军主帅，哪能像当年一样阵前冲杀！"岳飞挣了两下，霍坚却挽得更紧了，道："相公不可轻敌！"岳飞扬起马鞭，"啪"地抽在霍坚手背上，怒喝道："你懂什么！"霍坚手一松，岳飞带着贴身的四十名亲兵直奔阵前而去。

此时金军铁浮屠与游奕军只有不到一箭远的距离，岳飞率军冷不丁从左翼杀出，顺着两军大阵之间空隙急驰，手上箭无虚发，等奔到中间，已经射出了七八支箭，四十名亲兵也不示弱，跟着主帅朝金军阵中倾泻了一阵箭雨。

只听金军当中有人惊呼："大小眼将军！"岳家军这边却是一阵欢呼，主帅亲自出阵杀敌，给了游奕军莫大鼓舞，也让金军铁浮屠猝不及防，原本协调一致的步伐混乱了起来。趁着金军重整阵形，游奕军这边已经卸下弓弩，手执长斧或麻扎刀，准备迎战铁浮屠。

岳飞等人杀到右翼，不等金军反应过来，一拨马头，又绕到大阵后方去了。

那边背嵬军与拐子马离主战场已有一段距离，双方在开阔的旷野里往来冲突，喊杀声震天。而中路游奕军与铁浮屠尚未接触，但双方已经近得连眉毛胡子都看得一清二楚，彼此都屏住了呼吸，除了如潮的马蹄声，反而显出了一片异样的安静。

这安静只持续了一瞬，第一排铁浮屠以雷霆万钧的气势压了上来，席卷而来尘土顿时将前排游奕军将士吞没了，根本看不清人。只听到一阵怒吼，前排铁浮屠像绊在绊马索上，接二连三地栽倒在地，一旦金军落马，便有宋兵赤手空拳扑过去，扯掉他们头上铁兜帽，另外一名士兵抡起刀斧直劈下来，一时间，惨叫声不绝于耳。

游奕军一击得手，立即突入敌阵，与铁浮屠混战在一起，由于阵形太密，游奕军将士甚至都没有弯腰砍马腿的空间，于是便抡起长斧和麻扎刀没头没脑地猛劈，有些挤得太近，连抡刀斧的空间都没有，便扔了长刀长斧，一把揪住金兵拼命往马下拽，双方甫一接触便开始了惨烈无比的肉搏战。

马步军挤成一团混战，吃亏的只能是马军，铁浮屠虽有居高临下之利，却腾挪不开，转身不便，岳家军又在麻扎刀和长斧上安了倒钩，这倒钩在铁浮屠跑起来时并不好用，只会让金兵借着马势，将兵刃夺了去，然而此时两军挤在一起，正好大发神威，金兵浑身重铠，掉在地上半天爬不起来，转眼便成了刀下之鬼。

兵器上的小小改进，竟有如此威力，游奕军士气大增，也不再玩命用手拉拽金军了，只用倒钩猛拽。一时间，金兵纷纷落马，无主的铁甲马在战场上四处乱窜。

曾经杀伐四方的铁浮屠在岳家军的新战法面前狼狈不堪，兀术在阵后见了，连忙下令后面铁浮屠往两侧散开，从侧翼去攻击岳家军身后。

这实际上是把铁浮屠当拐子马使了，虽然免了挤在一起被拖下马的噩运，但也舍去了铁浮屠的巨大冲击力，游奕军见铁浮屠散开，便也不再使用倒钩，仍然侧身猛劈马腿，虽然脊背上连遭重击，但有厚甲护身，并无大碍。

岳飞在阵后见游奕军这边已经占据上风，却不知背嵬军与金军拐子马战况如何。正张望间，只见一小队骑兵从远处烟尘中杀出，在金军阵中往来驰骋，如入无人之境，领头的将领极其勇猛，手中一杆长枪舞起来轻如麻秆，只要与金兵交错，便闪电般将枪身一抖，几乎看不清招数，便将人挑落马下。

岳飞见了大喜，对左右道："杨再兴能杀过来助战，看来背嵬军那边胜券在握！"

旁边一员亲兵赞叹道："杨大哥这杆枪真是舞得出神入化，专捅金军腋下，那正是铁甲连合之处，一点缝隙而已，寻常人无事时都捅不准，他却在对阵之时百发百中，真不知如何练出来的。"

另一人接口道："这哪里练得出来，就是从娘胎里带出来的！"

"这便是枪人合一，能达到这步境界的，天底下也没几个。"岳飞道，随即口气一转，指着前方，"你们接应一下杨再兴，不要让他一人落了单，我身边留四五人便可。"

亲兵们早熬得手痒，听了这话，便疾风般窜了出去。

岳飞远远观望杨再兴，见他左冲右突，似乎在找人，想了想便明白了，原来他是在寻找兀术踪影，可惜兀术已经退到阵后去了，不然真会尝到杨再兴的铁枪滋味。

再看远处的尘土，越来越往北，看来金军拐子马正在败退，陆陆续续有背嵬军人马前来助战。金军铁浮屠被切割成了几块，各自为战，但倚仗着人多，拼命抵挡。

前来助战的背嵬军人马越来越多，上来便与铁浮屠搅杀在一起。铁浮屠长处在于冲阵，但往来冲突却并非其所长，人马都披着厚甲，足有上百斤重，虽然防护得力，但根本跑不动，而岳家军步骑结合，步兵攻马，骑兵攻人，让铁浮屠疲于招架。

但铁浮屠毕竟是金军精锐，士卒都极为强悍，虽然被打乱阵形，但三五成群又结起小阵，左冲右突，居然又有扳回局面之势。

此时双方已经鏖战了近两个时辰，杀得难解难分。突然远处传来一阵呼哨，紧接着马蹄声、呐喊声潮水般涌来，战场上的人都吃了一惊，不知道来者到底是敌是友。

遮天蔽日的尘土之中，一彪人马杀了过来，领头的那员大将如同天神下凡，双手挥舞着两把铁锥枪，挡者披靡，这支人马一路从北杀过来，转瞬间便将战场生生切作两段。

"赢官人来啦！"岳家军的士气一瞬间达到高潮，苦战多时早已精疲力竭的将士们像中了魔一般，迸发出令人胆寒的勇气与力量，疯了一般向金军扑去。

失去了拐子马策应的铁浮屠本就独木难支，在如此疯狂的攻势面前终于战栗了，勉强应付了岳家军几波冲击后，终于开始努力聚拢往后撤。

岳飞看得真切，举起令旗，十几面战鼓一起擂响，岳家军开始了最后的反攻，背嵬骑兵分向两翼追击，中路游奕军重新拿起弓弩，朝着后撤的金军接连放了五六排箭，由于离得近，又是劲弩，直射得金军人仰马翻。

金军阵中号角连绵响起，铁浮屠渐次撤去，背嵬骑兵在两翼不停袭扰侧击，上万人马在烟尘中越去越远，直到逐渐消失。

战场终于安静下来，士兵们开始清理战场，首要目标是那些无主的战马，大约缴获了两百余匹好马，其余受伤的马匹都被宰杀，充作军粮。岳飞亲自巡视了一圈战场，战场上尸横遍野，金军尸体明显多于岳家军，但此时也来不及清点，背嵬军那边杀伤敌军数应该只多不少。岳飞心里估摸了一下，金军此役应当损失了三千余精锐。

岳飞清点了一下自己这边的死伤人数，一战下来，大约折了一千多人，这些都是岳家军的精华，着实让人心疼。

天黑之前，追击金军的背嵬军返回，岳飞问完战况，连夜拟了一份奏折，令人火速递往临安，奏折上道：今月初八日，探得有番贼酋首四太子、龙虎、盖天大王、韩将军亲领马军一万五千余骑，例各鲜明衣甲，取径路，离郾城县北二十余里。寻遣发背嵬、游奕马军，自申时后，与贼战斗。将士各持麻扎刀、提刀、大斧，与贼手拽厮劈。鏖战数十合，杀死贼兵满野，不计其数。至天色昏黑，方始贼兵退，夺到马二百余匹，委获大捷。谨录奏闻，伏候敕旨。

时间仓促，来不及彻底清点战场，所以奏折十分简短，但岳飞要在第一时间将军情传到临安，一是打消朝廷的观望之心，不再下旨让他班师；二是让朝廷看到机不可失，督令其他掌兵大将北进，以为策应。

此时此刻，他的信心比以往任何时候都要足，今日一战，乃是大宋与金国对抗二十年来最具象征意义的一战。此战大捷，岳家军没有依靠城高池深，没有凭借山河之险，既未以逸待劳，也未恃险伏击，而是意气风发地长驱千里，深入敌境，在平原旷野横刀立马与金军精锐铁骑硬碰硬地决战！

初获大捷，军中一片振奋，但岳飞心里清楚，金军此战虽遭受重创，主力仍在，而且后备兵力十分雄厚，来日还免不了几场恶战。

当晚，岳飞带着亲兵挑灯巡营，岳云身上有几处擦伤，其他诸将也都有挂彩，但都是皮毛小伤，并无妨碍。不过听说杨再兴受伤十余处，岳飞还是吃了一惊，连忙赶到他营中探望，岳云等人也陪着过来。

离杨再兴营帐还有几百步，远远地便传来豪放的笑声，岳飞一听放了心，脚步也慢了下来。早有巡哨士兵见到岳飞，要去通报，岳飞抬手止住了，走到营帐门口，掀帘而入。

帐中围坐着几员背嵬军的猛将，杨再兴光着膀子坐在正中，身上到处是伤，特别是肋下一处伤口，足有两指长，但杨再兴却浑然无事，嬉笑自若，见岳飞进来，赶紧起身，大大咧咧地唱了个喏。

岳飞让他抬起胳膊，借着灯笼细细查看了一遍他身上，伤口都已止血，既不红肿，摸着也不怎么疼，看来不过三五日，就该结疤愈合了。

旁边王兰嚷道："大帅就别操心了，这厮是个金刚不坏之身，死不了！"

众人都笑，杨再兴把正中位置让给岳飞，又让岳云坐下，才在一边坐了，道："今日多受了几处伤，是因为远远看到了金军的帅旗，下面一名披红袍的大首领，坐骑极为神骏，此人必定是兀术，便一心要杀过去。番兵拼命阻挡，我不想多跟他们纠缠，也不闪避，直接下重手，难免自己也受些伤。可惜那兀术见机得快，被亲兵护到阵后去了。"

"兀术生得如何模样？"岳云问。

杨再兴想了想，道："隔得远，看不真切，此人一脸虬髯，面目倒十分端正，额上似乎有一道疤痕。"

岳飞点头道："那定是兀术不假。据见过兀术的使臣说，此人生得鼻直口方，人模人样，额头上正有一道疤痕。此人素来极为狂傲，当年侵入江南，搜山检海，不把我大宋军马放在眼中，毁盟南下，就是此人主谋。"

"今日一战，我军在平原旷野大胜金军拐子马和铁浮屠，兀术这次该服了罢！"王兰大声道。

绍兴和议

　　岳飞微微一笑，道："此人能在金国诸将帅中脱颖而出，自然不简单，一战之得失尚不足以使之动摇。"

　　岳云有心，听了这话，便道："其中端详，请父帅明示。"

　　岳飞看看左右并无地图，顺手抄起一根烧火棒，在地上边画边道："过往一月，我军连下曹州、郑州、洛阳、陈州、蔡州、颖昌，自东北、正北、西北、正西、西南、正南六个方向对汴京合围，金军形势日见窘困。然而，汴京还未成为孤城，其东南面还有归德府，由金国葛王完颜乌禄镇守，听说此人颇会笼络人心，手下也有数万兵马，足以独当一面，只要这支兵马与汴京的兀术主力连成一气，互相呼应，这仗就不好打。前向王德占了亳州，虎伺归德府，如能乘胜进军，哪怕拿不下归德府，至少能牵制这支金军，我岳家军与兀术主力决战时，才无后顾之忧。至于东面的韩世忠，离中原千里之遥，原也不指望他能千里挥师策应。"

　　营帐里安静下来，众将都看着地面沉思，岳云问道："刘锜在顺昌应当可以乘胜北上，与我军并力攻打汴京吧？"

　　岳飞看了儿子一眼，道："朝廷刚有诏命，说顺昌府旧属京西，仍应归属本部，让我这边分派兵马驻守顺昌，刘锜退守镇江府。"

　　众将一听都炸了窝，七嘴八舌地嚷道："大战当前，这不是釜底抽薪，断我们后路吗？"

　　杨再兴愤然跺脚道："朝廷里有奸臣！"

　　这话容易授人以柄，岳飞瞪了杨再兴一眼，挥手止住众人喧哗，道："我已连拟三份急奏，请求朝廷不要让刘锜班师，仍旧驻扎顺昌，以便策应。近日连得探报，金军将帅将其老小都遣送过黄河，金银财宝也整船地运往北边，你们如何看此事？"

　　"看这架势，金军连败之下，似有撤军之意？"王兰道。

-173-

岳云摇头道："金人这是持重行事罢了。我看金军游骑仍在四处扫荡，还时时派出小股人马前来骚扰，一副心有不甘的样子，来日必然还有几场恶战。"

岳飞道："此话有理。以兀术的做派，他定然是不服气的。再者，他撺掇金主杀了主和的挞懒等人，结了不少仇家，此番悍然毁约，举兵南下，一旦铩羽而归，身家性命未必能保，他能不做鱼死网破之搏？"

众将听了都点头，杨再兴问："大帅有何筹划？"

岳飞扫视了一眼众将，他左眼有疾，因此发力之时，总是习惯性地眯着左眼，圆睁右眼，以至于金军都称他为"大小眼将军"，将士私下里也如此称呼，岳飞并不以为意。

"金军在郾城受挫，必不会再来，他们原本的目标就是颍昌，兀术颇懂军事，大概也看出一旦我军在颍昌立稳脚跟，相当于在他腹下钉了一根楔子，因此他是要下死力夺回颍昌的。"岳飞说着，看了一眼岳云，接着道："王贵已经率军进驻颍昌，你再带背嵬军前去增援，沿途尽量避战，如见前方有大量敌军，便绕道而行，务必赶在金军主力之前与王贵在颍昌会师。"

岳云起身接令。

这已是在下达军令了，众将也抖擞起精神，把身子挺得笔直，等着岳飞点将。

岳飞道："本帅亲领剩余兵马前往临颍，临颍乃是通向颍昌必经之路，金军志在夺回颍昌，定然不让我军顺利北上，帅旗在我军中，我料沿途还得经历几场恶战。"

听岳飞这意思，是要用自己的帅旗来吸引金军，好让岳云及时赶去颍昌增援，众将有些不放心，但细一思量，舍此别无他法，岳家军一支孤军深入敌境，以寡敌众，只能这般险中取胜。

"末将愿为开路前锋！"杨再兴"腾"地站起来，大声道。

王兰等人也站起来，争着要当前锋。

岳飞脸上浮起感动欣慰的笑容，对杨再兴道："你跟王兰选三百军士，好好休整两日，前往临颍探路。"

杨再兴等人凛然接令。

安排完毕，岳飞便让岳云去筹备增援事宜，自己只带着几名亲兵，仍旧巡营慰问受伤将士。

次日傍晚，岳云带领五千精锐士卒饱餐一顿后，马戴嚼，人衔枚，静悄悄地往北去了。

又过了一日，杨再兴也带着三百将士先行探路，身上都只带了五日干粮。

岳飞在杨再兴出发两日后，整军开赴临颍，准备与张宪会合。

中原的七月，天气虽不比江南一日三变，但也时晴时雨，变幻莫测。杨再兴一行不走官道，只沿着小路迤逦而行，他们出来已经三四日，还未见到金军影子。

昨夜下了一场雨，路上泥泞不堪，探路前锋最不喜欢下雨，一则空气浊湿，嗅不到远处传来的兵马气息；二则扬尘不起，即便几里外有千军万马，也见不到烟尘。因此，杨再兴总是派出十余骑前后侦察，命他们一旦发现金军踪影，立即禀报。

几名金军游骑在远处窥探，因为离得太远，人马看上去只剩一个点。

不知不觉间，这三百人已行到临颍郊外，前去探路的骑手回来禀报："前方有一条河，河上有座桥，桥上写着三个字：小商桥。"

杨再兴对众人道："这必是临颍南面的小商河了，这桥连通南北，

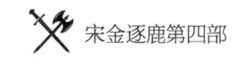

金军要取颖昌，断然不会置此桥不顾。"

于是众人来到河边，见这河虽不宽，但因刚下过雨，水流混浊湍急，有几处岸边的泥土大块大块地被冲刷下来。众人过了桥，走了几里路，后方便有派出的探马回来，禀报："刚才正好遇到张宪派出的斥候，斥候告知岳家军大部兵马正在跟进，离此约有一日路程。"

"好啊！"杨再兴笑道："这一路过来未见战事，想必嬴官人已经到了颖昌，张都统的大队人马也过来会师，来日颖昌必有一场好战！"

又走了一阵，前方一人飞驰而来，众人一看这架势，便知有紧急军情，不觉都停下了脚步。

这探马气喘吁吁道："禀杨副将，前方有大队金军人马！"

杨再兴沉声问道："大约有多少？"

"至少有五六千。"

"从哪个方向过来？"

"东北和西北方向。"

正问询间，又有两名探马急急忙忙过来，告知有大队金军人马在逼近，一人说有上万人马，一人说有七八千。

就在这顷刻间，地面在微微震动，隐隐约约地听到潮水般的马蹄声，一股若有若无的马臊味混杂着湿气传入鼻端，胯下的坐骑也都躁动不安起来。杨再兴立即断定：这是一支万人左右的部队，而且他们已经发现了自己的这支小分队，很可能正在合围。

小商河就在身后，此时只要转身，快马加鞭过桥，多半便可逃出生天。

只是岳家军从无临阵脱逃的道理，前面纵然是刀山火海，也要义无反顾地往前冲。更何况，金军人数胜出自己十余倍，并已开始包抄，如果掉头便跑，只能像被撵兔子一般挨打，还会让后方的大部队猝不及防。

杨再兴转身跟王兰对视了一眼，看着众人从容道："今日要大过杀番狗的瘾了！"

三百人发出一阵狂放的笑声，紧接着一阵"噼噼啪啪"的声响，所有人已经麻利地将腰带扎紧，弓弦调好，长枪前指，只等杨再兴下令。

杨再兴对王兰等几员副将道："看来刚才几个远处的番狗游骑发现了我们行踪，番狗仗着人多，正包抄身后，想一口把我们吞了。如今之计，不如直冲敌阵，杀他个出其不意，你们以为如何？"

王兰等人纷纷响应，道："番狗既然敢张嘴，我们绝无闪避的道理，直往那嘴里杀过去便是！"

杨再兴道："擒贼先擒王。番狗人多，待会儿大伙看我长枪所指，就直奔那甲胄鲜明的番军首领，只要杀他一两个大酋，不怕番军不乱！"

说罢，杨再兴挺起长枪，策马向前走去，众人摆开阵势，跟着后头，在万军当中，这三百人不疾不徐，从容得像去踏青。

不过半盏茶的工夫，金军人马已经清晰可见，两彪金军铁骑迅速地往两翼包抄，想堵住这三百人的退路。

不过这三百人压根就没想后退，又过了片刻，杨再兴远远地看见敌军阵中一道金光晃过，定睛细看，正是一名头戴金盔的大酋，当下毫不犹豫，长枪指向金军大酋所在，吼道："随我来！"

这三百人同时发力，疾风般地冲向敌阵，金军见来势凶猛，无人敢出来接战，于是一起张弓搭箭，几千支羽箭像飞蝗般射向这三百人。

这三百人弓起身子伏在马背上，只管向前冲，一轮箭过后，已经与金军近在咫尺，不等金军射第二轮，杨再兴一声暴喝，一马当先直奔那名戴金盔的大酋而去。

此人正是金军万户撒八孛堇，他原本以为在自己的一万铁骑面前，这三百人定会仓皇逃窜，满脑子都在盘算如何堵住这些人的退路。没料到这三百人不但不退，反而直冲过来，眼看这支骑兵如猛虎下山，特别领头的那人一看就是骁将，势不可当，心里有些发怵，不自觉地往后退了退，令身边亲兵上去阻挡。

这些亲兵都是十里挑一的好手，但在已经铆足了劲冲过来的岳家军精锐面前，却是不堪一击，只听一阵兵器撞击之声，惨叫连连，落马几乎全是撒八孛堇的亲兵。

杨再兴等人一击得手，虽未能杀到撒八孛堇跟前，却让金军阵形一片混乱。杨再兴见撒八孛堇往后走，伸手便去取弓，发现身上已经中了两箭，其中一支深入皮肉半寸，当下便用枪杆往身上一搓，将箭杆折断，箭镞还留在身上。

疼痛让他迸发出更大的力量，他弯弓朝着撒八孛堇的方向射了一箭，还没等他看清撒八孛堇是否中箭，潮水般的金军铁骑已经从四面涌来。

杨再兴回头一看，三百人大部还在，几乎人人身上都中了箭，但个个斗志昂扬，毫无惧色。

"各位兄弟，咱们先拼死杀了那个戴金盔的，如何？"杨再兴吼道。

"愿随杨大哥死战！"

虽然撒八孛堇身边护卫森严，杀他极难，但有一个好处是，追杀撒八孛堇时，金军怕误伤了撒八孛堇，不敢放箭。杨再兴不等金军合围，便挺起长枪，直捣撒八孛堇周围的铁桶阵。

王兰与另外几员副将从另一边冲击，金军的气势被猝不及防地压了一头后，始终上不来，转眼便被王兰等人挑翻了好几个，后面的军士也鼓勇而上，杀得金军步步后退。

杨再兴如同虎入狼群，枪尖过处，都看不清他到底如何发力，便有人栽下马来,接连杀死几名金军悍将后,已经无人敢挡他的路,只能隔着几丈远对峙,混战之中,又不敢放箭,只能虚声咋呼。

然而金军兵力优势过于明显,因此即便被杀得人仰马翻,却都坚持不退,他们知道遇上了一群猛虎,但在上万匹恶狼面前,猛虎总有力竭的时候。

杨再兴大吼一声,继续冲向撒八孛堇,撒八孛堇亲兵拼死抵挡,被杨再兴连挑三人,自己身上也中了几枪,但像有金刚护体一般,浑然无事,金兵见来了个杀不死的人,都胆寒退避,转眼杨再兴离撒八孛堇只有几匹马身的距离,双方连对方须发都看得一清二楚。

猎物已在眼前,杨再兴用令人战栗的目光盯着撒八孛堇,准备进行致命一击。撒八孛堇并非等闲之辈,他这万户也是在阵前一刀一枪拼杀得来的,此时却在亲兵团团护卫之下,被一名南蛮逼得一退再退,不禁又惊又怒,大喝道:"再退一步者,斩!"

杨再兴要的就是这话,趁金军欲进还退之际,纵马直取撒八孛堇,撒八孛堇亲兵大惊,拼死来挡,被杨再兴奋起神力,接连挑落马下。撒八孛堇张弓搭箭,一箭射在杨再兴胁下,没入胸甲足有两寸,然而杨再兴竟像被蚊子叮了一口似的,身形只略一凝滞,转眼便到撒八孛堇身前。撒八孛堇腰刀才拔到一半,杨再兴的大枪已经像眼镜蛇般钻了过来,只听"倏"的一声轻响,锋利的枪尖洞穿撒八孛堇腋下,撒八孛堇只来得及闷哼一声,便栽下马来,鲜血喷了一地。

撒八孛堇亲兵见主帅当场殒命,发一声喊,不由自主地散开来。杨再兴用枪尖挑起撒八孛堇掉在地上的金盔,打了个呼哨,王兰等人在后面看见,都跟着一起呼哨连连,借着这股劲头,余下的二百来人往来冲杀,将金军大阵搅成了一锅糨糊。

早有金兵将战况通报给坐镇后军的龙虎大王完颜突合速,完颜突合速原本极不把宋军放在眼里，但几场恶战下来，早把轻视之心扔到爪哇国去了，也顾不了什么颜面，传令金军勿与宋军硬战，避其锋芒，伺机放箭。

平原旷野之上，上万大金铁骑却要避让区区二百多宋军锋芒，宋金开战二十年来未曾有过，实在是奇耻大辱。然而此举却颇为实用，这一队宋军小分队战力极强，金军已经丢下近千具尸体在战场上，贴身近战显不出金军兵力优势，反而被杀得找不着北。因此，依仗人多拉开空当，远远对峙放箭确是最致命的战法。

杨再兴发觉了金军这一意图，挥枪指着另一名戴银盔的金军千户，带着众人直杀过去。那人见被杨再兴盯上，又有龙虎大王帅令，调转马头就跑，其他金兵也一边跟着跑，一边掉转头放箭。

女真人的骑射功夫开始发挥功效，迎面而来的箭支颇具杀伤力，几阵箭雨过后，这二百来人的小分队人数少了一半，不是被箭射中落马，就是久战之后马力疲惫跟不上落了单，照此下去，不过一顿饭工夫，剩下的人也将是同样命运。

杨再兴回头看了一眼王兰等人，这些硬汉都已做了死在此地的打算，眼神中只有凌厉和冷漠，杨再兴道："往河边走，金军沿河走不快。"

众人会意，于是杨再兴长枪斜指，偏转马头将这银盔千户带着的一帮人往河边赶。

银盔千户仗着马快，手下骑射功夫又好，眼见自己这边连连得手，加上不熟悉地形，便只顺着杨再兴赶的方向跑，频频回头放箭。

直到被赶到河边，这银盔千户才猛然醒悟，与手下挤成一团，急急忙忙地往斜刺里逃跑。杨再兴等人哪能放过这个机会，如狼似虎地扑上去，将这伙金军尽数挑落马下。混乱中，银盔千户不知被谁捅下了马，头盔也掉到河里，翻转了两下，便沉了下去。

此时小分队只剩五十来人，围上来的金军少说有几千人，杨再兴听到金军阵中号令声响起，知道马上就有铺天盖地的箭雨飞过来，便回头喝令队伍一分为二，沿河岸往两个方向突击，分散金军箭雨。

两队人马才跑开十余丈，便听到破空之声四起，黑压压的箭支从天而降，像下了一阵暴雨。杨再兴只觉得右半边身子被猛烈撞击了一阵，不知道中了多少箭，胯下马匹也悲鸣起来，马身不停地颤抖。

他回头看了一眼，跟在身后的只剩下王兰一人，其他人要么中箭倒地，要么掉入河中，王兰跟自己一样，半边身子被射得像柴蓬一般，咬牙硬挺着不吭声。

杨再兴抓起枪杆，往自己身上连搓了两下，身上箭杆全部"噼里啪啦"折断，王兰也想效仿，但无论他如何努力，胳膊却无法抬起沉重的枪身。

"兄弟，我们就此别过吧。"王兰道。

杨再兴回头看着王兰，见他脸色白得像张纸，身子也摇摇晃晃，鲜血把马鞍全浸湿了，顺着马肚子直往下滴。

"来世我们再做兄弟！"杨再兴道，两个汉子的生离死别只在一个眼神之间，杨再兴掉转头，再不往身后看，催马直奔最近一伙金兵而去。

没人敢和这个战不死的人交锋，金兵纷纷闪避，与此同时，一阵接一阵的箭雨射到杨再兴身上。

终于，一支利箭深深地射入他的肩胛，他没有感觉到太多疼痛，而是周身一阵发冷，他用枪杆连搓了两下，也没能搓断箭杆。紧接着，胯下的马匹也支撑不住了，鼻孔大张着，带血的黏液从里面涌出来，前蹄不停地打绊，马身子也变得软绵绵的。

"好马儿，再助我一程！"杨再兴猛提缰绳，大吼道。马儿似乎听懂了他的话，爆发出一阵长嘶，奋力奔跑了几十步，突然一声悲鸣，栽倒在地。

"倒了！倒了！"金军大声鼓噪。

但那个已经被射得如同柴蓬的人从地上一跃而起，抄着长枪，大踏步直冲过来。

迎接他的是一阵猛烈的箭雨。

良久过后，战场终于安静下来。金军全歼了这支宋军前锋小分队，然而却付出了惨重的代价，泥泞的原野上到处都是金兵尸体，受伤的更是不计其数。

然而相较于死伤，对金军震撼更大的却是这支小分队无与伦比的战力与勇气，当年"女真满万不可敌"，如今岳家军才三百人，便有气吞万军之势，让他们如何不心惊！

完颜突合速听说战事结束，从后军赶过来，听人讲了战事经过，对着杨再兴尸身凝视了片刻，传令全军向颍昌后撤。

帐下幕僚道："大王，南军大部人马就在前方，何不趁势与之一战？"

完颜突合速没好气地道："趁势？趁什么势！光这三百人就冲得一万铁骑东倒西歪，只怕还没等喘口气布好阵势，南军就攻上来了！"

大元帅兀术正在颍昌附近调兵遣将，准备与岳家军进行一场大会战，夺下这座重镇。完颜突合速既不敢也不愿在临颍与岳家军硬碰，便只留下几千人在临颍主守，带着其余人马去颍昌与兀术的主力会合去了。

不到一个时辰，金军便撤光了，刚才还杀声震天的战场一片寂静，盔甲、兵器散落得满地都是，战死的士兵静静地伏卧在泥地中，像睡熟了一般。只有那具被射得如同柴蓬的尸体，单腿半跪，一只胳膊仍撑着地面，一阵风刮过，他身上的箭翎随着颤动，仿佛他又要一跃而起，继续持枪奋战。

## 九　饮恨班师

小商河血战后的次日，张宪率大部人马赶到临颖南郊，他与众将默默地巡视了一遍战场，找到杨再兴等人的尸体，简单祭奠后，便挥师直指临颖。

消息很快传到郾城，岳飞大为震惊，难过得整整一日不饮不食，命人将其他将士的尸体就地祭奠掩埋，唯独将杨再兴的尸体运来郾城。

各方来的军情都显示，颖昌大会战迫在眉睫，岳飞便带着人马赶往颖昌，半路遇上了运载杨再兴尸体的马车。

杨再兴尸体仍保持着僵直的紧绷姿势，身上密密麻麻的羽箭插得如同草垛子一般，岳飞见了，正要发雷霆之怒，士兵跪下解释道："大帅息怒，这是张统制的意思。大伙折腾了半天，也掰不直他的腿脚，又不忍心使劲，后来张统制便说，就让杨兄弟这般回去吧，让全军都看看杨兄弟是条怎样的汉子！"

岳飞听了这话，即将喷发的怒火消退下去，他走到马车前，看了良久，然后一根接一根地拔掉杨再兴身上的箭支，足足拔了上百支箭，才算拔干净。

那尸身还倔强地保持着跃起的姿态，岳飞轻声道："好兄弟，你忍一忍。"说罢，手上用力，只听"咔嚓"一声，那胳膊终于伸直了，岳飞又用大力，亲自将他的腿扳直，沉声吩咐左右道："帮杨兄弟卸了盔甲，就在军前火化吧。"说罢，黯然回到马上。

众人轻手轻脚帮杨再兴卸了盔甲，他身体无一处完好，众人擦拭了一遍，帮他穿上寿衣，然后堆上干柴火化。

熊熊大火燃了起来，岳飞心中难过，便转头去处理军务，对左右道："完事后将杨兄弟的骸骨包好，将来挑一处好地葬了。"

小半个时辰后，左右将裹好的骸骨呈上来，岳飞问："怎么还有另外一个包裹？"

左右打开包裹道："是留在杨将军身上的箭镞。"

岳飞浑身一颤，定睛细看，包裹里面全是一颗颗烧黑的箭镞，足足有两升。岳飞接过包裹，捧在胸前，发出震天动地的号哭："好兄弟，你受了这么大的苦！"

众将士都忍不住垂泪。过了半响，岳飞收了悲痛，令人收好杨再兴骸骨。他脸上还有泪痕，但已经换成了坚毅冷酷的神情。他走到马前，一个跨步，连马镫都不踩，便猛身翻上马背，身手矫健得像当年那个二十出头的少年。

将士们也都各自归位，几声号角响过后，严整有序的队伍开始向北移动。

雨后的中原大地在烈日暴晒后，变得松软干燥，极易扬尘，每位行军的将士都能远远地看到颍昌方向的正上空，一团巨大的沙尘正在升腾上来，那不是风，而是无数的兵马在集结，准备一场大会战。

队伍行进到临颍附近时，张宪派人送来最近战情：他已经率军击溃了盘踞在临颍的金军，目前正紧急赶往颍昌参与会战。

岳飞踩在马镫上，向颍昌方向眺望良久，他已断定颍昌会战即将拉开序幕，自己赶不过去，张宪也未必能赶上。让他欣慰的是，岳云率领的背嵬军精锐,已经先于金军抵达颍昌,他与王贵携手,颍昌会战的胜算大增。

此时的颍昌城内,岳家军几员主将王贵、岳云、董先、姚政、胡清、冯赛等人正在紧急商议大战事宜,金军源源不断地涌来,人数至少十万,而且都是兵强马壮的精锐之师。很显然,岳家军攻占汴京西南门户,兀术为此深感威胁,必定会倾注全力一战。

"金军如此急于开战,是想抢在张统制和大帅援军到来之前,一举攻下颍昌。既然如此,我军似可不必急于应战,一则避敌锐气,二则等张统制和岳帅人马会合,来个内外夹击,胜算更大。"姚政道。

这听上去是最稳妥的战法,但董先却并不赞同,道:"颍昌城中,有王统制的中军,还有全部游奕军和赢官人率领的背嵬军,全是我岳家军精锐,人数虽不及金军,却也有三万人马,可以说我岳家军主力便在颍昌。如今敌军来犯,我军却关门死守,是何道理?"

姚政辩解道:"并非死守,乃是先消耗敌军锐气,我军再与之决战。"

董先笑道:"今日形势不比往常,往常都是金军席卷千里,兵临城下,希望速战速决,我军大可守在城中,消磨其锐气,不必与之硬碰。然而今日却是我军长驱千里,气势如虹,金军被动应战,想速战速决的乃是我岳家军,为何要死守城池,消磨自己锐气?"

姚政呆了呆,笑道:"你说得有也道理,兵法之奇,在于因地制宜,因势利导,反正我游奕军随时可以出战!我的意思是再等等也无妨,毕竟张统制过来增援,更有大帅坐镇,这仗不是更有把握吗?"

董先道:"不可!金军最善于围点打援,一旦凭借人多将颍昌团团围住,然后再分出兵力去牵制岳帅和张统制他们,那岂不是将我岳家军一分为二,各个歼灭?我们就是要趁其兵力未展开之际予以痛击!"

姚政脸上神情凝住了，把战局在脑海中翻腾了几遍，微微点了点头，不再说话。

王贵听了二人争辩，道："我军千里突进，粮草给养虽有河南父老倾力相助，但毕竟不比江南的大本营。况且金军还有进攻陕西、淮南和山东的几路大军，万一其他掌兵大将迁延不进，金军定会集中各路兵力对付我岳家军，到时我岳家军便是孤军深入，将士们再能战，终归不能持久。因此，颍昌一战，能快则快，不必拖延。"

王贵说的其他掌兵大将，其实就是指张俊，他麾下兵强马壮，而且近在淮西，一旦失去他的策应，归德府的数万金军便会无所顾忌地从侧翼袭击岳家军，正面的金军人马也会越聚越多。为今之计，只有迅速出兵，击溃金军主力，才可震慑敌胆，断绝朝廷观望之心。

王贵的话，岳云自然表示赞同，道："往年都是金军在攻，我军在守，自然是要消敌锐气。如今既然是我军在攻，就避免不了硬战，不赢几场硬战，光复中原，进军河北想都别想！依我看，趁着敌军立足未稳，我军片刻都不要犹豫，立即列队出城迎战！"

赢官人发了话，众将便不再多言，准备出城应战。王贵命董先和胡清各领踏白军和选锋军人马守城，自己和岳云及其他将领率人马出城迎击金军。

这边兀术听说颍昌城内的守军出城迎战，既感意外，又在意料之中，自从一个月前岳家军北伐开始，他便紧急调兵，寻求合适时机与岳家军决战。然而一个月来，岳家军势如破竹，连取十余座名城，一路打到自己的眼皮底下，毫无势衰的迹象。郾城一战，是双方主力的第一次大碰撞，自己拿出家底，也没能撼动岳家军。小商河一战，上万人马被岳家军三百人的前锋小分队杀得人仰马翻，虽然最终歼灭了这支人马，但金军将士无不为此震撼，谈论此战时，畏惧之意溢于言表。

不过，多年统兵的经验告诉他，他手里掌握的乃是大金国全部军力，回旋余地比南朝一支千里远征的方面军大得多，他可以连败数次，但岳家军只要败一次，便会前功尽弃。

他最担心的是南军趁着顺昌大捷的余威，数路并进，让他不得不分兵对付。因此，他必须抢在各路南军大举北上之前，不惜代价遏制住岳家军的凶猛势头。

与一支锐气正盛的军队硬碰硬，并非高明之举，但兀术别无选择，而且在他内心深处，还存着一份完颜氏的骄傲：女真勇士从来不怕硬战！

双方形势都是许胜不许败，各有各的难处，但仍然抖擞精神在颍昌城外排兵布阵，准备进行一场生死对决。

颍昌城外，骄阳似火，雨后晒干的泥土被十几万人马践踏成了粉末，扬在半空中，几乎把阳光都给遮蔽了。因为干燥无风，马臊味格外浓烈，马蝇成团地在战场上空打转，它们读不懂战前肃杀压抑的气氛，只顾兴奋地翻滚着，发出一片沉闷嘈杂的"嗡嗡"声。

出城的岳家军摆好阵势后，首先发动了进攻：一排接一排的箭雨。

兀术听到前军骚动，不停地传来惨叫声，知道南军又是借着神臂弓的射程优势先发制人，心里直冒火，却毫无办法，只得传令前军诸将务必稳住阵形。

又过了一阵，破空之音骤然密集起来，岳家军也进入了金军弓箭射程，双方万箭齐发，将官的怒吼声、弓弦的震颤声、中箭士兵的惨叫声、马匹的嘶鸣声不绝于耳，持续了足足一顿饭的工夫。

如潮的马蹄声终于响了起来，马队开始向对方阵地冲锋，呐喊声此起彼伏，双方都拼尽全力，想一举击溃对方。

铁浮屠吸取了郾城之战的教训，不再肆无忌惮地逼迫岳家军，而是紧紧排在一起，长枪前指，在将官号令下步步为营，不给对方步兵任何空间。

迎接他们的是几十步外神臂弓的频频发射，如此近距离的攻击，神臂弓威力极大，几乎百发百中，厚重的铠甲也无济于事，挤在一起的铁浮屠成了活靶子。

抵不住神臂弓的近射，铁浮屠不得不散开来，加速冲向岳家军。

与铁浮屠对抗的正是游奕军步兵，一见铁浮屠散开冲来，立即熟练地将弓弩和箭囊扔到脚边，一个跨步，身体前倾，紧握着手中的麻扎刀，严阵以待，这一系列动作一气呵成，显然是经过无数次演练。

双方经过几次大战，差不多已是知根知底，金兵不再急于借着马势居高临下地砍杀，而是长枪前指，堵住游奕军步兵挥刀砍马腿的空间，然后像堵墙似的逼退对方。

倘若铁浮屠紧挨着杀过来，这战法原本会很有效，但游奕军的那通神臂弓近射破解了这套战法，散开的铁浮屠给了游奕军腾挪空间。双方发一声喊，碰撞在一起，铁浮屠仍未占着半分便宜，只是不如郾城之战那么狼狈了。

游奕军和铁浮屠搅杀在了一起，那边背嵬军与拐子马早已在平原上冲突驰骋，金军丝毫不敢轻视这支骑兵，放弃了迂回对方身后的战法，而是与背嵬军正面冲杀。

双方一上来便不留余力，杀了整整一个时辰，一直杀到午时。此时烈日当空，身披重铠的双方将士已经累得脸色发白，汗水将浑身上下都浸透了，由于缺水，嘴唇干裂得起了一层白皮，动作也迟缓了下来。

不知谁吼了一声，双方像有默契，不再拼死往前突进，而是放慢脚步，虚晃着手中兵刃，喘着粗气恶狠狠地瞪着对方。双方攻防节奏缓了下来，各自退了几十步，第一回合交锋就此结束。

金军这边正打算松口气,只听岳家军阵中战鼓擂起,另一队人马缓缓地逼过来,阵形严整得令人生畏。

兀术在后军听到岳家军毫不停歇,便开始第二波攻势,气得发狠骂道:"南蛮欺人太甚!不过赢了两阵,真以为我大金国无人吗?"

说罢,传令立即反击,有临阵畏缩不前者,就地正法。

双方的第二回合不仅激烈,而且更加血腥,两边将士都杀红了眼,也不闪避对方的兵器,只顾拼命地砍杀。马队像旋风般地互相追逐,时远时近,人马混杂在一起,杀得难解难分。

这次猛烈的对撞持续了小半个时辰,交战双方显出一些疲态,长官开始大声吆喝,人马逐渐聚集到一起,心照不宣地各自退却,战场再次迎来了短暂的寂静。

接下来打破寂静的却是金军,被激怒的兀术命令后续梯队立即发起进攻,岳家军也毫不示弱,于是双方几乎连口气都没喘,很快又开始了残酷的厮杀。

就这样,双方你来我往战了十余个回合,从巳时杀到午时,又从午时杀到未时,然后一直杀到酉时。

此时残阳如血,战场上仍然喊声震天,气势丝毫不减,其惨烈程度无以复加。双方将士从衣甲上已经无从辨认,一个个人为血人,马为血马,然后再覆盖上一层厚厚的尘土,像从地府里爬出的恶鬼一般。

王贵在中军看到金军攻势一潮接一潮,毫无停歇的征兆,再看敌军后方,烟尘蔽日,显然还有大批人马正在赶来助战,平生第一次,他心里敲起鼓来,便令亲兵找到岳云,商议退兵入城,固守待援。

岳云听了王贵的传话,大吃一惊,赶到中军,问王贵怎么回事。

王贵道:"金军人多,而且极为强悍,看来是拼了命要拿下此战,我军毕竟人少,好汉不吃眼前亏,先入城避一避吧。"

"万万不可！"岳云断然道："敌我双方都已近极限，就看谁撑到最后，此时退兵，只会大长金军士气，而我军则前功尽弃，将士心里便会存下对金军畏惧之意，以后这仗还如何打？"

岳云平时以侄儿之礼待王贵，此刻急了眼，说到最后一句时，几乎是在怒斥。

王贵脖颈一热，装作没听出岳云口气中的愤怒，改口道："既然如此，那就传令各军血战到底，不打退番狗绝不回城！"

岳云这才掉转马头，继续冲锋陷阵去了。

天色已是黄昏，双方都没有收兵的意思，继续在奋力鏖战。颍昌城头上一直观战的董先和胡清熬得眼珠都绿了，往常以岳家军战力，早将敌军杀得望风而逃了，今日看来金军也是退无可退，铁了心要赢下这场关键之战，而金军之坚韧，确实名不虚传。

董先耐不住了，看了看天色，一巴掌拍在城垛上，道："传令各营将士，准备出城杀敌！"

胡清早有此意，附和道："此战倘若不能击退金军，守着这座城又有何用？先杀出去再说！"

董先道："等下一回合快要结束时，趁着金军攻势减退，后边人马还没上来，我军突然杀出去，定能一举获胜！"

胡清大喜，道："金军早已精疲力竭，也未必料到城内还有一支岳家军，我军大张声势杀出去，定会打他个出其不意！"

二人一拍即合，也顾不上王贵让他们守城的将令，集合好手下，瞅准时机，大开城门，领着人马齐声呐喊，一拥而出。

这五千生力军口中大喊："岳帅到了！援军到了！"脚下丝毫不停，转眼便已冲至阵前，铆足全力一阵猛杀猛砍，其他岳家军受此鼓舞，也像着了魔一样，精神百倍地扑向金军。

这一轮狂风暴雨般的攻势打破了战场上的均势，金军终于战栗了，开始向后溃散。无论将官如何怒吼，也止不住他们后退的步伐，当溃败的趋势无可避免时，将官们也掉头奔逃了。

兀术见苦战一日，终归还是被岳家军占了上风，此时前军阵形已乱，败退势头无可扭转，再硬撑着不退，只会导致前后军互相践踏，死伤惨重。他不甘地怔了片刻，长叹一声，传令全军趁着天色已暗，立即撤出战场。

幸亏他见机得快，金军虽然败退，但至少还未兵败如山倒，岳家军追杀了一阵，便鸣金收兵。

夜幕慢慢下垂，战场安静了下来，王贵带着几名亲兵四处巡视，见将士们个个衣甲带血，浑身尘土，但仍然不顾苦战后的疲累，有条不紊地清理战场，就如平日里操练一般，既无骄矜浮躁，也无自怨自艾，而是带着一种平静的自信，这样的岳家军才是天下无敌。

平常看到自己辅佐岳飞一手带出的士卒如此从容不迫，他心里总是涌起难以言表的自豪感，但今日他却有几分忐忑。

岳云远远地策马过来，浑身都沾满了血污尘土，王贵赶紧迎了上去，亲切地问长问短，岳云也恭敬地一一回答。二人看上去亲热依旧，但笑容中却掩藏不住几分勉强。

二人并排骑马一起巡视战场，突然看见一大群百姓装束的人混在队伍中，很是抢眼。王贵上前问道："你们都是寻常百姓，到这里做什么？"

其中一名百姓见王贵衣甲佩戴，像是个大官，便道："太尉，我等都是颍昌百姓，今日在城头观战，手心都捏出汗来了！后来城内大军出来助阵，我等也忍不住，不知谁吆喝了一声，大伙儿就扛着棍棒刀枪出城杀敌来了！今日岳家军大获全胜，也有我等一份功劳哩！"

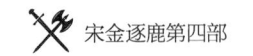

他话刚说完,旁边百姓便吵吵嚷嚷地讨赏。

王贵仰天大笑道:"我正纳闷城内守军统共才五千人,为何喊杀之声却那般大,原来是你们在帮着喊!你们有这等赤子之心,该赏,该赏!"

说笑间,董先与胡清也过来了,二人下马请罪,王贵一摆手,轻描淡写道:"战场形势瞬息万变,随机而动便好。"

诸将会合后,一起入城,首先写了报捷文书,派人火速送给岳飞。

正往颍昌急赶的岳飞收到捷报,欣喜异常,因为头天刚收到了张宪在临颍大败金军的捷报,这两战一告捷,金军在颍昌周边将再无作为,只能退守汴京,而颍昌将成为岳家军钉入其西南门户的一颗楔子,成为岳家军收复汴京、进军河朔的大本营。

岳飞意气风发,也不手写回信,就在马上对信使道:"传我口信:颍昌大捷,我心甚慰,来日直捣黄龙府,与诸君痛饮!"

信使把岳飞的口信复述了一遍,确认无误后,一刻也不歇息,领完赏后换了匹马飞驰而去。

岳飞率军继续前行,半路与张宪会合,两军并作一处开往颍昌。

颍昌城内,胜利的喜悦已经过去,到处都是闷声不响的忙碌身影。与金军精锐主力苦战一日,来来往往战了十余个回合,岳家军伤亡也很大,许多将士受了重伤,虽然凭借一口气撑到了战事结束,但都熬不过两日便死了。街道两旁躺着一排排尚未入殓的士兵尸体,也无替换衣裳,只能仍旧穿着血迹斑斑的战袍,因为天热,简单祭奠一番后,这些尸体便会被拉到城外掩埋。

岳飞入城后不久,斥候们便接踵而至,源源不断地将各处军情送进来。

在处理军务之前,岳飞却有一桩棘手的事要处置:王贵身为中军统帅，与敌交战正酣之际，却生出畏惧之心，打算临阵退兵，幸亏有岳云极力阻止，才不至于酿成败局。

按岳家军军法，临阵退却者，斩。

但以王贵在军中地位，却是斩不得的。况且他当时想退兵，也可以说是审时度势，临阵决断。只是倘若按他的主张来，此时的形势便是十几万金军将颍昌围得如铁桶一般，并可从容派出几万人马牵制岳家军其他部队，战局便将十分诡异。

岳飞将王贵召至府衙，见他衣甲上还沾有血迹，心中颇为不忍，但仍板着脸道："颍昌之战事关此次北伐成败，两军对阵之际，有人回望都会动摇军心。你身为军中统帅，激战正酣时却动了退却的念头，一旦让将士们知晓，是要兵败如山倒的！你在我军中多年，你自己说该如何处置吧。"

王贵无话可说，一言不发将衣甲卸下，露了满是伤疤的上身，道："愿受军法处置。"

众将都想求情，但一看岳飞铁青的脸，便不敢作声了。

岳飞沉吟了片刻，道："念你多年征战有功，这次且先寄下人头，但责罚绝不可免——重打二十军棍！"

众将听了，都松了口气，董先起身道："大帅，末将与胡清在城头亲眼看见王统制身先士卒，苦战不止。金军人多势众，且极为强悍，王统制想退兵避敌锋芒，也是怕万一有所闪失，则局势不可挽回……末将愿替王统制受这二十军棍。"

其他将领听了，都要跟着起来求情，被岳飞用手势止住了："尔等心意，我都明白。我与王贵是二十年的结义兄弟，爱他之心不会在尔等之下，只是我岳家军之所以能威震四方，就因有敢于临敌死战的气概！杨兄弟以三百骑兵对抗金军万余之众，毫无惧色，杀得金军胆寒而退，倘若我今日轻饶了王贵，如何对得住死战不退的杨再兴和三百弟兄？"

众将都无话说，王贵伏下身子，自己下令道："痛快点，打吧！"

行刑士兵上来，既不敢打重了，又不敢打轻了，打完二十下后，岳云上前帮王贵披好衣甲，众将搀扶着他重新坐下。

岳飞看着王贵装作若无其事地坐下，知他心里其实憋屈难过，便道："你若身体不适，回去歇息吧。"

"有什么不适？舒坦，舒坦着呢！"王贵大大咧咧地道。

岳飞心里暗暗叹了口气，命人摊开地图，准备商议下一步进军方略。

还未开始，便听到门外一阵急促的马蹄声，紧接着听到斥候拖长的喊声："急——报！"话音未落，一名斥候快步进入府衙，卷进来一股混杂着马臊和汗臭的刺鼻味道。

"禀大帅，刘太尉派出的援军已经抵达太康县境。"

"好！"岳飞大喝一声，几乎从座位上一跃而起，但终究还是克制住了，诸将却是一个个兴奋得击掌相庆。

太康县离颍昌不过三五日路程，岳飞急切地问道："有多少人马？"

"大约一千来人。"

府衙里火热的气氛顿时凝结了，众人面面相觑，以为听错了。

"为何只有一千人马？"岳飞定了定神，问道。

斥候道："据领军的雷统制说，朝廷有旨，让刘太尉退守镇江。刘太尉没有退兵，仍然驻守顺昌，但也不敢过于违抗圣旨，因此便只派了一千人马前来助战。"

岳飞浓眉紧锁，紧张地思考着，看来刘锜也觉得退守镇江的旨令荒诞不可行，于是他便采取了一个折中的法子，既不退军，也不进军，继续驻守顺昌。但这道旨令显然绊住了他的手脚，他不敢公然抗旨全军北上，因而无法与岳家军并肩作战。

岳飞命斥候下去歇息，接着与众将商议进军事宜，不过一炷香的工夫，又听到马蹄声响，"急报"声由远而近，另一名斥候赶了过来。

这名斥候满身尘土，嘴唇都干裂了，进门拜见岳飞后，禀道："大帅，刚得到确切消息，张少师已经从亳州、宿州撤军，班师回庐州去了。"

少师是张俊的官名，斥候说完这个消息，府衙里一片死静，仿佛连喘气声都没了。

"消息果真确切？"半晌过后，岳飞用嘶哑的嗓音不甘心地问道。

"千真万确！小的还打探到了详情，亳州金军不战而退，张少师的人马得以顺利进驻亳州。不料当夜大雨，士卒都坐卧水中，张少师看时日不好，便撤军了。"

"荒唐！"岳飞一掌击在案上，大怒道："一场雨就能把几万大军淋回去，简直岂有此理！"

众将都目瞪口呆，之前最担心的便是其他掌兵大将不予援助策应，让岳家军血汗换来的战果化作乌有，只是没料到来得如此之快，而且是以如此牵强的理由。

颍昌会战之后，金军已经不敢再战，只要张俊驻扎在亳州和宿州，哪怕不再进军，也能牵制大量金军。如今却一下子退回到庐州，立即把岳家军侧翼暴露给了金军，使岳家军真正成了一支孤军，独自对抗金国的全部军力。

形势一瞬间变得无比诡谲。岳飞断定，过不了两日，张俊撤军的消息定会传到兀术耳中，兀术绝不会放过这个复仇机会，到时岳家军不得不分兵应付几面扑来的大队金军人马。

接着又来了两拨斥候，都报告了张俊、王德从宿、亳撤军，回师庐州的消息，岳飞不得不做最坏打算，很可能兀术几日内便能得到同样的消息。

众人紧张地商议至傍晚，亲兵匆忙来报，朝廷的"金字牌急递"送到了。众人都不禁站了起来，金字牌急递专门传送十万火急之军情，不经枢密院，由御前直接发下，朝廷此时送来金牌，不知是何用意。

岳飞在众将眼巴巴的注视下拆开文书，用极快的速度浏览了一遍，然后仰面朝天思索片刻，低头又细看了一遍，才用沉闷的声调道："朝廷命我措置班师。"

府衙内陷入长久的死一般的寂静中，众人呆坐着如同木雕，仿佛心肺被掏空了似的，感觉不到痛苦，只有一种无力、苦涩的绝望感。

同一时间的汴京城内，是一片压抑肃杀的气氛，十几万人马拥挤在城内城外，人喧马嘶，吵吵嚷嚷，隔着十里路都能听到。城内街道上全是牲畜粪便，散发的怪味和闷湿的空气混在一起，把个汴京城弄得臭味熏天。

兀术住在龙德宫内，听到外面兵马嘈杂声，心情分外烦闷。出师两个多月以来，先胜后败，特别是连遇八字军和岳家军两个硬茬，数战下来，竟是接连败北，难求一胜，让他这个大元帅颜面扫地。

如今岳家军已经占据颍昌，很快就要兵临城下，倘若其他各路宋军跟着北上，有可能截断十几万人马的退路，弄不好天道轮回，南朝还人金一个东京围城也未可知。为避免这种灾难性的局面，他不得不早做打算。

撤军的命令是悄悄下达的，只有万户以上的将领才知晓，然而这种事哪里又瞒得住，刚送走一拨家眷，全军便都嗅出了风向，心照不宣地开始收拾行装，兀术见了，也并不禁止。

这日，他正与诸将商议军情，侍从进来禀报，宫门外有一书生求见。

## 绍兴和议

自从进入汴京，兀术便经常召见本地的缙绅和读书人，一则他爱附庸风雅，二则也算是体察民情，因此有书生登门求见，并不稀奇。

兀术点头应允，片刻后，一名书生不急不缓地踏步而来，从容施礼后，站在一旁。

兀术打量了他一眼，此人中等身材，四十上下年纪，生得眉目清朗，身着一袭簇新的布袍，头戴方巾，虽然简朴，却极为干净，虽非大富大贵，大概也是出自殷实人家。

"先生高姓大名？"兀术漫不经心地问道。

那人恭敬道："晚生姓张，单名一个真字，字木美，因读过些经史，却从不追逐功名，故而人称西雅居士。"

"为何叫西雅居士，不叫东雅居士啊？"兀术带着一丝戏谑的口气问道。

"西方有神女，清雅不可图。晚生年轻时为情所困，未得与意中人终成眷属，便给自己取了个西雅居士的名号，以为寄托而已。"张真淡淡答道。

往常中原士子与兀术交谈，开口闭口都是纲常伦理，从未有人如此坦然谈起男女之事，而这张真随口道来，反让人觉得坦诚无欺。

兀术对他有了几分兴趣，命人赏座，看他坐下后，问："先生今日所为何来？"

张真直接道："见大元帅有退兵之意，特来劝阻。"

兀术吃了一惊，转头看诸将，一个个也瞪着眼睛，上下审视着张真。

"军国大事，书生岂能知之！你阵都未曾上过一次，兵器只怕都分不清，也敢来妄谈军政？"兀术冷冷道。

张真一笑道："此事不需懂军政，知人事便可。"

-197-

兀术微微一哂，道："你既知人事，那就讲讲南朝君相吧，都是何等样人啊？"

"南朝皇帝康王，宰相秦桧，都是风云际会于乱世，万里挑一之人杰耳。"张真道。

兀术面无表情地道："愿闻其详。"

张真便侃侃而谈："康王玉质天成，本就有帝王之资。十九岁那年，他慨然请命，入大军营中抵作人质，其从容不迫，令人刮目相看，至今汴京人提起此事，还赞叹不已。其后，他以弱冠之年，聚拢了一批文臣武将，十余年下来，居然将一个风雨飘摇的江山治理得井井有条，其国力骎骎然有与大金抗衡之势。大元帅当年率一支劲旅，便能直下江南，追得康王泛舟海上，试问今日以举国之师，犹可得乎？"

兀术脸上泛起一阵愠怒的红潮，杀机陡起，随即又消散了。他看着这个直言不讳的张真，心想此人胆大如斗，且听他接下来还要讲些什么。

张真继续道："南朝自来不缺忠义之臣，然而极缺务实之臣。靖康年间，东京围城，前朝少帝误信了神棍郭京之言，致使城破被俘，而极力举荐这个郭京的，便是尚书右丞孙傅——祸国者，孙傅也！然而孙傅在城破之后，不顾劝阻，舍身陪太子赴大军营中，连守城门的金国士兵都劝他：'大国要的是太子，你又何必参与其中？'孙傅仍然不听，最后死在金国——忠义者，亦孙傅也！由此可见，既忠且能之臣何其难得。而秦桧当年在东京城破之后，悍然上书力保赵氏，以致被掳至北方，数年之后才得以南归，爬上宰相高位，与金国谈成和约，不费一兵一卒便让大金拱手让出河南、陕西之地，此人精通政务，熟悉南北人情，确是难得的忠义能臣。"

兀术不知不觉听了进去，脸色凝重地思索着。

"这还是文臣,武将更是人才辈出。"张真见兀术听得入神,便敞开话匣接着道:"就以眼前这个岳飞而论,十来年前不过是杜充手下一名裨将,当年在东京我还见过此人,隐然有名将威仪,却也从未想过此人果真成了掌兵大将,可见南朝还是任人得当。大元帅带兵多年,自然也该明白,岳飞以列校拔起,一刀一枪靠军功爬上高位,这种人必是有真本事的!故而数战下来,大军中人人感叹:'撼山易,撼岳家军难!'"

兀术听到这里,心里不舒服起来,冷冷道:"依先生的意思,本王到底该不该退兵?"

张真不假思索道:"大元帅切勿退兵。"

兀术用讥讽的口气道:"南朝有君臣如此,岳家军还个个如狼似虎,本王不退兵还待怎的?"

张真正色道:"君是圣君,相是明相,将是良将,然而三者心不往一处用,力不往一处使,以致智者不得献其谋,勇者不得竭其力,又何足畏哉!"

兀术心里一动,若有所思地看着张真。

张真道:"自南朝太祖赵匡胤陈桥兵变夺取帝位以来,南朝各代君主便极其防范武人,此中之事,大元帅想必已经听得多了。这里头最狠的一招乃是分兵于诸将,不使兵权集于一人之手,南朝掌兵者号称三大将,张俊、韩世忠、岳飞,这三人手下都有数万雄兵,实力最强,其他掌兵大将还有吴氏兄弟、杨沂中等人。南朝君臣的如意算盘是,诸大将互相牵制,只听命于朝廷,如此确实免了武将尾大不掉之忧,然而打起仗来,诸将互不相助,只是单打独斗,哪能成气候?"

张真说起这些,似乎有点愤怒,带着几分鄙夷接着道:"如今南朝君、相、将各打各的主意,康王既要防大军压境,又要防武将坐大，既想多偷些战果，又怕满盘皆输。至于秦桧，既怕大军打到临安，又怕南军直取河北，因为不管谁赢，他的和议方略便没了用武之地。只有这个岳飞，一心想着光复故土，他却不懂得自古未有权臣在内，而大将能立功于外者。以晚生观之，岳飞倘若坚持进军，只怕性命都难保，哪里还谈什么光复中原。"

张真说完，叹了口气，低眉不再言语。

兀术与几名心腹大将交换了一下眼神，见众人都点头钦服，便和颜悦色道："听先生一席话，茅塞顿开，今日得与先生相见，真乃天意也！"

张真谦逊道："说是天意，终归还是靠大元帅有心。当年杜充守东京时，也要退兵，我本想告诉他退兵极易，但将来要再取东京，即便十倍的人马也未必能成——可惜他连门都未让我进。"说罢，嘴角露出一丝苦笑。

兀术听了，心中更加敬佩，起身施礼道："先生如此大才，不出来做官太可惜了！"

"蒙大元帅错爱，晚生实无意做官，今日之所以登门献策，是因为家人老小都在汴京定居，多年来也在城外攒下了几十亩好田。小户人家只盼过几年安生日子，最怕今年北军打过来，明年南军打过来，军马过处，满目疮痍。晚生私底下盘算，一旦南军占了汴京，北军必不服气，定会年年南下，然而一旦北军占了汴京，南军恐怕就此作罢了——因此今日才特地来劝大元帅勿轻易退兵。"

兀术心中暗道"好险"，嘴上笑道："不知先生家有多少良田？"

张真道："五六十亩吧，租几家佃户收租，一年吃穿用度也就够了。"

兀术叫过侍从，吩咐道："你带我令牌去见开封府尹，让这位西雅居士随意挑二百亩上好的官田，作为赏赐。"

张真知道此行必有赏赐，却没料到竟这般丰厚，呆了一呆，再三谢过之后，喜不自胜地出去了。

兀术回头，与众将相视而笑。

"当年黄天荡一战，我数万大军被韩世忠堵在大江不得脱身，幸亏有个姓王的人登门献计，才得以反败为胜。今日形势，较之当年更为诡异，却有个西雅居士来指点迷津，难道这真是天意？"兀术叹道。

众将都奉承兀术吉人自有天相，他们都身居高位，且连年征战，经张真提醒，不难看出岳家军面临的困境，正所谓连胜之中隐含危机，而金军连战连败之后，霉运似乎到了尽头。

"传我帅令，有再敢言撤军者，军法处置。"兀术沉声道。他此刻对战局有了全新的看法，但他仍然不敢有丝毫大意，下令多派探马打听岳家军动向，并急切地盼望着来自归德府金军的消息。

五日后，岳家军的一支人马打到了朱仙镇，势头丝毫未见衰减。朱仙镇离汴京只有四十五里，兀术心里没法不发虚，但乌禄终于从归德府给他送来了定心丸：张俊占领亳州、宿州后，非但没有北进，反而一路南撤到庐州去了。乌禄还在信中解释道，之所以迟至现在才送来消息，是此军情过于重大，不得不一再核实，确保万无一失。

"乌禄办事极有章法，他日必成大器！"兀术大喜过望，连连赞叹道。

虽然确信战局在逆转，但接连吃过南军几次大亏后，兀术谨慎了许多，而且让他困惑的是，密集的谍报显示，岳家军并没有退兵的迹象，反倒是四处出击，大有进军汴京的架势。

莫非岳飞还留有后手？或者岳家军会与"顺昌鬼军"合兵一处，共同进犯汴京？兀术不敢轻敌，一拨接一拨地派出探子去打探岳家军消息。

又过数日，探马突然来报：汴京周边已经不见了岳家军踪影。

兀术正在犹疑不定，三日后，探马又来报：岳家军已经从颍昌撤退了。

兀术又惊又喜，他确定最艰难的局势已经熬过去了，立即传令全军，南下追击岳家军。

当他亲率大队人马赶到颍昌时，颍昌几乎成了一座空城，他将城内没走的百姓叫来问话，一位上了年纪的老者告诉他，城内居民大部分都拖家携口跟着岳家军南下了。

兀术问："岳家军何时开始撤的军？"

老人屈指算了算，道："七月十七日。"

兀术一怔，这正是张真登门献策的前一日，也就是说，在自己对战局发展还一片混沌之际，岳飞已经洞察局势，全身而退了。

这事败坏了兀术的心情，他又问："岳家军撤走时，是何情形？"

一老者道："百姓哭成一片，都不愿他走，说是前日大战时，城中百姓出城助战，岳家军一撤，怕大军回来报复哩！"

兀术悻悻道："这伙愚民懂得什么，我大金乃天朝正朔，志在天下，岂能干那种流寇盗贼才干的事！"

韩常建议道："中原士民久居宋廷之下，难免念旧，对大金怀有二心。等河南之地全部收复之后，不如仿效三国时曹操，屯田驻军，将女真、契丹等部落迁徙一部分至河南，与百姓杂处，按户口授以官田，平时为民，战时为兵，如此一来，南军再想千里突进便没那么容易了。"

兀术指了指韩常，赞许道："国士之言！"

诸将又问岳家军撤军情况，一名百姓回答道："岳家军开拔时，一阵狂风卷过，把帅旗杆给吹断了。"

帅旗折断乃是天大的事，兀术与诸将互相看了看，不敢相信，追问道："真有此事？"

几个百姓同时点头称是，还说岳飞当时惊得目瞪口呆，半晌无语。

兀术回头看着众将笑道："看来天意不欲岳飞成功，他能奈何？"

旁边韩常问道："岳飞走时，可留什么话没有？"

一名儒雅长相的老者抚着长须道："岳飞走时，确实说了一番话：'十年之功，废于一旦！所得州郡，一朝全休！社稷江山，难以中兴！乾坤世界，无由再复！'"

这话从自己死对头嘴里说出来，兀术应当感到快慰才是，但他脸上的神情却僵住了，这痛彻心扉的呼号让他对岳飞不由得生出几分怜惜。他遥望着岳家军撤退的方向，山川静默，草木欣欣，淡淡的雾霭升腾上来，仿佛在无声地诉说着那群南归者深入骨髓的遗憾与痛心。

## 十　两军对垒

　　金秋时节的临安府，原本与江南诸地并无区别，但有西湖映衬，江南平淡无奇的桂花之香便勾人魂魄起来，再加上毕竟是大宋皇帝的驻跸之地，沾了几分皇家贵气，让这座名城更加兼容并蓄，雅俗共赏，使得往来商旅陶醉其中，流连忘返。

　　不过对于心事重重的新晋少师、淮西宣抚使张俊来说，这些人间美景在他眼中如同无物。今年夏天亳州一场不是时候的大雨，让他仓促做出撤军的决定，如今复盘来看，正是他这一撤军，使得朝廷痛失顺昌大捷后的好局。岳家军千里挥师，连战连捷却最终无功而返，朝野上下，对此颇多议论，让他心里七上八下。

　　他倒是收到了皇上的御札，命他"重兵持守，轻兵择利"，后来中书舍人陈堪更是带着皇上的密诏赶到军中，叫他"宜且班师"。可自古将在外，君命有所不受，况且皇上在御札里也说得明明白白，让他自行"筹划措置乘机御敌之事"，他相信同样的话必定也对刘锜和岳飞说了，这二人先后收获大捷，唯独他张俊却在打了几场不痛不痒的胜仗之后，便草草收兵了，皇上心里能痛快？

　　朝廷后面的举措似乎印证了张俊的猜测，在得到岳飞的郾城捷报后，朝廷赶紧派出淮北宣抚副使杨沂中率殿前司军进驻宿州，并且火速诏令岳飞暂停班师。然而为时已晚，战机已经失去，不知班师途中的岳飞收到诏书,是何感想!而杨沂中误信谍报,亲率五百骑兵夜袭柳子镇,结果扑了个空,回头听说金军以精兵埋伏在其归路,一下子慌了神,也不细究真假,横奔而溃。参议官曹勋见杨沂中久久不回,也不知其死活,便据实上报,一时间朝廷震恐,虽然杨沂中后来自寿春渡淮河平安返回,但经此一折腾,朝廷的进取之心彻底消停了,命令诸将退保淮南。

算来算去,倘若当初张俊不轻易撤出亳州、宿州,就不会有后面的乱局,皇上是明白人,焉得不怒?

张俊立在宫门外,一脑门子的官司,等着觐见。内侍过来传话,让他进去,张俊边走边装作不经意地搭话:"官家龙体安康吧?"

"安康安康!官家啥样的身体底子,少师还不知道吗?"内侍头也不回地道。

"金人败盟南下,官家又要劳心国事了。"张俊接着道。

"可不是吗,才安宁了一年。"内侍脚步不停,接口道。

张俊不敢多问,转眼到了都堂门口,内侍先进去禀报,一会儿出来说官家等着呢。张俊提了口气,迈步走入都堂。

行完君臣之礼后,一切如常,皇上依旧对他关爱有加,口气听着无不亲切,张俊悬着的心放了下来。

"杨沂中兵败柳子镇,卿如何看此事啊?"赵构问道。

张俊与杨沂中交好,自然是要替他说话的,但也不能太显痕迹,便斟酌着答道:"陛下,杨沂中亲率五百骑兵冒险突袭,极不容易。建炎以来,诸将皆畏敌如虎,还没见到金军影子便闻风而逃,哪里还敢冒如此大的风险!臣以为杨沂中忠勇可嘉,虽然兵败,朝廷不予赏赐就够了,不必过多责难,以免伤了将士杀敌报国的血气。"

赵构原本就爱重杨沂中,听张俊这话说得入情入理,不由得连连点头。

"《郭子仪传》，卿想必是读过了吧？"赵构突然问。

张俊心里略感奇怪，皇上早几年便关照过他读《郭子仪传》，不知今日为何突然又提起此事，便道："臣谨遵陛下教诲，读过十几遍了，然而臣生性驽钝，其中深义，未必能够领会。"

"郭子仪身享厚福，庆流子孙，卿可知是何缘故？"

张俊奏道："郭子仪尊奉朝廷，不以功业自矜，所以能够富贵长久，泽被后世。"

赵构微微一哂，道："这鹦鹉学舌的话又是你帐中幕僚教的吧？我且问你，如何才算尊奉朝廷啊？"

张俊不由得身体晃了晃，皇上连"卿"都不用了，直接称呼"你"，这是亲近还是疏远的意思？张俊胡思乱想，嘴上答道："陛下洞察千里，这的确是臣帐下文士教的，臣本就是一粗人，不懂这些大道理，还请陛下训诫。"

这个张俊倒还老实，赵构满意地点点头，道："郭子仪掌兵之际，正是天下多事之时，他虽然手握重兵，但却心尊朝廷，只要有诏书至，即日便率兵启程，更无一丝一毫犹豫观望，此人臣之礼也。如今你手下数万雄兵，你要记清了，那是朝廷之兵，不是你的私家兵！只要心里时刻存着朝廷，不恃兵权之重而轻视朝廷，朕巴望你成为本朝的郭子仪，倘若拥兵自重，有诏不行，那么不要说子孙后世享福，自己都难免身遭不测——朕这番教导，你要听进去。"

张俊赶紧伏在地上，连连磕头，表示记住了。

赵构接下来便问夏天用兵之事，张俊一五一十地说了，他偷偷地瞟了眼皇上脸色，似乎并无不悦之意。

"金国大元帅兀术虽然在顺昌战败，又接连败给岳飞，但实力尚存，听谍报说，他又在河南河北大肆招兵买马，显然是不甘心，意图再次举兵南下，卿有何策破敌？"

以如此重大之事垂询，看来自己在皇上心中的地位还是很重的，张俊精神一振，道："陛下，以臣看来，要想破敌，先要摸清敌人进攻方向。"

"嗯……"赵构点了点头，等着张俊往下说。

"兀术南侵，必分三路，西路攻陕西，东路攻山东，中路主力则直下淮南，期冀攻占淮南诸州，而后逼临大江，进犯江南。臣以为应聚重兵于淮西，以备决战。"

"卿之所议，甚与朕同。"赵构下了龙椅，左右踱了几步，道："李左车有言：'千里馈粮，士有饥色。'金军远来，粮草终是隐患，因此每次都是锐气极盛，急于速战速决，此时我军宜避其锋芒，待其粮草将尽，不得不北归时，趁其懈怠尾随攻击，定将战无不胜。"

张俊并不知道李左车是谁，但兵马未动，粮草先行，十几万大军，每日要吃去多少米面，粮草乃是生死攸关的大事，也是千里用兵的大软肋——这个道理他是明白的。

赵构这番话，让张俊更加放下心来，看来皇上心底里终究还是主张持重的，对于岳飞的大胆突进，即便捷报连连，只怕也是担心害怕多于欢喜。

"陛下圣明！臣以为当下形势，与建炎时不可同日而语，金军断然不敢肆无忌惮，横冲直撞。我军虽不比从前，但也未必高出金军太多，双方乃是半斤八两的架势，因此仍需谨慎行事。"

张俊所对，赵构听了很是满意，他之前已经召见过岳飞，岳飞的锐意进取让他有些招架不住，就像匹烈马，虽然是万里挑一的良驹，但就是使唤起来太费劲，时时刻刻需要自己勒紧缰绳，这匹烈马才不致脱缰而去。而眼前的张俊，不仅是匹难得的好马，还分外能体察上意，听人使唤，用起来让人放心。

"卿此番进兵，三军用命，威震敌胆，朕已命枢密院封赏有功将士，望卿与众将士尽忠为国，莫负朕望。"

这话让张俊心花怒放，自己仓促撤军和杨沂中兵败之事，皇上只字不提，非但没有责罚，反而还有封赏，他努力克制住心里头的欢喜，庄重地伏地磕头谢恩。

估摸着谈完了正事，张俊从袖筒里取出一封书信，呈给赵构，道："臣本是一粗人，却有幸娶得良人。臣来见陛下之前，心想开战在即，便留下一封书信叮嘱家事，不料在半路便收到贱内章氏回信，说当年霍去病、赵云只知国事，不问家事，让臣效仿他们，尽忠国事，勿为家事分心。臣见了书信，十分感慨，特意呈给陛下御览。"

赵构心想这倒新鲜，接过书信一看，只见字迹娟秀，文笔通顺，更兼满纸忠义，不禁大喜，连声道："人心如此，可喜可慰！修身齐家，方可治国平天下，卿有贤内如此，何愁家道不旺，国家不兴？朕要亲书奖谕，以示表彰！"

赵构的反应，正合张俊心意，他乐呵呵地看着赵构写完，君臣二人似乎一下子关系拉得更近了。

觐见完毕，张俊从都堂出来，只觉得脚步轻快，心旷神怡，这才发现临安此时天气不是一般的养人，景致堪称人间仙境。

正受用间，忽听迎面一人说道："张少师好气色！"

张俊抬头一看，来者正是御史中丞、参加政事王次翁，正笑眯眯地跟他打招呼，连忙施礼道："原来是王中丞，失敬！"

"刚见过官家了？"王次翁随意地问道。

张俊点了点头，问道："张俊粗鄙武人，有一事想请教中丞，还望中丞不吝赐教。"

"哦？"王次翁看着张俊，"少师请讲，在下知无不言。"

"不知李左车是何许人？"

王次翁是崇宁间进士，书自然读得好，想也不想便答道："李左车乃赵国名将李牧之孙，此人不但精通兵法，更精通以兵威说降，不战而屈人之兵，帮助韩信一举平定齐燕之地——少师为何有此一问？"

张俊道："官家方才提到此人，不知此人与郭子仪相比，孰强孰弱？"

王次翁是何等机灵之人，立即猜出了七八分，抚须呵呵笑道："郭子仪千古一人，李左车固然人杰，又怎能跟郭汾阳相提并论。怎么，官家又让你学郭子仪了？恭喜少师，官家这里把你当国家栋梁呢！"

张俊心里头舒坦，嘴上少不得谦逊两句："张俊无德无能，今夏仓促从亳州、宿州退兵，官家不追究我的败师之罪，我已是感恩戴德了，哪里还敢比作郭汾阳！"

"胜败乃兵家常事，官家固然是盼望前线奏凯，但最在意却并非一时胜负。"王次翁微笑道。

张俊一怔，皇上心里头怎么会不在意胜负呢？当年自己明州一战告捷，皇上欢喜得一夜未眠。此次顺昌大捷，皇上更是喜不自禁，将刘锜连升数级而至节度使，弄得自己手下那帮资历高过刘锜的将领个个眼红不已。而岳飞在郾城大捷后，皇上也收回班师成命，令杨沂中进驻宿州，以图扩大战果。

见张俊困惑，王次翁又是呵呵一笑，道："在下且问少师一句话，这大宋的江山是谁的？"

张俊不假思索道："当然是圣上的。"

"那就是了嘛！"王次翁摊手笑道："天底下还有谁比圣上更惦记自己的江山呢？可有人偏生看不明白，身为武将，手握雄兵，动辄口称'还我河山''光复中原'，甚至以收复故土为名，悍然抗旨，拒不班师，就算出于忠心，却有不识大体之嫌。圣上计较的，并非一城一地之得失，而是诸将心中有朝廷，令行禁止，否则就算你打到燕山去，也保不齐那江山还是不是大宋的江山哩！"

张俊听得心里突突直跳，原来皇上今夏诏令诸将"宜且班师"，并非全出于持重，而是颇多考察之意。回头看来，只要让皇上觉得诸将心尊朝廷，就算贻误了战机，甚至吃了败仗，也无大错。

王次翁压低嗓音接着道："再说了，投鼠忌器的道理，少师自然是懂的。如今太后还在金人手里，倘若诸将不管不顾杀过去，逼急了金人，谁知道他们能做出什么事来！圣上也就剩这么一个亲人了，日夜牵挂，我等身为臣子，怎能不稍稍体谅其心意？"

张俊彻底听明白了，不禁长吁了口气，看着王次翁道："中丞此番教诲，张某受益终身，感激不尽！"说罢，郑重其事地一揖到地。

王次翁赶紧还礼，脸上始终是笑眯眯的样子，道："少师有此悟性，非特国家之福，亦少师之福也，可保富贵旺及子孙。"

张俊越发谦逊起来，二人又说了几句闲话，意味深长地交换了一下眼神，拱手而别。

率军北返窝冬的兀术，虽然吃了几次败仗，却也可以挺直腰杆觐见大金国皇帝。毕竟河南、陕西大片土地归了大金版图，而且除了顺昌一战败得狼狈，与岳家军诸次战役，虽未取胜，都是力战而退，也可以说成是主动收缩，最终迫使岳家军因孤军深入，不得不撤军。所占的州郡全部回到金军手中，而且战事收尾之际，还在宿州狠狠地咬了南军猛将杨沂中一口，也算是完美收官了。

完颜合剌果然龙颜大悦，重重赏赐了兀术，并特地下诏褒奖，说了许多溢美之词，朝野也是一片赞誉之声。

兀术带着凯旋的光环回到府中，脸上早没了笑容，两杯酒落肚后，他的脸色愈加凝重起来，左思右想过后，他派人将韩常、阿鲁补等人叫来议事。

心腹侍从看天色已晚，道："王爷，天已经黑了呢。"

"那就秉烛夜谈。"

"龙虎大王和盖天大王也一并叫上吗？"

兀术鼻子里哼了一声，道："什么龙虎、盖天的，那都是吓唬中原汉民的，难道还能唬住顺昌军和岳家军？"

半个时辰后，韩常先到，见兀术眉头微皱，似有心事，便笑道："大元帅得胜还朝，何不多歇息几日，再来忧心国事不迟。"

兀术脸上绽开一丝笑容，示意韩常坐下，道："好一个'得胜还朝'！元吉啊，你是爽快人，怎么也跟着朝堂上那些人一样满口谀辞了？"

韩常正色道："大元帅差矣！去年大元帅力排众议，毅然率大军南下，收复河南、陕西诸地，乃是我大金国拨乱反正之举！末将从南军俘虏处得知，那刘锜率领的乃是王彦手下的八字军，原本是要去汴京驻守的，此人极有谋略，手下将士也愿卖力死战，倘若让他经营两年，那汴京还能如去年探囊取物般拿下？还有岳飞，明摆着是将大本营从鄂州迁往颍昌的，若不是我军与他血战数场，他能知难而退？依末将看，哪怕再拖一年，局势便全然不同，南军必将在大河以南立稳脚跟，再取就难上加难了！"

这正是兀术自得之处，在大局上，他毫无疑问是赢家，但他忧虑之处不在于此。

"南军的确今非昔比,往年与南军作战,也不是没败过,但事后复盘,多因轻敌,或失了地利。然而去年顺昌、郾城之战,却是以战而败,南军已经有了北伐实力,本王思之再三,确实寝食难安呐。"

"想不到大元帅也有寝食难安的时候!"门外一声音道。

侍从慌忙上前禀报:"阿鲁补在外求见。"

兀术笑道:"真不愧我女真先烈之后!叫他进来。"

话音未落,一名身材魁梧的大汉掀帘而入,正是大元帅府右监军阿鲁补,一进门便大开大合地向兀术行礼。

兀术等他落座后,问道:"皇上为了大金江山都早朝晏罢,本帅如何就不能寝食难安了?"

阿鲁补粗声道:"大元帅,忧虑尚可,寝食难安却大可不必!"

兀术面带微笑,也不言语,仰在椅背上作倾听状。

阿鲁补接着道:"中原之地,已在我手,南军若想侵占,必须与我军决战于旷野,这并非南军所长。去年岳家军与我军硬碰,不过是堪堪平手,双方各有伤亡,而岳家军原本就是南军翘楚,打成这样已是极致,末将以为其他南军断无此实力。至于顺昌一战,我军吃了败仗,诚如大元帅所言,确是以战而败,然而细究起来,我军主力从汴京至顺昌,顶着酷暑,七日行军一千余里,兵马疲惫,南军才能以逸待劳,胜了一场。倘若是我军守在汴京,南军千里来攻,不要说南军没这个胆子,哪怕有,也叫他有来无还!"

韩常附和道:"监军所言极是,末将也正是这般看法,退一步说,南军即便有北伐之力,却无北伐之心。"

兀术道:"寻常人都是有心无力,你这有力无心却是什么说法?"

韩常道:"南军有北伐之力,南朝却无进取之心,岳飞之流本事再大,又能奈何?"

两名心腹爱将有此见识，兀术心里便有了数，沉吟片刻后，将心里话亮了出来："本帅明日想奏明皇上，今年一入冬，趁着马肥，再次大举南下，不给南朝喘息之机，你们以为如何？"

韩常微微一笑，胸有成竹地道："不瞒大帅，本部人马自班师回来，便日夜操练，以备再战。"

兀术大喜道："元吉真是知我腹心！如今兵衅既开，便只有一战到底，不知诸将心里如何想？"

阿鲁补道："还能如何想，跟着大元帅死战便是了！"

兀术心中豪情一上来，便要叫人上酒，想想又克制住了，起身踱了两步，叹道："可惜阿里、如海二人都不济事了，虎狼一般的身躯，怎么一病就倒了呢！完颜突合速、赛里二人枉称龙虎大王、盖天大王，却是暮气甚重，真正还能领兵打仗的也就你二人了。如今南军兵强马壮，与当年不可同日而语，正因如此，我军才不能眼睁睁地看其坐大，不然等到敌军兵临城下，才如梦初醒，那就悔之晚矣！"

韩常、阿鲁补也不敢坐了，都站起来听兀术说话，兀术挥挥手，示意他二人坐下，自己也一边落座一边问道："来年南下，该向何处进军？"

韩常看了一眼阿鲁补，阿鲁补地位虽尊贵，但也敬重韩常久经沙场，拱手请韩常先讲。

韩常便侃侃而谈："当年我大军在黄天荡遇阻，几乎不得北归，虽然最终反败为胜，但自此以后，便对渡江有几分畏惧，于是转而进攻川陕，以图顺江而下，一举灭了杭州的小朝廷。富平一战，我军大展神威，以少胜多，将南军杀得大败，陕西五路也终于归我大金，不料南朝西军却出了个吴玠，此人极善统兵，倚仗弓弩，借着地利死守蜀口，我军始终无法进入四川，这顺江东下之策也不得施行。如今

## 绍兴和议

南军大有长进,今非昔比,然而其最大的软肋在于君、臣、将各怀心思,且朝野对我大军仍颇为忌惮,依末将看,我军大可不必像之前那样兵分数路,只需略派兵马牵制住南朝西军,并令驻守归德府的郦琼辅佐葛王扼住岳飞北进路线,而大元帅则亲率主力直下淮西,进逼杭州府。南朝必不甘心束手就擒,定会调集诸路大军与我决战,此次决战迟早要来,晚打不如早打,到时三军用命,一举击破南军主力,则拿下杭州如探囊取物!"

韩常这番话说得铿锵有力,一旁的阿鲁补听得抓耳挠腮,连连附和,但兀术早已不复当年那种一听杀伐便血脉偾张的性情。过去数年,朝廷内你死我活的权斗让他深沉了许多,他首先想到的是万一出师不利,朝廷会如何看待,和议余党又会如何捣鬼。

阿鲁补见兀术沉吟不已,便道:"大元帅有何顾虑,不妨讲来听听,末将拼了这条命,也要让大元帅安心。"

这份隐秘的心事兀术绝不会吐露出来,他点了点头,赞道:"元吉不愧是百战之身!本王领兵十余年来,与南军交战不下百次,除富平大战之外,南军竟无一次敢横刀立马,与我军决战于旷野之外,不承想去年岳飞竟敢千里突进,与我铁骑先后决战于郾城、颍昌,丝毫不落下风——南军悍勇如此,我军与之决战可有把握?"

岳家军之生猛犹在昨日,韩常和阿鲁补都领教过,不敢拍胸脯。韩常毕竟征战多年,颇知谋略,答道:"岳飞远在湖湘,而我军将战场选在淮西,只怕他还未赶到,战事便结束了,他又能有何作为?"

"元吉所见,与我略同。"兀术赞许道:"别忘了淮东还有个韩世忠呢!我军直下淮西,也可避开他,只是这二人必会十万火急赶来增援,因此还须随时留意二军动向,争取在淮西速战速决才是。"

三人似乎心照不宣地沉默了片刻,还是阿鲁补打破沉默:"刘锜的顺昌兵定然驻扎在淮西，须多加防范才是。"

顺昌一战，金军败得尤其狼狈，兀术也颜面扫地，因此金军将士都对"顺昌鬼兵"心有余悸，但来年南下，又不得不面对，两军对垒，未战先怯，这仗是没法打的。

兀术将目光投向韩常，韩常坐直身子道："顺昌军纪律严明，进退有度，且甲胄齐全，装备精良，是一块难啃的硬骨头。自顺昌之战后，末将私底下无数次与诸将复盘，发现那刘锜十分精明，他与我军决战时，次次都把战场挑在城墙与颍水之间。这墙和水一前一后，将我军拘入狭窄逼仄之处，骑兵跑不起来，难以迂回，不得不与步兵面对面硬战，占不到丝毫便宜……"

顺昌之败是兀术平生之耻，他脸上泛起一阵潮红，起身掩饰地左右踱了两步。

韩常视而不见，继续道："我军与南军作战，也须精心挑选战场，一定要将战场选在开阔之处，不可贸然决战，这样我铁骑进退自如。倘若战事顺利，便将南军一股脑儿吃了，万一战事不利，骑兵一转身也就撤走了，如此便立于不败之地。"

阿鲁补对打仗之事最为痴迷，便认真和韩常商议起来，说到酣处，两个大嗓门震得王府的窗纸直颤，突然意识到是在王府，二人赶紧停了下来。

兀术摆摆手示意无妨，称赞道："难得你们肯花这份心思。此次南下，事关大金国运，若无功而返，南军定会筹划北伐，则中原、陕西永无宁日，甚至河北州郡都有易手之虞！南朝实力，早非十年前可比，并非本王穷兵黩武，实在是形势所迫，不得已而为之。"

说罢，他下意识地拔出腰刀，就着明亮的烛光端详了一会儿雪白锋利的刀刃，然后一个漂亮的翻手还刀入鞘，抬了抬下巴，命侍从取出地图，三人就着地图谋划到深夜。

北方大肆招兵备粮之际，南面的宋廷也没敢闲着，双方征战了十余年，早已把对手摸得一清二楚。苦的是江淮一带的老百姓，进退两难，想走又不舍得辛辛苦苦积攒起来的家业，想留又怕兵火无情，只能忐忑不安地等待着，张望着。

果然，大年还没过完，淮南各地的百姓便看见斥候急如星火地往来穿梭，有时候一日竟能看到十拨以上，有胆大的远远地冲着疯狂赶路的斥候大喊："金军打来了吗？"

斥候一声不吭，急驰而过，只留下一路烟尘和满脸迷茫的百姓。

很快，担心便得到了证实，大批逃难的百姓开始塞满道路，一打听，金军已经渡过淮河，攻占了寿春，正长驱南下。

恐慌迅速在城镇、村落间蔓延，人们匆匆收拾好细软，扶老携幼，骑驴牵牛，开始往南走。他们也没有目标，只是凭借着本能，希望离金军越远越好。

这是一支过去十来年几乎年年躲避兵灾的逃难大军，早已学会了逆来顺受，人们只是默默地走路，空气沉闷压抑得让人透不过气来。有些走不动的老人便坐在路边上，看着南行的人流，等待着不可预知的命运。

越来越多的百姓汇入逃难的人流中，然而眼尖的人远远地看到，北面有一团烟雾正若隐若现，多年的经验告诉他们，金军离此顶多只有两日路程。

幸运的是，往来传递军情的斥候告知，南面有一支宋军部队正在北上，更让他们额手相庆的是，这是刘锜率领的"顺昌鬼兵"。

刘锜自顺昌一战后，在大江南北暴得大名，他帐下的"顺昌鬼兵"

更是被传得神乎其神。"老天开眼，这下可得救了！"逃难的百姓个个眼含热泪，喜极而泣。

逃难人流又往南走了半日，终于与"顺昌鬼兵"迎头遇上，这支人马果然不同凡响，士卒大多是河朔那边的人，十分彪悍，甲胄装备也分外好，再加上刚打过胜仗，一个个意气风发，百姓们一见这王者之师的威武模样，不约而同地爆发出一阵欢呼。

刘锜已因军功荣升为节度使，但他是谨慎之人，自己连升数级，谁看了不眼红！因此他在行军中刻意不用节度使仪仗。此时听说前面百姓挡道，便领着亲兵拍马赶来，百姓一见这年轻将军如此英俊威武，无不心仪，浑然忘了自己是来逃难的，熙熙攘攘地围在一起，笑嘻嘻地打量着刘锜，那架势倒像看新郎官似的。

刘锜哭笑不得，便命人喊话，告诉百姓金军前锋正往庐州进发，守军告急，他正要率军前往增援，请百姓速速让道，不然误了军情，整个淮南都将不保。

见百姓还不退后，刘锜又让人继续喊话，说金军攻取寿春后，杀了守军一千多人，血流成河，百姓流离失所，因此决计不能再让金军顺利攻取庐州。

这话果然灵验，喧闹的人群这才意识到正面临一场残酷的战争，顿时安静下来，忙不迭地让开一条道。刘锜命士卒唱起军歌，向庐州整队进发。

离庐州还有十几里时，便看到三五成群的官吏、百姓正往南逃，刘锜对左右吃惊道："陈公与我共守顺昌，他虽是文臣，却极懂守御之道。如今他就在庐州镇守，为何官吏、百姓都作鸟兽散？"

左右便叫一名官吏模样的人过来询问，这才得知陈规已于半月前病逝了。

刘锜不禁怅然,陈规活了七十来岁,乃是高寿,之前还在顺昌之战立了大功,被朝廷加封为枢密直学士,也算是功成名就,只是他在这个节骨眼上去世,实在不是时候。

刘锜便领着麾下仅有的六百名骑兵,离开大部队,向庐州城飞驰而去。

出城迎接的乃是关师古,当年他在陕西因缺粮冒险深入敌境,结果大败,羞惭之下只身投敌,两年前借着和议达成,金国返还中原、陕西之地的机会,归正效力,驻守庐州。

二人早年便在陕西相识,如今一个是闻名天下的年轻节度使,一个却是带着"归正人"印记的寻常统制,境遇可谓天差地远,难免颇多感慨,只是军情十万火急,二人根本没心思说题外话。

"金军离此还有多远?"两边见过礼后,刘锜直接问道。

关师古道:"探马刚报过,金军前锋离此仅三十里。"

"庐州城防如何?"

"不好,陈公走的不巧,城防之事原本都是他在操劳,自从他病重到去世这几个月,许多事都耽搁下来了,其他官员也不得力,我身为武将,有些事又不便过问……信叔兄随我四处巡视一番再说吧。"

二人沿着城墙快步走了一圈,刘锜已经心中有数,转头问关师古道:"城中粮草想必也不多了吧?"

"我帐下只有两千多人,倒是足够他们吃的,但信叔兄麾下两万人马,顶多够吃十日。"

刘锜凝眉思索片刻,当机立断道:"此城不可守,立即南撤另寻地利之处。"

关师古正是此意,只是他身为"归正人",不敢再背负临战弃城的罪名,听刘锜这般说,不禁松了口气,立即传令撤退。

刘锜的大部队还在城外，此时正在下雨，将士们都跃跃满志，想着先进城避避雨，再来一次庐州大捷，听到撤退的军令，都愕然不已。但既然是主帅巡城后的决定，他们也无话可说，立即掉转头，跟着百姓沿着泥泞的道路往南撤退。

才撤退不到两个时辰，探马来报，金军已经进了庐州城。

诸将都相顾失色，刘锜对关师古道："金军听说我军撤退，必定前来追赶，这军民混杂的，一旦乱起来，要出大事！就近可有地利之处？"

关师古也急得脸色苍白，想了想道："西边五六里处有一座不大的山，叫西山，地势谈不上险要，但总比这边平地强。"

刘锜立即传令全军转向西行，天公不作美，也没有像样的路，这五六里走了一个多时辰才到。刘锜命两千精兵列在阵前，几百骑兵两翼压阵，冒雨展开旌旗，等待金兵到来。

不过一顿饭工夫，前边便有金军影子，又过了一阵，人马越聚越多，足有五六千，全是精锐铁骑。

关师古不禁看了刘锜一眼，心想这刘锜真是果敢决断，倘若刚才稍慢一步，被金军的精锐铁骑在撤退途中赶上，那就万事皆休矣。

刘锜脸色如常，金军铁骑稍慢半拍，错过了追击时机，此时两军对阵，不知底细，金军多半不敢冒险进攻。

他还有另一层把握：顺昌一战，自己手下这支劲旅让金军吃足了苦头，看到"顺昌鬼兵"的旗帜，金军不敢不谨慎。

果然，金军远远地停了下来，双方互相窥探，谁也不敢先行进攻。

黄昏时分，雨渐渐停了，金军觅不着任何机会，撤了回去。

金军一撤，刘锜带着诸将在周遭走了一圈，道："此处倒是有山，但无水源，不可久留，还须再找一处地方，若能依山据水，便可坚守,遏止金人南下的势头。"

许清道:"方才行军时,一路与乡民打听周边地势,听人说南面巢县多山多水,若有适合驻军之处,正好虎伺南下金军,使其不敢深入,还能策应友军,接济粮草……"

他话未说完,刘锜便喜道:"这必是处好地方!今晚先稍事歇息,明日一早便转移去巢县。"

两万多人马就在西山歇息了一夜,次日天刚蒙蒙亮,便开往巢县。紧走了几日,终于赶到,刘锜派人四处察看,最后选定东面方向的一处地方叫东关,刘锜亲自巡视了一圈,点头道:"虽不算十分形胜之地,但也足以倚恃,先驻扎在此,等其他各路援军到时再做打算。"

随后几日,斥候陆续送来情报,金军占了庐州之后,大纵杀戮,而且还不断派兵去无为与和州境内劫掠,但却暂无兵临长江的意思,"顺昌鬼兵"虎踞东关,金军统帅不得不顾虑其后路。

刘锜在淮南与金军对峙之际,一叶轻舟在隆冬严寒中,静悄悄地从下游溯江而上,抵达建康渡口。船上下来数人,领头那人一袭簇新的锦袍,长得美髯俊目,如果不是年纪稍长,看上去极像个养尊处优的世家子弟,此人便是当世才子,贵为江东制置大使的叶梦得。

叶梦得下得船来,随从早就拿出官牒,让驻守渡口的校尉赶紧通报。

听说叶梦得到来,张俊赶紧出了府衙迎接。两人见过礼后,叶梦得劈头便问道:"宣抚为何还未渡江啊?"

张俊一愣,道:"军情未明,等下一拨斥候送来谍报再作定夺。"

叶梦得当过几日宰相,当即叹气跺脚道:"哎呀!金军主力已入庐州,现在含山县、历阳都丢了,无为军与和州也发现金军踪迹,一旦被敌军先占了和州，到时宣抚再想渡江，恐怕都要被金军半渡而击了！"

张俊吓了一跳，正沉吟间，亲兵报都统制王德求见。

叶梦得与王德互闻其名，却从未谋面，见王德高大魁梧，眉宇间杀气十足，活脱脱就是一个夜叉，不由暗暗惊叹，嘴里道："可惜金军都已经杀到江北了，我军猛虎却还未上阵！"

王德不知二人方才谈了些什么，但听叶梦得的意思，似乎是说自己畏敌不前，便道："末将这就是来请求进军的！"

张俊还在犹豫不决，王德道："末将方才听幕僚议论，说什么守淮则胜负难料，守江则万无一失，这实在是误国之言。淮南乃是大江之屏蔽，倘若弃淮不守，敌军逼临大江，天险与我共有，正所谓唇亡齿寒。金军长途跋涉数千里，马匹走得快，粮草走得慢，定然会粮草告急，如今金军四处劫掠，正是因为粮草不继，此时不攻，更待何时？等过了这个时机，敌军粮草运到，城池也都占了，人心也安定了，则淮南就非我所有了！"

叶梦得在一旁听了，大为惊讶，看着王德道："本以为将军不过行伍中人，原来竟是国士！请恕梦得轻慢之罪！"说罢，向王德深深地作了一揖。

王德赶紧回礼，两人同时把目光投向张俊。

张俊此时说不出兵，已经毫无理由，正想着如何找句场面话下台阶，王德道："末将愿携两个不肖子率本部人马先行渡江，等打下和州，再请大帅北渡会合！"

王德两个儿子一个叫王琪，一个叫王顺，也在军中效力，都有骁勇之名。父子三人同时渡江迎敌，堪称留名青史的壮举。

叶梦得激动得满脸通红，恨不能立马抓起纸笔为他赋诗壮行。张俊也感动不已，道："那就有劳子华了！"接着叫过亲兵，用威严的声调说道："传我帅令，大军即刻准备渡江！"

叶梦得大喜，连连拱手道："有劳少师！有劳王都统！"

亲兵转身要去传令，张俊一挥手又将他招回来，道："和州乃此战之关键，先得和州者胜。传令诸将，向和州进发！"

王德道："末将愿身先士卒，充当前锋！"

张俊慨然应允："有你做前锋，本帅还有什么好担心的！"

叶梦得极想找张俊要笔墨纸砚，为王德赋诗壮行，但他毕竟不是迂腐才子，心里明白此时鼓捣这种风雅之事，纯属添乱，丝毫济不了事，而且张、王二人也没心思陪他舞文弄墨。

送走王德，叶梦得微笑拱手道："宣抚帐下猛将如云，此去定会马到成功！大敌当前，宣抚要事缠身，在下就不烦叨了。"

张俊客气了几句，二人作礼而别。

然而就在张俊大军即将渡江之时，有斥候从江北赶来，告知一个坏消息：和州已然失守。

此时箭在弦上，不得不发，张俊与众将商议后，决定改由采石渡江。

几万人马分乘几千艘大小舟船，扬起风帆，向江北驶去，看上去浩浩荡荡，气势恢宏。然而一到江心，才知造物宏大，几千艘战船在风浪中飘摇，显得分外渺小，仿佛几个大浪过来，就能将之吞没。

行驶了大半日，即将到达北岸，此时和州失守的消息已经传遍全军，所有人都断定金军就埋伏在对岸，只要一登陆，就会遭到灭顶攻击。

王德率本部人马为先锋，最先抵达北岸。众人抬眼望去，只见对岸草木森森，不知埋伏着多少兵马，都面带惧色，不敢登岸。

王德大吼一声："随我来！"说罢挺着一根长矛，跳入水中，向岸边跋涉而去，他的两个儿子也紧随其后。

主帅父子如此英勇，将士们大受鼓舞，都纷纷涉水登陆，沿岸巡视了一圈，才发现半个人影也没有，金军尚未杀到。

此时张俊的大船还在江心，王德让人打信号告知登岸顺利，然后片刻也不停留，率军直奔和州而去。

沿路没有遇到任何抵抗，众人一路紧赶慢赶，终于在深夜抵达和州。和州金军原本不多，更没料到宋军行动如此神速，来不及抵抗便被一举拿下。王德一不做二不休，直接派兵去攻取历阳，彻底堵住金军的南下之路。

天刚蒙蒙亮，王德如约将张俊迎入和州，同时历阳的捷报也送到了。

张俊暗暗庆幸，斥候送来急报，淮北宣抚副使杨沂中，已率殿前司兵马三万人渡江，正往这边赶来与张俊会师。

他们正用早饭，又有一名斥候赶到，禀报说："刘锜率军出东关，开始向清溪附近的金军发起进攻。"

张俊心里盘算了一下，杨沂中、刘锜手下都有数万人马，加上自己这边已经有十余万之众，而岳飞与韩世忠部也正在赶来，几乎是举国之兵聚于淮西。

而金军也是倾国南下，两国大军正逐渐逼近，兵力越来越聚集，一场空前规模的大会战无可避免。

突然意识到这一点，他的心忍不住"呼呼"直跳，饭也顾不上吃了，死死地盯着地图，入定般地沉思着。

"子华，子华！"张俊眼睛盯着地图，嘴里喊道。

没人应声，张俊有些着急上火，抬头大吼道："王德何在？"

亲兵满脸惶恐地上来道："大帅，王都统已经领兵去含山县了。"

"怎么招呼都不打一声？"张俊错愕道。

亲兵更加愕然，小心翼翼道："大帅，他跟您一早就商议了呀，得了您的帅令，他才出发的。"

张俊这才想起，因金军占了昭关，王德一早就主动请缨，率军去了含山县，准备先取含山再取昭关，为保必胜，与他同去还有张俊的侄子张子盖。

张俊自失地一笑，掩饰道："是了，是了……王德智勇兼备，子盖也是虎将，有他二人去，我就不必担心了。"

他起身走出府衙，对着北面又陷入了沉思，也不知过了多久，看见一群沙鸥从前方掠过，这才意识到前方是大江，他正好看反了方向。

张俊在和州心神不宁的时候，刘锜已经出了东关，进逼清溪，与金军打了两仗，金军并不恋战，一见占不到上风，便边打边撤。刘锜手下以步兵为多，不能穷追猛打，便稳打稳扎，步步进逼，一直将金军逼退到一条小河边。

刘锜从逃散乡民口中得知此河名叫石梁河，通往巢湖，河面并不宽，也就两丈有余。金军先过河后，将桥全部毁掉，而且事不凑巧，一场大雨过后，河水暴涨，涉水过河已无可能。

河对面便是柘皋镇，金军退到此地后，便不再后退，而是排出决一死战的阵势。

刘锜隔河观望了一阵，便明白了金军意图，柘皋镇正是一大片平地，有利于金军铁骑冲突，很可能柘皋将成两军决战之地。

许清机警，跑过来对刘锜道："大帅，金军看样子想与我军在对岸决战，但为何不放我军过去，反而把桥给毁了？"

刘锜紧张地思索了片刻，道："金军此举，或是等援军，或是为了扰乱我军，或许干脆就是匆忙之举，但事已至此，不必多想，只管过河，逼住金国主力，等其他各路人马过来会战！"

许清绷着脸点点头，转身一溜烟回去了。刘锜传令伐木筑桥，河水原本只有两三丈宽，八字军是百战老军，训练有素，不消半个时辰，便建了十来座简陋木桥。

金军眼看着宋军两万人马不到一顿饭工夫，便已过桥，都来不及作出任何反应。"顺昌鬼兵"之名如雷贯耳，金军不得不十分谨慎。

但金军仍然有胜利把握，因为对面宋军只有几百名骑兵，其他全为步兵，"顺昌鬼兵"再勇猛，一旦到了平地，失去了城墙护持，失去了地利，也将威力大减。

刘锜深知这一点，他面对的是数万金军铁骑，而且四周一马平川，自己的步兵全都身披厚甲，根本跑不过骑兵，主动进攻毫无胜算。

为了节省体力，他传令全军放下长枪，然后坐在枪杆上，几百名骑兵在两翼往来警戒。以这支军队的实力，固守待援是绰绰有余的。

午时，接连几名斥候连滚带爬过来禀报："杨沂中和王德的人马已经先后赶到。"

"终于到了！天助我大宋……"刘锜心里默念着，立在马鞍上向后方眺望，虽然大雨过后，烟尘不起，但一团团的雾气从地面升腾上来，在隆冬季节分外明显，那是大队兵马在移动。

与此同时，他看到对面金军也在不断汇集，天空浓云未散，寒气入骨，但浓烈的马臊味仍然把无数马蝇惊醒了，成团成团地在空中飞舞。十几万人马拥挤在柘皋镇，却听不到太多声响，双方都在紧张地排兵布阵，窥探对方动静，他们都意识到了一场决定两国命运的大会战即将拉开帷幕。

# 十一　淮西会战

　　乌云压顶的旷野一片寂静，宋金两国大军对峙已有一个时辰，双方谁也不敢先发动进攻，都在期待对方犯错，或许在他们内心深处，更希望这场让人窒息的对峙随着夜幕的降临平淡无奇地结束。

　　天空中划过一道长长的闪电，几乎要劈到地面，片刻过后，一阵延绵不断的惊雷掠过旷野，原本安静的战场突然间骚动起来。战马发出长长的嘶鸣，双方纹丝不动的阵形开始松动，将官们厉声怒吼，试图稳住阵形。

　　怒吼没有止住躁动，反而蔓延开来，越来越大，终于宋军这边一支人马按捺不住，主动杀了过去，左翼的王德立在马鞍上望了望，正是杨沂中的人马。

　　但杨沂中并没能占得先机，金军拐子马吃过几次亏后，稍稍改变了战术，不再急于与宋军接触，而是迅速散开来，直接奔向宋军后路，沿途还不停地放箭。

　　杨沂中既然刀已出鞘，便只能往前硬冲，而金军继续迂回，要将他的三万人马包饺子。

　　王德不禁倒吸了口凉气，倘若杨沂中被迅速击败，这场仗就没法打了，他这边必须当机立断发起进攻。

　　统制田师中也觉察到形势不妙，但还在犹豫，对王德道："宣抚率大军正往这边赶,要不再等等?"

王德叱道:"再不动手就迟了!还等什么?"

张子盖也道:"两军已经交战,哪有看着干等的道理!"

田师中便跟着下了决心,咬牙道:"那就开战!"

王德指了指金军右翼,道:"这边全是金军精骑,如果一举将其右翼击破,此战必胜!"说罢,大手一挥,两万人马从早已搭好的十余座木桥上过河,向金军逼近。

王德率领骑兵一马当先,直奔右翼金军铁骑,金军领头乃是一名万户,人与马都十分矫健,面对宋军冲击,他冷静地按住人马,准备找一个最恰当的时机发起猛冲。

然而就在他抬起的左臂即将放下时,王德这边已经拉满了弓,一箭射了过来,这箭来的力度极大,距离又近,根本来不及躲避,正好射入他暴露的腋窝下,箭杆几乎扎进去一半。可怜这万户疼得大吼一声,翻身落马,他拼命挣扎着要爬起来,但遭受重创的身体却不听使唤,像个醉汉一般在地上翻滚,嘴里发出可怕的"吭哧"声,鲜血立即染红了衣甲。

其他金军将士被这突如其来的一幕吓傻了,王德岂能放过这样的大好机会,挺起长枪,大吼一声:"杀!"带着两个儿子杀了过去。

宋军血气迸发,齐声呐喊,潮水般地冲了上去。金军突然间失了主将,再看到宋军如狼似虎,不禁为之夺气,纷纷后退,宋军在金军右翼牢牢确立了优势。

战局顷刻间逆转,刘锜的人马也趁势开始进攻,八字军排着严密的枪阵,向对面的金军逼去,金军仓促应战,阵形和士气与宋军相比明显差了一截。

另外两支宋军的猛烈攻势,打乱了左翼金军的包抄节奏,让杨沂中身上负担大为减轻。他看到金军阵中令旗挥动,知道金军铁浮屠准备提前发起冲锋,要将他的步兵一举击溃,便传令手下万名长斧兵按平时演练紧紧排在一起,像堵墙一般压向金军。

金军铁骑原本防着宋军削马腿,没料到一堵墙压了过来,长斧密集像树林,寒光闪闪,让人看着顿生惧意,马匹也不敢往前走。两军靠近后,宋军士兵发出一连串的怒吼:"砍喽!"锋利的斧头直劈了下去,没头没脑地砸在金军头顶上、肩膀上、马背上,金军虽然有铠甲护身,但也经不住连续的重斧劈砍,几轮对阵下来,死的死,伤的伤,阵形开始混乱。

战至此刻,金军败局已定,但仍以顽强的意志承受住了几轮打击,并且拼命反攻,力图扭转局面,然而在宋军一浪高过一浪的攻击之下,终于支撑不住,右翼的精锐骑兵开始败退,紧接着中路和左翼的金军也闻风败退。这一下兵败如山倒,宋军士气如虹,以排山倒海般的气势向金军发起了总攻。

战场形势从双方对抗迅速转化为一场屠杀,成排成排的金军被自己人挤倒在地,浑身重铠爬不起来,被活活地践踏而死。占了上风的宋军杀红了眼,毫不留情,对着乱了阵形、四处逃窜的金军痛下狠手,一时间小小的柘皋镇尸横遍野,血流成河,石梁河的水刚由混浊转清,马上又被染成鲜红。

张俊听说前方两军对峙,率人马急如星火地赶来参战,远远地听到前方杀声震天,知道战事正酣,恨不能生一双翅膀飞过来。等他终于赶到柘皋时,仗已经打完了,战场上尸积如山,除了一些打扫战场的士兵,其他人马都走光了。

张俊知道这意味是自己这边胜了,但又将信将疑,带着亲兵沿着战场亲自巡视了一圈,只见尸横遍野,全是金军装束。他犹自不信,命人翻动尸首，确定是金军士卒才罢，一大圈走下来，他心里估摸了一下，金军竟然在战场上留下了万余具尸首！

"我军阵亡多少？"他问。

亲兵答道："极少，恐怕不超过千人。"

以一当十，完胜。张俊心里"扑通"了一下，一股夹杂着狂喜和庆幸的热流从脚底涌上来，他忍不住咳嗽了一声，拼命保持住宣抚的威严，但眼睛却不由自主地湿润了。

"可有将官死伤？"张俊又问。

"听说就武胜军承宣使姚端战殁，其他人都无恙。"

张俊心里叹气，姚端是个极争强好胜之人，凭着军功一步步爬到承宣使的位置，此战大胜，他再升一级当不在话下，可惜却丢了性命。

他边巡视边听人讲战事经过，断言道："此战若无王德，绝不会胜得如此酣畅淋漓。"

众人点头称是，都说此战之后，王德必封节度使。

"子华征战多年，战功累累，这也是他应得的。"张俊道，脸上绽开舒心的笑容。王德在自己麾下任事，今日立此大功，他这个做主帅的自然也是脸上有光。

参战各军仍在乘胜追击，张俊就在战场附近扎下营帐，等着与诸将会合。

最先回来的是刘锜，大胜之后，却没有任何俘获，一问才知因他手下以步兵居多，披着厚甲，不能奔跑，便下令整队而归。

张俊打量着这名新晋的年轻节度使，顺昌一战，让他名满天下。皇上喜出望外，厚加赏赐，让诸将既羡且妒。如今他又率军参与了一场空前对决，大获全胜，这要论起功来，岂不是要当上两镇节度使？

"恭喜宣抚！此战乃我朝积十余年之力与金军主力的一场决战，我军完胜，可谓雷霆万钧，气势如虹，全赖宣抚运筹帷幄，调度得当，三军将士无不欣喜叹服！"

刘锜这番话，让张俊颇感意外，心想此人不愧将门之后，颇有雅量，便也客气道："节使继顺昌大展神威后，又在柘皋收获大捷，此二战必将彪炳青史，本抚该向你贺喜才是。"

刘锜感叹道："末将当年曾参与富平大战，结果大败亏输，致使陕西五路全部落入金人之手，此恨十余年不得消退。顺昌一战，总算狠咬金军一口，尤有余恨。今日柘皋会战，杀得金军屁滚尿流，才算彻底解了心头之恨！"

张俊来了兴致，问道："富平之战与此次柘皋之战，参战人数近二十万，乃是两国定鼎之战，事关国运，以节使之见，富平之战缘何惨败？"

"如今看来，富平之战乃必败之战，胜了反而没天理了。我军人数虽多，但训习不足，士气不旺，且战前筹划多有失误之处。金军当年锐气正盛，主将娄室更是百年一遇的将才，甫一开战，便让我军陷入混乱，各自为战，结果环庆军先败，引得军心动摇，最终兵败如山倒……"刘锜说起来，言语中犹有几分不甘。

"那节使再说说，为何此次柘皋会战，我军却大胜了呢？"

刘锜道："钱粮充足，军用不乏，加上主帅运筹帷幄，将士悉力死战，焉有不胜之理？不过归根结底，还是两军实力此消彼长所致。"

这后一句话让张俊有些扫兴，但他深知刘锜所言非虚，便哈哈一笑道："金军素来不把我军放在眼里，但凡吃了败仗，不是说失了地利，就说自己轻敌。如今两军对垒，战场还是他们挑选的，却落了个惨败而归，看他们还有何话说！"

众人都兴高采烈，纷纷附和。

张俊心情大悦，一边命帐下文士起草捷报，一边命人杀猪宰羊，置办宴席，等杨沂中和王德过来会合后，犒赏三军。

傍晚时分，杨沂中和王德的人马陆续回来，还带着上千名俘虏，骡马不计其数，士兵们苦战了半日，又长途追击，早已疲惫不堪，脸上却带着骄傲和欢欣的笑容。张俊命全军出列，迎接凯旋将士。

王德此战厥功至伟，又是张俊爱将，自然是受到众星拱月的待遇，众人言语中直把他夸上了天，他都只是矜持地微笑应答。他身经百战，多有战功，但此战到底意味着什么，他还没来得及厘清头绪。

直到他遇到刘锜，双方见过礼后，刘锜拱手道："百闻不如一见，王都统果然威略如神！今日之战，若无王都统先发制人，哪能胜得如此酣畅？从今往后，刘锜愿以长兄之礼侍奉足下！"

连名满天下的"顺昌鬼兵"统帅都如此奉承，王德这才确信自己今日立下的战功与往日不同，乃是一桩不世之功，一念及此，无论他如何谦逊，笑容仍然难以控制地泛开在脸上。

当晚三军大摆宴席，庆贺决战胜利，上百个火堆熊熊燃起，几百口大锅架在火上，伙夫把好东西全扔在锅里混煮，白天还杀声震天的战场，此刻弥漫着肉食的浓香。

张俊带着诸将四处巡视，走过一口大锅时，只觉得异香扑鼻，众人互相对视了一眼，都点头道："这必是上好的马肉。"

"这闻着便是匹好马，怎么煮着吃了？"张俊问伙夫道。

伙夫连忙摆手，道："大帅，这马是好马，可惜受了伤，眼见着活不了，只好宰了吃，马主人还不舍得呢！"说着指了指远处一名将官模样的人，正盘膝坐地，低头喝闷酒。

张俊便道："此战缴获了敌军上千匹马，到时让他再挑一匹好马便是了。"

伙夫笑容可掬道："有大帅这句话，高统领自然就开心了。"

又巡视了一会儿，张俊突然转身问刘锜："金人此战大败，依你看，他们还敢不敢再战？"

刘锜想了想道："金军此战损失惨重，士气大挫，末将以为他们必不敢像先前那般咄咄逼人，但金军素来坚韧，倘若我军稍有不慎，被他们觅着战机，反咬一口也不意外。"

张俊点了点头，又把目光投向杨沂中，杨沂中道："我军士气正旺，金军新败，依末将看，金军多半会避而不战。"

"子华，你觉得呢？"张俊接着问。

王德已经从兴奋中沉静下来，答道："只要金军还滞留在淮南，两军必有一战，除非金军经此一战，肝胆俱裂，径自退兵北上过了淮河，战事才算告终。"

张俊不置可否，只是微微颔首，一路上再无他话，巡视完毕，众将各自回营。

张俊差人单单将杨沂中叫来，摆上一壶酒，几个小菜，二人在帐中坐定。张俊两杯酒落肚，含笑问杨沂中："依你看来，金军果真会就此渡淮北上了吗？"

杨沂中看了看张俊，道："多半会吧，大帅的意思是……"

张俊并不直接回答，长叹一口气道："朝野都道我张家军兵多将广，装备精良，却不知大有大的难处哩！"

杨沂中乃是长年侍奉皇上的人，外表粗豪，实则心细如发，立即听出张俊话里有话，他也并不回避，直接问道："宣抚有何难处，尽可说与沂中听，只要沂中便得上劲的，无不尽力！"

杨沂中会说话，张俊脸上浮起满意的笑容，问道："你觉得柘皋一战，何人功劳最大？"

"除了宣抚，还能有谁！倘无宣抚坐镇指挥，运筹帷幄，哪能得此大胜！"杨沂中不假思索地回道。

张俊哈哈一笑，道："你我之间就不必客气了。柘皋一战，有三支人马上阵厮杀，你，刘锜还有王德，你就直说吧，谁功劳最大？"

杨沂中便道："那自然还是王德的功劳大。大帅也是亲临过战阵的，两军对峙，若实力相当，凭借的就是一股气势，谁先声夺人，谁就能占上风，一旦被压住猛攻，再翻盘极难。金军此次完败于我，实是始于王德奋力一击，这功劳谁也抢不走。"

张俊含笑不语，不紧不慢地喝了杯中酒，又吃了几口小菜，接着问道："首功自然是王德，那排第二的是谁呢？"

杨沂中微微一怔，举着酒杯的手悬在半空，目不转睛地看着张俊，似乎在猜测他的意图。

张俊不再隐瞒，叹道："你我就打开天窗说亮话吧。他刘信叔凭借顺昌一战，得到的赏赐已经够多了，这次又来分功，那其他人还吃什么呢！"

杨沂中恍然大悟，他跟张俊素来交情甚好，此刻立即对上了心思，点头附和道："宣抚所言极是，刘锜顺昌一战固然有功，但运气也是太好，简直比岳飞爬得还快！弟兄们苦苦征战这么些年，不过是薄有封赏，大伙嘴里不说，心里头还是憋着一口气的。"

听杨沂中提到岳飞，张俊不自在地挪了一下身子，脸上的神情也严肃起来，断然道："那就这么定了，明日我便向朝廷请功，王德首功，自王德以下，其他诸将平分军功，刘锜不在立功之列。"

这未免有点露骨，杨沂中犹豫了一下，道："刘锜毕竟也参战了，还率先抵达战场，最后却寸功未立，就怕朝廷那边说不过去。"

张俊嘴角掠过一丝微笑，道："此事我已有计较，就以战后各军俘虏数计功，刘锜并未俘获金军一人一骑，本抚即便想给他计功也无凭据啊。"

杨沂中飞快地看了张俊一眼，明知这做法不地道，嘴里却道："如此甚好，上上下下都挑不出刺来。"

计议已定，二人心照不宣地相视一笑，端起酒杯一饮而尽。他们才坐了片刻，便听帐外有斥候赶来的动静，张俊正惦记金军去向，赶紧起身走到帐外，差点与一个满身臭汗的斥候撞个满怀。

那斥候连忙跪下请罪，张俊一抬手，直接问道："金军现在何处？"

斥候道："禀大帅，柘皋大战后，金军败退紫金山，然后继续往北撤军，目前淮南各州县已不见金军踪影。"

金军渡淮北撤，意味着此次战事完美收官，这正是张俊最想要的情报，他心里掠过一阵说不出的松快，顺手解下腰间的玉佩，赏给斥候。

斥候得此重赏，喜出望外，连磕了几个响头，美滋滋地去了。

"如此说来，柘皋一战的确让金军胆寒，无心再战了？"杨沂中有些不大相信。

张俊心里有了七八成把握，踱回座位，端起酒杯欲饮不饮，沉吟道："还有两拨斥候要来，听听他们说什么，再做决断。"

二人便继续饮酒，聊些闲话，不多时果然又有斥候到了，张俊这回纹丝不动，等斥候自己入帐禀报，这斥候所报内容与上一个毫无二致，但他运气差太多，只得了一句冷冷的"知道了"。

张俊脸色愈加平静，但眉宇间却掩饰不住春风得意，道："本抚这就亲自去刘锜军中，一则慰劳将士，二则让他即刻班师。"

"相公，"杨沂顿了顿道，"相公何须亲自去刘锜军中，差人叫他自己过来就是了。再说要班师就全军班师，为何只让他一军班师？"

见杨沂中用亲近的口气称他"相公"，张俊便直言教诲道："正甫啊，你也是宣抚副使了，要学会纵观全局。既不给他请功，但慰劳还是必需的，他心里也少些不平。至于为何独让刘锜班师，那也是为了成全其他诸军之功，等他走了，你我率军北进，耀兵淮上，再报与朝廷，你说官家高兴不高兴呢？"

杨沂中一点就透，连声道："相公高明！"

张俊得意地起身踱了两步，杨沂中心细，又道："就怕刘锜乃精明之人，只让他一军班师，他会不会起疑？"

张俊淡淡道："军令如山，他敢不从？再说了，我就告诉他军中乏粮，让他先行班师南下，而且他手下多为步兵，久战疲劳，让他先回也是体恤之意，他能有何话说。"

饶是杨沂中聪明机变，见张俊如此四两拨千斤，却也自愧不如，便起身道："全凭相公做主。"

张俊更不迟疑，立即让人备马，和杨沂中一起，带着一队亲兵前往刘锜军中。刘锜出来迎接，听了张俊意思，便爽快地应允了，丝毫没有不悦之意。

一切顺风顺水，张俊眉开眼笑地在诸将簇拥下巡视三军，打算休整两日后，即刻向北进发。他已经盘算好了，到了淮河，便让大军一字展开，所有旌旗全部竖起，几百面战鼓一齐擂响，让淮河两岸百姓见识一下大宋的军威，也让金人知道大宋武力不可等闲视之，而他"张铁山"的威名也将传遍淮河两岸。来日在朝堂向皇上描述这场盛况时，皇上只怕要乐得合不拢嘴。

两日后，大军开拔，才走了几里路，接连三波斥候送来惊人的坏消息：金军并未退去，而是转而进攻濠州，濠州已是危在旦夕。

张俊一下傻了眼，三军将士已经动员得差不多了，个个只知道金人落荒而逃，他们要去淮河两岸走走过场，哪里料到金军大败之后，不仅没有撤退，反而大举进攻，如何让将士们转过弯来，不至于损伤士气，让他颇感头痛。更要命的是，刘锜已经班师，如果再与金军作战，等于少了一支劲旅参战，胜算大减。

大敌当前，张俊也顾不上面子了，立即派出快马去追刘锜，好在刘锜走得还不算远，听说军情有变，立即让士卒带上够十日的粮草，掉头北上。

快走了两日，终于见到前方大军行走时的烟尘，刘锜便让诸将继续行走，自己带着上百名亲兵快马加鞭地赶到前头来见张俊。

张俊已经接到探报刘锜大军赶到，特意多问了斥候几句，得知刘锜的人马虽然来回折腾，然而阵形严整，旌旗不乱，将士们平静如水，一副百战之师的模样，心宽之下，又有几分酸溜溜的。身为主帅，见刘锜匆匆赶来见他，不得不解释几句："刚得到探报，金军尚未渡淮北去，正急攻濠州，本抚一想，金军虽然新败，实力仍不可小觑，恐怕还少不得信叔的人马助战……"

刘锜神情间毫无怨色，拱手道："金军素来坚忍，即便前日才遭大败，仍有余勇反击，不足为怪。末将为国而战，全凭宣抚驱使。"

敌情诡异，张俊一时窥不破金人意图，命人将杨沂中、王德等几员主将召来商议对策，众人都道既然濠州紧急，那就大军直指濠州，务必赶在城破之前到达，可对金军形成内外夹攻之势。

形势一下子又紧张起来，于是杨沂中率军在前，刘锜断后，张俊自己居中，三支人马背负数日粮食，向濠州进发。

走了几日，终于抵达濠州西南面的黄连埠。这是一处小镇，人几乎跑光了，却也没走远，都躲在附近山上。大概从未见过如此多的大宋兵马，胆气都壮了起来，纷纷跑下山，拿出埋藏各处的食物，送至军前。

濠州城围未解，金军近在咫尺，没准正在某处虎视眈眈，张俊无心过这箪食壶浆迎王师的干瘾，令人好言遣散百姓，全军摆开阵势，准备稳步压向濠州城。

但宋军的好运气似乎在柘皋一战用光了，正摩拳擦掌准备进军，前去探路的士兵回来，告知濠州已于两日前失守。

张俊懊恼不已，瞪着濠州方向发了一会儿怔，恨恨地一皮鞭抽在马鞍上，让人将杨沂中和刘锜召来商议。

二人来后，张俊不在帐中议事，带着二人及诸将，由二百名亲兵护卫着，登上附近一座山丘，远眺濠州方向。虽然是晴好天气，但一层薄薄的水汽却蒸腾上来，让人想望也望不远，再看周遭地势，颇多丘陵山地，也有大片平地，上面要么是庄稼，要么是稀疏的林木。

张俊望着远方若有所思，杨沂中也跟着望了一阵，正要说话，却听刘锜问道："二位抚公有何打算？"

杨沂中扯了扯身上的甲胄，慨然对张俊和刘锜道："如今我与敌军正属于狭路相逢，那便是有进无退！杨某率军愿为先锋，相公与太尉殿后，直压濠州。前日相公大军未至，金军便被我等杀了个丢盔弃甲，今日有相公亲自助阵，更要杀他个片甲不留！"

张俊眼中冒出金光，看着刘锜道："信叔以为如何？"

刘锜却面色凝重，沉吟道："此时情势，正如兵法所云：'有制之兵，无能之将可御；无制之兵，有能之将不可御也。'"

张俊眯起眼睛，看着刘锜道："此话怎讲？"

刘锜道："我军虽然刚获大胜，士气高昂，但这几日将士们全身披甲，背负粮食行走了几日，便是铁人也难免疲惫，而金军却是以逸待劳，此时形势与其说是狭路相逢，不如说是勉强应战。况且将士们都是憋着一口气来救援濠州的，如今濠州已失，就谈不上与城内守军呼应，将士们心气也下去了。更要紧的是，我军一路急行军，粮草所带不多，而濠州周边又是平原旷野，如此冒冒失失杀过去，一旦与金军呈对峙之势，相当于粮草将尽的疲惫之师，与强敌铁骑周旋于旷野之中，此乃危道也，请大帅明察！"

张俊是打过仗的人，一听便明白了，但照顾着杨沂中的颜面，不愿意表露出赞赏之态，只淡淡地问道："依你看，当如何处置？"

刘锜拱手道："末将以为，各军可占据险地，安营扎寨，并在寨前挖壕沟，栽拒马，然后打探敌情，派遣精锐乘虚出击。如此一来，进可攻，退可守，我军便立于不败之地，金军毕竟远道而来，不敢久战，见无利可图，必定退兵，我军则可尾随攻击，或可再胜一场。"

刘锜所说严丝合缝，张俊看了一眼杨沂中，见他低头不语，再看其他诸将，也都无话可说，便道："那就传令各军，先安营扎寨，再派出十名斥候去濠州附近打探金人动向，等有了消息再做决断。"

于是三军将士开始扎营，张俊照例带着数人四处巡视，走到刘锜营中时，只见士兵在栽拒马时，特意将两根木桩底部捆在一起埋入土中，不禁好奇。刘锜解释道："敌军进攻时，会派人拔出木桩，为骑兵清理道路，一根木桩容易被拔出，两根底部连在一起，拔出来就费事得多。"

张俊想了想，果然是这个道理，如此心细如发，顺昌大捷绝非侥幸。他瞥了瞥刘锜，才不过三十上下，却举止从容，胸有成竹，翩翩然有儒将之风，心里不禁既佩服，又有几分难以言表的酸溜溜。

两日后，斥候陆续回来，告知濠州已是一座空城，金军踪影全无。张俊还不放心，令手下一名统制带数百骑兵前往濠州周边巡视了一圈，没见到一个金兵。张俊还在纳闷，从北面过来一拨逃难的百姓，都说金军攻下濠州，掳掠一番后，就撤军了。

危机一旦解除，张俊耀兵淮上、独占军功的心思又上来了，便派人到刘锜军中，告诉他金军已退，已不需他的人马进军。几番交往下来，刘锜已经把张俊心里那点小九九看得一清二楚，当即领命而退，半句话也不多说。

支走刘锜后，张俊将众将召来议事，杨沂中先到，张俊若有所思，自语道："刘锜能在顺昌立功，也非侥幸，此人颇善谋划，且极为重视择地而战。"

杨沂中见他没头没脑地来这一句，不知何意，便顺着他意思道："官家看重他，自然不是因他长得俊。"

这随口一句话似乎敲醒了张俊，他脸色紧了紧，绷着脸坐下不再说话。等诸将都到齐了，他扫视了一圈，道："金军已经撤离濠州，不知去向，明日一早，我军以骑兵当先，步兵随后，直奔濠州，拿下了濠州，金军在淮南再无立足之地，只能北撤。诸位以为如何？"

诸将都点头称是，至于由谁领着骑兵入城，众人心里都有数，这分明就是个彩头，倘若张俊自己不要，只能由杨沂中和王德二人分享。

简短的商议下来，张俊决定，明日由杨沂中和王德率两千骑兵先行，后面由精锐步兵策应，直取濠州。

次日四更，众将士饱餐一顿后，杨沂中和王德领着两千精锐骑兵来见张俊，这些精挑细选的人马都养得十分健壮，其他不说，光甲胄鲜明一项，就足以傲视全军。

张俊满意地看了看眼前这支精锐，抬了抬手，顿时鼓乐齐鸣，在其他士卒们艳羡的目光注视下，这队精骑雄赳赳地出发了。

骑兵刚走不久，另外几万步兵在十来名统制率领下尾随而去，不消小半个时辰，地上便只剩下凌乱的脚印和蹄印，以及被踩得稀烂的马粪和杂草。

黄连埠离濠州不过六十里，午时骑兵便到了濠州城外的西岭，杨沂中立在马镫上朝前方望了片刻，回头对王德笑道："真是三十年河东，三十年河西。建炎年间，我军还没见到金军影子，便吓得望风而逃，如今金军连败于我军，也吓得不敢现身了。子华，此番入城，该如何安抚百姓？下一步又当如何进退？依我看，不如尾随金军，一路杀过淮河去……"

他正说得起劲，突然发现王德根本没有在听，而是直立在马镫上，脸色严峻，眯着眼睛定定地凝视着远方，眼神中竟然带着一丝慌乱。

威名远播的王夜叉神情如此，让杨沂中心头一震，他立即掉转头再次远眺濠州城，这才觉察到刚经历兵火的濠州城出奇地安静，周边不要说人影，连只飞鸟都没有。更让他悚然而惊的是，城池两侧隐隐升腾起暗沉的雾气，一团团的马蝇上下翻飞……

"列阵！"杨沂中拼命克制住惊慌，嘶哑着嗓子下令。

还没等他的两千人马展开，只听见前方隐隐传来闷雷般的马蹄声，两支骑兵从城墙两翼涌了出来，有条不紊地排开阵势，粗略看去，至少有一万精锐铁骑，以逸待劳，对宋军的两千骑兵呈压倒性优势。

杨沂中立刻傻了眼，犹豫间，只见濠州城头升起一股黑烟，城池边的金军铁骑立即像潮水般发起冲锋，奔向宋军两翼，却有恃无恐地将正面敞开，明显是要将对面的两千宋军骑兵包饺子。

箭已在弦，再容不得丝毫迟疑，杨沂中问王德："如何应战？"

王德看这形势，分明就是稀里糊涂地钻了金军精心布置的口袋，在这旷野地带，一旦让上万女真铁骑先发制人冲起来，别说这两千骑兵，就是大宋所有的骑兵加起来，也未必是对手。

这败兵之责，王德不愿承担，便道："太尉乃是宣抚，王德不过是一统制官，哪敢僭越指挥，还请太尉临阵决断，王德唯太尉马首是瞻。"

杨沂中见王德一口一个太尉，知他不敢担责，心里更加慌乱，将手中长枪猛地一抖，身子在马背上一挺，看架势就是要与金军决一死战，嘴里却鬼使神差地说了句："回头！"

众将都知形势险恶，巴不得主帅有这么一句，便掉转头往后走，耳畔只听得金军铁骑喊杀声骤起，伴随着如潮的马蹄声，简直如狂风暴雨，震人心魄。众人不由自主地快马加鞭，后面士卒一看诸将都在拍马狂奔，也都掉头便跑，两千骑兵顿时阵形全失，如同吃了败仗的溃兵一般狼奔豕突起来。

后方策应的步兵远远地看到前方烟尘大起，知道遭遇金军铁骑，全都摆开队形，严阵以待，突然看见己方骑兵慌里慌张地溃退下来，一下没了主张，犹豫片刻后，左翼一路步兵率先后撤，其他几路也跟着后撤，没走几步，马蹄声、喊杀声越来越近，一个个都慌了神，哪里还顾得上什么阵形，撒开脚丫子跑了起来。

后方悠闲压阵的张俊得到探报，说是前方遭遇金军大股骑兵，他立刻感到不妙，急急忙忙地率大军前来增援。走到半路，看到败退下来的士卒像无头苍蝇般跟跄狂奔，便知前线早已崩溃，心中大急，也顾不上约束败兵，命人擂响战鼓，带着手下人马拼命往前突进。

走了一顿饭工夫，溃兵越来越多，却仍不见杨沂中和王德身影，张俊急火攻心，这要是一下损失两员重将，回去如何向皇上交差！众将见张俊脸色铁青，都知事态严重，大声驱赶着部下往前奔。

又走了片刻，忽听到有士兵大喊："前面便是杨宣抚！"紧接着又有人喊:"王都统也在!"张俊定睛一看,果然看到杨沂中和王德在各自亲兵护卫下,败退下来,不禁长松了口气。然而转瞬间,他心中又被懊恼与愤怒所充塞,原本是想耀兵淮上,回去好跟皇上吹牛的,不料反而招致一场惨败,让他如何甘心!

"传我帅令,全军鼓勇向前,与番军决一死战,敢退后半步者,立斩于阵前!"张俊黑着脸下令,也不理睬杨沂中和王德,将二人讪讪地晾在原地,亲自领军向前冲去。

冲了一路,才发现损失比预料的更为严重,二千骑兵跑得快,损失很小,可怜了那些身披重铠的步兵,阵形一乱,进不能攻敌,退不能逃命,几乎成了金军铁骑的活靶子,死伤枕藉。

这一仗输得太窝囊,张俊咬牙想报一箭之仇,擂鼓向前冲了半天,却没见到一个金军影子,原来金军见伏击得手,此时宋军大部队已经增援上来,便撤退了。上万铁骑,来时如风,去时如潮,张俊只能眼睁睁地看着前方一大团烟尘发愣。

张俊一边下令扎营筑垒,一边收纳溃兵,将士们都垂头丧气,闷不作声,与前几日的意气风发判若两军。杨沂中和王德过来请罪,张俊听了前因后果,心中既怨王德危机之时不敢担责,又怨杨沂中关键时候指挥失误,以致兵败如山倒。原本柘皋会战乃是建炎以来从未有过的大胜,却因这一场濠州之劫,让这次胜利大打折扣,就像光鲜的锦袍上溅了一摊黑泥,顿时黯然失色。

他心里清楚,此次失败归根结底在于自己轻敌,没有料到金军大败之后还敢悍然反击,加上谍报不力,以至于一错再错,最终酿成苦果。这其中最大的失误在于,他出于私心,将刘锜那支劲旅排除在外,以致关键时刻无人策应,身为主帅,他难辞其咎。

张俊紧绷着脸,承受着失败的痛苦,诸将聚在一旁,大气都不敢出。良久之后，张俊挥手让其他人出去，只让杨沂中和王德留下，见二人颓然无语，便长吁了一口气，突然道："此次战败全怨刘锜！"

杨沂中和王德以为自己听岔了，诧异地交换了一下眼神，低头不敢接话。

"倘若当初听正甫的，我大军一鼓作气，压向濠州，金军新败之后哪敢出战？偏要卖弄什么'有制之兵无制之兵'的大话，除了贻误战机，顶得了什么鸟用！"张俊气愤愤地道。

杨沂中身为前军统帅，临阵指挥失当，正自惶恐不安，听张俊如此说，不由得感激涕零。正要附和两句，一眼瞥见王德把头埋得更低了，便把到嘴边的话生生吞了回去，身子躬了躬，更加谦卑地听张俊训话。

张俊接着道："岳飞徒有精忠之名，仗都打完了，他才赶到庐州！如此迁延不进，岂不是拥兵自重，要挟朝廷？"

这话说得太重，杨沂中和王德又飞快地对视了一眼，根本不敢吱声。

"还有韩世忠，朝野都称他忠勇，皇上更是对他信任有加，如今我军已经与金军主力血战数场，他却人影不见，他忠在哪里？勇在何处？"

张俊声调越来越高，王德吓得拼命把头低下去，杨沂中心里却亮堂起来，主帅能在他俩面前如此尖锐地指斥同僚，分明是把二人当心腹看的。

"相公对朝廷才是真正的披肝沥胆，皇上圣哲聪明，定然看得明明白白。"杨沂中不失时机地奉承道。

张俊脸上神情松弛了些，沉吟了一阵，道："我今日便上书朝廷，具言此战之得失，你们心中有数就好。"

二人心领神会，躬身连连称是。

## 十二　朝堂之谋

绍兴十一年（1141）暮春，大江南北，显出一种奇怪的安宁。两岸人烟阜盛，炊烟袅袅，鸡犬之声相闻，江面上风帆片片，渔歌互答。几处码头，各聚着数十艘画舫，入夜后，如同通身透亮的火龙，上下穿梭，远远便能听到丝竹之音，这太平盛景，让人难以相信数月前南北两个大国还在此处激烈交锋过。

柘皋大捷之后，朝廷上下着实庆贺了一番，虽然后来在濠州被金人反咬了一口，但此次战事反映出双方实力的此消彼长，明眼人还是看得一清二楚的。

此次大捷若是发生在赵鼎或张浚主政时期，恐怕朝廷上下早就是一片收复中原的奋进之音了，然而此时朝野上下或许是久历战事颇有疲倦之意，或许是大话说得太多以至于成了陈词滥调，更或许是身居相位者乃是秦桧，总之上书大谈进取的人较往年少了许多。

金军败退，秦桧心中且喜且愧，喜的是战事顺利结束，没有酿成大祸，愧的是自己一手操办的和谈，就这样灰飞烟灭，让他这个宰相一时不知如何自处。

这日散朝后，他心神不宁地走出都堂，后面一人悄无声息地跟上来，在他身旁轻声道："相公今日得空否？"

秦桧扭头一看，正是给事中范同，便抬头看了看阴沉沉的天空，

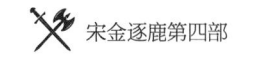

道："你若有要紧事，就在这路上说吧。"

范同谦恭地一笑，道："此事甚密，恐不适合在路上谈。"

"哦？"秦桧看了他一眼，随口问道："有多密啊？"

"关乎大宋百年社稷安危。"范同声音仍然很低，但却透着十分的笃定。

秦桧不禁慢下了脚步，他是知道范同的，此人乃政和年间进士，后来再中博学宏词科，肚子里颇有学问，且为人心思缜密，善于筹划，他这样说，必定是有要事相商。

"既如此，那就再回都堂说话。"秦桧说着，转身便往回走，范同亦步亦趋跟在后头。

二人重新在都堂坐下，秦桧挥挥手让服侍的人走开，然后靠在椅背上，捋了捋胡须，半垂着眼皮等范同说话。

"相公，下官先有一问，不知可否？"范同开口道。

秦桧看了他一眼，点了点头。

"绍兴以来，我军屡胜，前向更有柘皋大捷，敢问相公，此次大捷与其他战事最大区别何在？"

若不是范同一脸恭顺，秦桧对这个先生考学生般的问题还真有几分不悦。他定了定神，略加思索，缓缓道："柘皋一战，乃是南北倾举国之兵的大会战，我军完胜，对金人震撼极大。以前金人心底里总是小瞧我军战力，自此战后，已经颇有敬畏之意了。"

"相公所言极是。不过依下官看来，此战最有趣之处在于：如此酣畅淋漓的大战，竟无三大将之参与。"

秦桧耷拉着的眼皮睁开了，眼神也一下亮了起来。

秦桧的反应，范同自然看在眼里，接着道："相公请看，柘皋会战我方有三支人马参战，一是刘锜的八字军，二是杨沂中的殿前军，三是王德从刘光世那边带过来的原班人马,岳飞、韩世忠都没赶上,张俊虽然坐镇指挥,但其麾下人马也并未直接参战。也就是说,朝廷最倚重的三员掌兵大将,在此生死攸关之战中,竟无一兵一卒参战,更奇的是,我军还大获全胜!"

秦桧不知不觉坐直了身子,叫着范同的字道:"择善的意思是……"

范同咬咬牙,暗暗下了下决心,压低嗓音道:"收天下之兵,此其时也!"

秦桧脸上泛起一阵潮红,收兵权于天子,是皇上及几个宰执重臣日思夜想之事,但此事谈何容易?如今的几员掌兵大将,抬足举手间便能震动天下,倘若一着不慎,惹翻了几个武夫,不知道要闹出怎样的祸事!

"此事非同小可,择善可有良策?"秦桧收起懒洋洋的姿态,身体也离开了椅背,两眼炯炯有神地看着范同。

范同知道自己已经一击而中,便滔滔不绝地继续说道:"防范武将专擅跋扈,乃我朝祖宗不变之家法。绍兴六七年间,张浚拜相,兼任都督诸路军事,就曾打算将刘光世之兵权收归都督行府,直接由朝廷掌控,不料他派去淮西督军的吕祉疏狂自傲,不仅没有收夺兵权,反而激成兵变,使得朝廷削夺武将兵权计划大受挫折。赵鼎为相后,与枢密副使王庶、监察御史张戒继续谋划此事,只不过与张浚硬来有所不同,他们是想把各大将麾下部将加以升擢,独立成军,以此化解掌兵大将权势……"

秦桧点头道:"削夺张俊兵权一事,我颇知端详。王庶视师江淮,把张俊部将张宗颜一部移驻庐州,但仅仅是这么一个举动,便立即被张俊察觉,便托人送话给王庶,讽他在朝堂未必待得了多久,先把屁股坐稳再说。后来,王庶等人相继罢官,此事也被搁置下来了。"

范同脸上带着一丝诡秘的神情,道:"依相公看,这两次削夺兵权为何都不成功?"

秦桧并不答话,只是若有所思地看着他。

范同便接着道:"无他,时机未到耳。彼时金军猖獗,没有几位掌兵大将撑着,还真抵挡不住。然而今日之势与往日不同,三大将虽然兵多将广,权势滔天,但朝廷不靠他们也能赢得淮西会战,无形中就打击了他们的气焰,朝廷也有了底气。"

此话听来合情合理,且十分受用,秦桧不由自主地微微颔首,问道:"择善以为先拿掉谁的兵权合适?"

范同眼睛微眯,白净的脸上现出一丝决绝,道:"一不做,二不休,将三大将兵权全部拿下!"

这话让秦桧心怦怦直跳,他暗暗吸了口气,脸上不动声色,心里却在盘算:削夺兵权时,最怕的就是各位掌兵大将互相策应,共同敷衍朝廷,一旦成了骑虎难下之势,便不得不半途而废。但倘若一举拿下三大将兵权,令他们措手不及,看似突兀,却不失为一着妙棋。

"只是三大将驻地相隔千里,同时拿下三人兵权,怕多有不便……"秦桧沉吟道。

范同心里早有计较,道:"此事须用巧计。朝廷可下一道诏书给三大将,就说因为柘皋大捷,召韩世忠、张俊、岳飞三人赴行在论功行赏,等这三人到了,全都改任枢密使和副使,令他们在行在治事,不再回驻地,便可名正言顺地削夺其兵权。"

明升其官,暗夺其权,这一招还颇得当年太祖杯酒释兵权之精髓呢!秦桧打量了一下这个不起眼的范同,想不到他心里竟有这般丘壑。

范同献计完毕,端坐不语,脸上带着一丝志得意满的微笑。

秦桧起身,来回踱了两步,心想倘若真能就此收天下兵柄,归之宥密，岂不是千古奇功？但一瞬间，他的心又缩紧了，停下脚步看着范同道："万一三大将看破了朝廷诏令他们还朝的真实用意，托词有军情而不来行在，如何是好？"

范同没想这么深，脸上的笑容顿时凝结了，张着嘴看着秦桧。

秦桧朝远处招了招手，侍从快步跑过来，还未站定，便听秦桧道："马上去请王次翁到都堂，有要事相商！"

一艘官船静悄悄地驶入黄昏前的镇江码头，正赶上几艘画舫出港，入口处水面狭窄，几艘画舫不知载了什么有身份的客人，见了官船也不相让，两边擦着船舷交错而过，前面几艘画舫顺利出港，到最后一艘最大的画舫时，突然涌来一个大浪，两边船身一歪，官船和画舫挤在了一起，发出一连串沉闷的撞击声和刺耳的摩擦声。

从官船的船舱里钻出几名全副武装的士兵，看身手远胜于寻常侍卫，这几人用鹰隼般的目光四周打量了一圈，然后一人入舱禀报，其他人则立在甲板上，冷冷地盯着对面画舫上的人。

片刻后一名儒生装扮的人走出船舱，手上还牵着一个六七岁的男孩，看面目必定是父子俩，父亲面目俊雅，举止从容，儿子眉清目秀，眼神清亮。画舫这边的人正发呆，突然这父子俩身后又步出一名少妇，容颜胜雪，风华绝代，她上前来牵住小孩的另一只手，显然就是一家人。

画舫这边知道冲撞了贵人，船主赶紧出来，忙不迭地赔礼，不等那夫妇二人发话，叫人捧上来一大堆吃的玩的给那小孩。

那男子有些有忍俊不禁，看着夫人道："你看此事如此处置。"

夫人道："罢了，多少年没见过这种歌舞升平的景象了，随他们去吧。"

刘子羽便回头说了几句，朝船家挥了挥手，示意他们先走。

画舫上早有个书生模样的人喊话："镇江衔接南北，连贯东西，乃是卧虎藏龙之地，却也难得一见阁下这般丰神俊朗之人，敢问兄台名号？"

那男子一笑，拱手道："过奖，建州刘子羽便是。"

这简简单单一句话顿时让画舫热闹起来，"莫不是与张相公、吴节使共守川陕的刘子羽？"

"正是在下。"

此言一出，画舫里的人争相往外涌，急得船家大叫："别往一边走，船要翻了！"

没人听他的，好在画舫极大，虽然倾斜，倒不至于翻覆。然而刘子羽却不愿意承受众人的热情，只是含笑拱拱手，便携妻儿进了船舱，艄公一声号子，官船便像条大鱼般滑入港内。

"彦修哥，这大江南北才经兵火，怎么一下子如此繁华？"玉儿问。

刘子羽也颇感困惑，沉吟道："或许是久战之后，人心思定吧。再说几月前王师在柘皋大败金军，岳家军更是一路打到开封附近，加上之前的顺昌大捷，老百姓心里头长年积累的恐惧不知不觉间淡了许多，才有心思享乐。"

"彦修哥所言极是。要说到今日与往日之不同，无非就是三个字：不怕了。"

二人在说话间，听到侍卫在外面禀报道："相公、夫人，公子爷喜欢这沿江夜景，想在船上多留一晚，玩耍玩耍哩。"

"韩山，你们自己想玩，就不要拿珙儿说事了。"玉儿语气严肃，却含笑看着刘子羽。

"咳……"韩山尴尬地道，"公子爷和我们都喜欢。"

刘子羽一则宠爱孩子，二则也来了兴致，便向玉儿求情道："赶了这十来日的路，要不也让大伙轻松一下？"

"好呵，那彦修哥就填个好词唱来给我听。"

"填词可以，唱就不必我来了吧。"

"如何不可，就着清风明月低吟浅唱，奴家为夫君斟酒助兴……"

两人言语间不觉浓情蜜意起来，外面韩山咳嗽了一声，道："若是要回府衙，小的们这就去搬行李。"

刘子羽道："今夜就留在船上吧，你们叫些好菜好酒到船上来，也算是慰劳一下大家。"

韩山喜不自禁地答应了一声，一溜烟地去了。

二人相视一笑，玉儿道："彦修哥今夜想赏那江风夜景，怕是不可得。"

"这却是为何？"

"你想啊，"玉儿道，"方才一画舫的人都知道你来了，恐怕这时候已经传遍了半个镇江府了吧，平常哪怕是路过，也有人来寻访。这次你本来就是到镇江任知府来了，还兼了个沿江安抚使，知道的还不赶紧来拜见。"

刘子羽颇为无奈地挠了挠头，此次朝廷委以重任，他在过了两年清静日子后，的确有心再有作为，但脚还没踏上镇江的地面，就要开始与官场中各色人等逢场作戏，让他不由得叹了口气。

"彦修哥要想多一晚清静，其实也容易。"玉儿一眼就看透了他的心思，笑道。

"难不成挂个'免见牌'？"

"傻彦修哥，你让人找不到不就成了吗？"

刘子羽一愣，随即醒悟，拉着玉儿的手夸道："珙儿那点聪明劲，全是你给的！"说罢，起身至舱外，吩咐将官船驶出港口，跟那些画舫混在一块随江漂流。

众人巴不得如此，不多时热腾腾的酒菜从岸上送了进来，于是官船利落地调了个头，向江心驶去。

在江上游玩了一两个时辰，玉儿带着儿子去安歇了，其他人仍在一边吃喝一边赏江景。夜色中，只见一艘船静悄悄地驶过来，看上去绝非画舫，也并非普通渔船。

韩山警觉，令人拿起兵器，站在船头叫道："来者是谁？"

对面船上立着一人，大声回道："户部侍郎薛弼，得知刘侍制在此，特来求见。"

当年刘子羽在川陕与金军对峙时，曾经从荆襄调运一批军需，薛弼在其中多有襄助，二人往来书信十余次，极为投缘，也称得上莫逆之交。听说薛弼夜访，不等韩山禀报，刘子羽便探出头道："快快有请！"

两艘船慢慢靠近，隔着还有两步远时，一个身影便轻松跨了过来，刘子羽迎上去，笑道："直老不愧在岳家军中待过，果然好身手！"

那边薛弼大步过来，一边拱手一边道："在彦修面前，我哪里敢谈什么身手！"

二人携手入舱，刘子羽道："子羽受朝廷恩命，做了个沿江安抚使，并知镇江府，原本今晚便要去府衙，因贪恋这江景，故而逗留一晚。直老不知何故也在此？"

薛弼道："实不相瞒，在下奉了朝廷之命，要去鄂州请岳少保赴行在议事。"

刘子羽诧异道："不过是传递一纸诏令的事，遣一内侍即可，何须劳动侍郎尊驾？"

薛弼脸色神情略显凝重，意味深长地看了刘子羽一眼，道："请容坐下细说。"

二人落座，刘子羽叫人端上酒菜，屏退侍从，然后替薛弼斟了一杯酒，自己也满上，二人相对一饮而尽。

连饮了三杯，薛弼借着烛光打量了一下刘子羽，道："彦修，天底下第一经老的是官家，第二经老的便是你了。"

刘子羽一笑："如此说来，官家最近气色不错。"

"岂止是气色不错，说春风满面也是有的。"

刘子羽点头道："朝廷十余年整治武备，训习士卒，终于先后迎来顺昌、柘皋两次大捷，官家心里头必定是舒畅的。"

薛弼脸上掠过一丝微笑，道："你这话也对也不对。"

刘子羽给他杯中斟满酒，道："我做了几年闲云野鹤，朝野情势确实不甚了了，还请直老指教。"

"彦修，你是聪明人，我只跟你说一事，你就明白了。去年，金军大兵压境，群臣震恐，生怕金军打到江南来，官家却从容自若，对臣下说：中外议论纷然，担心万一金人渡江南下，重演建炎年间祸事，其实这是多虑了。当年金军渡江，杜充书生，用兵轻率，派遣几名偏将迎敌而战，结果大败，导致战局混乱，金军才得以趁势猖獗。如今我朝兵强马壮，韩世忠屯淮东、刘锜屯淮西、岳飞屯上流，一旦金军南下，张俊便可率军自建康渡江窥敌，其他诸军皆抄其后路，如此金军必定有来无还——彦修，你是懂兵法的，官家此言当否？"

刘子羽连连点头，道："官家看得十分通透！"

"群臣中还有人犹疑不定，官家便直接说：今日之势，就是将镇江一路撤防，全部空出来，然后遣使请金人渡江南下，他们也不敢来！"

刘子羽呵呵笑道："官家底气很足呵！"

薛弼盯着刘子羽，道："彦修，你留心到了没有，官家说此话可是在柘皋大捷之前，当时十几万金军正气势汹汹地抵近江北呢。"

刘子羽搁下酒杯，低头凝视桌面片刻，嘴里不说，心里头已经悟出了七八分。

薛弼大约是久未遇到能倾吐心声之人，再加上笃信刘子羽人品，便一字一顿道："刀枪入库，马放南山。南北言和，社稷苟安。"

"何以见得？"刘子羽不动声色问道。

薛弼哈哈一笑，指着刘子羽道："彦修这是在考我呢！"

刘子羽笑着拱手道："岂敢岂敢，愿闻其详。"

薛弼抿了口酒，道："那我就班门弄斧，给你讲讲南北形势。如今官家的心意，较之建炎年间早已不同。彼时敌强我弱，金人必欲灭我大宋，我军难求一胜，官家屡次遣使求和，并未做任何指望，不过是缓兵之计。后来我军在川陕力阻金军，荆襄、两淮也颇多胜绩，才有了南北第一次言和，然而此次言和却如同天上掉馅饼，全凭金国权臣挞懒一手促成，并无实在根基，因此挞懒一死，金兵便再度南下，占了河南诸地。所以说，此次言和时机不佳，南北所欲不均，败盟毁约乃是迟早的事！"

刘子羽点点头，问道："何谓时机不佳，所欲不均？"

薛弼谈兴正浓，喜得一仰脖将杯中酒饮尽，道："彦修，你问到点子上了！你自己想想，河南、陕西固然是大宋故土，然而自靖康之难后，金军便南下占了去，让儿皇帝刘豫经营了八年有余，在金国权贵心中，这地方是他们女真健儿浴血打下来的江山，早就不归我大宋所有了，如今却因一纸和议，便生生地割让——换作是你，你愿意吗？"

刘子羽剑眉微蹙，眼中寒光闪烁，然而沉下心仔细一想，却又不得不承认薛弼言之有理。

薛弼略微压低声音道:"当时朝野上下,谁也没料到不费一兵一卒就能收回河南之地,都不知道拿它如何是好。归根结底,那土地不是你血染征袍打下来的,放在手里自己都不踏实!朝廷既想派兵进驻中原,又怕引起金人不满,进退失据之间,时机就过去了。"

刘子羽不由得叹了口气,道:"听你的意思,如今才是和谈时机?"

薛弼道:"彦修,我都能看到的,我不信你看不到。过去几年交锋下来,南北两方都看得清清楚楚了,谁也别想吃掉谁!只是所欲不均而已,金人想和我大宋划江而治,我想要金人归还中原故地,然而金军固然已无实力入侵江南,我军也无实力收复中原,如此僵持不下——是不是这个道理?"

刘子羽沉吟着点了点头。

"然而当前情势下,这个僵局,轻轻一捅就破了。"薛弼道,脸上带着几分神秘。

听了这话,刘子羽不禁微微一笑,道:"只是哪方先捅,如何捅却是大难题。"

薛弼皱眉略一沉思,用食指在酒杯里蘸了一下,然后在桌上弯弯曲曲画了一条线,指着这条线,神神秘秘道:"僵局就是这里。"

刘子羽看了一眼,也伸食指在酒杯里蘸了蘸,在那条线中段改了改,嘴里道:"此处有一河湾,三面环山,乃是用兵之地。"

薛弼一愣,突然抚掌大笑,指着刘子羽道:"刘彦修,你心明如镜,却装傻充愣地看着我在你面前卖弄,来来来,罚酒三杯!"

刘子羽也笑,便痛快连饮了三杯,看着桌面道:"以淮河为界,倒真是打破和谈僵局之关键。自古守江必先守淮,有了淮南做缓冲,我军再以大江为屏障,退可保江南,进可取中原,几可立于不败之地。刘豫当年不惜冒险南侵，拼命想占领淮南全境，就是看到了其中利害。"

"金人自然也能看到其中利害，当年伪齐在时，不就一直替刘豫索要此地吗？国书中还一直称我大宋为江南。只是今非昔比，我相信他们也意识到了，攻取淮南绝非易事。"薛弼用袖子轻轻地拂拭了一下桌面，说道。

"两边打了十年来，也确实知己知彼了，再打下去都占不到便宜，徒费时日而已。更关键的是，两边都倦了……"刘子羽声音里带着一丝无奈。

"不仅是倦了，朝廷一直担着心呢！十来年战事下来，几员武将手底下兵强马壮，辖地极广，几可立国。虽然目前都还恭顺，但那是因为皇上根基深厚，这些武将全是皇上一手栽培出来的。倘若战事一直持续下去，就只能让几员武将继续执掌兵权，这兵权放得越久，再收上来就越难！倘若再打个十来年，第一代武将殁了，将兵权传给自己子孙，朝廷还能不让？真到那一日，便是五代十国重演。"薛弼说到此处，眉飞色舞的神情消失了，脸上带着几分沉重。

"如此说来，朝廷已是定下和议之策了？"

薛弼顿了顿，道："定不定下，有一人之起伏关系极大。说起来，这人跟你有关系颇深呢。"

刘子羽一愣："我久离朝堂，远处江湖，能跟我有何关系？"

薛弼笑道："我且问你，金军败盟之后，秦相最忌惮的人是谁？"

刘子羽想了想，便明白了，道："想不到相公远谪郴州，却仍遭人惦记。"

"那是必然的，"薛弼道，"张相久历军旅，在朝野、军中都有极高声望，诸位领兵大将也唯其马首是瞻。金军败盟，战事又起，皇上一旦要改弦易辙，定会重新起用他，秦相焉能不惦记？不过，倘若皇上不惦记他，一切都是枉然。"

"此话怎讲？"

"我听人说，秦相心里不踏实，便让给事中冯楫去探皇上口气，这冯楫在绍兴八年（1138）以罪罢官，后因赞成和议，受秦相赏识，重新起用，几年间便由少卿官至给事中兼侍讲，能不拼死效命？他便去问皇上：金人败盟，长驱直入，我国势必兴师讨伐，张浚熟习军事，又曾任过宰相，此时起复，当其时也，请皇上付之以戎机。——你猜皇上如何回答的？"

刘子羽面色如水，盯着薛弼。

薛弼道："皇上大概以为他是为张相游说，很不悦地回了一句：'宁至亡国，不用此人！'"

此事刘子羽已听王庚说过，再听一遍，心里仍觉得颇不是滋味，不由得叹息了一声，半晌才道："秦相手腕，非寻常人可比。"

"可不是嘛，他这一操弄，几乎就是断了重新起用张相的路。"

刘子羽打量着薛弼，突然道："直老，此行去鄂州恐怕是重任在肩吧？"

薛弼面色凝重地摇摇头，道："原本是桩小事，如今看来却也是大事。朝廷前向以柘皋大捷为名，命三大将赴行在论功行赏，张、韩二位将军已经到了，但左等右等，岳少保却始终不至，秦相心里着急啊，说我曾在岳家军中任随军转运使，就让我亲自走这一趟去请他。"

刘子羽皱眉道："岳飞驻地在鄂州，离行在最远，晚一些到何足为怪？"

"就是嘛！我猜岳少保早就在路上了，我与他多半就在江中擦肩而过。"

"何须如此心急……"刘子羽一边斟酒,一边叹道。

薛弼凑近刘子羽,压低声音道:"这只说明一点:朝廷对于掌兵大将之忌惮,远超乎你我想象……"

见刘子羽盯着自己,薛弼又轻声加了句:"我料朝廷必有大变!"

刘子羽神色冷峻,呼吸也急促了些,他当年在川陕抗金时,便能时时刻刻感受到朝廷的猜疑,自己还不是掌兵武将,朝廷便忌惮若此,对于这些手握重兵的武将,朝廷岂不更是如芒刺在背……

"飞鸟尽,良弓藏;狡兔死,走狗烹。自古如此,不足为怪,当今皇上仁慈,我料这几员大将都能全身而退吧。更何况,今日形势,乃是飞鸟未尽,狡兔未死,强敌犹在,朝廷理当有所顾忌。"过了半晌,刘子羽自言自语道。

薛弼想了想,点头道:"说的是。皇上以弱冠之龄登基,十余年来呕心沥血,将这残破江山整治出了些中兴之象,这些掌兵大将都是皇上一手提拔,可谓恩威深重,谁敢有异心?我料皇上对他们也是信任的,如今收其兵权,也是防微杜渐罢了。只是文臣武将势同水火,朝中大臣无一日不在皇上耳边吹风,讲那前朝武将篡权旧事,皇上听多了,能不往心里去?"

刘子羽看着薛弼,道:"直老此番亲去岳少保军中,有什么说法没?"

薛弼没有直接回答,反问道:"彦修也曾督军在外,以你所见,皇上对武将最在乎的是什么?"

刘子羽略一思索,道:"令行禁止。"

薛弼用手指敲了敲桌面,道:"正是。然而前向柘皋会战,岳少保援驰淮西,却犯了这个忌讳。金军抵达庐州界内时,皇上给岳少保发御札,令他星夜前去洪州,趁机照应,以使金军腹背受敌,岳少保却连发两道奏章给朝廷，先是建议在金人举国入寇之际，让岳家军再次长驱中原，捣敌之虚。后来可能觉得敌人大举南下，行在危急，此时长驱中原有所不妥，应先遏制敌军迅猛南下之势头，于是又上奏建议进军蕲州、黄州，出敌不意。皇上得知此信，自然回御札加以奖许，但心里头未必痛快。"

刘子羽琢磨了片刻，道："岳飞此举，应该是出于军情考虑。岳家军驻扎在荆鄂一带，若要援助淮西的话，通常是从洪州出兵，金军必然有所防备，而从蕲、黄出兵，确实可以杀金军一个措手不及。"

薛弼不以为然，道："岳少保这人就是太实在！皇上最爱以郭子仪勉励各位掌兵大将，我听说过的就不下七八次了，皇上最看重郭子仪的是什么？'但有诏书至，即日就道，无纤芥顾望！'你一个武将，国难当头之际，手握雄兵，隔着上千里路跟朝廷计较进军路线，皇上心里能不敲鼓吗？"

刘子羽无言以对，薛弼接着道："这要是立下奇功也就罢了，偏偏岳家军赶到时，战事已然结束，这不就尴尬了吗？皇上连下十五道御札，你讨价还价不说，还没帮上忙。"

"十五道？"刘子羽吃了一惊。

薛弼神情复杂地点了点头。

刘子羽皱眉道："将在外，君命有所不受。下这么多道诏书，只怕反而让人无所适从。"

"你说得对！"薛弼道："但其实只需读懂一个意思即可：皇上心里不踏实！"

刘子羽不由得苦笑一声，无奈地摇了摇头。

薛弼说得兴起，正要接着讲之前岳飞上书朝廷立储君一事，突然一阵江风吹来，夜晚的风中透着一股潮湿阴冷的气息，让他倏地冷静了许多,再想到最近朝廷上下许多不可言说之事,心里顿时警觉起来,便深吸了一口气,自嘲道:"贪杯果然误事。"说罢,轻轻搁下酒杯,冲刘子羽摆了摆手,欣赏起舱外的江景来。

此时明月当空,江水微澜,二人沉默不语,各自想着心事,远处隐隐约约地传来弹唱欢笑之声,像是来自另外一个世界。

## 十三　收夺兵权

西湖胜景，不必细述，白乐天有诗云："未能抛得杭州去，一半勾留是此湖。"这便足以道出杭州之美，一半在于西湖，正所谓无此湖不成杭州。

此时的西湖，正是垂柳叶绿，水光潋滟的好时节，近处杂花盛开，姹紫嫣红，远处山色空蒙，青黛含翠。然而如此胜景，往常熙熙攘攘的湖边却空空荡荡，只有一些巡逻的官差模样的人走来走去，绿荫深处似乎还有一队兵马在驻守，偶尔传来几声马嘶，清新的湖风中也夹杂着一些马臊味。

湖上停着几艘大官船，雕花漆木，流光溢彩，随着波浪轻轻摇摆，一看便是皇家气派。船舱内极为敞亮，张灯结彩，鼓瑟吹笙之音，隔着老远也依稀可闻。一队侍从模样的人，从城内赶来，鱼贯进入船舱，每人手中提着两只大食盒，里面传出诱人的香味，不知是何等美食佳肴。

一名内侍模样的人急匆匆赶来，半路被一个身着官服的人截住，双方简单交流了几句，内侍便原路返回了，这官员快步走向其中最大的一艘官船。

此人便是秦桧的心腹、参知政事王次翁，他远远地看到秦桧从船舱中探出头，便把手掌放到胸前，左右摇了摇。

秦桧起身从船舱中出来，虽然步履稳重，颇具宰相之风，然而神情间却掩饰不住一丝焦虑。

"还没到吗？"他轻声问。

王次翁嘴唇几乎不动地回答："没到。"

二人对视了几眼，既有几分无奈，又有互相宽慰之意，秦桧皱了皱眉头，转身钻入船舱。

宽敞的官船内，十来张食案相对摆开，一边坐的是文官，另一边是武将，领头的两员武将正是韩世忠与张俊，二人接到朝廷诏令后，即刻动身，五日内先后赶到。秦桧等人估摸路程，以为岳飞再过四五日也必然赶到，不料今日已是第六日，岳飞仍未见踪影，也不知道薛弼见没见到他。每过一日，秦桧便多几分担忧，万一岳飞只派遣一名亲将前来赴会，那他之前的周密谋划便是竹篮打水一场空。

"诸位，岳少保还在路上，我们今日就不大摆筵席了。不过呢，好酒好菜好果蔬还是有的，绝不敢亏待了前方来的将士！"秦桧笑容可掬地对着众人道。

众人都笑答"无妨"，韩世忠道："我料明日岳少保必到。"

"但愿如此吧！"王次翁叹口气回答，说完立即觉得自己语气太重，赶紧笑眯眯地掩饰道："他晚来几日也罢，我们正好多在湖上快活几日！"

船舱里又发出一阵爽朗的笑声，不过那些粗豪的笑声都是武将们发出的，文官们都只是随兴打个哈哈而已。

第十日，岳飞终于赶到，来不及歇息，便直接赶到西湖边上。

秦桧爱重自己的宰相身份，并不下船迎接，但他一听说岳飞已到，立即不动声色地移步窗前，他要好好看看这个迟到了好几日的岳飞是何神情。

韩世忠、张俊来时，都是十几名亲兵前呼后拥，派头十足，而今日来的岳飞，却只带了四五名随从，前后跟着，后面一人还挑着一副担子。再看岳飞，神情严肃匆匆赶路，脸上并无半分轻慢之色，一只眼睛半睁半闭，能隐隐地看出红肿，大约是长久困扰他的眼疾又发作了。

秦桧心里微微一动，默默合计了一下，从鄂州到临安府，路途遥远，山水阻隔，送信过去再快也得三五日，岳飞得信，即便立马启程，也得五六日，因此十来日赶到简直再寻常不过，岳飞已经是极快的了。

看来还是王次翁和自己思虑过重，岳飞素有忠义之名，谅不至于拥兵自重。他正这样想着，突然一个激灵：自古谋大事者，谁又能让别人察言观色间便能看透呢？"周公恐惧流言日，王莽谦恭未篡时"，时机未至而已。真到风云际会之日，这些个手握雄兵的武夫哪个是省油的灯，轻者割据一方，重者黄袍加身，真到那时，不要说大宋的社稷，他这个宰相的死活都难以逆料……

岳飞永远不会知道就在一眨眼的工夫，当朝宰相脑海中已经转了如此多的念头，他快步走向秦桧，恭恭敬敬行礼道："岳某愚钝，有劳秦相及诸位大人久候。"

"岳少保言重了，里边请吧。"秦桧微笑道。

岳飞侧身一步，让秦桧先行，他看了秦桧一眼，此公生得鼻直口方，眉目端正，加上经历过无数风浪，早已修炼得举止沉稳，处变不惊，其宰相气度较之赵鼎都有过之而无不及。

这分明就是一代贤相的模样，为何一心要向扣押过自己的金人屈膝求和呢？岳飞不解地在心里叹息道。

进了船舱，张俊与韩世忠赫然在座，几名文臣也都是朝廷重臣，看来朝廷把这次庆功会看得极重。

众人起身，相互寒暄了一通，按品秩重新入座。岳飞正襟端坐，他能感觉到张俊的冷淡，客套之后便不言语，微沉着脸，不知是因为濠州惨败而愤懑，还是不乐意与当年的下属平起平坐。倒是韩世忠，拉着岳飞亲热地问长问短。

岳飞寻思了片刻，刚刚过去的淮西会战，张俊是主帅，正面当敌，韩世忠也率军逆水而上，兵至濠州，好歹与金兵在淮河岸边打了一仗，只有自己，还没赶到战场，金军早已渡河北撤了，张俊恐怕是因为这个跟自己见气吧？

这样想着，岳飞打算瞅个空跟张俊当面解释两句，他正在走神，只听秦桧朗声道："岳少保从鄂州赶来，一路风尘，尚未稍事歇息，况且今日已过午时，众位亦多疲惫。此次论功行赏会非同小可，皇上那边再三关照，务必奖励有功将士，提振人心。因此，本相方才与几位大臣商议过后，这论功行赏会推至两日后，仍在此地举行……"

秦桧后面的话被一阵欢快的笑语淹没了，身处这西湖胜景，美食佳酿，又是无事之秋，平白无故多逍遥两日，谁不愿意？

秦桧退出船舱，众人都起身相送，舱外王次翁正候着，两人交换了一个意味深长的眼神，一前一后在侍从的簇拥下上了岸。

等旁边无人了，王次翁才带着庆幸的口气悄声对秦桧道："皇上洪福齐天，丞相神机妙算！"

秦桧知他意思，叹口气道："所幸诸将并无猜疑，然而此事仍不可丝毫大意！事情紧急，就不必拘泥陈法了，你这就去禀明皇上，即刻召范同入殿，与林待聘一起连夜起草制书。我呢，这几日要跟三大将吹吹风。"

绍兴和议

王次翁诧异道:"秦相,这等大事,贵在机密,岂能跟他们吹风?"

秦桧摆了摆手,道:"吹风,又不是透风。制书一旦下来,便是生米做成熟饭,三大将久掌兵权,突然一纸制书,便丢了兵权,万一他们闹起来,来个据理力争,弄得沸沸扬扬,轻则节外生枝,多出许多事来,重则……"

王次翁看了看秦桧,见他直视前方,面色严峻,顿了顿才道:"重则血雨腥风,江山倾颓,你我都有灭族之忧。"

王次翁心脏不由得剧烈地跳了几下,轻轻咳了几声,强自镇定下来,道:"如今箭已离弦,只能往前走了,好在皇上心里有数,咱们做臣子的即便行万难之事,毕竟心里踏实些。"

秦桧道:"前几日我已与张俊、韩世忠二人吹过风了,无非就是跟他们说皇上驱驰霜露十余年,有息兵之意,问他们何时能克复中原。二人都说每次进军,需要地方供应粮草军需,但当地官员都难尽其责,常常是粮草数目不够。与金人作战需要友军配合时,统军将领却坐视不肯出力,而且因为这些人不属于他们管辖,他们也无可奈何……"

王次翁道:"这也是老生常谈了,丞相如何答复他们的?"

"我就说之所以有此局面,乃是因为张、韩二位虽然贵为宣抚,毕竟还是边官,只能约束手下军队,却不能管辖各州县长官,也不能约束其他地方军队。为今之计,只能是授予掌兵大将朝官职位,才好行事。"

王次翁虽然脑袋好使,听了秦桧这番话,也有些转不过来,问道:"丞相,现在各掌兵大将早已权势熏天,倘若再给他们朝廷职事,岂不是更尾大不掉?"

秦桧早知他会有此一问,胸有成竹地微微一笑,道:"就算给他

-265-

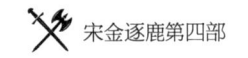

们当个枢密,不过一虚职耳,兵权却名正言顺地卸掉了。"

王次翁半张着嘴想了想,明白过来,连声道:"如此极好,可谓阳谋!等他们意识到这一点时,也是木已成舟,无话可说了。"

秦桧点了点头,道:"张、韩二人已经吹过风了,还剩这个最刚烈的岳飞没谈,不过我料他也不会疑心。大宋社稷之安,只在这几日……"

二人密密切切地商议着,脸上却是若无其事的神情,步伐也刻意轻盈舒缓,仿佛在议论些无关紧要的琐事。

商议完毕,二人分乘马车,各自安排去了。

次日,制书已经拟就,秦桧这头也与岳飞谈完了,赵构与几个密谋此事的大臣在宫中进行最后的合计。

几名宰执竭心尽力,运筹帷幄,欲收兵权于朝廷,赵构是打心底支持的。但此事真做起来风险极大,最怕的是武将心中不服,甚至互相串通。而且他也知道,在那些跟着主帅出生入死的将士眼中,主帅分量远重于朝廷,没准哪个节骨眼上,心有灵犀地突然在边境闹出点动静,一日送来几个八百里急报,真到那种境地,那兵权的去留,就不由朝廷说了算。

"都谈过了?"赵构像是不经意地问秦桧。

秦桧正与范同等人看制书,见赵构问起,虽然有些没头没脑,但他立刻会意,道:"禀皇上,谈得甚好。前几日刚与张、韩二人谈过,都无疑议。昨日又与岳飞谈过,岳飞光复之心急切,对自己数次北伐多受掣肘颇为不满。他听说朝廷有意让各掌兵大将任枢密之职,很是兴奋,亢声对臣说:'如今形势,正是文臣不爱钱,武将不惜命,正合与金人决一死战,请朝廷该决断的就决断吧!'"

赵构点点头，未置可否，脑海中只掠过一个念头：这个岳飞，满脑子就是收复中原，建功立业，却未免有些不知进退，不知体谅朝廷。

秦桧接着道："随岳飞前来的参谋官朱芾与司农卿李若虚，这二人虽为文官，但跟随岳飞日久，其意难测，已将二人调往外州任职。臣所虑者，万一这些武将被身边文士唆使，窥破朝廷收纳兵权的意图，难免又要生事。"

宰相虑事如此周到，让赵构很是欣慰，由衷嘉许道："卿所虑极是。"

秦桧躬身谢恩，等着赵构继续问话，却见赵构如入定般陷入沉思，知道皇上也跟自己一样，心中忐忑不安，便悄悄地转过身继续与其他几人商议。

酝酿已久的论功行赏典礼终于在西湖上举行了。

建炎以来，宋廷与金国交战大小数百战，总是胜少败多，虽然近年来大有起色，但即便偶有大捷传来，朝廷也极少大肆庆贺，以示居安思危之意。此次柘皋之战固然是大胜了，随后却有濠州之劫，官军损失惨重，朝廷对此视而不见，单单把柘皋之胜拿来隆重庆贺，委实有些古怪。

除了参与谋划的四五人，在座的其他大臣和三大将似乎对此毫无知觉，都在面带微笑交头接耳。忽听"铮"的一声，众人还未醒过神来，一队轻纱薄妆的妙龄女子在轻雅的丝竹伴奏声中袅袅舞出，看那容颜，都是精心挑选过的，一个个生得明艳动人，婀娜多姿，舞步如云烟般曼妙飘逸。众人看得心驰神往，但知道这是大场合，于是都保持着矜持克制的姿态，连一向好色的韩世忠也只是捋须微笑而已。

这队舞娇娘刚在众人的赞叹声中退下去，一队侍仆鱼贯而入，将精心烹制的菜肴端了上来，晶亮的羔羊美酒从银壶嘴里无声地跃入杯中，浓香顿时充斥到船舱的每一个角落。

秦桧与王次翁领着文臣举杯频频劝酒，三大将自然是来者不拒，不一会儿工夫，十来盏酒便落了肚，虽是海量，却也不免有微醺之意。

这时一名内侍入舱，走到三大将前面，用尖锐的嗓音开始赞颂三人战绩，有"卿等忠义贯于神明，威惠孚于士卒"之句，更有"陷阵摧坚，计不反顾，鏖斗屡合，丑类败奔"之语，洋洋数百言，那内侍竟一路毫无阻碍地背了下来，倒让一众文臣相顾惊叹。

内侍颂功完毕，退了下去。船舱里的气氛慢慢地轻松活跃起来，韩世忠膝上已经坐了一个劝酒的娇媚女子，其他人虽不至于如此豪放，却也频频与身边女子谈笑唱曲，一副风雅文士的做派。

秦桧眼见时机已到，与王次翁交换了一下眼神，王次翁一挥手，船舱内鼓乐之声戛然而止，方才还满脸堆欢、殷勤劝酒的娇娥们也默默起身，悄无声息地迅速退下了。

气氛转换得有点快，众人还来不及反应过来，秦桧已经起身，手里持着诏书，用威严低沉的声音道："韩世忠、张俊、岳飞，接旨！"

三人慌慌张张地跪下，于是秦桧开始念制词。听上去这毫无疑问是一道恩旨：韩世忠、张俊都改官枢密使，岳飞改官枢密副使，并令他们自任命之日起"赴本院治事"。

三人当场拜受诏命。文臣中有明白人，隐约嗅到了这其中的意味，但却不敢点破，都笑着起身祝贺三大将荣升枢密。

舞宴继续，众人接着饮酒作乐，仿佛什么事也没发生过一样。

按朝廷规矩，官员任命新职，照例应辞去旧职，并且需三次上表辞免新职。于是三人回去后，也按规矩上奏辞免枢密使或副使。这种辞请无非就是走个过场，平常朝廷次日就会下旨，但这回却颇为蹊跷，每次辞请，皇上那边总要晚个一两日答诏。如此一来，原本五六日就能走完的过场，足足走了十来日，当然赏赐也格外丰厚，几乎比平常翻倍。

升官晋爵的并不只有三位掌兵大将。先是杨沂中加封检校少保、开府仪同三司、殿前副都指挥使，官位几乎与三大将齐平。随后王德、田师中也加封节度使，成为冉冉升起的中兴名将，给人一种军中后继有人的气象。

要说三人心中完全没有疑惑也未必，只是朝廷处心积虑制约掌兵大将权势的做法也非一两日，或明或暗，或严或缓，从未间断过，三人也习以为常了。何况，武将加官至枢密使或副使乃是从未有过之事，朝廷如果有心牵制，又何必让武将入主朝廷中枢？

这十来日，三人也没闲着，前来拜贺的人络绎不绝，加上其他琐事，都来不及细细琢磨。直到三次辞让的过场走完，朝廷正式任命三人入职枢密院的诏书下达，三人才觉得颇不对劲。原来与任命诏书同时下达的，还有将三大将所部军队全部改隶御前的诏令。十几万人马改隶御前，其中章程十分繁复，敢情这十来日朝廷一刻也都没闲着。

三人已在中枢任职，手下军队归属御前，这葫芦里卖的什么药，让人有点摸不透。

任命诏书下达，照例是要去宫中谢恩的。赵构那头，还是说得合情合理："卿等之前所任都是地方宣抚，权力有限，使唤不动地方官和友军。如今卿等任职枢密府，其权甚大，卿等宜共为一心，勿分彼此，则全军如一体，谁能挡之？兀术这样的丑类，轻松便可扫除！"

有了皇上这话，三人便放下心来，相约去见秦桧，希望把兵权归属一事说清楚。

三大将求见，秦桧早有准备，他端坐都堂之内，打量着依次进来的三大将。三人都是魁梧身材，手脚粗大，相貌英武，目光如电，确是武将之材。平常三人入见，这股隐隐的霸道气势让他有些心虚，但今日，他却气定神闲：谅拔去爪牙的猛虎能有何作为！

韩世忠资历最老，先开口道："丞相，我等蒙朝廷恩典，到了枢密院做官，不过我等身为武将，职责还是为国戍守边关，防御外敌，收复中原。枢密使也好，副使也好，终归是文职，我等已辞去宣抚旧职，不知如何行使统领兵马之责？"

武人就是武人，说话果然直截了当。秦桧心里寻思着，不紧不慢道："宣抚不也是文职吗？诸位之前不也是以宣抚之职统兵一方吗？"

"丞相的意思，我等可以枢密使或副使之职统兵？"岳飞道。

秦桧怔了怔，露出惊讶的表情道："此言差矣！之前诸公以宣抚之职统兵，乃是因为宣抚是边官，如今诸公已是枢庭官，那可是宰执之位！自古以来，诸公可曾听说过以宰执身份掌握兵权的先例？那岂不是要出曹操？"

三人都愣住了，秦桧胸有成竹，接着道："诸公手下的兵马，都是朝廷的兵马、天子的兵马，如今改隶御前由天子统领，正合天道人心。诸公熟习军事，将来抵御外寇也好，收复中原也好，就在枢密院献计献策，运筹帷幄，至于冲锋陷阵，大可交由偏裨，这才是枢密院之责。诸公之前一直任边官，如今朝廷委以重任，也要慢慢地学着做枢庭官哩！"

三人哪里辩得过秦桧，面面相觑，秦桧语重心长道："朝廷对诸公恩德极重，诸公也要报之以忠义啊！"

话说到这分上，三人更是无言以对，张俊见机得快，赶紧起身道："丞相教诲的是！"韩世忠与岳飞也跟着起身谢罪。秦桧握住三人的手，把温言劝慰的好话说了一箩筐才罢。

三人走出都堂，心里拔凉拔凉的，却又只能大眼瞪小眼，半句造次的话都不敢说。临分手，意味深长地互相看了几眼，各自打道回府。

这边秦桧三言两语便把三大将逼到墙角，不免得意，等三人走了，心里又不安起来，左思右想，却理不清自己不安的缘由何在，只是坐在太师椅上发呆。

王次翁恰好进来，见秦桧面色凝重，问他因何忧虑，秦桧便将刚才应对三大将的话说了，王次翁道："相公说得滴水不漏，为何还心事重重？"

秦桧叹气道："如此天大的事，轻轻松松便做成了，我这心里头不踏实。"

王次翁这一向也是思虑极重，连续几晚没睡过整觉，有时半夜起床就在灯下翻史书，读到前朝兵变时的腥风血雨，直吓得浑身冰凉，几日熬下来，让他原本红润饱满的脸上居然有了些晦暗之色。

"相公惴惴之心，次翁感同身受！此事一成，可保大宋百年基业，然而世上岂有轻易能成的大功，确需如履薄冰，如临深渊，方可保万无一失。"

秦桧听到这么体己的话，心里头一热，起身舒缓了一下僵直的身体，道："下步如何做才好？三大将兵马改隶御前一事，之前只是下了诏书给朝官，现在是不是该下两道省札，撤销宣抚司，将原各司所属兵马一律收归朝廷？"

王次翁想了想，道："此事已谋划数月之久，依在下看，似不必急在一时。"

秦桧正在踱步，听了这话，便停下脚步看着王次翁。

王次翁道："不妨给三大将数日，看看他们如何反应，倘若他们识时务，主动上奏表示听从朝廷调遣，则万事大吉；倘若他们还恋栈不去，朝廷自有处分。"

秦桧低头沉思片刻，突然心里一亮，脱口道："如此甚好！"

王次翁果然洞见在先，还没到天黑，张俊的奏章已经递上来了。秦桧等人迫不及待展开看，张俊先在奏章里说了些颂圣的套话，表了一番忠心，然后说出了秦桧最想听的话："臣已到院治事，现管军马，伏望拨属御前使唤。"

秦桧大松了一口气，喜道："张俊不愧官家格外看重，多次以郭子仪之事勉励他，果然知晓进退！"回头看王次翁，居然身体一下松懈下来，瘫在椅上无法动弹了。

秦桧又是心疼，又是好笑，赶紧吩咐人将他送回府歇息，自己仍在都堂思来想去。天色已黑，他也不觉得饿，只觉得心里烧得难受，说不清是兴奋还是担忧。

一名侍从进来，说是王次翁托他捎个口信：省札可下矣。

秦桧含笑不语，胜券在握，他反而从容起来。既然张俊已然表态，那不妨再等等，看看韩世忠与岳飞二人如何表态。

然而事情不如他愿，两日后，还不见韩世忠与岳飞的奏章，秦桧才稍稍放下的心又不安稳起来。王次翁已经病倒，他便叫当初献计的范同前来商议。

范同匆匆赶来都堂，一进门便与秦桧打了个照面。秦桧不由得愣了一下，跟自己和王次翁的心力交瘁相比，这范同却是满面红光，印堂发亮，脸上带着抹不去的笑容，一副家有喜事的神情。

秦桧略一思索，便大致明白了。收三大将兵权之策由范同最早提出，倘若大功告成，他范同就是大宋的功臣，要名列青史的，难怪他喜不自禁。

秦桧压住心底泛上来的一丝不快，微笑道："择善好气色。"

范同知道此时应当摆出副忧思天下的姿态，奈何脸色骗不了人，便使劲绷紧了脸，躬身道："不知丞相召在下过来何事？"

秦桧三言两语将形势讲了，范同心里早有分数，怕秦桧忌讳他才思太敏，假装苦思了片刻，才道："丞相，不如下一道奖谕给张俊，遍发中外，称赞他识大体，知进退，借此敲打一下韩、岳二人，不怕他们不俯首听命。"

此计一出，秦桧立刻意识到难题已经迎刃而解，他矜持地捋了捋胡须，道："那就有劳择善起草诏书吧。"

这差使虽然辛苦，但却是极大的美差，一纸定乾坤，是要传颂千古的！范同怕秦桧把林待聘叫来一并起草，分了功劳，便慨然道："此事拖一刻便多一分风险，在下这就起草，务必明日一早便发出去！"

秦桧明白其中的利害，顾不上范同肚子里的花花肠子，只做了一个手势，请范同开始起草。

范同已把这事琢磨好几个月了，此时凝思片刻，蘸墨就写，也就两盏茶的工夫，便洋洋洒洒写了几百字，从头至尾看了两遍，改了几个错字，双手托着恭恭敬敬地呈给秦桧。

秦桧极快地浏览了一遍，忍不住赞道："好文章！"

范同浑身舒坦，恨不得在都堂跑一圈，拼命压住心中的快活，谦逊道："丞相谬赞！请丞相指正！"

秦桧又看了一遍，到精彩处，念道："李、郭在唐，俱称名将，有大功于王室。然光弼负不释位之衅，陷于嫌隙；而子仪闻命就道，以勋名福禄自终。是则功臣去就趋舍之际，是非利害之端，岂不较然著明！"

"这几句尤其写得好！较之太祖当年杯酒释兵权，还要高出三分！"秦桧赞叹道，与其说是夸范同，不如说是自夸。

范同心领神会，附和道："当年太祖三言两语便收了兵权，固然雅量高致，然皆出于龙行虎步，并非出自国家章程，后世极难效法。如今丞相运筹帷幄，以纸笔收刀剑，以章程制兵威，才可为万世法。"

秦桧淡淡道："此乃圣上英明神武，烛照天下，吾何力之有？"

范同口中称是，不再多说了。

秦桧看了一眼外面，起身道："你再辛苦一番，连夜将奖谕制好，明日一早便发出。韩、岳二人再不省事，也该明白如何做了。"

一切如所料，次日给张俊的奖谕刚发出，天黑前便几乎同时收到了韩世忠和岳飞的谢罪奏章，称愿卸去兵权。

三大将被治得服服帖帖，俯首听命。秦桧等人便趁热打铁，连下两道省札，撤销了宣抚司，将原各司所属军队一律收归朝廷，并冠以"御前"某军，之前的"张家军""韩家军""岳家军"就此作古；各司所属的统制、统领官、将、副等官，一律隶属枢密院，并带"御前"入衔。

至此，朝野上下都已经看得清清楚楚，昔日指挥千军万马、名震天下的三大将，手上已无一兵一卒。三大将既已俯首，其他人更不在话下，没过多久，刘光世罢为醴泉观使，刘锜出知荆南府，天下兵马，尽归朝廷。

一时间，朝堂变得出奇的安静，谁都知道这是一桩天大的事，而秦桧便是主事者。文臣们素来对武将久掌兵权忧心忡忡，眼看着秦桧等人翻掌之间，便将十几万兵马生生从那些睥睨天下的武将手中夺了过来，着实让人惊叹其心思之密，手腕之狠。所有人都明白，既然替皇上除了这个心头之患，秦桧的宰相之位已是不可动摇了。

至于秦桧，知道自己立了不世之功，心里有底气，面上更加显得洒脱了，就像处理了寻常政务一般，丝毫不以为意的样子，让人更加佩服其宰相肚量。

只有在跟他共过患难的妻子王氏面前，他才流露出庆幸与惊惶。

这夜他又睡不踏实，辗转反侧，王氏道："相公，天下已定，你还有什么睡不安稳的？"

秦桧叹道："最难的时节确已过了，只是事关江山社稷，也事关身家性命，不得不反复掂量，生怕有所闪失。"

"还能有何闪失？三大将说起来威风八面，那是因为手下有兵，如今手下没兵了，不过就是几个匹夫而已，相公怕他们作甚？"

"你不懂，这几人在军中经营十余年，各营统制、统领全是亲信，如今虽然受制于朝廷，就怕一有风吹草动，那些人会图谋不轨啊！"秦桧悠悠说道。

王氏悠悠道："相公其实过虑了。你想想，那些统制、统领上战场卖命所为何来，无非就是图个封妻荫子、荣华富贵。三大将被夺了兵权，他们心中是有不安，不就是怕上司获罪，殃及池鱼，断了他们的富贵路吗？相公只需好生处置，务必让他们明白，此事只针对三大将，于他们丝毫无损，贱妾就不信谁真会出这个头。"

秦桧沉默了半晌，叹道："夫人若不是妇人身，在朝中做个参知政事又如何？"

"你把朝廷开成秦家夫妻店，官家怕也不乐意。"王氏轻笑道。

秦桧又是叹服，王氏在黑暗中踢了秦桧一脚，道："下面的人也要安抚，张浚就栽在这事上头，相公谨慎些终归是不错的。"

秦桧道："张浚此人志大才疏，官家早就看穿了他……"话说半截，他突然停住了，"嗯"地坐了起来。

王氏吓了一跳，道："相公这是怎么了？"

秦桧喘了口气道："我还是放心不下各地的兵将……张浚原本也是轻松罢了刘光世的兵权，却未料到他手下的兵将桀骜不驯，最终闹一出淮西兵变，弄得满盘皆输。"

王氏也起身道："相公是怕三大将手下也出郦琼这样的人？"

秦桧沉吟道："郦琼出走，归根结底还是怨将叛降，虽然朝野震动，但不至于动摇国家根基。"

王氏奇道："出郦琼那样的事相公都不怕，那还有何事可怕？"

"最怕的是三大将与下边的亲信爱将勾连，上下齐动，逼得朝廷不得不让他们重掌兵权，去驻地领军。到那时，就是龙归大海，虎入深山，再想拿走他们手上的兵权，就比登天还难了。郦琼跟他们比，不过是一匹夫罢了。"秦桧幽幽道。

王氏原本极聪明，再加上跟着丈夫数十年颠沛流离，宦海沉浮，听了这番话，早知其中利害，接口道："三大将被解除兵柄，是不得了的大事，他们下边的兵将，一时也摸不着头脑，难免惴惴不安，胡乱揣测，倘若再有人借机造谣，还真不知会惹出什么事来。三大将一旦借机再掌兵权，就起了防范之心，更难对付了。"

夫妻俩在黑暗中静坐了片刻，秦桧突然道："我料张俊还不至于，但韩世忠与岳飞二人其意难测。"

"那就一个一个来呗，这十来年，相公什么风浪没见过？贱妾只提醒一句：此事宜早不宜迟，莫让他人占了先机。"王氏口气十分平静，但秦桧十分了解妻子，这是毋庸置疑的意思。

夫妻俩再也无法安睡，一直商议到鸡叫。

次日，秦桧将王次翁叫来，将胸中顾虑和盘托出。

大概刚生了一场病的缘故，王次翁脸色略有些苍白，他皱眉想了想，道："相公何不将范同叫来一起出出主意？此人腹中还有些谋略。"

秦桧闭目摇头道:"腹有谋略,胸无城府,逢人便自夸有功于社稷,不可与之久谋大事。"

王次翁正也不满范同贪天功为己功,听秦桧这般说,便不作声了,想了想道:"诚如相公所言,三大将虽被褫夺兵权,但威望尤在,部属尤在,他日形势有变,东山再起易如反掌,而一旦再起,再想夺其兵权,则难如登天。"

"依你看该当如何处置?"

王次翁弥勒佛般的脸上露出一丝狠劲,道:"去其亲信,断其爪牙!"

秦桧拈须不语,半响后方道:"谈何容易。"

接下来的话,王次翁不敢说出口,便问道:"丞相心中可有筹划?"

秦桧昨夜与王氏商议到天亮,心里已经有了章程,便反问道:"三大将中,何人可为依托?"

王次翁不假思索道:"张俊最早上奏,自请交纳兵权,可见是个识大体之人。过往两年,丞相力主议和,诸将奏折中极力抵制,多有不敬之语,唯独他语多体谅,此人可为当朝郭子仪。"

秦桧满意地点点头,接着问道:"韩、岳二人如何?"

王次翁道:"韩世忠素有忠勇之名,而岳飞也怀忠义之心,朝野上下对此并无异议……"

秦桧不耐烦地摆摆手打断他:"你我之间,就莫说这些套话了。"

王次翁咽了口唾沫,顿了顿接着道:"韩、岳二人跋扈,特别是韩世忠,竟然在金使张通古北返之际,派士兵扮成红巾军,打算劫杀金使,破坏和议,此人简直是吃了熊心豹子胆,竟敢胡作非为至此!若不是他军中有人告密,金使临时改道,真不知道要闯出什么泼天大祸来!"

秦桧脸上掠过一阵愠恼的红晕，眼中一丝阴森森的寒光久久不逝。王次翁还嫌拱火不够，接着道："我还听说，韩世忠喜好女色，去部下家中饮酒时都让其妻女相陪，呼延通有次气不过要杀他，韩世忠落荒而逃，为此怀恨在心，便将呼延通贬为小兵，并让他到其仇人崔德明手下去听差。韩世忠过生日时，呼延通千里送礼贺寿，韩世忠却理不都理他，呼延通痛哭失声，回来后又被崔德明以擅离军营之罪一顿痛打，呼延通受辱不过，竟投水而死了。"

"这等粗鄙武夫，心里头哪有人伦纲常，什么事做不出来？他日成了气候，保不准就是天地倾覆，乾坤颠倒！"秦桧冷冷道，之后又若有所思，转而问道："官家知道此事否？"

王次翁想了想，道："多半是知道的。呼延通也是一员猛将，此事在当地闹得沸沸扬扬，地方官员觐见皇上时不会不提到。"

秦桧起身踱了几步，脸上阴晴不定。

王次翁观察着秦桧神情，道："韩世忠在诸将中资历最老，又有勤王之功，只要拔了他的爪牙，其他人也就不敢存有二心了。"

"韩世忠毕竟不比他人，明日我去觐见官家，先听听他的口风……我料官家对此心里是一万个赞成，唯一担心的就是别闹出事来，反而不美，就像上回淮西兵变一样。"秦桧沉吟道。

王次翁微微一哂，道："如今一提收兵权，就有人拿淮西兵变来吓人。依在下看，淮西兵变跟收兵权无半分干系，全是张浚措置乖张，竟派一个毫不知兵的吕祉前去掌军，一个书生还不够，还加一个书生陈克，如何不坏事？倘若去接管军队是有威望且知兵之人，郦琼又如何敢动！"

此话正合自己估算，秦桧听得心里一松，手指着王次翁，赞许道："你这话极有见识！只是何处去寻既有威望且知兵的能人呢？"

王次翁仰天打了个哈哈，道："相公刚才不已经点明了吗？张、岳二人不就是现成人选嘛！"

秦桧脸上露出矜持的微笑，他苦思数月，昨夜终于有了计较，今日不过是跟王次翁验证一番。他在朝中多年，对诸将之间的恩怨自是一清二楚：韩世忠与张俊早年争功，一直就有积怨，而岳飞为后起之秀，凭借军功从一员偏将接连擢升，几年间便与二人平起平坐，韩、张二人颇有不平。而且他早就耳闻韩世忠吃空饷，只是朝廷用人之际，不便深究罢了。倘若让张、岳二人去整治韩家军，既能震慑韩军旧将，又能揪出韩世忠小辫子，还可顺便离间三大将，可谓一石三鸟。

"事不宜迟，也不必等明日了，我这就去见官家。"秦桧主意已定，招手叫人端来茶，喝了几口，跟王次翁交代了几句，便去宫中见赵构了。

# 十四　张岳反目

一艘全副武装的战船正在长江之上劈波斩浪地前行。

两岸百姓，早就见惯了江上战船，但这艘战船仍然让很多人驻足观看，只因它不仅体型庞大，更兼船上旗帜鲜明，士兵一个个甲胄锃亮，精神抖擞地要么在甲板上巡视，要么如钉子般立在船头船尾放哨，丝毫不敢懈怠，显示船上一定有大人物。

端坐在船舱内的，正是名震天下的两位掌兵大将，张俊与岳飞，此行是奉旨前去楚州"按阅御前兵马，措置战守"。楚州乃是韩家军驻地，安排战守事宜，却将韩世忠本人留在御前，而令张、岳二人去执行，无论如何都显得极不寻常。

张俊和岳飞对此中奥妙自然是心中有数，但二人关系早不比当年横扫流寇时，彼时二人官阶相差甚远，岳飞在张俊麾下效力，屡建奇功，张俊乐得栽培。现如今，二人地位几乎平起平坐，岳飞更是凭借战功跻身中兴名将，张俊暗暗算了算，自己今年五十有六，再过几年就是花甲之岁了，而岳飞连四十岁都不到，战功官阶却远胜自己当年，一念及此，心里的不悦之意总是时不时泛上来，让他脸上始终没有笑容。

张俊的心里那点纠结，岳飞未必不清楚，不过他对此既无能为力，也早就习惯了。二人贵为统兵大将、朝廷要员，面上的礼数都是

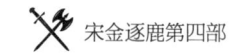

周到的。

"此趟差使，皇上和秦相那边都寄以重托，岳少保以为该如何措置才妥当啊？"谈了一堆闲话之后，张俊才慢悠悠地引入正题。

岳飞道："早就听说韩世忠治军有方，却从未亲眼见过，这次倒真要好好看看！"

张俊看了一眼岳飞，不知他是有意避开话题，还是真的心不在此，再细看岳飞神情，似乎又是毫无心机，实实在在地要去观摩闻名遐迩的韩家军。

张俊心里有几分没意思，他知道正是岳飞的这份痴劲，使得他年纪轻轻便战功卓著，他是比不上的。他干咳了一声，接着道："皇上和秦相对韩家军颇不放心，才命我二人前来按阅。这几万人马，点一遍都要好几日，就怕做不好，反让皇上劳心。"

岳飞听他说得明白，便接话道："相公不必忧心，无非就是从统制、统领、将校等一路梳理下去便是了，纲举目张，只要捏住了上面管事的百余人，其他不在话下。"

张俊治军多年，这个道理岂能不知，但他别有所图，他已经看出韩世忠被置留御前，让同僚去整治他的军队，乃是非常之举。前日他与心腹密议良久，只定下一个策略：一切都随朝廷的意思，切莫自作主张。

张俊看透彻了，既然皇上不再信任韩世忠，那他最担心的一定是那吱声震南北的韩家军，身为臣子，正是为主分忧的时候，只要把这支韩家军成功拆解了，皇上的忧虑自然就烟消云散。

但这肚子里的谋划，他是断不能明说出来的。既要为朝廷分忧，让皇上放心，又不要显山露水，过于招摇，遭人嫉恨，否则说不定哪日便自取其祸。况且并入军队，是统兵将领之间的大忌，这趁火打劫之事，不能硬来，张俊还要探探岳飞口气。

"韩世忠确也是敢作敢为之人呐！"张俊像深有感触地慨叹道："当年金使张通古等人回国复命，韩世忠命手下人扮成红巾军，准备在洪泽路劫杀金使，让和议泡汤。还好他部将郝卞偷偷告诉了转运使胡昉，此时金使已过扬州，胡昉吓得不轻，赶紧通知他们改道由淮西走脱，倘若让韩世忠得手，那就是惊天之变！"

岳飞还在沉吟，张俊突然问上来："听说那郝卞自知必死，连夜逃出军营，投奔到了少保军中，不知可有此事？"

岳飞顿了顿，道："确有此事。韩世忠此举，虽然鲁莽，却也情有可原，终是缘于深恨和议丧权辱国，身为掌兵大将，实属难忍。至于郝卞，也不能说他有错，毕竟两国相争，不斩来使。"

张俊点头道："少保说得有理，就怕韩世忠心里不痛快。"

"他意欲劫杀金使，已是有罪，还要杀郝卞灭口，岂不是罪上加罪？我收留郝卞，其实也是帮他搪塞。韩世忠是明白人，自然理得清这里面的道理。"

张俊见岳飞几句话便把这棘手事摊得平平整整，不禁暗暗嘀咕：这岳飞看似忠厚，心里的道道一点不少哩！便转而问道："听说岳少保前几年数次上书朝廷请求增兵，不知朝廷有何批复？"

这就是明知故问，岳飞猜不出张俊葫芦里卖的什么药，便照实道："都被朝廷驳回了，大概朝廷自有章程吧。"

"说的是，朝廷有朝廷的难处。"张俊微叹道，"只是打起仗来，只恨手下人马不足啊！"

这话戳中了岳飞胸中的痛楚，他脸色沉郁下来。

张俊心里有了数，笑道："去往楚州前，你我先去镇江巡视几日，镇江也是韩家军的大本营，驻有数千兵马，我听说韩世忠的背嵬军正在此地休养，正好可以一观。"

背嵬军乃是各军之首，也是掌兵大将的亲卫军，全是百里挑一的精壮之士。岳飞一听来了兴致："韩家军在大仪镇击破金军前锋，靠的就是这支背嵬军，这次倒真要百闻不如一见了！"

张俊打量着对面的岳飞，他深知岳飞并非胸无城府之人，否则如何拔出列校、身居高位？但这股对军事的痴劲，天底下再也找不出第二个人来。

"明日便到镇江了，你我稍事歇息，便检阅一下韩世忠的背嵬军。"张俊背着手，走到船头，指着前方道。

战船又行驶了两个多时辰，不知不觉间，来往船只帆樯林立，前面正是热闹繁华的镇江码头。

镇江知府正是刘子羽，张俊、岳飞都曾经是他父亲刘韐旧部，岳飞那时还年轻，见刘韐一面都难，张俊却颇得刘韐赏识。这次刘子羽得以重新起用，还是因为张俊的举荐。

三人见面，相谈甚欢，然而言语之间，竟一句也不聊韩世忠军队之事，仿佛有默契一般。

次日，三人一同前往韩家军驻地，远远地看到军营，岳飞赞道："这营寨扎得极有章法，不愧是百战精锐！"

刘子羽笑而不语，再看张俊，已经板着脸端起钦差的架子了。

检阅的命令传下去不过一顿饭工夫，这一千五百人的背嵬军便已集合完毕。三人都极通军事，只扫过一眼，便知道这是一支以一当十的劲旅，军中将士全是西北人，个个虎背熊腰，极其壮硕，而且甲胄鲜明，装备精良，显然是下了血本。更令人不敢小觑的是，这些将士个个目光沉静，举止从容，不张不扬而自带杀气，这股狠劲只有在战场上拼死厮杀过的战士才有。

刘子羽转头对张、岳二人笑道："真虎狼之师也，难怪能在大仪镇立功！"

岳飞也连连点头赞叹："丝毫不亚于我麾下那支背嵬军！"

刘子羽想活跃一下气氛，看着张俊道："较之少师亲卫军如何？"

张俊对这个话题不感兴趣，淡淡答道："半斤八两吧。"

此时背嵬军正在将官率领下操练，果然是身手矫健，进退有序，张俊见岳飞观看得聚精会神，便问道："岳少保麾下兵强马壮，像这样的背嵬军怕有一万吧？"

岳飞惊讶道："相公快莫说笑了，上何处去寻一万这样的虎狼之士！这么些年下来，精挑细选，勤加训练，只得了四千而已。去年北伐一战，折了好几百，岳某至今都心疼。"说着，突然想起杨再兴，不觉神情肃穆起来。

张俊瞅准时机，用不经意的口气道："韩世忠被置留御前，看朝廷意思，有问罪之意，我料他一时难以脱身，如此虎狼之师，无人统领怪可惜的！"说罢，乜斜着眼看了看岳飞。

岳飞自然是深表惋惜，连叹了两口气。

张俊认为时机已然成熟，接着道："我看不如将这支背嵬军拆散了，并入你我军中，你看如何？"

此话一出，旁边刘子羽不禁一怔，假装什么也没听到，仍然专心看校场内军士操练。岳飞脸上的神情却僵住了，此时并走韩世忠的部队，韩世忠只有干瞪眼的份，何况这么一支训练有素的精锐，谁不眼馋？

空气一时间有些凝固，刘子羽干脆离开了话局，与身边幕僚对着校场内饶有兴趣地指指点点，仿佛专心在看操练，根本没听见身旁的对话。

终于，岳飞发话了："相公，此事万万不可。如今中原未复，金虏猖獗，国家所能依赖的几员大将，无非就是相公、在下及韩世忠数人而已，倘若他日官家再次起用韩世忠，让他重掌旧部，却发现自己的亲卫军被分了，你我有何面目去见他！"

岳飞这话发自内心，一片赤诚，连旁边的刘子羽也觉得不能再装听不见了，转过头看着张俊。

张俊哑口无言，拼命慑住心神，才没让脸上红一阵白一阵地难看，见刘子羽看过来，便笑道："彦修以为如何？"

刘子羽摇头笑道："二位久掌兵权，又是钦差，子羽早已不过问军中之事，如今又是文职，岂敢置喙半句！"

张俊克制住心中的不快，作深思状道："岳少保之言，也不无道理，此事还是从长计议吧。"

刘子羽赶紧打圆场道："说的是，此乃大事，慎重些总不会错。"

三人于是边看操练边聊些军务方面的事，刘子羽见张俊神情尴尬，只能作壁上观。张俊是父亲旧部，于自己又有举荐之恩，他是不愿意得罪的，但他心底里佩服岳飞那份憨直，只好使出浑身解数，谈笑风生，好歹让大家场面上都过得去。

一顿饭的工夫过后，背嵬军操练完毕，领头的将官过来参见。张俊端起长官的架势，问了些不痛不痒的军中事务，刘子羽叫人端来早已备好的犒赏，以张俊的名义发给背嵬军，算是给他一个面子。

张俊面色稍霁，刘子羽又以张俊名义宴请驻镇江的韩家军统领，镇江府大小官员作陪，并把张俊安排在首座，席间没少说奉承话。刘子羽本是忠烈之后，在川陕数载，早有威名于天下，有他抬轿，张俊自然是颇觉舒坦。

送走张、岳二人，刘子羽松弛下来，只是沉默不语。帐下一位跟随多年的幕僚任靖问道:"相公陪了两位大爷几日,累了吧?"

刘子羽淡淡一笑:"我哪至于那么衰朽……只是不知为何,心里很是不安。"

任靖不解道:"当年在潭毒山,情势何其凶险,我看相公也是神闲气定,如今安安稳稳在镇江这块肥地做知府,何事能让相公不安?"

刘子羽不愿多说,过了半晌,叹息道:"过去我只怜惜晋卿走得早,不能再建功立业,今日看来,他走得正是时候哩……"

任靖愣了一会儿,明白了刘子羽所指,劝道:"此乃天子家事,相公如今是地方要员,又在镇江这种南北控扼之地,自古朝廷最忌讳的便是地方要员与武将勾连,相公切莫蹚这趟浑水。"

刘子羽道:"你这话可谓洞若观火,只是倘若满朝文武都这般心思,谁还操心国事?"

任靖端上一杯茶,搁到刘子羽面前,道:"依在下看,这天底下最操心国事莫过于张相公了,如今他人在哪里呢?"

刘子羽啜了一口茶,目光炯炯地盯着前方,身体也离了椅背,绷得笔直,像是要做一件大事。然而片刻后,他眼中的光亮消逝了,黯然歪在椅背上。

任靖看了他一眼,第一次觉得他俊朗的眉宇间有了一丝岁月的痕迹。


张俊与岳飞离了镇江,便直奔楚州。楚州地处要冲,正好卡在大运河南北交界处,且襟带淮河,正因为此,当年赵立固守楚州,金军不得北上,几乎困死。韩世忠驻守楚州,既是将它作为北伐前哨,也是作为边防的战略要塞。自从设立宣抚司后,韩世忠发动军队民夫,将破损的城墙重新修葺，楚州城日益坚固，成为钉在金军下腹的一根楔子。

到达楚州后，张俊觉得深入他人军营，总不自在，不愿意进城，便找了个借口留宿城外。岳飞没他那么多花花肠子，直接进城入住楚州知府的衙门。

一夜无事。

次日一早，张俊只是刚醒，还未洗漱，便隐隐觉得地面在震动。长年带兵打仗，让他分外警觉，便一骨碌爬起来，正要喝问亲兵，一名巡哨的士兵已经慌乱闯进来，气喘吁吁道："大帅，有一队全副武装的军士正朝这边开过来，不知是何意图。"

张俊心跳加速，强自镇定下来，问道："多少人？"

"约莫二千人。"

张俊起身出门看个究竟，嘴里道："传令下去，都给我披挂准备迎战！"

刚出门，迎面过来一名亲将，看神情也是狐疑不定，慌慌张张地上来道："大帅，这支人马必属韩家军，我已命人前去询问是何人领军。"

话音未落，只见一名士兵飞驰而来，禀报道："小的已经打探清楚，来的正是韩家军中军统制王胜，听说大帅在城外，特意领兵前来拜见。"

张俊心放宽了些，不悦道："拜见就拜见，为何要全副武装？"

亲将道："末将前去告诉王胜，让他将人马就地驻扎，只身前来见大帅，如何？"

张俊道："还不快去！"亲将应了一声，纵马飞驰而去。

没过多久，王胜果然单独跟着亲将过来拜见，张俊看他行完礼，又上下打量了一番，问道："你们来与我相见，为何要全副武装？"

王胜这些日子早觉得风云诡谲，心里不安，原本是要在张俊面前表现一番图个前程的，不料反让他吃了惊吓，赶紧道："枢密使来检阅军马，末将岂敢不严阵以待，故而令手下将士务必抖擞精神，不敢让枢密使轻看了。"

张俊明白这是一场误会，但仍不敢大意，沉声道："我乃朝廷派出的钦差大臣，你们全副武装、手执兵器来见，终归不合制度，去把你的人马卸了盔甲再来见我。"

王胜应了一声，转身去了。

张俊这边不得不打起精神检阅王胜部队时，城内的岳飞已经沿着城墙走了一圈，然后又察看了韩家军军籍，清点了人数。忙完这些，已经过了午时，张俊这才入得城来。

二人见过后，岳飞赞叹道："我方才察看了军籍，这才知道韩家军总数才三万人而已！以这区区三万人镇守淮东，令金军不敢进犯，还能北图山东，连获胜捷，韩世忠真不是凡人呐！"

张俊听说岳飞不等自己来就清点人数，怫然不悦，但又不好明说，冷笑一声道："韩世忠找朝廷要粮要饷的时候，报的可不止三万人。"

岳飞怔了怔，替韩世忠辩解道："战事频仍，有时难免要留些富余，才好激励士气，这个道理其他人不懂，咱们带兵之人自当明白。"

张俊几曾被人这样教训过，阴沉着脸不答话，起身面无表情地道："且去看看城防。"

两位大将话不投机，张俊一脸不悦，众人都看得明白，互相交换了一下眼神，小心翼翼地跟在二人身后上了城墙。

楚州城墙颇为高大厚实，但毕竟经过十来年前那场大兵火，即便一直都在修缮，缺损之处仍有不少。三三两两的士兵和民夫正在干活，大热天肩挑背扛，汗流浃背，十分辛苦。

一行人在城墙上走了一会儿，看到前面一段城墙损毁极大，一问才知道当年金兵在此处连发了数百发石炮，将城墙打得稀烂，伤了根基，这些年来风吹日晒雨淋，有一段干脆塌了半边，野草、杂树在砖石缝里疯长。一群士兵和民夫正缓慢地清理墙砖，样子都颇为疲累。

张俊停下脚步，看了看四周，不满道："城墙若不修好，这楚州城岂不形同虚设？看这些人懒洋洋的样子，这城墙要修缮到猴年马月去！"说着，目光凌厉地扫视了一圈，喝道："马上增派士卒民夫，务必在秋防前修好城墙！"

众人明知他在影射韩世忠，谁又敢说半个"不"字，都连声附和，唯独岳飞面无表情，垂着眼皮不说话。

张俊见状，知他另有想法，便问："岳少保，有何见教？"

众人不由得互相看了一眼，岳飞明明是下官，张俊却问他有何见教，口气还不善，分明就是心里窝着火。

岳飞虽然资历不如张俊，却已独自掌兵十余年，手下兵将如云，叱咤风云惯了，张俊这点威严哪能镇得住他。见张俊问下来，他只是微微叹口气，笑着摇了摇头，表示无话可说。

岳飞这风轻云淡的样子更让张俊火气上涌，他干笑了一声，继续道："岳少保，有话便说吧，这叹气摇头的算什么？"

岳飞仍然不为所动，只看着城墙外，就像在看风景一般。

张俊终于按捺不住怒火，端起长官的架子，口吻生硬地道："岳少保，我乃朝廷钦派的枢密使，你是枢密副使，奉圣命前来楚州按阅兵马,今日谈到城防,你却三缄其口,怕不是为臣之道吧?"

旁边人见张俊动了怒,吓得缩头看着岳飞,恨不得替岳飞开口搪塞两句。

岳飞目光一凛,沉默了片刻,低声道:"我等蒙国家厚恩,当同心协力光复中原,士卒劳力有限,却把血汗苦耗在这离中原十万八千里的楚州城防修缮上,这明摆着就是放弃中原,在楚州死守了。将士们得知,哪里还有心思进取呢?我等又如何激励他们光复中原,迎回二帝呢?"

张俊被官阶、资历低于自己的前下属如此当众教训,直气得面色铁青,正不知如何答话,却听旁边两名巡哨的士兵轻声嘀咕道:"相公说得是呢,大伙为修这没用的城墙,都累得没法操练了。"

"大胆!"张俊正积压着一肚子邪火无处发泄,见这两个黄衣小卒竟敢附和岳飞,当即怒吼道:"长官议事,有你们伸嘴的份?如此军纪废弛,不用重典,岂不是要翻天!"

那两名小卒吓得伏在地上求饶,张俊一字一顿道:"就地正法,枭首示众!"说罢,手一挥,几名亲兵拥了上来,将那两名吓瘫了小卒往城垛边拖。

众人原以为这两名倒霉的小卒会吃二十军棍,没想到竟然因一句讨好的附和被处极刑,全都惊呆了,谁也不敢劝。

岳飞赶紧出来说情:"相公息怒!这二人虽然多嘴,但罪不至死,打个几十军棍吃点教训便好了,不必杀头呀!"

几名亲兵也觉突兀,见岳飞开口求情,便放缓了拖拽两名小卒,回头看张俊脸色,张俊一挥手,用不容置疑的语调道:"斩!"

岳飞见张俊真要下杀手,有点急了,弓着身子苦劝道:"相公,我们两位钦差刚来楚州,就因小事连杀两人,就怕将士们心里会有疑虑！"

张俊冷笑一声，道："目无长官，妄论军事，哪里是小事？我倒听说岳少保曾经因麾下一名军士白拿了百姓一条麻绳，便将他处死，这是小事大事啊？"

岳飞没想到张俊如此当众抢白自己，不禁张着嘴愣在当地，他这才注意到张俊脸色分外难看，知道他今日断然不会给自己面子，明知他在强词夺理，也只能忍住不再作声。

两名小卒意识到死到临头，哭天喊地地求饶，但又顶什么用？片刻过后，哀号声戛然而止，两名小卒的头在众目睽睽之下被砍了下来，鲜血将城墙垛子染得通红。

几名亲兵拎着人头要去挂在城头示众，张俊也知自己做得过了，便道："就留在地上，保他们个全尸，让家属来收尸吧。"

四周一片死寂，那些修缮城墙的士卒和民夫立在原地，一个个呆若木鸡。突然像一阵风卷过，这些人一个激灵，神色仓皇地埋头劳作起来，节奏比先前快了许多。

张俊冷笑一声，没事一样继续巡视。经他这么一闹，旁人谁都不敢说话了，就他一人指指点点，摆足了长官的谱。

两名小卒仅因多了句嘴便被砍头的事立即传遍了全城，原本就有些惴惴不安的韩家军将士们更加惶恐，各军将士路上见了面都不敢多交谈，只是心照不宣地点点头而已，一时间楚州城颇有点道路以目的味道。

就在这样肃杀的氛围下，张俊将韩家军整治了一番。韩世忠治军自有一套，用不着别人来教，张俊无非就是训训话，看看操练，然后与诸将分别谈话，看看谁有"不臣之心"，如此而已。岳飞勉强陪了几日，受不了他那份拿捏劲，二人也无话可说，便借口筹备秋防，避到一边去了。

过了十来日，张俊挑不出什么毛病来，心里也放松懈怠下来，晚上便在府衙饮酒，就让几名亲信下属相陪。

"岳飞有日子不见了，他在忙些什么？"

见张俊问起，其中一人答道："岳少保一来楚州，便召见了海州统制李宝，命他以舟师由海道出山东牵制金军，李宝已经奉命领军去了登州。"

在亲信下属面前，张俊不再矜持，满脸不忿道："这个岳飞专横跋扈得紧哩！出兵山东这么大的事，就自行决定了？朝廷派我等来按阅兵马，措置战守，那是整肃军纪，防止生变的意思，他倒好，出兵北伐了！"

亲信中一名叫邹东的文士道："不才看那岳飞的意思，是急于立功给朝廷看，一旦军功在手，他那边说话的分量就重了，相公不可不防。"

这话捅到张俊心底的不爽之处，他脸色顿时严峻起来，放下酒杯沉思不语。

邹东便进言道："相公其实也不必过虑，这楚州城主事的还是相公，没有相公点头，他岳飞派个偏将出兵能有何胜算？"

张俊转头看着邹东，此人白净面皮，唇上稀疏几根胡须显得阳气不足，一双微鼓的金鱼眼混浊无神，看相貌不像个胸有智谋之人。只是人不可貌相，当初力劝张俊认真读《郭子仪传》的便是他，甚至不顾张俊不耐烦，三番五次地为他讲解，使得他在皇上垂询时应对自如，深得嘉奖，因此张俊还是十分看重他的。

"晓月有何高见？"张俊恢复了常态，重新端起酒杯，叫着邹东的字问道。

邹东见张俊认真问起，便吸了口气，微笑反问道："相公以为，海州这座城池还留得留不得？"

张俊微微一愣，并不作声，只是看着邹东。

"依不才看，海州这座城池留有留的好处，不留也有不留的好处。"邹东捋了捋颔下一撮数得清根数的胡须，慢条斯理道："留着的好处是，一旦金军南下，便有一座城池来策应楚州，这好处是显而易见的；然而不好之处常人却看不见，此城说大不大，说小不小，虽然地处南北要冲，却又并非形胜之地。敌军来攻时，派重兵防守吧，城中却容不下那么多人，只能分兵援救，但又怕敌军围点打援，声东击西。总之守也不是，弃也不是，真真便是一座鸡肋之城。"

张俊已经听明白了邹东的意思：岳飞派李宝进军山东，虽有出奇制胜之效，却也是一着险棋。金人已在山东经营了十余年，不会轻易放手，一旦战局胶着，就必须得有后援支撑，倘若作为后方的海州没了，这攻敌腹背之策也就随之泡汤了。

邹东见张俊若有所思，意味深长接着道："此城留与不留，都说得过去，全在相公一念之间耳。"

其他几名亲信都是武夫出身，听不太懂这话里的玄机，但都知道事关重大，便都停止了吃喝静听。

张俊略加盘算，心里已经拿定了主意，再观望几日，找个借口将海州人口全部撤至江南，让岳飞一脚踏空。他脸上浮起一丝笑容，看了看众人道："此事不要到处张扬，本帅自有处置。"

众人连声称是。张俊心情大悦，继续饮酒作乐。

酒至半酣，卫兵进来禀报，说是新近提升的总领官胡纺前来拜访。张俊看了看外头，已是一片漆黑，不知这胡纺有何事要挑在这种时候过来。

张俊挥了挥手,命人将酒桌收拾干净,又整理了一番,便让胡纺进来。

片刻过后,胡纺自己提着灯笼快步走入,连个从人都没带,他借着灯光看到屋中有许多人,原本急切的神情便谨慎地收敛了回去。

张俊见他似乎有话要说,便让了座,简单与他寒暄了两句,等着他说话。不料这胡纺却起身请求屏退左右,语气还颇为坚决。

总领官不是闲职小官,乃是朝廷委派的大员,这胡纺更是秦桧亲信,是个可以通天的人物。张俊虽然有点纳闷,但也照做了。邹东迟疑了一下,见张俊并无留他之意,也跟着众人出去了,眨眼间,屋里便只剩下了张、胡二人。

胡纺默了片刻,确认人都走光后,才道:"深夜不请自来,打扰少师歇息,胡某实在心中不安,只是此事非同小可,若等闲视之,恐怕重蹈淮西兵变之覆辙,危及社稷江山。故而贸然来访,还请少师海涵!"

张俊认定有人图谋兵变,身体一下子绷直了,急道:"谁?快讲!"

胡纺定了定神,道:"方才,耿著到我府中,说了许多……虚妄之辞。"

这个耿著,张俊是知道的,乃是韩世忠的亲信,在军中有一定势力,但为人爱财好色,也没什么了不得的军功,此人说几句牢骚怪话不足为奇,但若论到举兵反叛,他未必有那个胆子。

张俊略微放下心来,仍板着脸问道:"他说了些什么?"

"自从二位枢密使来到楚州,耿著便十分不安。个中缘由,下官主管淮东军钱粮,自是知道得一清二楚,无非就是平日里吃空饷太多,聚敛了些私财,怕查出来吃不了兜着走。二位枢密还未到时,他便多次找下官商议如何做账瞒天过海,下官想着他心里害怕也是人之常情,便只是好言相劝,并晓以利害,让他不要造次。然而今日,他到我府中说了许多妄言,对二位枢密使也颇多不满,说什么'他们来就是要拆散我韩家军的,原本好端端地无事,如今却要生出事端来,到时只怕一发不可收!'下官见他目光凌厉,语气激愤,加上他手下也有几千兵马,又是韩相公亲信,诸将平时都听他三分,万一闹起事来,只怕后果不可预料……"

胡纺说到这儿,张俊又紧张起来,此时韩家军表面风平浪静,实则人心惶惶,敢怒不敢言,是个一点就着的火药桶,确实不可掉以轻心。

"来人哪!"张俊喝了声,等门外亲信下属都到齐了,他沉声道:"立刻调集二百勇士,天亮之前务必赶至耿著住处,把他绑来见我!"

众人颇感意外,但都齐声答应,紧接着开始商议如何拿人。只有邹东立在一旁,皱着眉头不作声。

"耿著口吐狂言,实非小事,晓月以为该如何处置?"张俊见状问道。

邹东向二人施礼完毕,才道:"他若在这种时候口吐狂言,那是罪有应得。只是在下觉得,捉拿耿著乃是大事,须得有岳少保在场更为妥当。"

张俊低头略一思索,便明白了其中的利害。这事万一有所差池,便是私自锁拿军中将领,罪名可不小,但将岳飞牵扯进来,就成了钦差协同办案了,就算将来情势翻转,也能说得过去。

虽然厌烦岳飞处处与自己对着干,但这种事张俊不敢大意,立即吩咐一名亲兵明日一早便将岳飞请过来议事。

胡纺也不回去了,就在张俊住处留下,张俊命人备了些酒菜,几个人边吃边聊至深夜，最后实在困了，便歪在椅上睡了会儿。

拂晓时分，几名亲将带着二百全副武装的士兵悄无声息地直奔耿著住处而去。这些士兵没走多久，岳飞便风风火火地赶到了。

听完耿著之事，岳飞显得十分吃惊，一言不发坐下，皱着眉头直盯着前方。

耿著一大早从床上被人五花大绑过来，正稀里糊涂，此时一看都堂上坐着两位枢密使和胡纺，心里登时全明白了。等到张俊问了几句话，他突然爆发起来，冲着胡纺嘶吼道："胡纺！我与你多年的交情，你未发迹时我多方照顾你，你为何要害我？你为何要害我！"

胡纺早已稳定心神，不卑不亢地起身施礼道："耿兄往日情谊，胡纺没齿难忘！只是此事涉及国家社稷，不敢徇私，请耿兄体谅。"

耿著见他这般态度，更认定他是蓄谋告发，卖友求荣，像疯了一般咒骂胡纺。张俊冷冷一挥手，命人将他带下去看管起来，择日押往临安。

都堂一片安静。过了半晌，岳飞打破沉默道："这耿著不过是一粗鄙武夫，口无遮拦，打他几十军棍，剥了他的统制官位，也就罢了，似乎不必送往临安吧？"

送不送往临安，事情的性质有天壤之别，胡纺不敢接话，只是看着张俊。

张俊正在这里候着呢，见岳飞问上来，一字一顿答道："就地处置，那是私刑；送往临安，便是国法。岳少保觉得该如何处置？"

岳飞哑口无言，他知道耿著这事可大可小，看张俊的意思，分明是要往大了弄，一旦到了大理寺，韩世忠便是黄泥巴掉在裤裆里——不是屎也是屎，怎么辩解也有脱不开的干系。

胡纺这边已经在跟张俊商议奏折如何写，岳飞只得强打精神，插几句话，想尽力淡化此事，但都被张俊不客气地否了。

　　处理完此事，已是日上三竿，岳飞无意逗留，回到自己府衙，一路上只是闷闷不乐。

## 十五　祸起萧墙

绍兴十一年（1141）六月，出使金国十余年未归的洪皓千里迢迢托人送来一样东西：赵构生母韦太后的亲笔信。

赵构接到书信，大为惊喜，仔细核对字迹，正是太后亲笔，再看其中文字所述，定是太后无疑，感叹良久道："太后一去十多年了，可谓生死两茫茫，不想今日还能收到她老人家的亲笔信！朕登基十余年，派遣使臣不计其数，次次都要使臣问太后信息，终归是语焉不详。今日得此书信，真比那些使臣捎回来的只言片语强上百倍！"说罢，不由得流下泪来。

数日后，朝堂议事完毕，赵构拿出太后书信给众宰执看，秦桧双手捧着恭恭敬敬读完，道："这必是太后亲笔无疑，信中所述，正合北国情形，分毫不差。"

赵构掐指一算，叹道："洪皓自建炎三年（1129）出使金国被扣押，迄今已有十三年了！"

众宰执也跟着算了一遍，自赵构登基以来，从最早出使的宇文虚中算起，滞留北地未归的使臣大约有三十来人，而最近一次出使未归的使臣乃是莫将与韩恕二人。

莫将与韩恕是被金国权臣兀术扣留的，此人屡次南侵，当年追得赵构泛舟海上的便是他，发动政变杀了主和派挞懒等人的也是他，将原本大好的和议局面颠覆的还是他。赵构因此极恨兀术，去年淮西会战，就在诏书中勉励全军将士生擒兀术。只是此事说起来容易，做到却极难。兀术去年南下虽然没讨到什么便宜，但金军实力并无太大损失，今年秋防再度南下几乎不可避免。

已经升为参知政事的范同道："陛下，张俊前时来报，说是打算将韩世忠全军从楚州移至镇江，并将其中精锐背嵬军带至行在。朝野有议论说，秋防将至，金军保不准又要南侵，此时撤出楚州，似有不妥，臣也为此有点担心。"

赵构还在沉吟，王次翁已经开口道："张俊此举，可谓识大体。韩军正在整肃之中，最怕的就是军情诡谲，一旦两军交战，那些心怀不满的将领不知道要做出何等惊天之事出来，淮西兵变殷鉴未远，不可不防！因此，将韩世忠大军移至镇江，远离是非之地，乃是慎重之举，还请陛下明察。"

秦桧接口道："只要我军实力犹在，金军便有所忌惮，不在于军队驻扎何处。"

赵构点了点头，坐在龙椅上思索了片刻，挥了挥手道："众卿都退下吧，朕与会之有事商议。"

等其他几位宰执都退下后，内侍端上来一碗井水镇过的银耳莲子羹给赵构，赵构命内侍给秦桧也备一碗。

秦桧大约是在北方待得久了，对于这种糯软之物并不十分喜欢，但既然是官家恩赐，少不得恭恭敬敬、闷不出声地几口喝完，然后端坐静待赵构发话。

赵构似乎有点心事，不紧不慢地抿着羹汁，秦桧借机看了看这位年轻的皇帝，虽然已是三十五六岁年纪，但肌肤滋润，发色油亮，五官生得又清秀，看上去仍如二十来岁英俊少年，只是举手投足间那份从容不迫，显然也是经历过大事才修炼出来的。

良久过后，赵构打破沉默："爱卿最近多有辛劳。"

秦桧欠身道："不过都是些臣子分内之事，敢劳皇上眷注！"

赵构又道："万俟卨的奏折，卿以为如何？"

右谏议大夫万俟卨前不久上书，历陈武人治国之弊，言及诸大将掌兵时，说诸大将出身行伍，知利不知义，畏死不畏法，高官厚禄，子女玉帛，已极其欲，朝廷应当晓以利害，明正纲纪，使掌兵之将有所畏惧。

在秦桧看来，万俟卨说得既合情理，又合上意，是篇好奏章，料来皇上也不至于反感，只是不知皇上突然问起来是何用意。前向张俊将韩世忠亲信耿著押至行在，并扣以惑乱军心的罪名，眼看就要波及韩世忠，但还没等他出手，韩世忠却先一步得知消息，深夜入宫求见皇上，袒胸露背，遍体旧伤，又伸出断了一根手指的左手给皇上看，痛哭流涕向皇上表明心迹。皇上原本就爱重韩世忠，想起当年苗刘兵变时韩世忠第一个冲入宫内救难，再加上心里也认定韩世忠并无反意，见他如此，心自然就软了，特意将秦桧叫去，让他不必大兴讼狱，于是韩世忠惊险躲过一劫。

既然皇上才放了韩世忠一马，如今提起万俟卨这份奏折，到底是何用意呢？

秦桧脑海中转过无数个念头，脸上却平静如常，道："臣以为万俟卨所奏，皆国士之言。"

赵构默了片刻，突然道："张俊日前从楚州按阅兵马回来，奏了些事，朕深失所望啊！"

皇上没头没脑来这么一句，让秦桧有些莫名其妙，张俊对朝廷收兵权可谓配合有加，能有什么事让皇上失望呢？

"前向派遣张俊、岳飞二人去楚州措置战守，二人登城巡视时，岳飞公开倡言道：'楚州不可坚守，亦不必费力修缮，徒耗军民血汗。'当时便有士卒在旁附和，幸得张俊雷厉风行，当场斩了附和者，才稳住军心。楚州乃兵家必争之地，屏蔽淮东，楚州一失，则通州、泰州岌岌可危，金人便能直趋苏州、常州，逼临大江，虎视行在了！岳飞深知军事，不会不明白这其中的道理。他分明是看到将士久戍楚州，有厌弃之意，故而迎合他们而自抬声誉，其言如此，其心可诛！朕原本对他深为倚重，如今看来，却是有负朕望。"赵构说着，站起身来，在龙椅前踱来踱去。

秦桧明白了，原来说的是岳飞。他看了看赵构，脸色沉郁，眉头紧锁，显然此事让他颇为烦心。

"陛下，"秦桧想了想道："岳飞素来有忠义之名，然而以臣看来，他对朝廷削夺兵权一事颇为不满，在楚州时，便多有贪功附下之举，无非是为了获取人心，让朝野以为十几万大军离不开这些掌兵大将。"

"哦？"赵构转身看着秦桧。

秦桧道："岳飞一到楚州，便命海州统制李宝以舟师出山东，主动袭击金军，此举实属莽撞。韩世忠一军正惶惶不安，人心不定，此时贸然与金军开战，万一战事愈演愈烈，军情紧急，那还要不要派韩世忠前去领军？一旦领军，如何再让人家交出兵权？韩世忠掌了军，那岳飞要不要掌军？张俊要不要掌军？刘光世要不要掌军？其他诸将还要不要掌军？如此一来，朝廷费尽心血收兵权于天子，便又是一场空，恐怕还会遗祸无穷！"

秦桧的话句句诛心，赵构未必全信，但岳飞反对削夺兵权，他当然能感觉到，武将尾大不掉，他素来也深为警醒。他坐回龙椅，沉思了一会儿，问道："卿以为当如何处置？"

秦桧不紧不慢道:"朝野上下只知道岳飞忠义,然其不臣之言,却未必知晓。依臣之见,应当晓谕中外,以示警戒。"

赵构直视着前方,凝眉不语。秦桧所言不是小事,之前天下人只知道岳飞忠义干云,劳苦功高,朝廷信任有加,虽时有冒犯,赵构或训诫,或安抚,都是私底下解决的,仍然把他视作心腹。如今要将他的"罪状"公之于众,那就意味着曾经鱼水相得的君臣正式翻脸了,朝廷的体面,自己识人的名声,都是要考量的。他心里头对岳飞看法复杂混沌,既有对他莽撞的恼怒,又有对他自行其是的忌惮,还有对他才能的欣赏,更残存着昔日一点惺惺相惜的情分。

不过,所有这一切,比起江山社稷来,都微不足道。

朝堂安静下来,秦桧不再说话,只是胸有成竹地静等着。

赵构开口了:"朕命宰相,向来是放权专委,此事也请卿酌情处置,朕不插手。"

秦桧心领神会,皇上说不插手,但韩世忠半夜跑来一顿痛哭,便免了泼天大罪。天意难测,这一点他是心知肚明的。然而自古开弓没有回头箭,收兵权之事一旦有所反复,到时不仅是社稷颠覆,他们这些始作俑者也会死无葬身之地。

退下后,他寻思:在收兵权一事上,岳飞与张俊显然不能协作,现在秋防将近,亟须派遣大将去沿江视师,措置军务,让二人同去只会龃龉不断,弄不好会坏事。因此,必须尽快将岳飞弹劾下来。

想到这一点,他也不回府了,就在都堂内用了些膳食,叫人将王次翁召来,想了想,又叫人将范同也召来。

天尚未断黑,二人便先后赶到,见过秦桧后,都心照不宣地等着指示。秦桧便将皇上意思说了一遍,希望二人出面弹劾岳飞。

范同听了,便有些跃跃欲试。王次翁却道:"相公,非是我二人不敢为国家出力，实是那些武将功高爵厚，图之不易，且削夺兵权一事全由我二人与相公促成，倘若再由我二人出面弹劾，恐怕会遭朝臣非议，皇上那边也会忌讳结党营私。前几日韩世忠原本是罪无可逭，却在皇上面前一通哭诉便安然无事了，此中有不可言之意。依在下浅见，不如另外物色一人来做此事更为妥当。"

王次翁对时局看得十分通透，此话可谓入木三分，秦桧不由得连连点头，看了看范同，范同自叹不如，道："诚如王公所言。"

朝野物议秦桧并不在乎，但皇上的朋党之虑他却不得不十分上心。沉吟了片刻，他拈着胡须问道："何人适合做此事呢？"

"万俟卨如何？"范同道。

王次翁立即附和道："此人可用。他身为右谏议大夫，这原本也是他分内之事。"

秦桧心目中的最佳人选也正是万俟卨，三人一拍即合，当下也不等明日了，掌起灯来，差人叫万俟卨连夜过来商议。

万俟卨匆匆赶过来，一看都堂内等着的三人，便明白了大半，听完秦桧所请，起身慨然道："事关祖宗社稷，做臣子的自当挺身而出，为君父分忧，今日却劳烦相公多费口舌，岂不愧死！"说罢，对着秦桧一揖至地。

秦桧大喜，赶紧扶起万俟卨，亲切地叫着他的字道："有元忠这话，大事定矣！"

王次翁和范同也起身表达敬慕之意，几人互相恭维了一通，秦桧示意都坐下，说到正题："元忠以为这弹劾奏折该如何写？"

万俟卨道："在下以为，岳飞首罪还不是在楚州城的附下要誉之言，而是今年春天握兵观望，迁延不进，以至于误了柘皋会战！"

果然是挑对了人，一下就说中了要害！秦桧喜不自禁，道："秋防在即,还须委派大将沿江视师,但张、岳二人势不能同行,朝廷先得给出个说法,此乃军国大事,刻不容缓。"

万俟卨会意道:"诚如相公所言,在下这就起草奏折。"

于是四人凑在一起,商议了两炷香的工夫,万俟卨提笔开始写奏折,不过片刻工夫,便将奏折写就,自己看了一遍,然后递给秦桧。

秦桧随口赞道:"好字!"迅速浏览了一遍,目光停留在最要害的几句话上:"枢密副使岳飞,爵高禄厚,志满意得,平昔功名之念,日以颓坠。今春敌兵大入,趣飞犄角,而乃稽违诏旨,不以时发,久之一至舒、蕲,匆卒复还。幸诸帅兵力自能却敌,不然,则败挠国事,可胜言哉!"

秦桧暗道:犀利!岳飞虽误了淮西之战,但并未导致会战失利,因此不太好定罪,但万俟卨却点出万一兵败的后果,可谓高明。

万俟卨奏折上又简略提了岳飞在楚州之事:"比与同列按兵淮上,公对将佐谓山阳为不可守,沮丧士气,动摇民心,远近闻之,无不失望。"

秦桧看了也是暗暗点头:楚州之事皇上已然知晓,点到即止,火候掌握得正好。

奏折最后,万俟卨写道:"伏望免飞副枢职事,出之于外,以伸邦宪!"

"成了。"秦桧不动声色地道,将奏折递给一旁伸着颈脖凑过来看的王次翁和范同。

范同看了一遍,嘴上虽然称赞,心里却觉得这奏折写得不如自己。王次翁笑眯眯道:"如此则师出有名了,明日便可委派张俊去镇江的枢密行府措置军务,至于岳飞,就留在行在听候发落。"

干净利落地办成了一桩大事,秦桧心情舒畅,回府时正好与王次翁同行一段，王次翁突然幽幽说道："相公看出来没有？岳飞之前屡次逆龙鳞，皇上都忍了，这次似乎颇有不同。"

黑暗中秦桧未置可否，只是若有所思地"嗯"了一声。

"楚州城上岳飞那几句话，虽属不得体，但其意不可知，可以说他是孟浪，也可以说他是昏聩，甚至可以说他是狂悖，以上都不至于太犯忌讳。"王次翁顿了顿，压低了嗓音接着道："可皇上偏偏说他是附下要誉，那就有点欺君的意思了。"

秦桧对此自然是洞若观火，道："所言极是。这事要放在前几年，皇上多半是认为二将不和拌嘴而已。依你看，今日皇上何以如此呢？"

王次翁叹了口气，道："皇上这是有积愤在胸呢。"

秦桧点头道："皇上是对他心凉了，否则以皇上的胸襟，不至于为一句话而耿耿于怀。更何况收兵权于朝廷乃是百年大计，事关大宋江山社稷，一旦武将公然抵制，则是国家倾覆之始，皇上是断然不能让岳飞开这个头的！"

二人一路聊着，到了岔道口，互相意味深长地看了一眼，拱手而别。

万俟卨的奏折递上去，朝廷虽然还来不及有任何处置，但岳飞肯定是不能去镇江措置军务了，只能留在临安等待朝廷旨意。

南方朝堂内风云诡谲、暗流涌动之时，北边金军南下的消息也一日比一日密集，领军的自然仍是让赵构君臣极为痛恨的兀术。

金军南下的势头很猛，第一拨斥候才报金军大量聚集在淮河北岸，即将渡淮侵犯，第二拨斥候就开始报金军大队人马已经越过淮河，兵锋指向泗州、楚州。

恶战在即，就在赵构君臣硬起头皮准备再次迎敌之际，兀术却做出了一个极其耐人寻味的举动：将原来扣押在他军营中的宋朝使臣莫将、韩恕二人放了回来，而且还带来一封书信。

莫将二人才到镇江，快马已经将此消息送至行在，赵构君臣颇感意外，早朝时其他奏事一律中止，群臣各抒己见，甚至就在朝堂内争论起来。

赵构听了半日，感觉终归不得要领，便问一直不说话的秦桧："卿对此有何看法？"

秦桧道："陛下，大战之前让被扣押的敌国使臣来下战书，此举颇有深意。依臣愚见，还是多等两日，看看兀术书信中到底写了些什么。至于当下，应立即派人去镇江告知张俊，只需派轻兵渡江，监视金军动向，大军务必留在南岸，勿轻易与敌交战。倘若敌军果真大举南下，当避其锋芒，待其疲敝之后再大举反击不迟。"

"此言甚当！"赵构赞道，立即命人拟旨，务必当日发出。

两日后，莫将二人持着兀术书信抵达行在。

赵构迫不及待摊开书信，信中写道："爰念日者国家推不世之恩，兴灭继绝，全畀浊河之处，使专抚治。本朝偃息兵民，永图康乂。岂谓画封之始，已露狂谋，情不由衷，务欲感乱。其余详悉条目，朝廷已尝谆谕蓝公佐辈。厥后莫将之来，辄申慢词，背我大施。寻奉圣训，尽复赐土，谓宜存省，即有悛心，乃敢不量己力，复逞蜂虿之毒，摇荡边鄙，肆意陆梁，致稽来使，久之未发。而比来愈闻妄作，罔革前非，至于分遣不逞之徒，冒越河海，阴遣寇贼，剽攘城邑。考之载籍，盖亦未有执迷怗乱至于此者！今兹荐降天威，问罪江表，已会诸道大军，水陆并进，师行之期，近在朝夕。义当先事以告，因遣莫将等回，惟阁下熟虑而善图之。"

赵构脸色严峻，极快地浏览了一遍，然后又慢慢地看第二遍，他的神情逐渐松弛下来，读到最后，嘴角甚至还挂着一丝若有还无的笑容。读完后，他缓缓直起身，让内侍将书信交给群臣看。

秦桧第一个看完，抬头看了赵构一眼，君臣二人心照不宣地相视一笑。

兀术在信中先是长篇大论地指责南宋朝廷不守信用，不尊天朝上国，声称要"水陆并进""问罪江表"，语气十分严厉，然而到最后，却又话锋一转，让南宋君臣"熟虑而善图之"，色厉内荏之态，跃然纸上。

待群臣看得差不多了，赵构道："兀术屡次南侵，哪次不是气势汹汹，恨不能直下江南！今日却文绉绉来封书信，还派之前扣押的使臣送过来，朕看他无非就是虚张声势，实则他并无胜算，急欲议和。"

秦桧道："陛下明鉴！臣以为兀术正是此意。"赵构看了看群臣，都纷纷点头，对此并无异议。

赵构不觉站起身来，在龙椅前来回走了几步，然后突然止步，看着秦桧问道："此事当如何处置？"

秦桧回道："兀术信中虽有议和之意，但他条件到底是怎样，尚未可知。可遣两名使臣持回信去金军营中，当面探探他的口风。"

赵构打量了一下在金国被扣押了十几个月的莫将和韩恕二人，满脸风霜不说，人还瘦了一圈，眼神中已毫无神采，再让二人出使，一则用人太过，二则恐怕也不济事。他不禁在心底叹息：可惜那个皮实的王伦已被扣押在北方，不然由他来担起这趟差使，再合适不过了。

"莫将、韩恕二人为国驱驰，以身犯险，如今不辱使命，持书归国，理应优赏。北地瘠苦，朕看卿等形容消瘦，还需好生休养才是。"赵构怕莫将和韩恕心惊，便好言慰问，先将这两人择出来，然后才问秦桧："此趟事关重大，派何人出使为宜？"

秦桧尚在沉吟，旁边范同出主意道："陛下，臣以为此趟出使非比寻常，不是去金国朝廷，而是去兀术军营，最好派遣有经验者去。百官之中，除莫将、韩恕二人外，去过兀术军营的只有一人——刘光远，他去年前往金军大营传信，几日后便安然返回，听说还被金军酒肉招待，臣以为让他出使最为合适。"

众人都怕点到自己头上来，听范同说得合情合理，纷纷附和。突然有人提醒道："刘光远正因贪赃之罪被监司关在城外呢，让罪臣出使，只怕有失朝廷体面……"

秦桧冷着脸打断道："都什么时候了，还这般拘泥！赃罪也不是什么大不了的罪名，正好给他一个立功赎罪的机会，刘光远但凡还有一点良心，能不拼死报效？"

王次翁附和道："秦相所言极是。使臣既已确定，当下之急，应该如何答复兀术的这封书信。"

范同道："臣以为兀术书信中最难回复的乃是我军先有顺昌之胜，后有淮西之胜，各军亦有北伐之举，对金军多有杀伤，兀术对此颇为愤怒，如何答复，还须仔细权衡。"

赵构沉吟不语，明明是兀术背盟侵犯，他却在书信中倒打一耙，说自己"摇荡边鄙，肆意陆梁"，简直岂有此理。答书中既不能直斥其非，又不可太示软弱，这话怎么讲，还真是不容易。他低头想了一会儿，对秦桧道："就请秦卿会同诸大臣商议如何答复吧，务必今日便将书信拟就。"

事关重大，时间又紧，赵构便提前散朝，秦桧挑了几名大臣在都堂商议，议论了大半日，最后由范同执笔写完了答书，送到宫中。

赵构接过答书，跳过前面的套话，直接看到这一段："不谓上国遽起大兵，直渡浊河，远逾淮浦。下国恐惧，莫知所措。夫贪生怕死，乃人之常情,将士临危,致失常度,虽加诛戮有不能禁也。"

这话说得十分婉转,将两国交兵的责任推到金国一边,宋国是实在逼不得已,才不得不为了保命,起兵抵抗。赵构心里窝囊,转而又自我安慰不必逞口舌之快,便道:"就这样吧。"

次日,正在受审的刘光远被带到御前,赵构当面告诉他前罪一概不问,让他好好为国效力,一顿敲打勉励后,授他为拱卫大夫、利州观察使,与吉州刺史曹勋一道出使金营。刘光远喜从天降,欣然领命。于是朝廷开始起草文书,制作仪仗,商议谈判对策,为即将到来的出使作准备。

镇江都督行府衙门,一片大战在即的景象,各种打扮的人穿梭往来,有宽袍大袖的官员,有身着短装的属吏仆役,还有全身披挂的将士。其中最抢眼的是络绎不绝的斥候,满头大汗一溜烟地直入府衙,嘴里还高喊着"急报",所有人都赶紧避开,留出一条道来,然后站在原地看着他们的背影发怔,片刻后,又同时苏醒过来,继续进进出出地忙碌。

镇江城内外,几乎人挤人,到处是从淮南逃难到此的百姓,与军队杂居一起,所赖刘子羽恩威并济,治理有方,军民倒也相安无事。

前线传来的最新情报显示,金军已经逼近了泗州和楚州,有大兵压境的架势。然而,张俊却安坐行府,并不着急,他已经得知了兀术将扣押宋使带书信送回的消息,以他这么多年来对金军的了解,这其中颇有深意。更何况朝廷还来了道密旨,让他不要轻易与金军交战,因此他便将大军驻在镇江,只派遣侄儿张子盖率领一支机动兵力渡江,驻在维扬和盱眙之间,监视金军动向。

对于张俊只身前来镇江措置军务,刘子羽并不感意外。他已经得知，从楚州回临安后，岳飞便成了众矢之的，除万俟卨之外，御史中丞何铸和殿中侍御史罗汝楫也相继上疏，指责岳飞"忠心已衰"，应当"速赐处分，俾就闲祠，以为不忠之戒"。于是岳飞被免去枢密副使之职，与他同来临安的亲信幕僚十一人，也都被派遣到江、湖、闽、广的州郡当中，去充当添差，连个正式职务都没给。

张俊信任刘子羽，经常将他叫到行府商议军事。这日两人正在行府中商议，斥候又送来最新情报：金军南侵势头不止，继占领濠州之后，又占领了泗州和楚州。

原以为金军有议和之意，不至于大举南下，但看这速度，似乎有临江窥探之意。张俊得此情报，一时狐疑不定，刘子羽道："少师不必过于担心，子羽早将淮南坚壁清野，濠州已是一座空城，而泗州、楚州也无守军，百姓都已迁至南岸，三座空城让他们占着，并无大碍。"

张俊点头道："金军今春在柘皋大败于我，想必那兀术心里头气不过，一举占了三座城池，多少也是为了挽回点颜面？"

刘子羽道："金军十几万人马，粮草军用可真不是个小数。今年春天刚刚南下，铩羽而归，这才休整了几个月，又来了。一年内两度南侵，不要说将士疲惫，这粮草如何供应得过来？"

听刘子羽这么一说，张俊更加放松下来，仰在椅背上道："去年我军俘虏了好些金军俘虏，一个个饥肠辘辘，一问才知有些士卒一天只吃一顿饭，饿得都走不动了，还能打仗？中原早已十室九空，淮南又被你坚壁清野，我倒要看看兀术如何喂饱他这十几万大军。"说罢，哈哈一笑。

正说着，张俊亲兵来报：岳家军都统制王贵求见。

刘子羽听了，起身便要告辞。张俊抬手道："彦修不必走，一起见见无妨。"

"此乃军务，子羽身为地方官，恐怕不便参与。"

张俊笑道："你不还是沿江安抚使吗？参与军务岂不名正言顺？"

刘子羽并不坐下，他知道岳飞既已罢官，岳家军中高级将领定会惶惶不安，生出不少事来，自己与张俊与岳飞都是故交，搁在中间，实难做人，不如离得越远越好。

"少师，此事并非普通军务，乃是涉及朝廷方略的大事，子羽还是回避的好。"

张俊听了，沉吟了一下，也不再坚持了，二人一揖而别。刘子羽出门，正好与埋头疾行的王贵迎头打了个照面，正要问候，却见王贵双目直视着地面，眉头微锁，根本没注意到前面来人。刘子羽暗暗叹息一声，悄悄与他擦肩而过，径自回府去了。

王贵进了行府都堂，见张俊正端坐上首，便抢上一步行礼。建炎年间王贵跟随岳飞在张俊手下效力剿灭流寇时，二人见过面，算是相识，弹指间已有十来年了。今日再见，王贵虽然魁梧雄壮依旧，但脸上却平添了些风霜，须发也白了不少。

王贵身为岳家军都统制，官位不低，军中地位仅次于岳飞，然而此次会见，他心里没有平日的底气，自家主帅才罢官，命运未卜，他也不知前途何在。

"京西、湖湘乃军事重地，王太尉带军驻守此处，可谓劳苦。如今金军又有南侵之势，朝廷恰好对岳少保别有处置，军中可还安稳？"寒暄几句后，张俊打起官腔问道。

王贵要起身答话，张俊示意他坐下，于是王贵欠身答道："劳相公过问。军中十分安稳，将士们都胸怀忠义，唯朝廷马首是瞻。"

话虽不多，态度却很明确，像是要刻意如此。张俊接下来细细询问诸军动向，王贵原本就没什么可隐瞒的，都照实说了。张俊听不出任何破绽，便把话题转到军务上去，王贵答得条理分明，张俊深知岳家军实力，并不怀疑。

聊了约一盏茶的工夫，张俊像是不经意似的问道："王太尉身经百战，屡立战功，不过听说今年颍昌之战后，岳少保却要杀你，众将苦求才保住性命，最后仍然不免挨了二十军棍，不知可有此事？"

王贵登时脸涨得通红，忍着屈辱答道："确有此事。"

张俊道："如此对待有功之臣，殊为不当。王太尉若有冤屈之处，尽可向朝廷申诉。你不要怕，本帅把话搁在这儿，万事有我挡着！"

王贵沉默了片刻，道："古人云：'慈不掌兵。'带兵打仗不是儿戏，须得赏罚分明，才能指挥动十万人马。人非圣贤，赏罚之间难免有所差池，王贵受过责罚，也责罚过下属，倘若上下因此就怀恨在心，那这军中岂不是要怨气冲天了？"

张俊讨了个没趣，便干巴巴道："如此甚好。不过丑话要说在前头了，倘若将来有什么事被其他人捅出来，你身为全军都统制，也是难辞其咎的。本帅纵然爱才，也保不了你。"

人在屋檐下，不得不低头，王贵听了这绵里藏针的话，赶紧十分恭谨地回道："王贵蒙朝廷恩典，如今已身为都统制，拖家带口，岂敢有半点辜负之心？但凡军中略有些风吹草动，不敢有丝毫隐瞒，还请相公明察。"

张俊点到为止，不再多说，勉励了几句，命王贵等人退下，好酒好饭招待。

因金军在江北活动频繁，王贵等人只在镇江歇了一晚，便匆匆乘船赶回鄂州。到了鄂州码头，发现前来迎接的只有自己的几名部属，至于跟他一起临时掌管岳家军的前军统制、提举一行事务张宪连影子都没见着,王贵心里有一丝不悦,便做出毫不在意的样子,直奔府衙而去。

岳飞被解除兵权后,王贵与张宪分任正副都统制,代为掌军。二人身为岳飞的左膀右臂,互相配合打了很多胜仗,也因为部属争功颇有嫌隙,虽然不至于针锋相对,互相拆台,但貌合神离,感情不那么融洽却是真的。

张宪在府衙门口迎接王贵述职归来,他三十五六岁,长相虽然俊雅,但打起仗来一点不含糊。因为心思缜密,做事精细,被岳飞引为心腹,军中一些极烦琐、非亲信不能为之的事,岳飞都交给他去处理,因此他虽然资历比王贵浅,官衔比王贵低,在军中实际地位却丝毫不让王贵。

二人共事多年,此时又共同执掌一支大军,面上的客气都是有的,但神情间都掩饰不住一丝疲惫与焦虑,以及不得不勉强共事的无可奈何。

王贵去镇江都督行府见过张俊后,接下来便轮到张宪了,张宪并不是一个人去,与他同去的还有岳云。岳云是岳飞长子,战功卓著,虽然年轻,在军中地位却是举足轻重,他与王贵素来亲如叔侄,但自从颍昌之战后,二人因战术问题有过争论,王贵后来还因临阵动摇挨了二十军棍,这件事给二人关系蒙上一层阴影。自此以后,二人见面不那么亲热自然了,来往也少了许多,但岳云与张宪的关系却一如既往的融洽,二人同进同出,亲密无间,岳家军中都知道虽然王贵是都统制,但真正主事的却是张宪与岳云。

王贵在码头送走二人,远远看着他俩在船头谈笑风生的背影,不由得从心底涌上来一种难以言表的落寞,一阵江风吹来,他定了定神,把那股苦涩的滋味悄悄地吞进肚子。

回到府衙不到一炷香的工夫，亲兵便进来禀报："前军副统制王俊求见。"

王贵一怔，这王俊是张宪手下，为人精明，工于算计，因此军中称他为"王雕儿"。他平日里对张宪恭顺有加，鞍前马后地照应，今日却顶头上司前脚刚走，他后脚就来见都统制，这里头的忌讳他难道不知道？

"让他进来。"王贵对亲兵道。不一会儿，王俊迈着细碎步过来，唱了个大喏，恭恭敬敬地立在王贵面前。

王贵一边打量他，一边让他坐下，见王俊一副心神不宁的样子，便道："王统制一向可好？"

王俊听了，赶紧欠身赔笑道："劳太尉惦记！王俊别无所长，还好长了一身贱筋骨。"

王贵仰在椅背上，看他有何话说。不料王俊极快地扫了一眼四周，道："王俊有机密大事禀报，还请太尉屏退左右。"

果然是有些不寻常。王贵嘴角掠过一丝冷笑，挥了挥手，让其他人回避。

王俊等其他人都走了，脚步声也听不见了，才僵硬地晃了两下身子，道："在下今日既来，是置身家性命于度外了，倘若太尉不喜欢，尽可将在下杀了，但恳求王太尉看在我老母年事已高的分上，每月接济一些粮米，让她不致饿死。"说罢，突然泣不成声，跪在王贵脚下。

王贵没料到这一出，倒吃了一惊，便起身扶起他，道："有什么话你尽管讲，我绝不至于为难进言之人。"

王俊擦干眼泪，顿了顿，道："张太尉要谋反……"

这简简单单的一句，在王贵听来直如晴天霹雳，他身体不由自主地颤抖了一下，呼吸也急促起来，赶紧拿出临阵对敌的定力，拼命摄住心神，不动声色地道："这是天大的事，你既然开口了，就从头到尾原原本本如实道来，不要遗漏一个字！"

"借王俊十个胆，也不敢在这种事上妄言！"王贵没有声色俱厉地喝止，让王俊心宽了一些，他偷瞄了一眼王贵脸色，继续道："上个月，张太尉叫在下过去说话……"

王贵打断道："上个月哪一日？"

王俊道："八月二十二日。"

"几时？"

"深夜，刚过二更。"

"谁传的话？"

"张太尉的奴厮儿庆童。"

王贵审视了王俊片刻，道："接着讲吧。"

"在下便到了张太尉府衙，出来一个虞候，通报后将在下请进宅内。在莲花池东面一亭子上，张太尉正与一个叫何泽一的和尚点着蜡烛说话，看到在下来了，何泽一也不打声招呼，起身便往灯影黑处摸索着走了。张太尉于是叫在下过去，就坐在何泽一坐过的位置上，坐了有一刻，他却不作声。良久过后，张太尉突然说道：'这么早便睡了？你倒是能睡得着。'"

王俊刻意说得极细致，张宪的言语举止也与他本人丝毫不差，王贵听不出任何破绽，便将身子靠在椅背上，听王俊往下说。

"在下听张太尉这般说，便道：'太尉难道有什么事睡不着吗？'张太尉道：'你不知道咱家相公被贬出临安了？'在下问：'相公贬到哪里去了？'张太尉道：'贬到衢州和婺州那边去了。'在下便道：'衢州、婺州并不算太偏远的地方，那就是赋闲而已，不算出事，太尉何须烦恼。'张太尉道：'只怕朝廷接下来还有诏令呢。'在下道：'能有什么诏令？'张太尉道：'你不懂这里头的事。我与相公从微时相随，朝野皆知我乃相公心腹，朝廷一旦对相公起了疑心，必定不会放过我。你看吧，下回朝廷必定召见我，我也不得不去，这一去就不一定能回来了。'"

听到最后一句话，王贵不由得心里一颤。岳飞前不久被免去枢密副使之职，岳家军上下都颇为震动，作为军中主将，王贵当然能感觉到岳飞此次去职跟前几年负气上庐山完全不是一回事，虽然表面装作无事，但他内心的惶恐却与日俱增。张宪身为岳飞心腹，其惶恐不安只会更甚……

"张太尉心中不安，你作为他身边人，当好好劝慰才是。"王贵道。

王俊连忙接嘴道："太尉说的是。当年在下与范将军也是从微时相随，是他手下的右军统制、同提举一行事务，后来范将军被朝廷赐死，我们这些当下属的只要心怀忠义，不也无事？——在下正是这般向张太尉说的。"

王贵问："张太尉如何回答？"

"张太尉道：'我就跟你跟直说吧，前几日相公那边有人过来，教我救他呢。'在下就问：'如何救他？'张太尉道：'我这边兵马一动，便是救他了。'在下又问：'如何兵马一动便是救他？'张太尉道：'我这边只需将人马全部渡江至襄阳府，然后也不用再动，就驻扎在那边，朝廷知晓后，必定会请岳相公前来弹压抚谕，这不就是救了他？'在下便道：'太尉这兵马一动，朝廷必定起疑，岂不是更加责怪相公了吗？'张太尉道：'你懂什么。倘若朝廷派岳相公过来，那便是我救了他；若朝廷不派，我便将人马占据四周，自据襄阳府。'"

王贵倒抽了一口凉气：只要"自据襄阳府"这话说出口，不管是气话还是谋划，就是死罪，而且还牵连极广，极有可能将火烧到岳飞头上去，弄不好就是一场腥风血雨！开始王贵还有点幸灾乐祸，此时已经浑身冰凉，他死死地盯着王俊，反复玩味他吐出的每一句话，不放过他脸上最细微的表情，刹那间竟在脑海中掠过一个念头：不如将王俊就地杀了灭口……

这个念头只是一闪即逝，他相信这个"王雕儿"必定留有后手。果然，在后面的叙述中，王俊讲了张宪图谋占据襄阳的一些计划，又讲了张宪让自己试探其他统制口气，中间有意无意地提到知晓此事的还有背嵬军同统制傅选。

背嵬军乃是岳家军精锐，傅选能做到背嵬军同统制，其在军中地位非同一般，且傅选为人不比王俊，性情最是刚烈，平常王贵也让他三分。

此时王俊已经将张宪的事讲述完毕，正在絮絮叨叨地说自己不敢负于国家，又不忍舍弃老母，又说此事不敢有一分一毫不实，如有半句假话，愿受军法处置云云。

王贵没心思听他啰唆，他突然想起数日前张俊对他说的那几句"丑话"，此时想来意味深长。掂量再三之后，王贵看了一眼对面眼巴巴瞅着自己的王俊，道："此事关系之大，你我都清楚。空口无凭，你写个告首状出来吧。另外，你既然说傅选知晓此事，就得引他为人证，他愿出这个头吗？"

"在下明日便将告首状呈给太尉。傅统制乃慷慨之人，定然愿意为在下做人证。"王俊见王贵做了决定，忙不迭地回道。

王贵点点头，坐了片刻，看着王俊道："你方才提到张太尉说有相公书信，你见着了？"

"不曾见着。"

"那就将此事在告首状中说清楚，张太尉是张太尉，岳相公是岳相公，你明白吗？"

王俊自然明白，岳飞身为主帅，即使罢了官，但虎威犹在，他不敢招惹，巴不得能把自己择出来。

王贵抬头看了看外头，已是日头偏西了，一时间觉得心神恍惚，像做了一场噩梦，便强打起精神对王俊道："你先回去，此事不要对任何人讲，明日将告首状交来。"

王俊答应起身，一溜烟地走了。

几名亲兵见王俊终于离开，进来看到王贵脸色不好，很是关切。王贵不能明说，心里只是五味杂陈，半晌才长叹一口气道："无非就是秋防之事，王俊心里不踏实，又想图上进，就多聊了几句。"

亲兵们听了，都笑道："左右钻营，这正像王雕儿做的事。"

当晚，王贵几乎彻夜未眠，好几次突然坐起来，穿戴完毕，却又不知道要去哪里。夫人见他如此反常，不知出了什么大事，吓得几乎要哭出来。王贵便安慰道："我没事，只是担心岳大哥而已。"

夫人听了，才放下心来，道："岳相公又能有什么事？大不了就是不当这个官了，少操那份心，不也是福气吗？"

王贵无言以对，满肚子话到嘴边却不敢说出来，憋得胸口发疼，心里不由得发狠咒骂张宪："枉你领军十余年，竟养一条蛇在身边，真真瞎了你的狗眼！"

次日午时刚过，王俊便与傅选一起，将告首状递了过来。王贵接过看了一遍，就是昨日所述之事，后面还附了一个小帖子，上面写道：张太尉说，岳相公处来人教救他，俊既不曾见有人来，亦不曾见张太尉使人去相公处。张太尉发此言，故要激怒众人，背叛朝廷。

王贵将这小帖子看了几遍，觉得至少可以让岳飞置身事外，心里放松了些，点头道："事不宜迟，我即刻派人将告首状送至镇江都督行府，此事便由张相公来处置了。"

他看了一眼王俊，平常滴溜溜的眼神有些呆滞，大约也是没睡好的缘故。再看傅选，目光凌厉，眉头微锁，有点像大战前的神态。

片刻后，信使揣上书信出发了，三人听着马蹄声远去，互相看了一眼，他们都意识到，一场暴风雨即将来临。

## 十六　金营议和

"空山新雨后，天气晚来秋。"初秋时节的庐山，风景可谓海内独一，此时炎暑已退，秋高气爽，漫山遍野只见光影斑驳，色彩绚丽，真是美不胜收。然而人的心境与周围景致有时并不相通，再美的景致在郁闷满怀的人看来，也不过是过眼烟云，形同无物。

岳飞被罢职之后，便离开临安，一直住在庐山牯岭的一处房舍中。此处离东山寺不远，香客络绎不绝，因此虽处山中，却也不至于太过冷清。每日清晨和黄昏，他必然要在屋外练一趟拳，或耍一阵枪，练到酣处，树林中便能听到他雄壮的呼喝声，引得一些路过的香客驻足观看。

这日清早，他刚练过一趟拳，便有一名亲随气喘吁吁地自山下来禀报："有几个官差模样的人正往这边过来，领头的高大健硕，满面须髯，像是殿前司都指挥史杨沂中。"

岳飞不禁一怔：他来做什么？便命人都进去，自己也收拾好了坐屋内等候。片刻之后，果然外面传来说话的声音，紧接着门童进来通报："杨殿前登门拜访。"

岳飞起身出门迎接，一看正是杨沂中。杨沂中在诸大将中排行第十，因此大家都叫他十哥，岳飞劈头便问："十哥，你所为何来啊？"

杨沂中施礼完毕，从袖中掏出一份堂牒交给岳飞，道："奉朝廷之命，要哥哥回去一趟。你家公子岳云与部将张宪犯了些事，朝廷正在审问之中，有些事还需哥哥去做个见证。"

见岳飞错愕不已，杨沂中又道："他们虽已系狱，据我所知却也并未犯什么大不了的事，哥哥但去无妨，只需做个对证而已。对证完毕，事情讲清楚，自然无事了。"

"到底是何事？"岳飞追问道。

杨沂中道："军中将领趁主帅不在，互相攻讦举报，狗咬狗一嘴毛，此事也不新鲜，我军中就有过，主帅一出面，大都平息了，沂中猜测无非就是这些事吧。"

岳飞盯着杨沂中看了一会儿，道："此事值得你杨殿帅过来请我？我看你今日来，意思不好！"说罢，也不看杨沂中一眼，抽身入内去了。

杨沂中被晾在当地，有点不知所措，正无可奈何之际，从内院出来一名小侍女，手中端着一个托盘，托盘正中是一杯酒。她走到杨沂中面前，道："我家相公吩咐，请殿帅吃了这杯酒。"

杨沂中暗叫不好，他从临安出发时，便已耳闻岳飞亲信部将张宪谋据襄阳，要挟朝廷，此事是否岳飞指使，尚未可知。倘若岳飞果真送书信指使张宪，现得知事情败露，恐怕不会去临安大理寺受辱，就在庐山自我了断，只是他送一杯酒过来做什么？难道是让自己陪着他一块死？

"你家相公可好？"杨沂中问小侍女。

小侍女一脸坦然，稚声稚气答道："相公好着呢。"

"他到后院做什么去了？"

"没做什么，只是在踱步而已，相公经常没事就喜欢在院子里踱来踱去。"

杨沂中又问："这酒叫作什么酒？"

小侍女道:"就是寻常农家米酒,只不过是用上好的新米酿制的,相公每日都喝上两杯。"

杨沂中见这小侍女神情平静自然,又想岳飞也并不确定朝廷相召之意,断不至于如此鲁莽,便放下心来,端起酒杯,一饮而尽。刚把酒杯放回去,抬眼便看见岳飞从内院走出来,笑吟吟道:"此酒无药,十哥大可放心吃下去,这才是我的真兄弟!"

杨沂中也含笑拱手道:"哥哥酿的好酒水!"

二人这才寒暄了几句,岳飞命人收拾好行装,一刻也不耽搁,当即跟着杨沂中一行人出发了。

岳飞还在赶往临安的路上时,之前出使金营的刘光远和曹勋已经返回,并捎回来了兀术的回信。

赵构跟几位宰执迫不及待地打开书信看,果然不出意外,兀术对宋朝将战争责任推给金国颇为恼怒,特别对答书中说金国的那句"遽起大兵,直渡浊河"尤其不满,但这些都不过是口舌之争,真正的实料在最后那段:"如果能知前日之非而自讼,则当遣尊官右职、名望夙著者持节而来。及所赍缄牍,敷陈画一,庶几其可及也。"

兀术在信中写得明白,一是嫌宋朝诚意不够,不该派遣刘光远这种职位不高者前来,而应该改派职衔高、有名望的重臣前去谈判,看来金国确实是想认真议和;二是要求宋朝君臣拟出一个具体议和方案来,由金国决定是否合适。

这已经是明明白白地谈条件纳降了。赵构看完书信,长舒了一口气,幽幽道:"上天悔祸,敌有休兵之意尔。朕自登基日起,几乎年年派使臣过去讲和,并非真怕了他,只是顾念祖宗得天下二百年,施行仁政,爱养生灵,朕不愿再起干戈,使南北之民,肝脑涂地,流离失所。只愿这次天心矜恻,消弭兵祸,百姓稍稍得以休养生息。"

秦桧起身颂道："唯陛下有此一念，便是天下苍生之福！"其他人也纷纷附和。

赵构坐回御座，对着秦桧微微点了点头，示意他来主持议事。

秦桧问刘光远："你们在金营这几日，觉得金军士气如何？是否真心议和？"

刘光远道："回禀秦相，金军士气如何，我二人所见不足为信，因为金军在敌国使臣面前向来是大张声势。不过，在下有日傍晚在营房行走，却偶尔听了一桩事。"

这刘光远能被选中做使臣，果然是有缘由的，他这一卖关子，一下子把赵构君臣的注意力全部吸引过来了，都盯着他等着听下文。

刘光远生怕让人看出自喜，敛容正色道："那日我无事走到营帐偏僻处，听到有人一边哭泣，一边喃喃自语，便好奇循声过去，见一北地士兵跪在一个插了几根木棍的小土包旁，似乎在祭奠，便问他因何事伤感。那士卒说他祭奠的是他姑婶二人，二人丈夫都在十年前南征时尸骨无存，前不久大军又要南下，每家要出丁从军，无男丁者须得有女人从军服役，姑婶二人心中悲苦，便当了家产，献给大军，说家中已无男丁，愿献上全部家产免除军役，围观者莫不同情落泪，没想到大元帅认为二人惑乱军心，勃然大怒，竟然将二人处死。那日是这士兵姑姑生日，他自小丧母，与姑姑形同母子，因而忍不住悲伤……"

赵构君臣听完，不免唏嘘一番。秦桧对赵构道："臣当年在金营时，正是金人军势极盛之际，即便那时士卒也颇多抱怨。如今更不必说了，金军连年南下，损兵折将，中原早已十室九空，也无从劫掠，金国上下厌战乃势所必然。兀术下令处死两个寡妇，无非就是心虚，这般竭泽而渔，他也知道不能持久。"

宋金双方军势此消彼长，是显而易见的，但在赵构看来，这顶多是个势均力敌的局面，恢复中原故土，仍是毫无成算。如今他立国江南，山川险要，且有大江屏蔽，易守难攻，而中原凋敝已久，即便收复了，不仅要耗费江南无数钱粮税赋去接济，还要时刻担心金军铁骑在平原旷野往来如风，如此将国无宁日，只能耗空国库养兵数十万，小心翼翼地哄着掌兵大将们尊重朝廷，不得跋扈。

"陛下，金军十多万人马散布在淮南，我军也有部分人马渡江北上，两军对阵，就怕一个不小心，突然厮杀起来，如此则又成乱局。依臣浅见，应即刻依兀术所请，派出德高望重之臣，出使金营。"说话的是万俟卨。

赵构从沉思中醒来，道："派出使臣不难，只是此番出使，该如何跟金人谈议和条件？"

想要议和，就得知道对方的底线。兀术大概知道刘光远和曹勋此行是来探口风的，因此根本没有谈及任何具体的议和条件，只是摆出上国天朝的架势，一味地以势压人，很明显是想在未来的谈判中占据主动，欲予欲求。但他这种姿态也颇有些微妙，不敢直接狮子大开口，恰恰说明他心里头并没有底。

秦桧道："臣以为，岁币、册封、朝贡等事宜，都可遵照上次和约而定，谅兀术也无话可说。只有一点，敌我两方都不敢轻易退让，那便是边界划定。"

众人低头一想，确如秦桧所言。上回和议划界，金国交还河南、陕西，却被兀术亲手毁约，悍然南下又占了去，如今想让这头饿虎将吃进嘴的食物再吐出来，除了以命相搏，别无他法，靠和议是万万不成的。

疆界一事，极其重大，秦桧也不敢轻易表态，众人都看向赵构，等着他一锤定音。

赵构闷了半晌,道:"依众卿看,兀术此次议和,他想把疆界划于何处?"

秦桧心领神会,从容回道:"自建炎以来,金军屡次南下,甚至渡江逼逐,必欲亡我大宋而后快。彼时明州泛海之际,金人只要退兵,不要说中原,就是把江南一半让出,恐怕朝野上下无人敢说半个不字。绍兴之后,赖皇上励精图治,整治军务,江南流寇、盗贼逐渐扫平,与金军交战多有胜绩,金军亦无意经营中原,便立伪齐为藩属。伪齐自知得国不正,连年怂恿金国用兵,一心想侵占淮南,逼临大江,才好坐稳江山。当时朝廷数次遣使金国,论及疆界时,金国大元帅粘罕等人便严辞主张我国与伪齐必须以大江为界,国书中对我国也一再以"江南"相称,所幸刘豫终归是沐猴而冠,难成气候。金国废了刘豫之后,挞懒等人主政,南北和议,金国将河南、陕西之地还归于我,这原本是天赐良机,却被兀术悍然毁盟,再度南侵,惜乎哉!如今兀术占了河南之地,他的想法应是占据淮河以南,与我国以大江为界,此人深谙军事,知道我国一旦占据淮南,便有了一大片缓冲之地,进可取中原,退可守大江,几呈不败之势,臣料兀术此番议和,必定是要我国让出淮南,划江为界的。"

秦桧这一番高论,先声夺人,鞭辟入里,立即断了群臣中有人想收回河南、陕西的念头,于是议题自然而然转到了如何守住淮河疆界之上。

免去了一番无谓的争论,赵构松了口气,道:"既然议到了谈和条件,先将使臣定下来吧。"

秦桧早已成竹在胸,道:"陛下,臣举荐一人,定能不辱使命。"

"何人?"

"吏部侍郎魏良臣,他曾出使过金国军营,听王伦说,挞懒提到大宋使臣时,对魏良臣颇多赞誉。"

赵构立即觉得这是个好人选,魏良臣当年曾被韩世忠作为诱饵,才有了大仪镇之胜,此人能在金人气急败坏之时不辱使命,全身而归,可见还是有几分本事。其他人也都无异议,于是正使便定下来了,知阁门事王公亮充当副使。

魏良臣即刻被宣召入殿,半路上便已预料到是何事,听完旨意,当下慷慨应允。赵构大喜,问他此去该如何跟金人谈议和条件,答书该如何写。

魏良臣略一思索,道:"陛下,臣以为金人真正在意者无非两样东西:岁币与疆界。而此次和谈,岁币臣以为不难,就按上次和议商定的数目给就行,那是双方来来回回讨价还价了十来次的结果,增减都讲不出道理。真正难的在于疆界,兀术杀了挞懒等人,大权独揽,毁盟南下,倘若如此大动干戈之后,最后还得按之前挞懒等人议定的疆界来,他岂不是颜面扫地?因此,臣以为兀术是决计不会再吐出河南跟陕西的。"

赵构看了一眼秦桧,微笑道:"英雄所见略同耳。"

秦桧与魏良臣本是同乡,又是自己所荐,见他说出这么一番话来,还被皇上嘉纳,自是满意,便叫着魏良臣的字道:"道弼果然能托付大事!这答书该如何写,你心里可有数?"

魏良臣躬身道:"依良臣愚见,这答书只需客套,至于议和条件,一个字也不要提。"

秦桧一怔,呆了片刻,恍然大悟,再看赵构,也是微微颔首。旁边王次翁喜道:"一言兴邦,此之谓也!有道弼这句话,这和议便成了一半!"

范同见"一言兴邦"名号落到魏良臣头上，有些不服气，便道："议和条件虽不必写在答书上，但使心里须得有数，否则那兀术漫天要价，要求岁币翻番，划江而治，那我方该如何应对？"

魏良臣看了范同一眼，淡淡道："他要他的价，我还我的价就是了。"

王次翁乐得有人出头打一打范同的风头，连声赞道："道弼此论极妙！他能漫天要价，我就能漫天还价！"

秦桧却有点担心，问魏良臣："倘若他真敢要岁币翻番，划江而治，你如何还价？"

魏良臣一笑道："在下手中有撒手锏，那便是之前的议和国书，两国皇帝印鉴煌煌其上！良臣只需奉上议和国书，恳请两国息兵，维持旧约便可，何须刻意还价？倘若一定要还价，便请求金国除了割还河南、陕西，将山东一并割还亦无不可。"

其他宰执听了都面露微笑，秦桧却脸色凝重起来，道："还价自然是要还的，似也不必招惹太过，只需死守以淮河为界。至于岁币，倒可松动一二，之前和约商定是二十五万匹两，能守住最好，万一僵持不下，再加个三五万也无妨。"说罢，把目光投向赵构。

赵构并不指望兀术能够维持旧约，但以淮河为界却是他心中的底线，守江必先守淮，一旦将淮南拱手让出，他这半壁江山绝对是坐不安稳的。至于岁币，虽然心中不甘，但加一点似乎无损大局。见秦桧望过来，他略加盘算后，便点了点头。

疆界与岁币议定后，其他事便都成了细务，恰在此时，副使王公亮也赶过来了，众人便议了半日，将谈判章程一一定了下来。

三日后，魏良臣与王公亮带着几名随从乘船驶往镇江，准备在镇江渡江北上，前往兀术军营。刘子羽身为镇江知府，自然是要对两位

"军前通问使"尽地主之谊。

"不知两位尊使大驾光临，有失远迎，还望海涵呐！"刘子羽站在府衙门口，见到魏、王二人过来，笑嘻嘻作揖道。

魏良臣与刘子羽本是故交，一看刘子羽这般做派，便假意嗔道："刘彦修！你这是轻侮天子使臣吗？"

"岂敢岂敢！"刘子羽一边将二人引入府衙，一边笑道："非但不敢轻侮，为显隆重，还请二位尊使在镇江住上三日，再北上如何？"

王公亮连连摇头道："三日？军情如火，我二人背负朝廷重托，恨不得插双翅膀飞过大江去，哪里敢在此盘桓三日！"

刘子羽请二人上座，又吩咐端上香茶果蔬，道："二位有所不知，你们晚去金营一日，这议和的筹码便多出一分。"

魏良臣一愣，把刚递到嘴边的茶杯搁了回去，他深知刘子羽见识非凡，此话必有他的道理，便虚心请教道："彦修，兄弟此番去金营，虽然在皇上与群臣面前自信满满，无非就是置生死于度外而已，实则心中并无成算。至于如何在万军之中不辱使命，虎口夺食，还请彦修不吝赐教！"说罢，起身一揖至地。

刘子羽赶紧起身还礼，二人谦让了一番，重新坐下，刘子羽道："道弼兄对兀术有何评论？"

魏良臣捋须思索片刻，道："此人对我大宋为祸极大，然而若以金国那边来看，说他是无双国士亦不为过。"

王公亮听到魏良臣将兀术称作"无双国士"，心里便有几分别扭，皱着眉头想要反驳几句，刘子羽抢在他前头道："岂止是无双国士，说他是大金国的姜子牙、诸葛孔明亦无不可！"

王公亮瞪着眼睛，将到嘴边的话又生生地咽了下去，转而心里一咯噔，隐隐意识到自己与二人的见识不在一个天地，不觉气馁了几分。

"近日有一群北方遗民历尽千辛万苦逃至镇江,子羽与他们细聊,得知一桩大事,二位北上议和,不可不知。"

"何事?"二人好奇地问。

刘子羽道:"北方今年秋天遭遇蝗灾,有些州县颗粒无收。"

魏良臣道:"金人暴虐,哪里还顾得百姓死活。"

刘子羽一笑,接着道:"这兀术带兵打仗是极有能耐的,只是俗话说得好:'巧媳妇难为无米之炊。'他不惜民力,接连南下,其实是心里着急。二位想想,这盟约是他毁的,挞懒是他杀的,他哪里还有退路,只能拼尽全力赢下这场赌局。二位过来府衙时,想必也看到了这镇江府的人口不是一般的多,那是在下将淮南各地的人口全部迁到江南来了,然后坚壁清野,如此一来,便断了兀术因地就粮的念想。"

王公亮听得一头雾水,不得要领,魏良臣却连连点头。

"他接连南下,储存的粮草早就耗光了,又碰上蝗灾,军中口粮必定极少。如今他的十余万人马挤在淮南,粮草只能辗转从西面运来,根本不够吃!依子羽看,最好就以和谈为名,慢慢地耗着他,不出一月,他的大军就会减员一半。"

魏良臣倒吸了口凉气,道:"果真如此?"

刘子羽冷笑一声,道:"死的先是军中杂役、奴仆、骡马,等这些死光,军队也毫无战力了,只需两万生力军一冲,立即叫他兵败如山倒。绍兴元年(1131),正是金军炽焰熏天之际,吴玠就是趁敌疲敝,大举反击,杀得金军丢盔弃甲。兀术背上也中了两箭,仓皇逃回,还被金主免了官职。今日之势早不比当年,我军已有实力与敌正面决战,敌人正好远来疲惫,粮草不继,军心不稳,若能趁此良机,全军渡淮,杀他个片甲不留,又有何难?"

魏良臣呆呆地看着刘子羽,半晌才道:"朝中全是文臣,无人知晓军事，这些是无论如何算计不到的。倘若真如彦修所言，不如熬他一个月，然后大军渡淮反击，岂不是可得意外大胜？"

刘子羽微笑不语。魏良臣跟王公亮面面相觑了一阵，魏良臣突然道："彦修文武兼通，又是镇江知府和沿江安抚使，不如你写份奏折呈上去，剖析时局，或许朝廷会采纳你的建议呢。"

刘子羽心中叹息，上月他亲眼看见张俊抓捕张宪与岳云二人，便知朝廷已经铁了心要议和，任谁也扳不回的。见魏良臣正用殷切的目光看着他，便苦笑道："实不相瞒，这奏折我早就写好，但前日又烧了。个中道理，道弼兄不必多问。"

魏良臣是明白人，细想也就回过味来了，只是摇头嗟呀不已。

"不过如此一来，二位的这趟差使倒是没那么凶险了。"刘子羽微笑道。

"也罢，只要和议能成，南北之民得以休养生息，未尝不是坏事，我二人也算不辱使命了。"魏良臣叹了口气，带着几分无奈说道。

王公亮算是听明白了，用笃定的口吻道："此时言和，未为失算。"

刘子羽和魏良臣对视了一眼，都没说话，只是会意一笑。

魏、王二人身为军前通问使，在镇江逗留三日是万万不敢的，但也许是因为刘子羽的这番话，二人不那么火急火燎地赶路了，在镇江歇息一晚后，次日从容吃过早饭，才扬帆启程。

恰如刘子羽所料，兀术这边急于求和的心态，丝毫不亚于赵构君臣，或许更甚。淮南并无守军，十几万大军尽可长驱直入，然而他最大的敌人并非宋军，而是粮草供应。

在他率军渡淮之前，淮阴的二位进士求见，并献上平宋国策。自从领军以来，兀术听了无数次汉人书生献上的五花八门的"国策"，空谈居多，有些甚至是胡说八道。但他有过黄天荡脱险和坚守汴京的经历，两次都是汉人替他剖析局势，献上妙策，让他先是战胜韩世忠，后又逼退气势如虹的岳飞，才有今日在大金国的地位。因此只要有汉人前来献策，他都会抽空会见，听听人家到底说些什么。

两位都是伪齐时的进士，所献呈的计策也颇似鸡肋——能解点燃眉之急，却又不能解决根本。金军缺粮，两位进士建议，既然北边粮草本来就缺，淮南又被坚壁清野，不如另外开辟一条从西往东的粮道，将盱眙等地的粮草运至楚州。然而从盱眙至楚州，行路窄隘，左有长淮，右临河渠，粮道遥远，好不容易征到的一点粮草，等运到时，已经损耗七成。如此困境，金军也不敢挑食，上至将官，下至士卒，都冒着深秋严寒，踏泥打冻，决池涸港，掘藕拾菱，寻鱼摸蚌，只要能到嘴的都是食物。

面对忍饥挨饿的下属，兀术只能摆出一副谈笑自若的姿态，实则满心焦虑，每日有探报进来，他只问两桩事，一是西边粮草来了没有？二是南边宋使来了没有？

十月中旬，秋风渐凉，宋史魏良臣和王公亮终于抵达金营，兀术赶紧传令全军务必军容整肃，将老弱病残挪到军营边上，把自己的近卫亲军安置在大帐周围及军营显眼之处，魏、王二人到时，映入眼帘的是一派人喧马嘶、龙腾虎跃的气象。

魏良臣出使过金营，心里多少有数，因此面不改色，王公亮却是第一次见到多如蚁蝗的骏马铁骑，难免有些胆战心惊。二人到了金营，放下行李，略为歇息过后，便有金兵过来请宋使去见大元帅。

路上，魏良臣见王公亮克制不住惊惶之态，便安慰道："你看这金国大元帅，都不等我们喝口水，便急巴巴地召见我们，是不是正如刘彦修所说，他心里也着急呢？"

王公亮听他如此说，放松了些，眼睛看着两边成群的马队掠过，嘴里道:"这金军铁骑果然厉害!"

魏良臣听了,突然"扑哧"一笑,道:"我告你一句话:敢情这金国大元帅都是水果贩子出身哩!"

王公亮奇道:"此话怎讲?"

"你想啊,这水果贩子不都是将好果子摆在台面招引客人嘛。"

王公亮不禁大笑,道:"道弼兄,亏你想得出这样的话来!"

魏良臣笑道:"我自然是想不出,这话是王伦告诉我的。"

"哦,原来如此!"王公亮叹道。二人神色坦然,脚步轻快,眼看着兀术大帐就在前面。

兀术听说两名宋使有说有笑过来,颇感意外,等二人进帐,兀术打量了片刻,见二人神闲气定,从容不迫,心里更是狐疑。二人行过礼后,递上国书,兀术接过来一目十行看完,见到国书中用语谦卑,一副诚心谈和的样子,再看魏、王二人官职都不低,便松了一口气,看来他之前的那番咋呼颇有成效。

"十万大军在此,星夜便可越江,江南百万生灵存亡,便在宋主一念之间!你二人今日奉使前来,能不能做主啊?"兀术端起上国大元帅的架子,开门见山说道。

魏良臣毕恭毕敬回话道:"回大元帅,我二人蒙主上及宰相耳提面命,就是来商定和议条款的。"

"说来听听。"

魏良臣没料到兀术见面第一句话便开始谈议和条件,一时分不清他是急于求成还是胜券在握,当下深吸一口气,定了定神,从宋金海上结盟说起,说到东京围城,二帝北狩,又说到当今皇上立国以来的种种艰辛,接着又说到出使途中所见大江南北,淮南两岸村庄寥落,人烟稀少,正所谓"白骨露于野,千里无鸡鸣",最后说到今春南北大战，双方战士饥肠辘辘，病累而死者不计其数，百姓更是易子而食，惨不忍闻……"

魏良臣这一开口，足足讲了两炷香的工夫，说到士卒劳累，百姓困苦时，不觉动了真情，声泪俱下，旁边原本虎视眈眈的金国武士们都垂下了头，之前还杀气腾腾的大帐内弥漫着一股低沉伤感的气息。

士卒厌战、百姓痛苦正是兀术最心虚忌讳的事，他咳了一声，对魏良臣道："若不是南宋背惠食言，自作兵端，屡次挑衅，我大金国何忍鸣钟伐鼓，问罪江淮？今日若要上国再推不世之恩，就要真心图报，莫存非分之念！"

这几句话用词讲究，文采斐然，魏良臣不由得抬头望了一眼兀术，早就听说这番王外表雄赳赳一武夫，内里却颇好文雅，今日一见，果然不虚。魏良臣的文人争胜之心起来了，顿了顿，准备也回一通漂亮话，却听兀术道："空言虚辞，何益之有？你二人且去与我帐下僚属商议，三日之后，若还议不出个章程，那就休怪本王兴师问罪了！"

说罢，也不等魏良臣回话，便大手一挥，旁边武士大吼数声，声震穹庐，魏良臣与王公亮只得躬身行礼，跟着两名侍从出了大帐。

两名使臣出去后，兀术沉着脸默了半晌，对旁边几名亲将道："这两名南宋使臣表面恭顺，实则倨傲，本王看他们来者不善。"

几名亲将彼此看了一眼，有些诧异，宋使一把鼻涕一把泪叫苦连天，说虚情假意倒也罢了，哪里来的倨傲？一名亲将道："大元帅，依属下看，这宋使倒像是诚心来议和的。"

兀术鼻孔里哼了一声，道："你们跟宋人打了这么些年交道，还不知道他们的禀性？越是孱弱可欺之辈，越爱虚张声势，反倒是这种谦恭不已的，转头就能狠咬一口！赵构在位十余年，兵马颇盛，根基已深，再撼动殊为不易……"

几名亲将都是兀术肚子里的蛔虫，自然能体会其心意，其中一人道："宋使过来议和，最要紧的一是岁币，二是划界。大元帅觉得岁币定多少合适？边界又该划于何处？"

兀术沉吟道："去年大军南下之初，赵构连遣信使，奉表称臣，许诺岁币银绢五十万匹两，比之前涨了一倍，就以此数为准。至于疆界，河南之地我已取之，绝无再割还之理。淮河以南，赵宋极欲得之，以为江南缓冲，进可图中原，退可守大江，这等如意算盘，我岂能看不出来？"

"大元帅的意思是，岁币五十万，并以大江为界？"

兀术正要说话，帐外马蹄声由远而近，听动静知是探马到了，便停住了盯着大帐门口。两声口令过后，一名探子闪身而入，行完礼喘着气禀道："大元帅，南军已经渡江北上，扬州、盱眙一带都有南军人马走动！"

大帐中静了片刻，兀术问："有无北进迹象？"

探子道："南军只是东西逡巡，并未北进。"

兀术看了看旁边几名亲将，道："那就是了，江南急于议和，断然不会轻启战事，我料这些南军不过是些轻骑罢了。"

刚才问话的亲将接着道："大元帅，看南军这架势，还是舍不得放弃淮南之地，倘若定要以大江为界，不赢两场恶仗，南宋君臣只怕放不下这念想。"

这话放在十年前，兀术也好，旁边将领也好，早就摩拳擦掌准备厮杀，甚至不等下令，性急的将领就已经催着部下出发了。然而世异时移，金军上下早就不复当年心气，南军也不再是一冲就散的豆腐军，不要说军中缺粮如此，就是粮草充盈，再赢两场恶仗，谈何容易。

"上兵伐谋，不战而屈人之兵，乃为上策……"兀术道，一抬眼看亲将们都满眼困惑，便知自己在对牛弹琴。他略一思索，用低沉威严的声音道："本帅自有筹划，管叫江南乖乖地划江为界，纳币称臣。"

亲将们互相看了一眼，都不敢再说话，他们手下士卒一个个饿得前胸贴后背，叫苦不迭，往年还能四处打劫，如今中原凋敝已久，淮南又被坚壁清野，连只老鼠都看不到，别提粮食了。兀术不想硬战，只想智取，他们其实巴不得如此，只是心里都觉得主帅要的价码太高。

果然，黄昏时分僚属来报，跟宋使谈了一日，宋使坚决不松口，要求按前约纳岁币银绢二十五万匹两，甚至还想收回河南、陕西，被驳斥后，退而同意以淮河为界。

兀术既感庆幸欣慰，又有几分愤怒不甘，骨子里的傲慢与贪婪又悄然爬了上来，沉思半晌后，断然道："传我帅令，明日进军濠州！宋使营帐前派二十名披甲武士守卫，都给我手执狼牙棒，务必威武雄壮！"

命令传下去没多久，韩常、阿鲁补和龙虎大王过来求见，兀术让他们进来，笑道："你们这是打探虚实来了。"

三人听兀术这般说，表面上赔笑，暗地里却松了口气。龙虎大王道："听说南北正在议和，我等听到进军帅令，不敢有违，就怕手下将士不知深浅，一旦与南军交上手，双方人马越填越多，难免进退失据。大元帅高瞻远瞩，岂能看不到这一点，倒是我等多虑了。"

兀术心里忍不住跳了一下，龙虎大王一语点透了他面临的窘境。此时军中缺粮，士无斗志，南军以逸待劳，这仗真要打起来，可谓毫无胜算，到时是战是和，反而由不得自己了。

他咬了咬牙，承受着巨大压力，微笑道："你们只管向濠州挺进，我谅南军不敢迎战。"

三人交换了几下眼神，都欲言又止，最后还是韩常道："如今南宋使臣就在营中议和，此时进军，就怕南军不知我军意图，还以为和议落空，于是全力迎战，我军反而准备不足，如此则胜负难料，还请大元帅明鉴。"

这的确是一着险棋，但兀术明白，越是这种时候，越要虚张声势，才能险中求胜，而且他与南军打了十来年的仗，对其畏首畏尾、瞻前顾后的习性可谓了如指掌，他决心赌上一赌。

"'虚则实之，实则虚之。'不大张旗鼓问罪讨伐，赵构君臣如何肯服？今日这宋使便死咬着要以淮河为界，岁币也不肯多加半分，何故？无非就是我大金兵威未至而已。你们只管听令，我自有分寸。"

三人见兀术主意已定，看上去也胸有成竹，便不再多言，各自回营去了。

次日一早，前锋马队开始南行，顿时烟尘滚滚，声势震天。没过多久，侍卫面带笑容过来禀报，两名宋使脸色灰白，面有惧色，气焰大不比昨日。

兀术冷笑一声，道："本帅不信赵构真的就敢不留后手，今日倒要看看这两个宋使能撑多久！"

他心情大好，让人端上一壶美酒，切了一条羊腿，与几名亲将坐下享用。他断定今日宋使必然会让步，即便仍然死守着淮河疆界，但岁币方面，加个十万或者二十万应该不在话下。

晌午刚过，侍卫送来消息，说那两名宋使一反昨日之侃侃而谈，正在低三下四地苦苦哀求。兀术听了哈哈大笑，道："晚上再告诉他们，一旦两军交战，刀箭不长眼，难保他们会死于乱军之中，让他们好生思量！"

正得意间,一名侍卫匆匆进帐禀道:"大元帅,有紧急军情送到!"

兀术道:"让他进来。"

"信使还离得远,只是隐约看他背上插着羽翎,且行路十分匆忙,料想必有紧急军情。"

兀术上了心,起身走出帐外,顺着侍卫所指,果然远远看见一人戴着羽翎,一边策马狂奔一边大声呼喝,人马都大汗淋漓,远远都能看到被一团白汽裹着,直奔中军大帐而来。

没有十万火急的军情,信使不会这么疯狂赶路。兀术心里掠过一丝不祥之感,杯中的酒洒了也没觉察,眼睛死死地盯着越来越近的信使。

仿佛过了很久,信使终于奔到跟前,一股浓重的酸臭味扑面而来。信使递上书信,兀术一看那信纸便觉得不对劲,皱巴巴不说,纸质也粗糙,像是极度忙乱中随手抓了一张纸。

众人都感觉到了不妙,静静地观察着兀术看信时的脸色。虽然他极力克制,但因为事情过于重大,决定着大金国和他本人的命运,兀术的双手仍然忍不住微微颤抖。

书信是西路军统帅呼珊和迪布禄送来的,二人之前就是娄室手下猛将,后又在撒离喝帐下作战,呼珊作战勇猛,迪布禄善于谋略,在金军中有"常胜二虎"之称,然而由于轻敌,刚在剡家湾被吴璘杀得大败,手下士卒折损过半,现在被困在腊家城,宋兵正日夜攻城,城内援尽粮绝,陷落只在旦夕之间。

这个噩耗来得极不是时候,对于兀术不啻当头一棒,他呆立在当地,脑海里紧张地分析着剧变的局势,直到看到身旁亲将们不安的神情,才醒悟过来,转身入帐。

兀术将信递给亲信们传看,大家看完后,一个个都面色凝重,默不作声。这时侍卫又喜滋滋过来禀报，说宋使面容悲戚，不言不语，一副要寻死的丧气模样。

兀术猛然惊觉：万一两名宋使不明就里以为必死，先行自尽，那么形势就万难挽回了！他"腾"地站起来，厉声道："传令前锋马队，到濠州便止步，有敢越界一步者，就地正法！让两名宋使先回帐歇息，撤去帐外武士，好酒好菜招待，告诉他们明日来见本帅。"

那名侍卫一时没反应过来，张着嘴愣在当地，兀术吼道："还不快去！"吓得那侍卫一哆嗦，连滚带爬地退了下去。

大帐内安静得吓人，之前轻松的气氛一扫而空，一名亲将道："大元帅，此事关系重大，要不叫韩常、阿鲁补和龙虎三位将军过来商议一下？"

兀术想了想，摇头道："他们远在前线督军，一来一去，得花去一两日时间。情势危急，须尽快决断，无须再商议。"

他挥了挥手让所有人都出去，然后一个人待在帐内，努力按捺住心底的烦躁不安，想把当前纷乱的局势捋出些条理来。

静坐了片刻，他慢慢地安定下来，心里暗暗责怪自己刚才的惊慌失措，当年被韩世忠阻隔在黄天荡，形势何等危急，不也逢凶化吉，转败为胜了？今日之局势，虽然诡异，但远非当年之绝境，还大有转圜余地。

他自失地一笑，起身在大帐内踱了几步，只觉得世事无常，境由心生：昨日还一心想着逼迫赵构君臣纳币五十万，划江而治，今日形势一变，觉得如能得岁币二十五万，也是极好的买卖，以淮河为界，似乎也不亏，毕竟他已经将曾经割让的河南、陕西大片疆土夺回来了，足以夸耀后世。

兀术来不及感叹太多，现在他要全神贯注地摆平两名宋使，特别是那个叫魏良臣的正使，此人与王伦有几分类似，工于心计，还不显山露水，但对他最有利的是，两名宋使对陕西宋军大捷的消息一无所知。

侍从端上晚膳，兀术才觉察到已经入夜，他吩咐几名亲将入帐一起用餐，几名亲将陆续进来，见兀术目光沉静，神情悠然，都感佩服心安，帐内略微恢复了一些轻松的气氛。

侍从端来一壶酒，兀术道："将这壶酒送到宋使帐中，就说是本王所赐。"

侍从领命端着酒壶出帐。一名亲将道："大元帅，宋使正惶惶不安，把这酒送过去，只怕他们以为是药酒，不敢喝呢。"

兀术笑道："我女真男儿杀人只用刀斧，不干这类下作勾当，魏良臣若是明白人，定然会喝。"

一名亲将问道："大元帅，腊家城危在旦夕，我军主力几乎全部在淮南，救援不及，倘若丢了腊家城，恐怕陕西震动……"

兀术凝视前方半响，道："看今日形势，解围腊家城，只能靠和议。一旦与宋使达成和议，我方便可名正言顺地派大臣奉使南宋，审定和议条款，督促宋廷退兵，腊家城之围自可迎刃而解。"

众人面面相觑了一会儿，都有几分无奈，想不到纵横天下的女真雄师竟然需要靠敌国和议才能解围，这在几年前任谁都想不到，如今却从大金国最高统帅嘴里说出来了。

"明日宋使过来，定会继续苦苦恳求，本帅也不再吓唬他们了，只作犹豫状。你们中间一个人出来替宋使说句话，我只不作声，命宋使接着去谈，然后答应他们便是了，岁币银绢二十五万匹两，淮河为界，其他条款照旧。"

众人听了，像走了远路的人终于望见终点，忍不住浑身瘫软，想轻松地喘几口气，但主帅千钧重负，他们也不得不装出神情庄严凝重的样子，坐得笔挺地看着兀术。

次日，魏良臣、王公亮二人来见兀术，果然苦苦哀求，兀术与亲将按之前的安排草草演了一遍双簧，然后双方继续谈判。也不知是宋使心有灵犀一点通，还是兀术终于松了口的缘故，谈判进展得出人意料的顺利。黄昏之前，双方便达成了共识。两名宋使出得帐来，掩不住的满脸喜色，金国这边的官员也是客客气气，谦让有加，一瞬间竟有点友邦交往的气象。

兀术帐下文士连夜将回信拟好，呈给兀术，兀术快速地浏览了一遍，然后把目光停留在最关键的几行字上："本拟上自襄江，下至于海以为界，重念江南凋敝日久，如不得淮南相为表里之资，恐不能国。兼来使再三叩头，哀求甚切，于情可怜，遂以淮水为界。西有唐、邓二州，以地势观之，亦是淮北，不在所割之数。来使云，岁贡银绢二十五万匹两，既能尽以小事大之礼，货利又何足道，止以所乞为定。"

这封回信比之前客气了不少，但把两国疆界与南宋所纳岁币讲得清清楚楚，还将宋使叩头哀求之事写得跃然纸上，既多少找回了些天朝上国的面子，又隐含对南宋君臣不得食其言的告诫，也算绵里藏针，有理有利。

"何人所拟？"兀术抖了抖手中的纸，问道。

侍从告知是随军转运副使张冲主笔，兀术道："赏他一匹健骡。"

军中正缺粮，健骡既可代步，又可宰杀充饥，可谓价值千金，几个侍从脸上都流露出羡慕的神情。

兀术挑选行台尚书户部兼工部侍郎萧毅和右谏议大夫邢具瞻二人奉使江南，一切准备停当后，将萧毅召至大帐，叮嘱至天黑才罢。为了让他们走得快些，还特意调拨了几匹好马。

临出发前，兀术当着两边使臣的面下令大军撤回淮北，道："我女真人一诺千金，既然和议初成，我十来万大军今日便撤至淮河以北，以示化干戈为玉帛之意。江南方面，也须同时撤军，倘若还侵犯不止，我十万大军即日星夜过江，则江南伏尸千里，生灵涂炭，非我所愿也！"

说完，兀术目光炯炯地看着魏良臣与王公亮二人："二位尊使，本王这话烦请带至你家主上！"

魏良臣面色一凛，连忙在马上躬身答道："我家主上以仁孝治天下，断不能坐视南北苍生受苦，请大元帅放心。"

兀术又看了萧毅一眼，萧毅心领神会，深深地点了一下头。

一行人启程南下，兀术率领众人目送他们远去，良久之后，突然自言自语道："腊家城能再守半个月吗？"

# 十七　岳飞蒙冤

　　两顶轿子一前一后正在临安的大街小巷中穿梭，前面轿子坐着的是皇上身边的红人，殿前都指挥使杨沂中，后面跟着的是名震天下的岳家军统帅、如今却只有一个万寿观使虚衔的岳飞。

　　岳飞赶到临安的时候，已是中秋时节，树叶已经泛黄，正是秋防最严的日子。他心里虽有几分疑惑不安，但自信行直坐端，清者自清，甚至还有一点乐观的猜测：朝廷此时召见，多半是有要紧军情，很可能会重新起用他，毕竟能够震慑金军的，数遍天下也就堪堪二三人而已。

　　二人的行踪，秦桧了如指掌，岳飞一入临安城，他便已将一切安排停当。

　　两顶轿子走到一处岔道口，前面那顶一个拐弯，溜到另一条巷子，而后面的轿子仍然径直前行，轿子里的岳飞丝毫没有察觉到异样。

　　轿夫的步伐似乎比平常要快，岳飞掀帘看了看前面，发现杨沂中的轿子不知什么时候消失了，他略觉奇怪，又走了一阵，他忍不住问前方带路的人："这是要去往何处？"

　　那人并不停步，偏过头道："请相公先到朝廷，聆听圣旨。"

　　岳飞心中疑惑，但此时又能如何？只得任由轿夫抬着走，片刻过后，他突然惊觉这是通往大理寺的路，立即大声喝问道："你们这是把我往哪里带？"竟无一人回应他。

轿子一路到了一处衙门，岳飞掀开轿帘，看到上面高悬的"大理寺"三字，又惊又怒，道："我为何到了此地？"

轿夫将岳飞抬进大理寺门内，引路的人转身毫无表情地道："请相公下轿吧。"

岳飞下了轿，发现自己站在院子当中，四周房屋都挂着门帘，阴气沉沉，一个人影都没有。岳飞彷徨四顾，呆立了一会儿，正不知所措，突然正中堂屋门帘被掀开，出来几个人，径直走到岳飞面前，领头的人道："此处不是相公待的地方，请随我去后堂见中丞，有些事须澄清一下。"

岳飞贵为两镇节度使、太子少保，手下雄兵十万，别说朝臣，就连皇上都对他颇为礼让，眼前这几人看打扮都是寻常官吏，指使岳飞起来却是语气生硬，不容置疑。岳飞无可奈何，只得遵命照办，但仍然忍不住问道："我为国家宣力半生，为何今日却在这里？"

领头那人并不搭理，只是面无表情地催促岳飞跟他们走。岳飞跟着他们穿过一条巷子，又拐了一个弯，进入一间屋子。领路的几个人进屋后两边散去，岳飞抬头一看，赫然看见面前拘押着两个人，都蓬头垢面，脖颈上套着枷锁，手脚上戴着镣铐，身上还带有血迹，显然是经历过严刑拷打，这两人正是张宪和岳云。

岳飞不胜骇异，愣了片刻，愤怒地申诉道："这是何故？为何将他们如此拘押？"

旁边站着的几名狱吏，以杖击地，厉声叱责道："叉手正立！"这恐怖的声音在堂内回响，让岳飞猛然一震，终于意识到自己已经不是指挥千军万马的统帅，而是受制于人的阶下囚。他冷静下来，整了整衣裳，看了看两旁，带着自嘲的口吻道："我岳飞曾统兵十万，纵横中原,今日才知狱吏之尊贵!"

屋内安静下来,岳飞这才定睛细看,堂前摆着一条长案,后面有两张椅子。不一会儿,二人缓步而入,岳飞看时,却都认得。领头的是御史中丞何铸,跟着的是大理寺卿周三畏。

二人落座后,何铸翻了翻案上的卷宗,挑出其中一份拿在手中,抬眼看着岳飞,用低沉威严的声音问道:"国家对你三人何曾有过半点亏负,为何却要谋反?"

岳飞此时仍在震惊困惑之中,听到此话,立即大声道:"我岳飞今日对天盟誓,无半点谋逆之心!二位既然掌管国家正法,切勿冤枉忠臣,倘若让我岳飞无故蒙冤,我去了地府也要与二位面对不休!"

何铸冷笑一声,道:"你既无反叛之心,为何却要写信给张宪,让他谋划逼迫朝廷让你继续掌兵?"

岳飞这才大致明白发生了何事,诧异道:"我何曾写信给他?请中丞容我看看书信,定是奸人仿冒我笔迹作乱。"

岳飞神情恳切,不似作伪,何铸略感纳闷,与周三畏对视了一眼,轻咳了几声,道:"书信定是被毁了,但张宪得你书信后,谋划拥兵襄阳作乱,逼迫朝廷。你军中有人举报,亲耳所闻,凿凿有据,你有何话说?"

岳飞扭头看着张宪道:"今日本帅就在你面前,你说说到底是怎么回事?"

张宪已经被拷打得体无完肤,面色焦黄,但挣扎着用力答道:"岳帅,张宪昏聩,在王俊这个小人面前发了些牢骚,说了些气话,不料却被他有鼻子有眼添油加醋地报了上去……张宪死而无怨,但临死一定要把话说清楚,本人并未得到岳帅半纸书信,连口信都未曾得到过,此事张宪愿以满门百余口性命担保!"说罢,咬牙呜咽了几声,

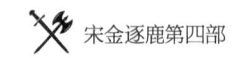

又强行忍住了。

岳飞此时已经捋清了事情的来龙去脉，回过头来双目如电地看着坐在堂上的何、周二人。

何铸与周三畏凑在一起商议了几句，然后逼视着岳飞道："岳飞！朝廷恩典有加，让你由一农家子弟位极人臣。我问你，你到底写没写信给张宪？"

这分明是让人剖开心肝自证清白，岳飞愤然道："掌兵大将私信唆使部属拥兵作乱，那是族诛的大罪！中丞不妨试想，岳飞若干了这等事，还如何能够安然待在庐山？杨沂中又如何请得动我？岳飞虽是粗人，但却是坦坦荡荡的一条汉子，绝不干那种鬼鬼祟祟的勾当！"

说罢，岳飞一把扯下上衣，单膝跪在地上，将后背亮给二人看。

何铸和周三畏一眼看到岳飞背上刺着四个大字：尽忠报国。这几个字将他宽厚的背部占满，仿佛透着无言的愤怒，腰上和肩胛处有几处箭伤，特别是腰肋上那处伤，一看就是穿透伤，像是被生生砸了一个坑，让人触目惊心。

何铸起身，走到岳飞跟前，细看了一会儿，轻声道："岳少保合上衣裳吧。"

岳飞听他叫自己官名，忍不住热泪盈眶，起身披上衣服。他这时才有机会回头看一眼岳云，父子俩四目相对，岳飞心里掠过一阵剧痛，勉强向儿子挤出一丝微笑。

何铸与周三畏又商议了片刻，何铸道："先将三人押下去，好生看管。岳飞案子尚需核查，不能以疑犯视之，且带他去厢房看管——国家法度如此，还请少保体谅。"

狱卒一起山呼，同时以杖击地，然后将三人带了下去。

等旁边人都走光了，何铸问周三畏："岳飞这案子，正仲兄如何看？"

周三畏眉头微锁,道:"疑点甚多。"

"依你看来,岳飞果真写信给张宪否?"

周三畏没说话,垂着眼皮沉思半晌,缓慢而坚定地摇了摇头。

何铸起身,在案前低头踱了几步,喟叹道:"我与正仲兄所见略同啊!前向我在奏折中弹劾岳飞'忠衰于君',他自被削夺兵权后,郁郁不乐,意气消沉或许有之,但要说私通部将,意欲谋反,实在是过于牵强。"

周三畏点头道:"今日他来大理寺过堂,竟浑然不知所为何事,若是真有书信给张宪,哪能这般坦然?三畏见多了过堂之人,说不上是火眼金睛,但辨人八九不离十。今日我细看他眉宇,堂堂正正,言语举止皆出自于心,并非作伪。"

何铸重回案前,拿着卷宗翻了一会儿,道:"更何况谁也没见着他那封书信,王俊在首告状后还附了个小贴子,特意说明从未见岳飞那边有人来到军中……总不能硬给他安一个私通部将谋反的罪名吧?"

"岳飞一定要问罪的话,其罪在疏于管教,以致部属有不臣之心。但彼时他远在千里,与此事并无瓜葛,谋反之罪确属无凭无据。"周三畏道。

何铸又将王俊的告首状和小贴子以及与此案相关文件浏览了一遍,终于拿定了主意,对周三畏道:"若无其他话说,我就这般告知秦相公了。"

周三畏抬了抬手,示意并无异议,于是二人起身步出屋外。

次日,何铸便去见秦桧,将审讯结果告诉了秦桧,原以为他会跟自己一样释然,毕竟朝廷外患不已,多一事不如少一事。不料秦桧听完,却是满脸失望,道:"国家草创之初,北边又有强邻相逼,乃是乱臣贼子觊觎之时。岳飞身为掌兵大将，有此不端之举，正当明正刑典，伸张法纪，如此不疼不痒便结案了，何以警戒世人呢？"

何铸一愣，道："果有乱臣贼子，自是人人得而诛之，但岳飞谋反一案，确属证据不足，若以冤案来警戒世人，只怕会适得其反。"

秦桧说不过他，便亮出底牌，道："收兵于天子，重惩作乱之人，这是皇上钦定的章程，中丞不可不知。"

何铸语重心长道："何某岂能不知！只是何某身为御史中丞，当为国家社稷着想。今日之所以认定岳飞无谋逆罪，并非刻意维护他，实在是区区一岳飞事小，江山社稷事大。如今强敌未灭，却无缘无故诛杀一员大将，恐怕会让士卒失望，如此非国家长治久安之计啊！"

秦桧看着满脸赤诚的何铸，无言以对，只得点头作深思状搪塞过去。何铸走后，他坐在椅子上，只觉得气堵胸闷，烦躁不已，正坐立不安间，一名内侍匆匆忙忙赶来，说是魏良臣和王公亮已经到镇江了。

秦桧一下子坐得笔挺，问道："金国那边可派遣使节相随？"

"派了，一名正使一名副使，正使姓萧，叫萧……"内侍记不起名字，皱着眉头拼命回想。

"罢了，"秦桧起身不耐烦地一挥手，"我这就入宫去见皇上！"


镇江府衙门口一片喧闹，魏良臣和王公亮气喘吁吁地赶过来，大声嚷着要见刘子羽。

事情起因是金使乘船到达镇江时，船上撑着一面大旗，旗上赫然写着四个大字"江南抚谕"。刘子羽闻讯大怒，令人趁夜色将这面旗取了下来，另外换了一面大旗上去，上面一个字没有，空落落地飘在船头。

绍兴和议

金使还未留意，魏良臣和王公亮先一步发现了，吓得不轻，连忙一早就到府衙来找刘子羽。

"彦修，你怎么也学起那些腐儒的做派了？将那面旗换了又能如何？能减一匹两岁币？还是能收复一两处州县？"魏良臣心里有气，进门一见刘子羽，便劈头盖脸地问道。

刘子羽微微一笑，请二人上座。魏良臣真动了肝火，生怕自己千辛万苦挣来的和议就此泡汤，便直挺着不动，只叫刘子羽马上把旗帜交出来。

刘子羽敛了笑容，正色道："道弼兄，实不相瞒，依我的性子，昨晚该派几名死士去金使船上，神不知鬼不觉结果了他们的性命，然后丢到江中喂鱼！只是想到我方使臣也在船上，怕有误伤，才退而收了他的旗帜便罢。"

魏良臣吓了一跳，他知道刘子羽带过兵，没准真能干出这种事来，只好瞪着眼干生气。刘子羽见状哈哈一笑，拉着他的胳膊坐下，又请王公亮落座，接着挥手命人上茶，才正色道："本人乃朝廷钦命的沿江安抚使，金使扛着面'江南抚谕'的破旗入境，就是羞辱于我！烦请二位转告金使，我刘子羽今日便是死了，也绝不让这面旗帜在镇江境内出现！"

魏良臣半张着嘴看刘子羽半晌，断定今日是要不回旗帜了，想了想便道："那出了镇江，这面旗能还给我？"

刘子羽忍俊不禁，道："道弼兄，你不要皇帝不急太监急，你待会儿回去，看看这旗帜换了，金使急不急？"

魏良臣低头想了想，起身便要回去，被刘子羽笑着一把拉了回来，道："吃过午饭再回去不迟。"

王公亮在一旁道："重任在肩，不敢耽搁啊！"

-349-

刘子羽道："你们去时，也说是重任在肩，我还让你们歇息三日再走呢，如今回头再看，会不会误事？"

魏良臣听了这话，突然醒悟过来，满脸的焦虑像开春的冰雪，倏地融化了。

刘子羽道："我今日午时其实是要接待一位故人，此人名叫孙猛，乃是吴璘手下亲将，与我亦是相识，此番奉了川陕宣抚使胡世将之命前往行在报捷，路过镇江，我自然是要尽地主之谊。他人还在路上，听斥候说中午会赶到，我已备好酒席招待，请二位作陪。"

"哦！"魏良臣又有所悟，身体更加松弛下来。

"二位放心，金使那边我自会差人好酒好菜招待，不会怠慢他们。但是那面旗帜，想都不要想。"刘子羽语气不容置疑。

"那说好了，出镇江地界之前你一定要还给我。"魏良臣道。

"一言为定。"

魏、王二人心里安定下来，喝了几口茶，聊起在金营中的种种见闻，说到兀术在谈判中途态度大变时，刘子羽断定事出有因，掐指算了算，却有几分困惑，沉吟道："莫非是战场形势突然生变？淮甸这边风平浪静，而敌我在陕西乃是均势，双方都占据险地对峙而已，除非一方舍却地利，冒险进攻，才令战局大变。"但他左推右算，也想不出哪一方会冒险出击。

刘子羽推测陕西有一两场中胜，但那如何能让顽如铁石的兀术服软？他是带兵打过仗的人，越琢磨越觉得蹊跷，不禁心痒起来，急欲知道陕西战况，便不停让人打探孙猛行程。等到中午，侍卫来报，说孙猛一行已经到了。

刘子羽一跃而起，直奔门口，魏良臣和王公亮跟在后面，三人急如星火的模样把府衙中其他人都吓着了，也都拥到门口向外观望。

等了约莫半炷香的工夫,远远听到马蹄声响,几个人骑马往这边过来,刘子羽一看那骑马的姿态,便道:"来了!"

果然,那几人离府衙五十来步便下了马,步行过来,领头那人抢上来,拜倒在刘子羽面前,嘴里道:"孙猛见过侍制!弟兄们都想死你老人家了!"

刘子羽不觉眼角湿润了,扶起孙猛,一时百感交集,当着众人又不能说太亲热的话,便一边拉着他进屋一边问道:"弟兄们都好?"

"都好!都好!"孙猛道:"这次打了大胜仗,大伙首先就筑坛祭告了大帅的在天之灵,少帅……哦,现在也是大帅了,特意叮嘱我,一定要将此次大胜的消息亲口告诉侍制!"

提起吴玠,刘子羽心中又悲又喜,一转头看到魏良臣和王公亮在旁边,赶紧道:"快来见过两位使臣,他们刚从金营议和归来,没有陕西这场大胜,只怕金人都不肯罢兵呢!"

两边见过后,孙猛等人先去洗漱,魏良臣问刘子羽:"陕西说是大胜,就不知到底斩获多少?"

这也是刘子羽心中的疑问。一场遭遇战,干净利落斩杀敌军数百人,也可称得上大胜,但于整个战局关系并不大,更不会对和议产生实质性影响。目前形势下,宋金双方无意在陕西进行大规模会战,因此这场大胜的成色如何,还有待评判。

孙猛等人过惯了军旅生活,转瞬间便已洗漱完毕,酒宴正式开始,众人入座后,酒过三巡,魏良臣先开口道:"听孙将军方才说陕西大捷,可喜可贺!不知斩获多少?"

孙猛脸上带着矜持的微笑,掩饰不住得意与自豪,道:"斩首六百三十级……"

满座发出惊叹之声,都道金军强悍,能当阵斩杀如此多敌军,实

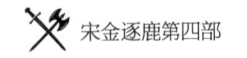

属不易。

孙猛接着道:"俘敌一万三千五百余人。"

此话一出,整个宴席顿时鸦雀无声,不要说魏良臣等人,就是见过真阵仗的刘子羽,也惊呆了。

孙猛期待的就是这个效果,脸上露出孩童般顽皮得意的笑容。

刘子羽大为兴奋,身子前倾看着孙猛道:"你且说说,战场在何处?"

"刘家圈。"

"兵家必争之地!"刘子羽惊讶道:"刘家圈地处秦州,乃是一处高原,前临峻岭,后控腊家城,素有'小和尚原'之称。只是占据此处险地的乃是金军,我军仰攻,能全身而退已是万幸,怎么可能来这样一场大胜?"

孙猛见刘子羽远在千里,却对战场形势一目了然,深感佩服,道:"侍制看得极通透!"

刘子羽又问:"金军主帅何人?"

"主帅是呼珊,副帅是迪布禄。"

刘子羽愈加惊讶:"这二人乃是撒离喝帐下虎将,身经百战,有勇有谋,还占据险要,可谓立于不败之地,如何就落了个惨败收场的?"

孙猛笑道:"说起来,还是胡宣抚筹划有方。今年八月,撒离喝就派呼珊和迪布禄率军据秦州东北,准备趁机南下入川。胡宣抚与诸将商议后,派少帅率军二万八千,从河池北上,直逼秦州;又命杨政和郭浩各自率军进攻陇州和华州等地,策应少帅,杨政与郭浩两路都连破金军,进展顺利;胡宣抚又派人去陕西、河东等地,联络义军首领,袭扰金军后方,使之无暇兼顾秦州。于是上月少帅得以率军直抵秦州，守将武谊没料到大军如此神速，便献城投降，于是我军就与驻扎在刘家圈的金军主力对垒上了。"

孙猛一边说，刘子羽一边用手指蘸酒在桌上画，众人都凑上来看，刘子羽道："看来这是一场收官之战。"

孙猛道："侍制所言极是。呼珊和迪布禄在刘家圈上凭险设营，进可居高临下用铁骑俯冲我军，退可遁入身后的腊家城，可谓进退自如，易守难攻。而且二人堪称悍将，手下将士也都能战，因此十分骄横，认为我军根本不敢进攻。他们没料到少帅亲自去察看了地形，回来与众将商议之后，就决定了上原列阵。"

刘子羽问："众将都同意上原列阵？"

"刚开始只有姚仲一人同意，其他人都觉得风险太大，万一我军向高原上进发时，被金军发觉，然后以骑兵居高临下冲击，形势将十分被动。这话并非没有道理，只是少帅觉得我军本来就处于下风，倘若能够趁金军不备，登上高原，才能与敌一战，因此就定下了登原作战的策略。"

刘子羽欣慰道："吴璘这些年跟着大哥征战，耳濡目染，用兵大有长进！"

孙猛笑道："为了迷惑金军，少帅还在登原头一日派一名军士前去下战书，明明白白地告诉呼珊和迪布禄次日决战，下战书的军士还偏偏是个虚胖子，爬上高原时，累得脸色煞白，上气不接下气，听说金军将领们见了都乐不可支，根本没当回事。"

刘子羽不禁拊掌呵呵大笑，道："亏他想得出！"

"也是天助我大宋，登原那日深夜，正好有雾，天气骤冷，金军万没料到我军会选在这种时候越岭上原，因此一路全无阻碍。我军上原后，立即在一处叫剡家湾的平地布下叠阵，阵前设有木栅和拒马防备敌人铁骑冲阵，后面是步兵大阵，骑兵配于左右，步兵大阵以长枪手居于阵前，后面是神臂弓和克敌弓。我军布阵完毕，金军那头还在吵吵嚷嚷，乱成一团，然后我军点燃上万个火把，齐声怒吼，一时间气势如虹，士气上便占了上风。"

魏良臣等人听得如痴如醉，连声惊叹，只有刘子羽看出了此时的微妙之处，道："此时倘若金军坚守不出，也是麻烦……"

孙猛接口道："正是！后来审问俘虏才得知，我军突然登原，呼珊和迪布禄对于如何应战是有争执的，迪布禄认为我军连夜登原，不带辎重，有利于速战，因此认为应当按兵不动，先摸清虚实再战；而呼珊认为我军刚刚登原，应趁其立足未稳急攻，便可一举取胜，加上他自恃英勇善战，几无败绩，所以金军最后还是向我军发动攻击。他却不知道我军早已备足弓箭，敌人铁骑冲过来时，万箭齐发，中箭者无数，不得不退却。那呼珊的确悍勇，率军连续冲击了十余次，有两次甚至冲到了步兵阵前，被长枪手拼死挡了回去。战了近两个时辰，金军原本就是仓促布阵，加上中箭者极多，阵形便开始乱了，少帅于是命两翼骑兵包抄后路，金军大阵终于崩溃，兵败如山倒，这一万多名俘虏就是这时候抓到的。"

众人都赞叹不已，却听孙猛拍桌叹道："可惜少帅战前派张士廉去堵住金军退入腊家城的后路，不料张士廉因大雾误了期，不然呼珊和迪布禄已经被我军生擒了！"

众人又都扼腕叹息，刘子羽却点头笑道："两翼骑兵包抄，这是学的金军拐子马呢！强弓硬弩本是我所长，还将金军拐子马战术用得出神入化，又是趁敌不备，这仗还打不赢，那真是没天理了！只是俘敌一万三仍是出乎我意料。"

孙猛脸上笑容慢慢地收敛了，道："两军对阵时，我军杀敌六百三,俘敌七百,那一万三俘虏全是后来抓的。"

"哦?"刘子羽略感诧异,"这是何故?"

孙猛道:"那都是统制马广之力。马广麾下都是八字军,战力原本就强。我军登原后与金军大战十余合,马广觉察到敌军渐渐不支,有崩溃之势,怕追之不及,便自作主张率军离开大阵,绕到敌军后方,刚好赶上溃败下来的金军,金军本就没了斗志,一看无路可退,便呼啦啦投降了一万来人。"

"原来如此!将不在勇,而在于谋。马广能够临阵决断,殊为不易。一万三千俘虏不是小数,光粮食一日就消耗无数,后来如何处置的?"刘子羽道。

"胡宣抚与众将商议后,挑出其中三千有官阶的押送行在,又根据口音相貌辨出四百五十个女真人,选了一个日子,全部斩首于嘉陵江畔,将头颅抛入江中。金人的几百具无头尸被堆成一座小山,作为京观,方圆几十里的百姓都来看,一个个又害怕又兴奋。其余九千余人都是汉人签军,饶他们不死,但都在脸上刺了八个字:'大宋赤子不相残杀',然后放了回去。经此一役,金军士气大为挫伤,全都远远地缩到后方去了,连平常形同鬼魅的游骑都没了踪影。"

刘子羽面无表情,若有所思。等孙猛讲完了,他自言自语般地吟了一句:"可怜无定河边骨,犹是春闺梦里人。"吟罢,亲自斟满酒,递到孙猛面前。

孙猛也没客气,起身接过一饮而尽,转头对听傻了的魏良臣和王公亮道:"孙猛这边话多,在二位使节面前卖弄了,请莫见怪。"

"哪里哪里,方才听孙将军一席言,胜读十年圣贤书!南北形势如何,依魏某看,就在这一战!"魏良臣暗暗地喘了口气,向孙猛拱了拱手,转头看向刘子羽道:"彦修以为然否?"

刘子羽没有直接回答，只是含笑反问道："道弼兄还要不要那面旗帜了？"

魏良臣有几分尴尬，道："要还是要的，不必那么着急就是了。"

刘子羽看大家只顾听，都忘了吃，便招呼众人动筷子，有一场如此酣畅淋漓的大胜做下酒菜，众人兴致高涨，都比平常多喝了几杯。魏良臣突然悄声对刘子羽道："我们一到行在，金使必定要求双方停战，朝廷只得派出信使去陕西要求退兵，岂不是坏了这势如破竹的大好局面？"

刘子羽冷笑一声，道："哪里还用等到金使去行在……前几日已经有朝廷信使去了陕西，金字牌急递呢！路过镇江时，我以沿江安抚使的名义问他们去陕西所为何事，你猜他们怎么说？"

魏良臣愣住了，半晌才道："莫非朝廷已经下旨要求退兵？"

"道弼兄是明白人，这金牌恐怕已经递到腊家城下了。"刘子羽淡淡地回了一句，他脸上的喜悦早已褪了下去，一副漠不关心的样子。

魏良臣觉得窝囊，转过头没好气地对王公亮道："待会儿回馆见了萧毅，他不问旗帜便罢，只要他问起，就让他来镇江府自取！"

刘子羽听了笑道："道弼兄这话解气！你还告诉他们，今日守镇江的乃是当年潭毒山刘子羽！"

孙猛和魏良臣等人都有要事在身，不敢久留，吃完饭便都各自启程。刘子羽命一人卷着旗帜跟魏良臣和王公亮走，叮嘱出了镇江才把旗帜归还。等他们走了，刘子羽亲自送孙猛等人去码头，孙猛推辞不过，只得由他。

登船之前，孙猛欲言又止，最后还是道："此次大胜堪比当年和尚原和杀金坪之战，众将也多有赏赐……"

"哦，那马广应当是首功吧。"刘子羽道。

"马广……他被少帅斩首了。"

刘子羽大吃一惊,瞪眼看着孙猛道:"这是为何?"

"说马广违背军令,擅自离阵,罪当斩首。"

刘子羽怔了半晌,无奈地叹了口气,道:"杀人立威,终归是不祥,再说他是为了杀敌啊……临阵之际,若敌情有变,来不及禀告,将官调动本部兵也未尝不可的,何况人家还立了大功……当年雷仲犯错,晋卿不拘小节,恕他无罪,才有他仙人关之战时的拼死报效……"说到这里,心里涌上来一阵莫名的伤感,竟哽住说不下去了。

孙猛见刘子羽难过成这样,有些后悔自己多嘴,便道:"少帅自有他的章程,不管怎样终究是大捷了。少帅特意委托在下带给侍制一些陕西特产,方才人多嘴杂,不便行事,我留在府衙内了,都是些不值钱的东西,只是让侍制记得当年鏖战川陕的时光……"

刘子羽愈加难过,几乎要流下泪来,但他明白已是局外人身份,多说怕引起误解,孙猛也不好做人,便强行忍住了,收拾心情送孙猛等人上船。他目送船扬帆起航,越走越远,直到消失在天水之间,一时间乡愁离恨不可扼制地涌上心头,让人肝肠寸断,一抹脸,骤然发现自己早已泪流满面。

金使携带着兀术的和谈条件到来,让赵构君臣陷入一种复杂的情绪之中。之前像久旱盼云霓般等待北面消息,然而一旦消息落实,看到那些半个月前还可望而不可即的和议条款,却又生出栖栖不安之叹。

因为有了陕西的这场大捷,百官的心气又高了起来,纷纷进言说和议不是不可以,但条件不能由金国那边说了算。赵构对这种话早已耳朵听出茧子来了,便来一个不置可否,将秦桧单独召进宫来垂询。

"群臣对南北议和条件多有微词，想必卿底下也听了不少，该如何处置？"赵构指了指案上厚厚一叠奏章，问秦桧。

"请问陛下，事到如今，还有无明言反对议和的大臣？"秦桧微笑着反问。

赵构随手翻了翻，还真是极少，零星几个反对者，也都是泛泛而谈，并无实质内容，便道："形势如此，空言收复者的确少了些。"

"这便是了，自宣和年间以来，清谈者误国，于国事毫无裨益。如今南北交兵已近二十年，金人固然不能渡江，我军却也难以深入中原，两边征战不已，百姓苦不堪言，掌兵大将威权日重，长此以往，国家分裂，社稷倾颓，得利者究竟是谁？"

赵构脸上的轻松神情消失了，他坐回龙椅，绷着脸沉默了半晌，突然问道："岳飞一事如何了？"

秦桧道："前向何铸等人审问过，张宪谋据襄阳要挟朝廷当无疑问，但是否由岳飞指使尚无证据，何铸便想以此结案，臣以为断然不可。张宪身居高位，手握重兵，又是岳飞亲信，他有此狼子野心，岳飞作为主帅岂能脱得了干系？臣以为应收集证据再审。"

对于岳飞串通部将谋反一事，赵构直觉上是根本不信的。岳飞的秉性他也再清楚不过，刚直不阿、意气用事有之；桀骜不驯、自喜傲上抑或有之；但要说作奸犯科、欺上瞒下，却是子虚乌有。

但自古乱天下者，真正大奸大恶者又有几人？反倒是那些平日里看起来行直坐端、正气凛然之人，一旦风云激荡，不知要闹出什么翻天覆地的大事来！"人心仅一寸，日夜风波起。"看透一个人何其难哉，真等到看透之日，怕也是缘尽之时，悔之晚矣。

秦桧见赵构只是沉吟不语，便道："此事交与有司秉公办理便好了，皇上爱惜人才，反倒不要过问的好，免得有司断案失之偏颇。"

赵构微微颔首，他心底还残存着对岳飞的一丝怜惜，但很快，肚子里积郁的不满和愤懑翻了上来，他目光变得有几分阴冷，一字一顿道："国家自有律法，卿去主持办理便可，何须朕去干预？"

岳飞终归没有韩世忠那份运气！秦桧脑海中闪过这样的念头，起身领命谢恩。

三言两语决定了岳飞的命运之后，二人的话题又回到和议上来。秦桧道："臣昨日与知阁门事郑藻商议金使觐见时的殿陛之仪，郑藻以为皇宫兵卫单弱，不能扬我国威，震慑敌情，他建议设黄麾仗一千五百人于殿廊，上面以帘幕覆盖，两旁饰以帷帐，如此方能显我大朝之风。臣深以为然，如今我朝国势不比建炎年间，理当彰显国力，让金人有所忌惮，不敢小觑，如此和议方能持久。"

赵构自然是没有异议，秦桧又道："金人议和条件都在回信中，岁币和疆界倒都是如前所请，只是如今形势有所变化，陕西大捷，金军又是远道而来，在淮河两岸驻扎了一月有余，军中必定缺粮，不能持久。自古两国结盟，都是双方各出条件，互有退让，而后达成一致，而今日却是金人一纸回信便定下和议条件，恐怕会招致物议，还请陛下明察。"

赵构心绪有些烦乱，忍不住又要站起来，终于还是坐着没动，沉着嗓子道："天下人只知道朕富有天下，却不知朕连自己生母都不得侍奉！如今太后已年逾六十，指不定哪日突然升遐，每念及此，朕日夜痛心！"

皇上心情不好，秦桧赶紧正襟危坐，满脸肃穆垂下眼皮，还轻轻地叹息了一声。

赵构接着道："金人回了信，定下了和议条件，朕当然明白这里头还有讨价还价的余地，只是大势如此，再计较也不过是一城一地之得失，无关南北大局。如今民困国乏……"他顿了顿，将后面那句"朕也确实倦了"吞了回去，却又不知该说什么好。

"南北征战十余年，敌我都已心知肚明，谁也奈何不了谁，再打下去，除了百姓遭殃，生灵涂炭，复有何益？陛下有此仁慈之心，便是天下苍生之福。"秦桧适时插话道。

赵构点点头："正是这话。不过朕这回也要对金人说几句硬话：两国结盟，先要立誓，朕当奏告天地、宗庙、社稷，倘若金人归还太后，朕当谨守誓约，如其不然，则此誓约神灵不受，朕也不怕与金人决一死战！"

这话虽然强硬，但在秦桧听来，却是和议必成的意思：皇上若不是对此番和议抱有极大期望，断然不会如此强硬地要求归还太后。

只是那个流落北方的钦宗，似乎没人过问了。仿佛有默契似的，皇上也好，群臣也好，都像忘了钦宗这个人。

"此次进誓表，当派遣德高望重之士前去金国，卿可有合适人选？"赵构问道。

秦桧定了定神，回道："臣以为何铸可为正使。"

赵构一怔，何铸刚审完岳飞，结论与秦桧意见相左，如今转手就让人家出使敌国，多少有些报复之嫌。他打量了一眼秦桧，见秦桧颔首低眉，满脸谦恭，丝毫看不出挟私报复的样子，转而一想就明白了，秦桧这是要把何铸支走，好另外派人接手岳飞案件，便顺水推舟道："何铸品性刚直，有古大臣之风。他担任御史大夫后，呈上第一份奏章，其中有'动天之德莫大于孝，感物之道莫过于诚'之句，朕深以为然。由他担任报谢使，可不辱使命。"

秦桧心里有了数，当下便决定让万俟卨继续审问岳飞。

君臣二人又谈了些和议细节，都觉得此次终于可以南北息兵，

绍兴和议

虽有不如意之处，但较之立国之初东奔西逃不知强了多少倍，也足以欣慰。

觐见完毕，秦桧出得宫来，刚要上轿，却听到有人叫道："丞相且慢！"声音大如响雷，秦桧回头一看，原来是刚刚辞去了枢密使官职的韩世忠。

韩世忠大踏步上前行完礼，也不寒暄客套，直通通问道："听说岳少保一案已由大理寺审问，不知有何说法？王俊在告首状中所告发之事，有多少是真，多少是假？"

秦桧看着这嗓门极大、身材像门神一样的武将，不由得眉头微皱，后退了半步，捋着须不紧不慢道："大理寺审案还未完结，尚无明确说法。至于王俊在告首状中所说岳云给张宪书信一事，虽未找到证据，但究其事体，莫须有吧。"

韩世忠一愣，他是西北人，对于秦桧的南方口音略有些不适应，但他很快反应过来秦桧口中的"莫须有"便是他那边人常说的"估摸着有"的意思，不禁大为惊讶，呛声道："秦相，这可不是小事，到底有还是没有呢？"

秦桧没理他，转身便要上轿，韩世忠要赶上去，被亲随悄悄地从后面使劲拽住了。韩世忠猛然意识到自己的处境，他无可奈何却又压不下心头的愤懑，说道："相公，'莫须有'三字，何以服天下？"

回答他的是轿帘卷下的声音，秦桧已经安坐轿中，轿夫起轿，一溜烟走远了。

数日后，秦桧领着众宰执呈上精心拟就的誓表，赵构端坐龙椅之上，接过来才看了一眼，便不由得满心不自在，因为誓表第一句话便是："臣构言……"

登基十五年，征战百余次，最后还是不得不跟自己死敌称臣，赵构心里无论如何还是有几分窝囊。他吸了口气，收慑住心神，继续往下看，里面说了疆界划定和岁贡银绢，以及南北叛亡之人的处置，都是之前商定的。看到后面，他的眼神定住了，那上面明白写着：既盟之后，必务遵承，有渝此盟，神明是殛，坠命亡氏，踣其国家。

这几句话说得很吓人，简直有点像寻常市井人家赌咒发誓，赵构心里有事，看了多少有些不舒服。

秦桧见赵构捧着誓表半晌不语，不知是因何缘故，正在纳闷，却听赵构问道："报谢使何时启程？"

旁边王次翁奏道："三日后辰时。行李物品皆已备好，正使何铸与副使曹勋都已辞别家人，住在驿馆中，准备与金使一道出发。"

赵构将誓表搁在案上，道："两国使节辞行时，朕有话要叮嘱。"

临行前一日，何铸与曹勋陪同金使萧毅等人前来辞行，客套完毕，赵构看着萧毅，正色道："请尊使传话给上国皇帝：倘若今年之内归还太后，朕当谨守誓约，否则，此誓约不过是一纸空文！"

这话口气出乎意料的强硬，与平常大不相同，众人听了都心里一震，再看萧毅，脸色如常，并未多说话，只是躬身领命。

赵构又勉励了一番何铸，让他尽心尽力办事。何铸刚刚得知朝廷已然任命万俟卨为御史中丞接替自己，同时还任命罗汝楫为右谏议大夫，应该就是代替自己去审理岳飞案子了。他知道这一切都是秦桧在暗中操纵，但既然有皇上默许，他也不再多言。

都堂会见已毕，赵构又差人将副使曹勋叫到内殿，阴沉着脸沉默了半日，道："每次使节出行，朕都要心痛一次！自登基始，朕北望庭帏，已逾十五年，日夜思念父母，眼泪都已经哭干了！"说罢，眼泪簌簌地掉了下来。

曹勋没料到皇上说出这样的话来，吓得伏地哭泣道："臣下无能，不能替陛下分忧！"

赵构拭了拭眼泪，道："今日把卿叫到内殿，就是专门委托卿一定要把朕对太后的思念之意告知金主。"

曹勋赶紧道："臣定当拼死恳求……"

赵构打断他："朕今日已对金使说了重话，金国君臣自会掂量。卿这头万不可蛮干，务必按朕的意思来说。卿见金主时，就说朕虽知道太后在上国安好，但十五年未见，身为人子却不能尽孝，深为不安。且太后在上国，不过是一寻常老人，但在我朝，却是万民仰盼——朕想那金主亦是人母所生，只要让他体会到朕的至诚之意，他纵然铁石心肠，也会有所感动。只要他松了口，太后没有回不来的道理，卿可听明白了？"

曹勋连连点头，皇上对金人一会儿软，一会儿硬，一边示之以兵威国威，一边又要以诚意动人，几乎是使出浑身解数。他是伶俐人，立即厘清了头绪：此趟出使之成败，取决于太后是否能顺利回归。

一切准备停当，两国使节自临安动身，前往金国。三日后，赵构领群臣告祭天地、宗庙、社稷，虽然金国的誓诏还未到来，但南北两国算是正式言和了。

和约订立之后，还须发赦文告知天下臣民。因事关重大，秦桧亲自监督，让儿子秦熺和亲信程克俊撰写，写完后让众宰执过目，赦文道："上穹悔祸，副生灵愿治之心；大国行仁，遂子道事亲之孝……"

众人自然是说写得好，唯有范同道："两年前因赦文中一句'上穹开悔祸之期，大金报许和之约'，惹得兀术百般刁难，说明明是大金国皇帝开恩，我朝却要把这恩德归于上天。他固然是无理取闹，但为了免去麻烦，这'上穹悔祸'一句不妨略加改动，让他无从挑刺。"

兀术渝盟，弄得中原烽烟四起，几场大战死伤无数，众人都心有余悸，纷纷附和。

秦桧冷笑道："诸位真以为兀术是不满意这么一句话吗？未免太过迂阔！两年前挞懒主政，南北和议没他什么事，原本就不服气，能不百般挑刺？今日却是他在主和，哪有自己挑自己刺的道理？他若真有心挑刺，这赦文里的哪一句挑不出刺来？"

众人低头一想，果然是这个道理，都赞叹秦桧洞幽烛远，高人一筹。秦桧带着矜持的微笑，享受着众人的奉承，他的心思，已经不全在即将到手的和议上了。

# 十八　功业归尘

深秋之末，树木凋零；隆冬之初，寒霜未降。

原本萧瑟的临安府，此时却沉浸在轻松喜庆的气氛中，南北议和，虽然是肉食者谋之，然而对于普通百姓而言，最直接的反应是苛捐杂税总算可以免除些，也不用年年担心金军打过长江了，家中有男丁在军中的，更是额手相庆。至于叹息祖宗江山沦于敌手的书生志士们，也只能在酒肆中发发牢骚，慷慨陈词几句，中途多半还会被酒保止住，提醒莫谈国是。

被囚于大理寺监牢中的岳飞对外面发生的变化一无所知，自然也不知道之前审问他的何铸已经出使金国。在他看来，何铸此人还算正直，也采信了他上次过堂时的申诉，因此，他尽力克制着内心的焦躁，等待着最终的结果。

就在他感觉天气越来越冷的时候，终于等来了第二次提审。岳飞打起精神，将事情前后串了一遍，该如何辩解也在心里过了无数趟，他自信能够为自己洗白冤屈。

当他被押至大堂时，张宪和岳云已经在那儿了，岳云气色还撑得住，张宪却有几分形容枯槁，曾经灵动的眼神也变得呆滞，看到岳飞进来，眼中才有了些神采。

"你们二人还好，有无拷打？"岳飞问道。

还没等二人回话，旁边狱吏便击杖斥道："不得喧哗，肃静！"

岳飞眼中的怒火一闪而逝，默默地转身立在前面，等着审官进来。

这次的等待分外长，三人都是带兵打仗之人，却也站得脚底酸麻，张宪更是禁不住地喘气不止。

不知过了多久，大堂内侧的一扇门终于打开，几个人迈着方步走了进来。岳飞定睛细看，却不是之前的何铸和周三畏，走在前头的是万俟卨，后面那个是罗汝楫，另外二人不认识，应该是大理寺的官员。

岳飞正在纳闷，几人已经坐定，绷着脸翻了翻案上的卷宗，又交头接耳了几句，万俟卨轻咳了一声，开始发问："岳飞，绍兴四年（1134），朝廷封你为节度使，你不知感恩，反而口吐狂言，有此事否？"

这没头没尾地一问，让岳飞像个傻子似的愣在当地，竟不知如何作答。

大概自己也觉问得过于突兀，万俟卨调整了一下坐姿，重新问道："岳飞，你建节时有无说过'我与太祖都是三十岁为节度使'？"

岳飞又愣了片刻，突然明白了：这已经不是正常审案，而是千方百计罗织罪名！他脸一下子涨得通红，虎目圆睁看着万俟卨道："相公读的书比我多，也该知道'欲治其罪，何患无辞'吧？岳飞为国家征战半生，薄有军功，才得以三十二岁建节，自鸣得意或许有之，但绝无僭越之心！此心天地可鉴，神鬼共证！"

万俟卨是第一个弹劾岳飞的人，他深知其中的风险：有朝一日岳飞翻身，弄不好站在堂下的会是自己。此刻被岳飞一下子捅到痛处，羞怒之下，更加下定了要置他于死地的决心，他冷笑一声，不理会岳飞的自辩，接着问道："去年你从郾城班师，某夜宿于一寺庙中，与王贵、张宪、董先、王俊等人座谈，你有没有说过'天下事竟如何'？"

这事岳飞倒有点印象，但去年北伐他与诸将不知谈过多少次，单把这一次拎出来目的何在？

只听万俟卨追问道："旁人都不敢接话，只有张宪说：'在相公处置尔'，有无此事？"

岳飞直视着万俟卨道："相公，天下事竟如何？"

万俟卨愣了一下，这回轮到他脸涨得通红，他万万没想到一员武将有如此之智，竟用这么一句反问轻轻松松地化解这个满布陷阱的问题。

"天下乃皇上之天下，乃大宋之天下，岂是你一个掌兵大将能问的？"万俟卨回过神来，斥责道。

"相公此言谬矣！"身为阶下囚，但岳飞气势丝毫不弱，愤然道："岳飞身为臣子，无一日不忧心天下，无一日不想着光复中原，迎回二帝，无一日不想着领兵北伐，上阵杀敌！这难道不是做臣子的本分吗？"

岳飞说得正气凛然，万俟卨被噎得一时无言以对，只恨旁边狱卒不晓事，为何不喝止这个牙尖嘴利、咆哮公堂的岳飞。旁边罗汝楫连忙救场，插嘴道："那我问你，为何天下事在你处置？张宪出此狂言，你为何不当场训斥？不轨之心昭然若揭，你还有何话说！"

"天下之事，皇上有皇上的处置，臣子有臣子的处置，百姓有百姓的处置，罗相公何必硬要混为一谈？"岳飞一句话将罗汝楫也顶到了墙角。

旁边陪审的是大理寺丞李若朴和何彦猷，见万俟卨和罗汝楫被岳飞反诘得张口结舌，有点替这二人尴尬，李若朴正准备帮着梳理一下，却听万俟卨又问上了："去年班师途中，你召集诸将开会，曾言'国家了不得也，官家又不修德！'悖逆狂妄，一至于此！你有何话说？"

岳飞默了片刻，道："请问相公，之前你们押我到大理寺，为的是我私递密信给张宪，让他谋据襄阳要挟朝廷，我岳飞对天发誓，自来临安，从未写过密信给军中——不知你们找着我岳飞谋反的证据没有？"

这正是万俟卨等人心虚之处，原本私通部将谋反是岳飞最大的罪状，但找了一个来月，竟是毫无证据，难以定案，这才不得已从别处拼凑罪名，没想到这点手腕又被岳飞一语点破了。

万俟卨眯着眼睛看着堂下的岳飞，他意识到自己低估了眼前这个人，原以为不过是一介武夫，只会上阵厮杀，不料其思维之敏捷非寻常人可比，再这么审下去，在同僚面前丢丑还是小事，弄不好会被岳飞当场翻案都不好说！

他第一个出头弹劾岳飞，开弓已无回头箭，有理无理都要把这案子审出个结果来。

"岳飞，你眼中可还有王法？该审什么难不成由你说了算？跋扈！"万俟卨端起御史中丞的架子，猛地一拍案，厉声喝道。

毕竟身陷囹圄，身不由己，岳飞忍住了没有反唇相讥，只是尽量语气和缓地说道："万事都需讲个证据，否则空口白牙，天理难容，国法难容。"

万俟卨没有接岳飞的话茬，接着问道："去年淮西会战，皇上十五次给你下亲笔御札，你却迁延不进，拥兵逗留，坐观胜负，其心可诛！中途得知诸将用兵失利时，你有无对张宪说'你带一万人便可将张家军蹋踏了'？有无对董先说'你不消得一万人便可将韩家军蹋踏了'？如此凌轹同列，残害友军，狼子野心，人神共愤！朝廷何尝亏待过你，让你由一农家子弟位列宰执，你却忍心背负，还有何面目在此喋喋不休，百般狡辩？"

岳飞再沉得住气，也被这一通阴险恶毒的指控气得脸色煞白，他怒目圆睁，嘴唇微微颤抖，却吐不出一个字来。

万俟卨看着岳飞终于被自己镇住,不禁暗暗得意,扭头看了一眼罗汝楫,俩人迅速交换了一个会意的眼神,然而他余光瞟过李若朴和何彦猷时,却发现二人面无表情,李若朴更是眉头微皱,一副不以为然的样子。

他心中略感不快,又有几分困惑,却听堂下岳飞道:"淮西会战,岳飞接皇上十五道御札不假,我也回了皇上不止十五封奏章,用兵曲折,全在其中。岳飞所虑者,无非就是如何出敌不意,一击必胜,相公可命人将书信与御札尽数取来,在堂前一一对质,若岳飞有半点拥兵自重、逗留不进的意思,甘愿在堂前引颈受戮!"

"至于班师途中对张宪与董先说的那些话,岳飞不想辩解,但请堂上诸君想想,军旅之中,稍有差错便是成千上万将士的生死,岳飞也是血肉之躯,情急之下,免不了口无遮拦的时候。列位不信,将张、韩两位将军叫来,问问他们有没有说过气话、急话!况且绍兴五年(1135)平定杨幺后,我还将两艘兵员、器械配置完备的大楼船送给二位将军,聊表同僚之谊,这两艘大楼船难道抵不过随口而出的两句气话?"

岳飞脸色仍然灰白,声音也因愤怒有些沙哑,但这番话却合情合理,无懈可击,又将万俟卨逼到了墙角。李若朴和何彦猷脸上都掠过一丝笑意,罗汝楫不安地挪了挪身子,万俟卨"哼"了一声,找不出合适的话搪塞,便装作翻案上的卷宗来掩饰。

李若朴只好出来救场,道:"岳飞,万俟中丞方才所指,都有人证,你敢不敢对质?"

岳飞毫不犹豫道:"岳飞所盼,就是要跟他们对质!"

李若朴便转向万俟卨:"中丞,今日暂且审到此处,来日再安排对质如何?"

万俟卨心有不甘，但也知道只能先下这个台阶，便点了点头，一言不发起身步出堂外。刚刚升至御史中丞的他，还带着踌躇满志的新鲜劲，虽然刚被岳飞驳得脸面全无，但他并不气馁，因为他知道自己秉承上意，胜券在握。

罗汝楫也跟着出去了，李若朴和何彦猷落在后面，待二人走远，李若朴性情直率，对何彦猷道："常言道：捉贼捉赃，捉奸捉双。这个万俟中丞倒好，先捉了贼，再到处找赃，哪有这般办案的？"

何彦猷叹气道："如此罗织罪名，实有构陷之嫌，此例一开，士大夫人人自危，非国家之福也！"

李若朴停下脚步，看着何彦猷道："你有何打算？"

"能有何打算？"何彦猷微微一笑道："大宋律法在此，吾辈之责，自当是依律办案。"

李若朴道："就是这个道理！可风闻奏事，不可风闻办案，你我守住这条线便是。"

何彦猷看看左右无人，道："岳飞出身行武，长得也高大健壮，我原本以为是一粗人，不料说起话来言辞犀利，有理有据，我看万俟中丞有些抵挡不住呢！"

李若朴点头道："我倒早听说岳飞好贤礼士，爱览经史，雅歌投壶，恂恂如书生，他今日堂前能说出这番话并不意外。"

何彦猷道："不过此人忠愤激烈，议论持正，丝毫不挫于人，方才万俟中丞下堂之时，脸色铁青，心里必定是恨透了的。"

李若朴沉默了片刻，道："万俟中丞的问话，暗藏杀机，坐实了条条都是死罪，换了谁又能不激愤呢？"

二人心中都有感慨，但言尽于此，不便多说，只是叹息了几声，下堂去了。

万俟卨回去，首先将审问情况告诉了秦桧。秦桧听完表面不动声色，心里却暗骂万俟卨无能，身为谏官之首，反被一武将当堂质问得无言以对，让他这个宰相都觉得脸上无光。

"人证都找齐了？"他按捺住心中的不快，问道。

万俟卨答道："都找齐了，王俊、董先等人都已到了临安，只等朝廷旨意。"

秦桧道："为何将董先召来？"

"据王俊讲，去年岳飞从郾城回师途中，与众将座谈，说：'国家了不得也，官家又不修德'，此乃指斥乘舆。王俊怕自己听错了，从大帐中一出来，便拉住董先道：'方才相公说的话，你可听到了？'董先说听到了。因此就要董先为这话做个人证。"

秦桧眯着眼捋须沉吟了一会儿，道："董先不比别人，乃是岳飞爱将，且战功卓著，有他做人证，确可平息物议，岳飞也无话可说。"

"就怕他死心塌地跟了岳飞，不愿做这个人证。"

"嗯……"秦桧低头想了想，"董先去大理寺作证之前，叫他先来我这里一趟，我要交代他一句话。"

"有相公出面，这事便好办多了！"万俟卨道。

秦桧又道："岳飞密付书信给张宪一事，找到书信了吗？或者有见过书信的人证吗？"

"还没有。"万俟卨道。

"有人见过岳飞的信使出入军营吗？"

万俟卨有些丧气地摇了摇头。

秦桧起身踱了几步，道："岳飞密付书信给张宪一事，倘无切实证据，恐怕不能再作为其最大罪状，否则容易引起朝野物议，前几日韩世忠便公然质疑了，若质疑的人多了，传入皇上耳中，反倒不好。"

万俟卨脑袋里转了几转，便明白了，道："相公说的是，那就追究其他罪责。淮西会战，岳飞十五次受御札，最终却误了柘皋大战，此战事关国运，倘若失利，后果不堪设想，他这拥兵逗留之罪无论如何是走不脱的。"

秦桧停止了踱步，望着窗外沉吟不语。

万俟卨接着道："岳飞纵然没有密付书信，但其亲信部将意欲谋反要挟朝廷，他也不能置身事外，平日里只怕也没少调教，有此一桩，便是罪不可赦。至于书信，多半就是烧了，死无凭证而已，谁又能说得清楚？就算不追究，皇上心里头还是有数的。"

秦桧听了这话，觉得万俟卨终归还是可用之人，脸上神情才松弛了一些，重新安坐下来。

"何时对质？"

万俟卨答道："三日后。"

秦桧听了有些不满，道："人都到了，何须再等三日？何铸这边已经出使，我料和议不会再有什么意外，道君皇帝梓宫和太后回归都指日可待，岳飞一案必须在此之前了结，你可明白其中利害？"

万俟卨道："那就明日对质。"

秦桧点点头："你叫董先明日一早便来见我。"

次日清晨，董先过来拜见。秦桧打量了他一眼，确有虎将之姿，但显然没了精气神，肩膀耷拉着，背也有些微驼，神情间流露出掩饰不住的沮丧。

"今日叫你来，只是有一句话要你来做证，做完证了，今日便回军营。"

董先唯有喏喏，秦桧原本怕他桀骜不驯，见他这般模样，也就放了心，好言关照了几句，便让他退下了。

傍晚时分，万俟卨与罗汝楫一起来到相府，甫一坐下，秦桧便问："证了吗？"

"证了。"二人答道。

秦桧感觉二人有些闪烁其词，便追问道："证了哪句？"

罗汝楫道："岳飞在郾城回师途中，与众将会议时问：'天下事竟如何'，张宪答曰：'在相公处置尔'；又说过'国家了不得也，官家又不修德'，这两句都证了。不过，岳飞自称与太祖都是三十岁封节度使，董先却证明岳飞说的是他三十二岁封节度使，自古少有，并未提过太祖……"

秦桧脸色一紧，眉头也皱了起来。万俟卨赶紧道："但岳飞自言与太祖都是三十岁建节，王俊证明确有其事。"

王俊的人品声誉，秦桧自是心中有数，恐怕大理寺的官员们对他的证词也存有疑问。身为宰相，他自然明白岳飞问"天下事竟如何"或者感叹官家不修德，都算不上僭越，只有自称与太祖同为三十岁封节度使，才可定罪为指斥乘舆，心怀异志，然而偏偏这一条"大逆不道"之罪却被董先否了，真是得不偿失。

秦桧脸色有些发白，一种骑虎难下反被虎食的恐惧感从心底悄悄泛了上来：深文周纳了两个多月，却只收集了这些可怜的罪证，连自己都看不入眼，更不要说堵住天下悠悠众口了。万一他那些潜伏的政敌对手一本奏折上来，说他自毁长城，挫伤士气，甚至说他资敌自肥，那就真的是引火烧身了。

万俟卨与罗汝楫都是同一条绳上的蚂蚱，对秦桧的担心自然是感同身受。万俟卨道："那还是追究其淮西逗留之罪较为妥当，大宋律法有临军征讨，延期三日者斩。岳飞亲受御札十五道，仍不策应，按律早就该斩了。"

话是这么说，但真要按律执行的话，刘光世、张俊不知该斩多少次了。秦桧冥思苦想半日，也找不出更多的由头，只好对二人道："此案事关重大，若久拖不决，会使奸佞宵小有觊幸之心。鄂州还有岳飞十万部众，都是跟了他十来年的强兵悍将，一旦窥知朝廷举棋不定，焉知不会再出一个张宪，到那时朝廷危矣！"

秦桧最后那句"你我都将死无葬身之地"还忍着没说出口，万俟卨和罗汝楫已是面色灰白，真要翻了天，他这两个冲在前头的马前卒必死无疑。二人已是黔驴技穷，实在想不出更多的招数了，但把岳飞等人拘押了那么久，该找的人证也都找了，也对质过了，不结案也得结案。

"你们定在何时与大理寺会商判决？"秦桧问。

"大理寺丞李若朴说再拖下去有违国家律法，因此就定在明日。"罗汝楫答道。

秦桧已经恢复了平静，道："那就好生会商，务必定出个合适的刑名。总之不要负了社稷江山，也不要负了圣上属望。"

三人又说了些审案中的事，临走前，万俟卨像突然想起来似的，道："相公，岳飞认定我们在给他罗织罪名，已经绝食两日了。"

秦桧吃了一惊，刚刚平和下来的脸色立刻又绷紧了，厉声道："荒唐！你们就让他干饿两日？万一就此死在狱中，他便是宁死不辱的忠臣，你们就成了逼死忠良的奸臣！这里头的道理都想不明白？"

二人被训得不自觉站起身来，罗汝楫嗫嚅道："叮嘱了狱吏多次，无奈那岳飞冥顽不化，硬是粒米不进。"

事关重大，秦桧不得不强行将怒火按下去，想了片刻，道："掌兵大将亲属都在临安……岳飞还有无成年儿子？"

"只有一个叫岳雷的年岁稍长。"

"马上让他去狱中服侍，务必让岳飞重新进食！"

二人一迭声地答应着退下去了。秦桧像木雕般坐了半晌，直到侍从来报：王次翁求见。

秦桧精神一振，赶紧让人叫他进来。

王次翁踱着方步进来，气色一如寻常的舒展红润，见了秦桧，满面笑容道："南北将和，天下已定，相公以书生之手，平息数十年兵祸，此功可耀千古，与日月同辉！何故还愁眉不展啊？"

秦桧心情再不好，被他这么贴心贴肺地奉承上来，也不由得眉目舒展开来，便指了指面前椅子示意他坐下，长叹一声道："南北将和不假，天下已定却未必呢！"

王次翁拱手落座，问道："不知相公所指何事？"

秦桧便将岳飞一案的进展跟他说了。

王次翁眯着眼听完，捋了捋胡须，道："岳飞一案如何了结，不在于刑名。"

秦桧心里一动，面上却不动声色，靠在椅背上等着听下文。

"相公你看，"见秦桧留意倾听，王次翁便侃侃而谈，"如今朝廷有两件天大的事情要办，一是南北和议，二是收兵权于天子。南北和议自不必说，打了十几年的仗，早已国困民穷，百姓不堪其苦，国库空空如也，两边谁也吃不下谁早已成默契，再打下去，只能是武将坐大，藩镇割据局面不可避免，如此又是一轮五代十国！可见收兵权于天子与南北和议相辅相成，缺一不可。"

这在秦桧看来是明摆着的道理，但跟给岳飞定罪有何干系？他盯着面前红皮白肉的王次翁，咂摸着他的话外之意。

王次翁坐直了，身子略微前倾，悄声道："相公，如今和议初成，削兵权也才起头，必然会议论纷纷，甚至导致局势动荡——正是杀人立威之时也！"

秦桧心里一震，脸色僵住了，凝视地面半响后才道："岳飞战功赫赫，有名将之称，其罪亦在杀与不杀之间……"

王次翁冷笑道："这事相公真不如学学张浚呢。"

秦桧愕然道："此话怎讲？"

"绍兴元年（1131），张浚为掩盖富平惨败之过，悍然诛杀陕西名将曲端。曲端有何过错？无非就是反对张浚贸然与金决战而已，结果证明他是对的！张浚倒是因此获罪免职，然而不过一年又被重新起用，还被升为副相。皇上为何不深究张浚？曲端之过，不在于战事，而在于形势，当年他手握重兵，在陕西根基也深，人又傲上，一旦有了异志，举手摇足间陕西便不复王土，皇上对此自然看得明明白白。"

这段过往，秦桧当然一清二楚，此时由王次翁提起，确实与当下形势十分应景。

王次翁继续道："张浚诛杀曲端后，虽然大失军心，曲端旧部叛走者极多，但陕西政局却稳定了下来，无人再敢冒犯宣抚司的权威。吴玠趁势脱颖而出，和尚原和仙人关几战下来，川陕得以保全，张浚也颇得浮名于世，谁又还记得那个曲端？"

王次翁这番话说完，秦桧已是豁然开朗，浑身通泰：岳飞由皇上一手提拔上来，战功累累，爵高禄厚，一旦获罪诛杀，则天下掌兵之将哪个不胆战心惊，俯首帖耳？谁还敢对南北和议置喙半句？由此他主导的南北和议与削夺兵权将板上钉钉地成为既定国策，他的相位将愈加牢固，再也无人能够觊觎。

更何况，岳飞圣心已失，皇上恐怕早就有杀他之意，只是不得其便而已。

舒坦惬意的微笑浮上秦桧的脸颊，他站起身，亲切地唤着王次翁的字道："庆曾啊，我这儿新得了一罐上好的西湖龙井，你要品一品吗？"

大理寺监牢中，岳飞恢复了进食，情绪也好了不少，儿子岳雷的到来给了他安慰与希望。他从岳雷口中得知了正紧锣密鼓进行的南北和议，不免愤恨不已，甚至开始为反对议和的奏章打腹稿了。

与此同时，罗汝楫等人与李若朴和何彦猷已经激烈辩论了数日，双方对于如何给岳飞定罪分歧很大。罗汝楫等人自知证据不足，不再以王俊之前举报的私通书信为主罪，而是以"拥兵逗留，不援淮西"为主罪，再加上之前的一些零碎言语，要定岳飞的谋反死罪。然而李若朴和何彦猷过去十来日亲眼看到万俟卨等人苦心罗织罪名，早就不以为然，因此坚持认为证据不够确凿，谋反罪名难以成立，顶多判两年徒刑。

双方你来我往，唇枪舌剑，谁也说服不了谁。最后李若朴和何彦猷不为所动，依律判决，将定案提交到周三畏：判岳飞两年徒刑。周三畏二话不说，当即批准，然后将定案送至主持审案的万俟卨手中。

万俟卨自从上次被岳飞当庭驳得鼻青脸肿之后，便不再亲自出马审案，如今大理寺呈上来的定案只判岳飞两年徒刑，与他设想的天差地远，便板着脸道："国家多事之秋，大理寺却这般断案，将来酿成大祸，谁来担负罪责？"

周三畏对这个靠坑人上位的御史中丞颇为不屑，淡淡道："正因国家内忧外患，才须明正法典，使奸佞之人不得恣意妄行，如此方可长治久安。"

万俟卨听了浑身不自在，冷冷道："都似你这般迂腐定案，国家只怕要倾覆了，还谈什么长治久安！"

周三畏道:"中丞也是饱学之士,熟读经史,敢问中丞,哪朝哪代是因为法典庄严倾覆的?"

"法典庄严与否,岂是你一人说了算?"万俟卨提高声音道。

周三畏语气也硬了起来:"法典庄严,大理寺卿说了不算,难道是御史中丞说了算?"

万俟卨无言以对,沉着脸沉默了片刻,道:"此事若闹起来,莫怪我上书弹劾!"

这已是明言威胁了,周三畏哪里吃这一套,昂然道:"既是审案,就当依法!闹起来又如何?三畏还真不在乎一个大理寺卿的头衔!"说罢,起身拂袖而去。

万俟卨无可奈何地闷坐了一会儿,将罗汝楫等人叫来商议了半日,最后决定自行修改定案,然后退回大理寺,令其重报。万俟卨毕竟是官场老手,他断定周三畏不配合定案,是出于爱惜羽毛,但如果是上面强行压下来的定案,与他无关的话,他应该会睁只眼闭只眼不加阻拦。

果然如他所料,数日后,大理寺将定案一字不改报送上来,岳飞因犯"指斥乘舆"和"拥兵逗留"之罪,判斩刑。

此时已是腊月二十九日,次日便是大年除夕,秦桧终于收到了大理寺的定案,虽然心中早就有了盘算,但事到临头,终归要思虑再三。

他独坐书房,手里剥着一颗柑子,陷入沉思之中,嘴里虽然嚼着柑肉,却根本不知道是什么味道。妻子王氏恰在此时来到书房,见他一副魂不守舍的样子,便道:"还是因那岳飞的事?"

秦桧点了点头,并不说话,手里下意识地揉捏着柑皮。

王氏道:"老汉啥时候做起事来这般磨蹭了?都到年关了,当决就决吧!俗话说得好:'捉虎易,放虎难。'"说罢,转身便出去了。

秦桧霍然而惊,将手中柑皮掷到一边,取了一张笺纸,提起早已蘸满墨汁的笔,迅速写了一行字,然后盖上自己的印章,命府上一名稳重的老吏即刻送至大理寺。

他感觉自己总算做了决断,心里既轻松,又有莫名的忐忑。他捧起一本书,端坐读了半日,却一个字也没读进去,于是干脆开始临帖,一直写了十来张纸,背心都沁出汗来,才稍稍心定了些。

如此耗了一日,吃完晚饭,秦桧又一个人到了书房继续临帖。

他在等待。漫长的黑夜缓缓滑过,子夜时分,他仍精神抖擞,毫无倦意。这时仆人进来禀报:"万俟卨和罗汝楫求见。"

秦桧立即让人将他们领进来,片刻后,脚步声响,二人来到书房,正好与秦桧迎头打了个照面。两边都神情紧绷,用探询的眼光互相看了看,心照不宣地点点头。

秦桧让人将书房门关上,转头问二人:"完事了?"

二人异口同声道:"完事了。"

"岳飞有无画押认罪?"

二人同时摇了摇头,万俟卨道:"他只在供状上写了八个字:天日昭昭,天日昭昭。"

秦桧只觉着一股难以名状的压迫感从丹田直冲上来,忍不住咳了几声,定了定神才道:"大理寺送上来的定案太过粗糙,须得重新编排整理,三人罪状及刑名都须有理有据,不能有丝毫破绽!"

二人连连点头称是。

"等太后回銮之后,当请朝中文采出众之人写一篇《皇太后回銮本末》,将建炎四年至今的国家大事梳理一遍,正本清源,告之天下,以免宵小拨弄是非,动摇国是。"秦桧想了想又道。

万俟卨一算,建炎四年不正是秦桧南归的日子吗,看来秦桧面上沉稳，心里却不踏实，生怕日后有人翻案呢。不过他与秦桧同船共渡，祸福与共，这种事他是满心赞同的，便道："相公深谋远虑，无人能及！"

三人又商量这篇《皇太后回銮本末》该如何写，一直商议到凌晨时分，秦桧才送二人出来。

秦桧毫无睡意，回到书房，拨开窗户往外面看了一眼，只见好端端的天空突然像被捅穿了一样，鹅毛大雪铺天盖地落了下来，而天边正露出一线鱼肚白，微弱得几乎看不见，但刹那间格外明亮，无数片雪花在这奇异的亮色中疯狂飞舞。

大年三十，天降瑞雪，办完了大事的秦桧凝视着窗外雪景，心情舒畅。突然他脸色大变，眼前这景致似乎满满彰示着"天日昭昭"，他吓得往后一缩，猛地关上窗户，只觉得头晕目眩，心跳得厉害，半天都缓不过气来……

岁月不居，时节如流，转眼已是一年。

这是绍兴十二年（1142）腊月，作为南北枢纽的镇江比往年更为热闹，南北和议已有一年，士绅也好，寻常百姓也好，都感觉这次和议比上一次来得可靠，因此都放心地走亲访友，商旅往来更是稠密，文人墨客、歌伎舞者汇聚一处，一幅太平盛世的景象。

两艘官船自下游而来，停泊在港口，领头那艘官船的船头立着一杆旗，看这旌旗制式，就知这官船定是发自临安，旗上绣着四个大字：贺岁通好。

镇江知府刘子羽带着一群属吏前来迎接，船上下来一拨人，领头的正是王庸，二人原本是故交，自从上回在同去陕西的路上偶遇，已经三年未曾见面，此番相见，自是分外欣喜。

寒暄完毕，刘子羽指着船头那面旗帜道："子羽在镇江当了几年知府，往来使节见过无数，先是通问使、通谢使、祈请使，后有贺上尊号使、报谢使。兄长此番出使，是贺岁使，还是通好使啊？"

王庸大笑道："这旗上不说得明白吗，贺岁通好使！大年将至，朝廷这边总得有所表示，这不，又要带一船好货送到北边去。"

刘子羽好奇道："不知都是些什么好货？"

王庸略带神秘地一笑，道："说了贤弟恐怕都不信。十盒上等珍珠，十箱真丝靰鞋，这倒还罢了，还有一对白面猢狲、两对鹦鹉、两对孔雀、一对山猫、一对兔猁……"

看到刘子羽有点目瞪口呆，王庸笑道："彦修看出些端倪没有？"

刘子羽拱手道："还请兄长不吝赐教。"

王庸边走边道："自从南北和议之后，朝廷这边派了好几次使节过去，主要是迎接道君皇帝梓宫和太后南归，顺便也探听北边虚实。听说金国皇帝成日饮酒作乐，大臣们去劝，他便嘉纳谏言，然而次日照旧；而且金国皇后不但奢靡无度，还干政得厉害，许多事都是她说了算……金国的使臣来了，索取的都是珍珠、靰鞋之类，以及一些珍禽异兽。金人求索无厌，皇上对此不怒反喜，说敌国使节万里远来，却都为了这些事，可见朝纲不振，朕何忧哉！于是令有司尽量满足金人需求，以广其欲，说只要金廷奢侈之风一开，我朝便立于不败之地。"

刘子羽点头叹道："生于忧患死于安乐，古人诚不我欺！"

说话间二人到了轿边，却不上轿，让轿夫抬着空轿子走，二人在一旁并肩而行。

"有一桩事想必你已知晓，"王庸道，"秦相前不久致信张浚，说只要他拥护南北和议，便可举荐他任枢密使，重任宰执，张浚回信道：'和议不可行，敌国不可纵。'二人终归不是一路人。"

刘子羽淡淡道："那是自然。"

王庸道："这个文张浚是秦相请他做官他不做，另一个武张俊却是想做官却被秦相赶下来了。"

刘子羽诧异道："何时的事？"

"我离开临安的前几日，他便请辞了，当然也是被逼无奈。先前的掌兵大将死的死，罢的罢，唯独他独掌兵权，两名亲信田师中和杨沂中，一个掌管之前的岳家军，一个掌管临安的殿前军，他也感觉舒坦，恋栈不去，结果秦相指使殿中侍御史江邈上书参了他一本，说他'据清河坊以应谶兆，占承天寺以为宅基，大男杨沂中握兵于行在，小男田师中拥兵于上流，他日变生，祸不可测！'这几句说得狠吧？"

刘子羽冷笑道："这样论起来，乃是族诛之罪。自古飞鸟尽，良弓藏；狡兔死，走狗烹。朝廷不过是借张少师之手褫夺诸将兵权罢了，事成之后，哪里还有张少师的位置？"

王庸道："不叫张少师了，叫张郡王！皇上见到弹劾奏折，说张俊有复辟之功，并无谋反之事，不应加罪。虽然没有加罪，但军职还是免了，朝廷念其旧功，便加封他为清河郡王，也算是功成身退。"

刘子羽幽幽道："说起来，这些大将平日里叱咤风云，不可一世，然其生死也不过在皇上一念之间而已。"

"可不是！岳飞就没得到皇上这么一句话。"

俩人默默走了一会儿，王庸道："今年八月份太后回銮时，皇上亲率满朝文武远至临平镇去迎接，皇上见了太后喜极而泣，随从军卫欢呼，声震天地，场面极其宏大。你知道吗，太后没见任何人，单单将韩世忠召至帘前，慰问良久，因为韩世忠屡次与金人交锋，名头在金国那边都传开了,因此太后也好奇他是何等模样。"

刘子羽道:"金人尚武,可见一斑。"

"听说太后也想见见'大小眼将军',但……"王庸压低声音,后面的话没有说下去。

"岳飞这人就是太认真,太认真就坦荡无私,以为身正不怕影斜,就容易犯忌讳,也不会刻意防人。"刘子羽点评道。

王庸道:"正是如此。他罢官后竟然远远跑去庐山居住,结果临安这边都磨刀霍霍了,他还蒙在鼓里,生生被人一轿子直接抬到大理寺去了!韩世忠就机警得多,一听到风声,立马跑进宫去光着上身向皇上哭诉,倘若他也远离临安,消息闭塞,这人头落地的八成会是他。"

这番议论太直接,刘子羽见王庸意犹未尽,便轻轻地摆了摆手,示意不要再谈。

王庸便转了话题,问道:"柔福帝姬的事听说了吧?"

柔福原本是徽宗第二十女,靖康之后被掳去北方。建炎四年,一名女子从北方逃回,自称柔福帝姬,几名老宫女、老太监验明正身后,皇上便认她为姊妹,还把她嫁给了永州防御使高世荣。然而太后南归后,告诉皇上这柔福是假冒的,真柔福早就死了,于是冒牌柔福便被处死了。

刘子羽道:"当年在陕西与相公闲聊时,他就提到过这个柔福帝姬,相公私底下颇为怀疑。这个假柔福与真柔福据说相貌颇近,但在试鞋时,脚比之前大了半寸,她哭着解释说是因为路途遥远,一路辛苦跋涉,脚自然就大了。但相公认为,那些老宫女和老太监们即便有怀疑,也不敢说出来,万一错杀了帝姬,那可是死罪,于是这假柔福得以蒙混过关,她一女子与世无争,也没人多去计较。岂料人算不如

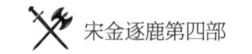

天算，谁承想十五年后太后竟然南归……"

王庸摇头道："我说的不是这个。这假柔福见朝廷即将迎回太后，自知必死，他与高世荣生了儿女，两口子过得也还美满。听说太后南归前的半年，她每晚都带着一双儿女睡觉，服侍孩子吃饭、洗脚、穿衣，无微不至，如有下人插手代劳，她必定大发脾气，发完脾气又给下人赔不是，送金送银，极为慷慨。高世荣做生，她一身盛装给高世荣跪拜，慌得高世荣手足无措。众人也不知她为了何事，直到钦差到府上来拿人，才醒悟过来。听说她见了钦差，面不改色，放开怀中儿女，只说了一句：来了？然后头也不回自己出了门……"

刘子羽心里像被什么重击了一下，一种难言的伤楚夹带着同情在胸口弥漫开来。

"我前不久还见过高世荣一次，原本极爽朗一人，完全变了，脸色灰暗不说，人还瘦了一圈。我安慰了他几句，他也不答话，半晌才嘟囔一句：'我不怪她，只怪这个混账世道。'"王庸说罢，感慨不已。

二人默然无语，走了片刻，天性达观的王庸又来了谈兴，问刘子羽："天下已定，彦修有何打算啊？以贤弟之才，只需放放身段，稍加逢迎，位列宰执又有何难。"

刘子羽无声地叹了口气，道："不瞒兄长，我已经第三次递上了辞呈，朝廷这回该批了。若无意外，兄长出使回来时，在镇江迎接你的应该不是我了。"

王庸瞪着刘子羽，脱口问道："你要去哪里？"

"归隐田园，作一闲云野鹤罢了。"

王庸张嘴呆立在原地，全然没了先前的兴致。刘子羽请他上轿，他怏怏不乐地钻了进去。

刘子羽上轿前，回头看了看那条气势磅礴的大江，觉得自己再也找不到当年那种意气风发，取而代之的是一份失落，一丝倦怠，甚至还有一点点玩世不恭。

一阵江风刮过，带着浓重的湿寒之气，今年的第一场雪就要下来了……

绍兴十三年（1143），金国大赦，被扣留十余年的宋使洪皓、张邵、朱弁三人回归。南渡之初，朝廷遣使三十人，生还者也就堪堪这三人而已。

绍兴十四年（1144），滞留北方的王伦为金人所杀。

（全书终）